Ruth Gogoll

Eine romantische Geschichte

Ruth Gogoll

Eine romantische Geschichte

Erotischer Liebesroman

3., stark erweiterte Auflage

édition el!es
Internet: www.elles.de
E-Mail: info@elles.de
Umschlaggestaltung und Satz: graphik.text Antje Küchler, Ferrette
Druck: Nørhaven Paperback A/S, Dänemark
ISBN 978-3-932499-18-0

Für romantische Geschichten habe ich keine Zeit!«

»Ja, richtig.« Ein amüsiertes Lächeln überzog Sylvias Gesicht. »Du mußt arbeiten und dein *Einsame-Reiterinnen*-Image pflegen.«

»Mach dich nur lustig über mich. Das hilft mir unwahrscheinlich!« Beißende Ironie war nicht gerade Alex' Stärke, das merkte sie, und Sylvia hatte das auch gar nicht verdient. Schließlich hatte sie recht.

»Ich mache mich gar nicht lustig über dich«, bemerkte Sylvia. »Aber ich bin deine Freundin, und mir scheint, du könntest etwas Aufmunterung und Fürsorge vertragen.«

»Fürsorge? Vielen Dank! Ich brauche keine Almosen. Und auch kein Mitleid!« Alex konnte auf dieses Thema einfach nicht emotionslos reagieren. »Entschuldige. Ich weiß, du meinst es nur gut«, lächelte sie Sylvia zerknirscht an. »Ich weiß auch nicht, warum ich so gereizt bin.«

Sylvia grinste. »Ich schon. Dir fehlt eine Romanze!«

»Fängst du schon wieder damit an!« Alex wurde erneut ärgerlich. Warum konnte Sylvia denn nicht damit aufhören? »Ich habe noch nie viel Glück mit Frauen gehabt, das weißt du doch. Das erspare ich mir lieber.«

Sylvia beugte sich vor und nahm Alex' Hand. »Du hast schlechte Erfahrungen gemacht, ich weiß, aber das kannst du doch nicht auf alle übertragen. Die Szene ist vielleicht nicht der ideale Ort, um die Frau fürs Leben zu finden.«

»Und wo soll ich sonst hingehen?« fragte Alex resigniert. »Was ist denn der richtige Ort oder der ideale Weg, um die Frau fürs Leben kennenzulernen? Soll ich mich auf die Straße stellen und rufen?«

»Vielleicht nicht direkt«, grinste Sylvia. »Sonst wirst du noch wegen Erregung öffentlichen Ärgernisses verhaftet.« Sie beobachtete Alex kurz, dann setzte sie an: »Also ich mache es immer –«, wurde aber sogleich unterbrochen.

»*Du* – bist – hetero!« versetzte Alex akzentuiert, während sie bei jedem Wort mit dem Finger auf den Tisch tippte. »Das kann man ja wohl kaum vergleichen. Heteromänner gibt es doch wie Sand am Meer, da brauchst du ja nur mit den Fingern zu schnippen!«

»Na ja.« Sylvia zuckte die Schultern. »Aber die Qualität läßt leider zu wünschen übrig.«

Alex kiekste abschätzig. »Bei den Lesben auch! Und zudem läßt dort auch noch die Anzahl zu wünschen übrig.« Sie seufzte.

»Ich sehe es ein«, bekannte Sylvia gespielt reumütig. »Du hast es schwer.« Gleich darauf grinste sie wieder.

Alex sah sie ärgerlich an. »Nicht einmal, wenn du mich bedauerst, bist du ernst – du bist mir eine schöne Freundin!«

»Ich *bin* deine Freundin«, betonte Sylvia nun doch etwas ernster. »Gerade deshalb versuche ich ja, dich zu verstehen und dir zu helfen. Aber du machst es mir wirklich nicht leicht.« Sie überlegte. »Ich werde mich mal mit Mandy über das Problem unterhalten. Sie ist schließlich auch deine Freundin und sie *ist* lesbisch. Da sollte sich doch irgend etwas machen lassen.«

»Mit Mandy?« fragte Alex konsterniert. »Ich kenne sie schon seit Jahren, und da war nie etwas Erotisches zwischen uns. Und außerdem lebt sie in einer festen Beziehung, das weißt du doch.«

Sylvia winkte ab. »Das habe ich doch gar nicht gemeint. Ich will mich ja nur mit ihr unterhalten, was es sonst noch für Möglichkeiten gibt, als Lesbe eine andere Lesbe kennenzulernen. Du wirst mir zugestehen, daß ich da als Heterofrau nicht so bewandert bin.«

»Ich kann dir sagen, was sie dir erzählen wird: Disco, Frauenzentrum, Kontaktanzeigen. Das weiß ich auch.« Alex wirkte müde. »Das habe ich doch alles schon ausprobiert. Das funktioniert nicht. In der Disco laufen nur One-night-stands und Alkoholikerinnen rum, im Frauenzentrum nur Feministinnen oder irgendwelche Laschos, und bei Kontaktanzeigen liegt die Wahrheit immer irgendwo, bloß nicht in dem, was in der Anzeige steht. Die scheinen sich nie im Spiegel anzusehen, diese Frauen.« Sie seufzte wieder. »Aber *ich* würde es ja wahrscheinlich auch nicht können. Wie soll man sich auch selbst beschreiben? Man will ja positiv wirken und nicht wie der letzte Depp. Stell dir vor, ich würde da reinschreiben, was ich wirklich bin: ›Geschäftsfrau mit 16-Stunden-Tag sucht Lesbe, die die ein bis zwei Stunden zwischen zwei Arbeitstagen, die sie nicht schläft, ausfüllt.‹ Glaubst du, da würde sich irgendeine melden?« Sie lehnte sich frustriert auf den Tisch.

»Du mußt ja nicht immer die Wahrheit sagen. Das tun die anderen doch auch nicht, hast du doch eben selbst erzählt«, wandte Sylvia ein. »Und außerdem: Wenn du verliebt bist, ändert sich das ja vielleicht auch mal ein bißchen mit deinem 16-Stunden-Tag, meinst du nicht?« Sie grinste.

»Wie soll das denn gehen?« protestierte Alex. »Die Arbeit muß doch gemacht werden!«

»Ja, sicher«, seufzte Sylvia ungeduldig. Sie sah das offensichtlich nicht so. »Also ich denke, du warst noch nie richtig verliebt, sonst würdest du das nicht sagen. Ich konnte nie arbeiten, wenn –« Sie brach ab und lächelte entschuldigend. »Aber ich bin ja hetero, deshalb zählt das ja nicht.«

»Nein, das meinte ich doch nicht«, sagte Alex reumütig. »Natürlich ist es dasselbe, wenn man verliebt ist, das Gefühl ist das gleiche, egal, ob es sich auf einen Mann oder eine Frau bezieht, das ist mir klar.«

»Na gut«, bemerkte Sylvia erfreut, »dann kann ich mich ja mal mit Mandy unterhalten.«

Alex winkte ab. »Tu, was du nicht lassen kannst, aber ich werde dich nicht dabei unterstützen.«

»Mußt du ja auch nicht«, grinste Sylvia anzüglich. »Wir werden dir die Frauen einfach ins Bett legen.«

»Sylvia!« empörte sich Alex. »So einfach ist das nicht!«

»Wahrscheinlich nicht«, gab Sylvia lässig zu, »aber wir werden's auf jeden Fall versuchen, und das ist mehr, als *du* tust, gnädige Frau.«

»Ich versuche es ja«, behauptete Alex leise.

»Ach?« lächelte Sylvia süffisant. »Du meinst, es reicht, wenn du die Frauen fragst: ›Verzeihung, aber darf ich Sie mal gerade zwischen zwei Geschäftsessen einschieben?‹«

Alex blickte schuldbewußt. »So ist es doch gar nicht.«

»Na, das würde ich bezweifeln«, seufzte Sylvia. »Also wenn mich ein Typ so anmachen würde wie du manchmal drauf bist: Ich würde den auch im Regen stehen lassen.«

Alex grinste zerknirscht. »Vielleicht sollte ich bei dir ein bißchen Flirtunterricht nehmen, du kannst das ja sehr gut.«

»Ja, vielleicht«, lächelte Sylvia ausgesprochen charmant. »Aber bei dir hat es ja bis jetzt noch nichts genützt, also fragt es sich, ob ich so gut bin.«

Alex wurde immer beschämter. »Ich fange nichts mit Heterofrauen an, und außerdem: Ich hatte nie den Eindruck, daß dir daran etwas liegt. Das tut es doch auch nicht, oder?« fragte sie zum Schluß leicht zweifelnd.

Sylvia schüttelte den Kopf. »Nein, tut es nicht. Ich finde unsere Freundschaft gut, so wie sie ist. Ich möchte nichts daran ändern. Im Bett stehe ich immer noch auf Männer, weiß der Himmel warum.« Sie lächelte wieder. »Manchmal könnte ich wirklich mit denen den Fußboden aufwischen.«

»Das gleiche könnte ich über einige Frauen sagen, und ich stehe auch trotzdem immer noch auf sie. Da kann man wohl nichts machen.« Alex atmete tief durch und lehnte sich zurück.

»Kann man wohl nicht.« Sylvia grinste. »Vielleicht finde ich ja die richtige Frau für dich, dann hat das ein Ende.«

Alex zog sehr skeptisch die Augenbrauen hoch, aber das schien Sylvia nicht zu stören.

Nachdem Sylvia sie verlassen hatte, ließ sich Alex deren Worte zwar noch einmal durch den Kopf gehen, aber sie rechnete sich wenig Erfolgschancen aufgrund von Sylvias Unternehmungen aus. Die Frauen, die sie bislang kennengelernt hatte, hatten kaum je die Qualitäten aufgewiesen, die sie sich für die Frau an ihrer Seite wünschte. *Ach, und die wären?* fragte da irgend etwas frech aus ihrem Hinterkopf. Intelligenz, Humor, ein bißchen feminin vielleicht, war das denn zu viel verlangt? entgegnete sich Alex selbst. Sie seufzte erneut auf. Ja, das war es. Offensichtlich. Das Angebot sah ganz anders aus.

Sie widmete sich wieder ihrer Arbeit, da wußte sie doch wenigstens, was sie hatte. Als sie ihre Termine studierte, sah sie, daß sie heute noch einmal das Haus verlassen mußte. Da war diese Besprechung mit ihrem Rechtsanwalt, wegen des neuen Projektes. Es mußte noch so einiges abgeklärt werden, der juristische Teil war noch nicht ganz einwandfrei. Die Verträge sollten eindeutig formuliert werden, damit mit den Vertragspartnern keine kostspieligen Mißverständnisse aufkommen konnten. Sie bereitete ein paar Unterlagen vor und fuhr dann mit ihrem Wagen in die Stadt. Da sie außerhalb wohnte, bedeutete es immer einen größeren Aufwand, Termine in der Stadt wahrzunehmen, aber sie liebte es nun einmal, morgens aufzustehen und die Vögel zwitschern zu hören.

In der Kanzlei wurde sie von ihrem Anwalt begrüßt, der in vielen Jahren schon so etwas wie ein Freund geworden war. »Ist es dir recht, wenn sich heute jemand anders um deine Angelegenheiten kümmert?« fragte er nach der Begrüßung und nachdem sie einige Neuigkeiten über gemeinsame Freunde ausgetauscht hatten. »Ich muß gleich wieder weg, und da hätten wir nicht genügend Zeit. Demnächst kann ich mich dann wieder deiner annehmen.«

Alex nickte überrascht. Eigentlich hatte sie sich schon darauf eingestellt, daß er sie beraten würde. »Dann werde ich mich eben mit Clarissa unterhalten«, sagte sie. Clarissa war seine Partnerin, sie hatten die Kanzlei zusammen gegründet.

Er schüttelte den Kopf. »Nein, die kann auch nicht, aber wir haben eine neue Anwältin hier seit letztem Monat, die ist sehr gut. Ich kann sie dir nur empfehlen. Sie hat die ganze Kanzlei umgekrempelt, seit sie da ist, aber es läuft seither viel besser.« Er lächelte freundlich.

Alex seufzte. Jemand Neues – na, das konnte ja heiter werden! Dann mußte sie bei Eva und Adam anfangen und ihr erst einmal alles erklären. Klaus kannte ihre Geschäfte und ihre Wünsche schon seit Jahren, da ging das immer ziemlich einfach. Aber jemand anderes würde sicher nicht verstehen, was ihr wichtig war. Und sie selbst kannte sich mit juristischen Gegebenheiten zu wenig aus. Sie mußte sich auf die andere Person voll verlassen können. »Also gut«, sagte sie, »es bleibt mir ja keine andere Wahl. Sonst muß ich demnächst den weiten Weg in die Stadt noch einmal machen, und das Projekt sollte jetzt doch unter Dach und Fach kommen, ich will die Verträge unterschrieben haben.«

Er nickte. »Du wirst zufrieden sein, bestimmt. Sie ist wirklich gut, obwohl sie noch ziemlich jung ist.«

Auch das noch! Alex seufzte innerlich erneut tief auf und überlegte ernsthaft, ob sie nicht lieber nach Hause fahren und einen anderen Termin mit Klaus vereinbaren sollte, wenn er frei war. Eine Paragraphenreiterin, die geradewegs von der Uni kam oder sowas: Das hatte ihr gerade noch gefehlt! Aber ihr Zeitplan war zu eng, um große Veränderungen zuzulassen, also nahm sie sich vor, es zumindest zu versuchen.

Klaus verabschiedete sich und ließ sie allein zurück, nachdem er die neue Anwältin benachrichtigt hatte, daß Alex auf sie wartete. Alex schlug ihre Unterlagen auf, um sie noch einmal zu studieren. Wenn sie jetzt doch mehr allein machen mußte, als sie angenommen hatte, sollte sie sich das eine oder andere vielleicht doch noch genauer ansehen.

Hinter ihr öffnete sich die Tür, und eine melodiöse Frauenstimme sagte: »Entschuldigen Sie bitte, daß Sie warten mußten, Herr Dr. Meinert hat mir zu spät Bescheid gesagt, ich hatte noch einen anderen Mandanten.«

Alex fuhr augenblicklich wie elektrisiert herum und stand auf, um der anderen Frau die Hand zu geben.

»Esther Nagy«, stellte sie sich vor. »Man schreibt es N-A-G-Y. Mein Urgroßvater war Ungar.« Geklungen hatte der Name wie ***Nodsch*** mit offenem ***›o‹***.

Alex grinste einfältig. »Kein Doktor?« Etwas anderes fiel ihr nicht ein.

Die andere lächelte. »Noch nicht. Ich arbeite daran. Aber ich wollte erst einmal Praxiserfahrung sammeln.«

»Das ist immer gut«, sagte Alex und wurde rot, weil sie an ganz etwas anderes dachte. Diese Frau haute sie um. Was hatte Sylvia heute morgen gesagt? *Du warst wahrscheinlich noch nie richtig verliebt.* Alex hatte das Gefühl gehabt, sie wußte gar nicht so genau, wovon Sylvia sprach. Sicher war sie verliebt gewesen, in die eine oder andere Frau . . . Aber jetzt wußte sie auf einmal, daß das nicht stimmte. Dieser Schlag, der sie gerade getroffen hatte, zuerst bei der

Stimme und dann beim Anblick der fremden, jungen Anwältin, den hatte sie noch nie erlebt. Das war völlig neu – und verwirrend. Sie wußte nicht, was sie sagen sollte, und ein merkwürdiges Gefühl ergriff ihren Körper, eine Unsicherheit, ein Kribbeln, eine gewisse Spannung.

Glücklicherweise hatte die andere dieses Problem offensichtlich nicht. Sie setzte sich hinter den Tisch im Besprechungszimmer, an denselben Platz, an dem Klaus zuvor gesessen hatte. »Was kann ich genau für Sie tun?« fragte sie. »Herr Dr. Meinert hat mir nur ganz knapp angedeutet, daß es um irgendwelche Verträge geht, aber Genaueres weiß ich noch nicht.« Ihre Stimme klang freundlich, aber geschäftsmäßig.

Ich könnte mir schon vorstellen, was du für mich tun könntest . . . Alex räusperte sich. »Ja. Ja, die Verträge.« Sie war kaum in der Lage, ihren Blick von den Augen der anderen abzuwenden. Sie hatte selten etwas Schöneres als diese Augen gesehen. Aber das konnte sie ja nun wahrlich nicht so ausdehnen, das grenzte ja schon an Belästigung, und wenn diese Frau auch nur im entferntesten lesbisch war, konnte Alex einen Porsche nicht mehr von einem Golf unterscheiden . . .

Alex nahm die Vertragsentwürfe aus ihrer Mappe und legte sie auf den Tisch. »Hier sind die Entwürfe. Ich habe sie schon bearbeitet, soweit ich konnte. Wir haben ja einen gewissen Standardvertrag, aber er muß doch jedesmal angepaßt werden, weil die Projekte sich unterscheiden. Paragraph sieben und die folgenden müßten in dieser Hinsicht überprüft werden.« Sie schob die Blätter zu Esther Nagy hinüber.

Die nahm sie und überflog sie rasch. »Ah ja, ich sehe schon. Und was wollen Sie hier machen?« Sie zeigte auf einen Absatz des Vertragsentwurfes, in dem Alex ziemlich viel herumgestrichen hatte, und beugte sich über den Tisch zu Alex hinüber, um gleichzeitig mit ihr in dem Papier lesen zu können.

Diese Nähe raubte Alex fast den Atem. »Ja, wegen der Konventionalstrafe, . . . da weiß ich noch nicht«, brachte sie stockend hervor. Dieses Parfüm! Es war nicht zum Aushalten –

»Ich könnte vielleicht einen Vorschlag erarbeiten, und dann treffen wir uns wieder, und Sie sagen mir, was Sie davon halten«, schlug Esther Nagy sachlich vor. Sie hatte nichts anderes im Kopf als die Arbeit. Warum auch nicht? »Also unterhalten wir uns noch ein bißchen über die Konventionalstrafe. Wie hoch soll sie sein?« fragte sie, und Alex ließ sich in ihren Stuhl zurücksinken, als Esther Nagy die Papiere wieder an sich nahm, sich zurücklehnte und damit die Distanz wieder auf ein erträgliches Maß vergrößerte.

Es dauerte etwa eine Stunde, bis sie alle Details geklärt hatten, dann verabschiedete Alex sich von Esther Nagy, die freundlich lächelte und ihr die Hand gab. »Dann bis nächste Woche. Bis dahin sollte ich die noch offenen Fragen geklärt haben.«

»Ja, bis nächste Woche«, wiederholte Alex und fragte sich, wie sie es schaffte, in Gegenwart dieser Frau überhaupt ein Wort herauszubringen, geschweige denn, wenn sie ihre Hand hielt. Sie zog ihre eigene schnell zurück.

Esther Nagy ließ sie an der Tür vorgehen und bog dann mit einem nochmaligen freundlichen Lächeln in ihr Büro ab.

Alex stand bewegungslos im Flur und konnte sich nicht rühren, bis endlich die Sekretärin der Kanzlei vorbeikam und sie irritiert fragte, ob sie ihr helfen könne.

»Nein, danke«, antwortete Alex schnell, »das ist nicht nötig, ich finde schon allein hinaus.«

Die Sekretärin brachte sie dennoch zur Tür, wohl, weil Alex etwas verwirrt aussah und sie sich fragte, ob die Mandantin sie allein finden würde.

Draußen vor dem Haus mußte Alex sich noch einmal ernsthaft zur Ordnung rufen, bevor sie zu ihrem Wagen zurückgehen konnte. Fast wäre sie wie angewurzelt stehengeblieben. Was war nur mit ihr los?

Auf dem Heimweg fuhr sie sehr langsam, weil sie sich kaum konzentrieren konnte. Diese Frau, mein Gott, was hatte die für eine Ausstrahlung! Alex erinnerte sich daran, wie sie sich zu ihr über den Tisch geneigt hatte. Nichts hätte Alex lieber getan, als sie in diesem Moment zu küssen. Ihre Lippen, die Worte formten wie *Einzugsvorbehalt* oder andere rätselhafte juristische Ausdrücke, schienen so sehr dafür geschaffen zu sein, sich küssen zu lassen. Auch wenn Alex alle juristischen Belange bislang höchst unerotisch gefunden hatte, nun konnte sie sich gar nicht mehr vorstellen, warum.

Sylvia würde sich scheckig lachen über sie. Da hatten sie heute morgen erst darüber gesprochen, und gleich ein paar Stunden später stellte diese Frau hier alles auf den Kopf, woran Alex bisher geglaubt hatte. Aber es war ja sowieso sinnlos, wie sehr sie es sich auch wünschte. Diese Frau war eindeutig hetero, sie hatte zwar keinen Ehering getragen, aber selbst wenn sie nicht verheiratet war, hatte sie sicher einen Freund, einen Lebensgefährten, irgendeinen blutleeren Juristen, mit dem sie abends im Bett juristische Entscheidungen des Bundesgerichtshofes diskutieren konnte.

Abends im Bett . . . Alex wurde heiß. Sich Esther Nagy im Bett vorzustellen, ließ sie erschauern und brachte sie fast um den Verstand. Ob sie nackt schlief? Alex fuhr an den Straßenrand, um sich erst einmal wieder zu beruhigen. Sie würde Klaus bitten, den Termin nächste Woche von Esther Nagy zu übernehmen. Noch einmal eine Stunde allein mit ihr in einem Raum: Das würde sie nicht überleben!

Zwei Tage später saßen Sylvia und Mandy bei Alex am Tisch und mampften Kuchen. Dazwischen quetschten sie sie über Esther Nagy aus. Alex stöhnte. »Ich *kenne* sie nicht, verflixt noch mal! Ich habe sie erst *ein* Mal gesehen, und das war ein Geschäftsgespräch.«

Sylvia grinste: »Na, das ist doch genau richtig. Zwei Geschäftsfrauen unter sich. Hat sie auch einen 16-Stunden-Tag? Dann gibt es sicher keine Probleme!«

»Sie ist Juristin«, erklärte Alex, »nicht selbständig.« Also war sie keine Geschäftsfrau, wollte sie damit sagen, aber Sylvia ließ sich nicht von ihrer Idee abbringen.

»Juristinnen sind doch immer die mit den netten Blüschen und den konservativen Kostümen, nicht?« fragte sie hinterlistig.

»Ja, so etwas hatte sie an«, seufzte Alex ergeben, bevor sie merkte, daß das vielleicht ein Fehler gewesen war.

»Und wie lang war der Rock?« fiel Mandy nämlich neugierig grinsend ein. »Hat es sich gelohnt?«

»Mandy!« protestierte Alex empört.

Mandy hob unschuldig fragend die Augenbrauen. »Willst du mir etwa erzählen, du hättest da nicht hingeschaut?« versetzte sie. »Das tut man doch immer – und frau auch«, fügte sie schelmisch hinzu.

»Nein ... ja«, wand sich Alex. »Schon. Aber nur kurz, dann saß sie ja hinter dem Tisch auf der anderen Seite.«

»Oh, wie schade!« grinste Mandy. »Und wie lang *war* der Rock nun?«

Alex blitzte sie an. »Angemessen«, antwortete sie abweisend.

»Oh – angemessen«, machte Mandy sie nach. Sie wandte sich an Sylvia: »Sie *hat* hingeschaut – hundertprozentig.«

Sylvia grinste.

»Ihr seid eine Plage«, schimpfte Alex. »Warum könnt ihr mich denn nicht in Ruhe lassen?«

»Weil wir nur das Beste für dich wollen«, sagte Sylvia liebevoll. »Du benimmst dich seit zwei Tagen, als ob du gegen eine Wand gelaufen wärst. Findest du das normal? Und wir wollen dir nur helfen, diesen Zustand zu beenden – und zwar im positiven Sinne.«

»Im positiven Sinne?« echote Alex verständnislos.

»Geh mit ihr ins Bett«, schlug Mandy Schwarzwälder Kirschtorte kauend vor. »Das baut Spannungen ab.«

»Mandy, sie ist hetero!« brauste Alex auf. »Das habe ich doch gesagt.«

»Woher willst du das wissen?« fragte Mandy zurück. »Hast du sie gefragt?«

»Sie geht wie eine Heterofrau, sie sieht aus wie eine Heterofrau, sie benimmt sich wie eine Heterofrau: Sie *ist* eine Heterofrau!« platzte Alex ärgerlich heraus. »Seht das doch endlich ein!«

»Sie *geht* wie eine Heterofrau?« fragte Sylvia interessiert nach. »Woran erkennt man das denn? Wie *gehen* wir Heterofrauen denn?«

»Ihre Hüften –«, begann Alex, brach dann aber gleich wieder ab. »Ach was, das muß ich euch doch nicht erzählen. Man merkt es eben, wenn eine Frau hetero ist.« Sie schloß ihre Ausführungen ärgerlich.

Mandy grinste von einem Ohr zum anderen. »Sie hat ihr auf den Po gestarrt, als sie wegging, darauf könnte ich wetten!«

»Hört auf, oder ich schmeiße euch jetzt gleich raus!« explodierte Alex. »Sie ist eine sehr attraktive Frau, und das hat mich eben umgehauen. Aber in erster Linie ist sie jetzt meine Anwältin – und sonst nichts.« Sie verschränkte die Arme vor der Brust.

»Na, da hätten wir uns unsere ganzen Rettungsüberlegungen ja auch sparen können«, meinte Mandy zu Sylvia. »Das hat sich jetzt wohl erledigt.«

Sylvia nickte. »Ich habe ja nicht allzuviel Erfahrung mit verliebten Lesben, aber du könntest recht haben – und *du* mußt es ja schließlich auch wissen.« Sie grinste Mandy an.

»O ja«, grinste Mandy zurück, »das ist eindeutig.«

»Könntet ihr bitte damit aufhören, euch in meiner Gegenwart so zu unterhalten, als ob ich gar nicht anwesend wäre?« forderte Alex sie ungehalten auf.

Die beiden lachten. »Aber sicher«, sagte Sylvia dann. »Wenn *du* damit aufhörst, so zu tun, als ob du gar nicht verliebt in sie wärst.«

»Ich war gerade mal *eine* Stunde mit ihr zusammen – um Verträge zu besprechen. Selbst wenn ich es wäre, wie sollte ich das nach so kurzer Zeit schon wissen?« brummelte Alex nervös.

»Ha! Das weiß man nach dreißig Sekunden!« verkündete Mandy. »Ist sogar wissenschaftlich bewiesen. In den ersten dreißig Sekunden entscheidet sich alles.«

»Tatsächlich?« fragte Sylvia. »Das wußte ich noch gar nicht.« Sie lachte hell auf. »Wenn ich das gewußt hätte, wäre ich immer noch Jungfrau!« Mandy und sie lachten sich halb kaputt über Sylvias Bemerkung.

Alex saß unbehaglich lächelnd dabei und fragte sich, was sie jetzt machen sollte. Sie fühlte, daß da etwas war, das sie zu Esther Nagy hinzog, auch wenn sie das Sylvia und Mandy gegenüber nicht so richtig zugab. Aber sie war sich auch genauso sicher, daß Esther Nagy hetero sein mußte, da hatte sie keinen Zweifel. Sollte sie ihr eisernes Prinzip durchbrechen, nie etwas mit einer Heterofrau anzufangen? Und wenn sie es durchbrach: War Esther Nagy denn überhaupt empfänglich dafür? Würden ihre, Alex', Bemühungen ausreichen, die andere zu überzeugen? Wie machte man so etwas überhaupt? Und wenn sie sie einfach abwies? Wenn sie sie kaltlächelnd abblitzen ließ und dann mit ihrem Mann abends im Bett darüber lachte? Alex schüttelte sich. O nein, so weit würde sie es nicht kommen lassen! Das Thema war erledigt.

Sylvia und Mandy hatten sich wieder beruhigt. »Wann siehst du sie wieder?« fragte Sylvia.

»Nächste Woche«, antwortete Alex automatisch. Dann biß sie sich auf die Zunge. Warum hatte sie das gesagt? Das mußten die doch gar nicht wissen.

»Bring ihr ein paar Blumen mit«, riet Mandy. »Das wirkt immer.« Sie grinste wieder breit.

»Es ist eine Geschäftsbesprechung!« stöhnte Alex auf. »Was soll sie denn von mir denken?«

»Daß du verliebt in sie bist?« schlug Sylvia ganz harmlos vor.

Alex stöhnte erneut. »Ihr seid verrückt, alle beide!«

»Da ich die einzige Heterofrau hier in diesem erlauchten Kreise bin«, erläuterte Sylvia weiterhin harmlos, »bin ich auch als einzige kompetent, zu dem Thema etwas zu sagen, wie sich eine Heterofrau fühlt, wenn sie merkt, daß jemand verliebt in sie ist.«

»Aber ich bin kein Mann!« stöhnte Alex schon völlig erschöpft. »Du hattest immer nur mit Männern zu tun.« Und *sie* bestimmt auch, fügte sie in Gedanken hinzu.

»Ja, ich hatte immer nur mit Männern zu tun«, gab Sylvia zu. »Aber das macht in diesem Fall keinen Unterschied, weil es erst einmal darum geht, wie Heterofrauen generell auf die Avancen einer Person reagieren, die etwas von ihnen will.«

»Ist das denn ein Unterschied zu Lesben?« fragte Alex ganz naiv.

»Das weiß ich nicht«, sagte Sylvia. »So viele Lesben waren noch nicht in mich verliebt.« Sie lächelte unbestimmt. »Aber was ich von Mandy und dir gehört habe, *ist* das ein Unterschied.«

Mandy beugte sich nun auch interessiert vor. »Und welcher?«

»Also ich habe den Eindruck«, setzte Sylvia ihren Vortrag fort, »daß Heterofrauen einfach erwarten, daß man mehr um sie wirbt. Wir ergreifen selten die Initiative.« Sie lächelte. »Bei Lesben geht das ja oft von beiden Seiten aus, bei uns immer nur von einer: vom Mann. Jedenfalls offiziell. Die Typen merken es ja nicht, wenn frau sie manipuliert.« Sie schloß und wartete auf eine Reaktion.

»Wie ich schon sagte: Bring ihr Blumen mit«, wiederholte Mandy ihren Vorschlag von vorhin und blinzelte Alex zu.

»Hast du nicht gehört?« fuhr Alex sie unwirsch an. »Vom *Mann.* Vom *Mann* geht die Initiative aus. Siehst du hier irgendwo einen?«

»Guter Vorschlag«, unterstützte Sylvia jetzt Mandy, ohne auf Alex' Einwurf einzugehen. »Wer weiß, was passiert wäre, wenn du *mir* mal Blumen mitgebracht hättest?« fragte sie Alex und schenkte ihr einen hingebungsvollen Blick.

»Dann wärst du *immer noch* hetero«, behauptete Alex entschieden, ohne Sylvias vorgeblich schmachtenden Blick auch nur einen Moment zu beachten. Sie seufzte. »Und bei *ihr* wird sich daran auch nichts ändern. Ich muß eben mit meinen Gefühlen klarkommen. Wenn diese Verträge fertig sind, werde ich wahrscheinlich sowieso nichts mehr mit ihr zu tun haben. Klaus ist ja mein Anwalt.« Und das ist auch gut so, ergänzte sie in Gedanken noch aufseufzend.

»Wenn du meinst«, lenkte Mandy plötzlich erstaunlich friedlich ein. »Es ist ja deine Angebetete, nicht unsere.« Sie lachte. »Oder meine. Für Sylvia kommt das ja sowieso nicht in Frage.« Sylvia lachte auch zustimmend.

Da sie eigentlich fürs Kino verabredet waren, brachen sie nach einiger Zeit auf, nachdem Mandy noch alle Kuchenreste beseitigt hatte. Die schmorten jetzt in ihrem Magen. Sie liebte Kuchen. Trotz Alex' gegenteiliger Befürchtungen verlief der Rest des Abends, ohne daß Esther Nagy noch einmal erwähnt wurde. Alex entspannte sich langsam. Scheinbar hatte sie ihre Freundinnen nun doch endgültig davon überzeugt, daß es sinnlos war. Und sie selbst würde sich an den Gedanken auch noch gewöhnen. Das mußte sie wohl.

»Verdammt noch mal«, kramte Alex am nächsten Tag fluchend auf ihrem Schreibtisch herum, »wo ist denn dieser verflixte Brief?«

Das Telefon klingelte, und sie nahm es mit einer Hand ab, während sie mit der anderen halb unter dem Tisch suchte und sich auch noch hinabbeugte, um darunterzuschauen. »Ja, hallo?«

»Esther Nagy«, vernahm sie den Klang einer Stimme, die sie nie wieder vergessen würde, selbst wenn sie sie ihr ganzes Leben lang nicht mehr hörte.

»Au!« sagte Alex.

»Wie bitte?« Esther Nagy war irritiert.

»Entschuldigen Sie bitte.« Alex lachte nervös. »Ich habe mir gerade den Kopf an meinem Schreibtisch gestoßen. Ich habe darunter etwas gesucht.« Sie war beim Klang von Esther Nagys Stimme dermaßen erschreckt hochgefahren, daß sie mit einem Schlag gegen die Unterseite der Schreibtischplatte geknallt war. »15:0 für mich.« Sie lachte noch einmal nervös, und ihr Kopf dröhnte dabei. Sie sollte für eine Weile jegliches Lachen unterlassen.

»Sie spielen Tennis?« fragte Esther Nagy interessiert.

»Ja, manchmal, wenn es meine Zeit erlaubt«, gab Alex etwas benommen zu. »In letzter Zeit allerdings weniger. Ich arbeite 16 Stunden am Tag.«

»Ah ja, das kenne ich!« lachte nun auch die andere. »Bei mir sind es manchmal sogar mehr.«

Noch mehr? Das konnte sich Alex gar nicht vorstellen. »Irgendwann müssen Sie doch auch mal schlafen«, bemerkte sie verblüfft.

»Ich gehöre zu den glücklichen Menschen, die nur wenig Schlaf brauchen, von Natur aus. Nach vier Stunden wache ich frisch und munter auf und kann weiterarbeiten«, erläuterte Esther Nagy zuvorkommend.

»Wie schön für Sie«, meinte Alex nun aus einem anderen Grund benommen. Nur vier Stunden. Und sie war solch ein Energiebündel. Beneidenswert.

»Warum wollten Sie mich sprechen?« fragte Esther Nagy jetzt.

»Ich Sie sprechen? Warum?« fragte Alex entgeistert.

Esther Nagy lachte. O Gott, welch ein Lachen! Wie warme, perlende Tautropfen an einem Sommermorgen am Strand. »Das müssen *Sie* doch wissen! Ihre Sekretärin hat angerufen und mir mitteilen lassen, daß Sie mich dringend sprechen wollen. Deshalb rufe ich jetzt zurück. Was gibt es denn so Dringendes?«

Das könnte ich dir sagen, dachte Alex, *aber das würdest du nicht gern hören wollen.* »Äh ja, ach so ... wegen der Verträge«, stotterte sie herum. *Sekretärin* – das konnte doch nur Sylvia oder Mandy gewesen sein! Die wollten sie unbedingt verkuppeln, auf Teufel komm raus.

»Ja, die Verträge –?« wiederholte Esther Nagy erwartungsvoll fragend. »Ihre Sekretärin sagte, Sie wollten mit mir für heute nachmittag einen Termin vereinbaren. Hat sich da denn etwas Neues ergeben, was wir persönlich besprechen müssen?«

»Äh ... nein ... eigentlich nicht ... eigentlich ... eigentlich ja. Ja, sicher«, rang sich Alex zu einem Entschluß durch. »Ich habe ein neues Projekt, und das steht mit dem anderen in Zusammenhang, für das Sie die Verträge aufsetzen sollten, da müssen wir wahrscheinlich alles umschmeißen.« Was auch immer für einen Blödsinn sie da erzählte, das wäre erst einmal geschafft.

»Oh«, sagte Esther Nagy. »Ich habe eigentlich schon alles abgeklärt für die Verträge, schade.«

Die geringfügige Enttäuschung in Esther Nagys Stimme machte Alex zu schaffen. »Na ja, vielleicht ist es auch gar nicht so schlimm. Ich verstehe ja nichts von den juristischen Spitzfindigkeiten«, lenkte sie ein. »Aber Ihren Rat brauche ich halt doch.«

»Gut«, erwiderte Esther Nagy geschäftsmäßig wie immer. »Wann sollen wir uns treffen? Um drei?«

»Ja, das ist mir recht«, stimmte Alex sofort zu, ohne ihren Terminkalender überhaupt zu Rate zu ziehen.

Als Esther Nagy aufgelegt hatte, saß sie da, mit Händen, die zitternd den Telefonhörer umklammerten, bis sie ihn endlich loslassen und auch auflegen konnte. Dann klickte sie auf ihr E-Mail-Programm im Computer. Sie hatte eine Videokonferenz mit einem amerikanischen Geschäftspartner um drei, die würde sie wohl verschieben müssen.

Aber was sollte sie zum Teufel noch mal Esther Nagy erzählen, wenn sie sich um drei mit ihr traf? Es gab keinen Anlaß für dieses Treffen, außer daß ihre Freundinnen sie verkuppeln wollten, aber das konnte sie ihr ja wohl kaum sagen. Und warum hatte sie dann nicht gleich abgelehnt? Warum hatte sie ihr nicht gleich gesagt, daß es sich um ein Versehen ihrer ›Sekretärin‹ handelte und kein Treffen erforderlich war? *Weil ich sie wiedersehen will*, seufzte sie innerlich auf. *Weil ich mir nichts sehnlicher wünsche, als sie wiederzusehen.* Da mußte sie sich wohl bis heute nachmittag noch etwas einfallen lassen ...

Esther Nagy erwartete sie pünktlich um drei in der Kanzlei, in einem ebenso konservativen Kostüm wie das letzte Mal, wenn auch in einer anderen Farbe, und der Rock war ebenso – angemessen, wie Alex sich in Gedanken schmunzelnd erinnerte. Diesmal achtete sie besser darauf, um Mandy berichten zu können. Frau Nagy hatte schöne Beine, stellte sie fest, auch wenn der Rock nicht so kurz war, wie er ruhig hätte sein können ...

Alex hatte ein Projekt aus ihrer Schublade gekramt, das noch nicht spruchreif war, aber zumindest stand sie so nicht mit leeren Händen da.

»Aber das hat mit dem anderen doch gar nichts zu tun«, bemerkte Esther Nagy erstaunt. »Da können wir doch alles so lassen, wie es ist.«

Alex lachte verlegen. »Da sehen Sie mal, was ich von Jura verstehe, nämlich gar nichts. Ich dachte wirklich, es würde alles durcheinanderwerfen.«

»Nein, tut es nicht«, bestätigte Esther Nagy noch einmal. »Das sind zwei völlig verschiedene Dinge.« Sie besah sich die Blätter genauer. »Aber interessant«, murmelte sie dann und vertiefte sich in die Seiten.

Alex betrachtete sie und fühlte ein warmes, gespanntes, prikkelndes Gefühl in sich aufsteigen. Sie wollte sie berühren, nur einmal die Empfindung ihrer Haut spüren, ihrer Lippen ... Sie räusperte sich. »Mögen Sie Kino?« fragte sie schnell, bevor Esther Nagy etwas sagen konnte. »Ich wollte heute abend in den neuen Film gehen, der soll gut sein. Wenn ich schon mal in der Stadt bin, nutze ich das aus. Sonst lohnt sich die lange Fahrt nicht. Hätten Sie Lust mitzugehen?« Ihr schwindelte der Kopf. Wo nahm sie nur den Mut her?

»Eigentlich habe ich –«, setzte Esther Nagy an, aber dann brach sie ab. »Ich habe eine Verabredung zum Essen, aber die könnte ich ein wenig vorverlegen, dann reicht es fürs Kino noch.« Sie lächelte umwerfend, Alex zumindest warf es beinah um. »Ich gehe viel zu selten aus, sonst arbeite ich ja immer.« Sie lachte. »Gleich zwei Verabredungen an einem Abend, das ist schon ein Wunder!« Sie lachte wieder, in ihren Augenwinkeln bildeten sich kleine Fältchen. Sie sah einfach hinreißend aus.

Alex schluckte. »Schön«, sagte sie. »Wenn Sie meinen, daß die Verträge nicht bearbeitet werden müssen, ist ja nichts mehr zu besprechen. Dann sehen wir uns heute abend am Kino.«

»Ja, gern.« Esther Nagy erhob sich und streckte Alex die Hand hin. »Ich freue mich.«

Alex versuchte ihre Hand so kurz wie möglich zu berühren, aber es brannte trotzdem. Sie nickte nur. Sie konnte nichts mehr sagen.

Die Zeit bis zum Beginn der Abendvorstellung verbrachte Alex unruhig in der Stadt. Zuerst kaufte sie ein Buch und setzte sich in ein Café, aber sie war nicht imstande zu lesen. Immer wieder schweiften ihre Gedanken ab. Esther Nagy ging zu ihrem Büro, und Alex blickte ihr hinterher ... Mandy hatte natürlich absolut recht gehabt: Alex *hatte* ihren Po angestarrt. Dann erinnerte sie sich daran, daß Esther Nagy eine Verabredung zum Essen hatte und überlegte, daß sie selbst vielleicht auch etwas essen sollte. Wer konnte wissen, wie lang die Nacht noch werden würde? *Nein, nein, nein!* rief sie sich zur Ordnung. Sie ist hetero, wir werden uns nach dem Kino ganz brav verabschieden und nichts, absolut *nichts* wird passieren!

Aber sie betrat dennoch ein Restaurant in der Nähe des Stadtzentrums und bestellte sich das Menü. Die Kellnerin war sehr erstaunt, als sie nach der nur geringfügig angerührten Suppe auch den fast noch vollen Teller des Hauptgerichts und zum Schluß sogar das Dessert wieder kaum beschädigt abräumen sollte. Aber sie tat es. »Soll ich Ihnen das Gericht einpacken?« fragte sie fürsorglich, aber Alex lehnte dankend ab. Einen Espresso trank sie dann aber doch noch und bezahlte.

Nachdenklich vor sich hin starrend schlenderte sie zum Kino hinüber. Sie hatte noch Zeit. Sie kaufte die Karten und wartete. Der Beginn des Films näherte sich immer mehr, aber von Esther Nagy war nichts zu sehen. Hatte sie die Verabredung vergessen? Oder kam sie vielleicht sogar mit Absicht nicht? Hatte sie Alex' Zustand bemerkt? Oder war sie einfach nur unpünktlich, wie es das Klischee den Frauen immer schon nachsagte? Die Werbung würde sicher mindestens zwanzig Minuten in Anspruch nehmen, überlegte Alex, und danach war auch noch einmal kurz Pause zum Eisverkauf, also hatte sie vielleicht noch fünf Minuten mehr, aber dann sollte sie zum Filmbeginn eigentlich hineingehen.

Sie drehte sich um, als die Zeit verstrich, und studierte die anderen Filmplakate am Kino, dann seufzte sie und ging zur Kasse. Sie würde sich das Geld für die Karten zurückgeben lassen. Sie hatte den Film ja schon mit Mandy und Sylvia gesehen.

Plötzlich hörte sie hinter sich ihren Namen. Rasanten Schrittes sah sie Esther Nagy auf sich zueilen, als sie sich schnell umwandte. Aber sie war nicht allein. Sie atmete schnell, als sie Alex erreicht hatte. »Es tut mir leid«, sagte sie, »es hat so lange gedauert, bis das Essen im Restaurant kam.« Sie wies mit einer Hand auf ihren Begleiter. »Das ist Jan Meurer.«

Alex wußte nicht, was sie zuerst tun sollte: sich das schnelle Atmen von Esther Nagy in einer anderen, intimeren Situation vorstellen, ihre Enttäuschung verbergen oder Jan Meurer die Hand geben. Sie tat letzteres.

Als sie sich selbst vorstellte, lachte der junge Mann – er war wirklich noch sehr jung, sicher ein paar Jahre jünger als Esther Nagy, kaum achtzehn – und sagte: »Können wir uns duzen? Ich finde das Sie-sagen so steif.«

»Ähm – ja«, entgegnete Alex überrascht.

Daraufhin lachte Esther Nagy auch, tadelte ihren Begleiter ein wenig: »Jan, wirklich, überfall die Leute doch nicht immer so!« und schlug vor: »Dann müssen wir uns allerdings auch duzen, sonst klingt das ja ganz komisch.«

Alex nickte. »Ich habe nur zwei Karten«, sagte sie dann. »Wir müssen noch eine dritte kaufen.«

Jan sprang los. »Ich mach' schon!«

»Ein schneller Junge«, bemerkte Alex spontan.

»Ja«, stimmte Esther zu und sah Jan liebevoll hinterher.

Was will ich eigentlich noch hier? fragte sich Alex.

Der Film war eine unendliche Qual. Esther saß zwischen Jan und Alex, und Alex merkte, wie die Wärme von Esthers Seite immer mehr zu ihr herüberströmte. Da sie den Film schon kannte, lenkte sie auch die Handlung nicht ab, was sie aber in dieser Situation vermutlich ohnehin nicht getan hätte. Alex sprang schnell auf, als der Film zu Ende war, und entfernte sich so weit wie möglich von den beiden, die sich sofort über den Film unterhielten. Alex' Körper brannte vor Sehnsucht und Eifersucht, als sie die beiden miteinander tuscheln sah. So vertraut, so zusammengehörig. Es war unerträglich.

»Ich werde dann mal gehen«, kündigte Alex schnell an, als die beiden sie erreicht hatten.

»Oh, schon?« fragte Esther. »Na ja, es war ein langer Tag, für mich auch. Könnten Sie –« Sie brach ab und lachte. »Kannst du uns vielleicht nach Hause bringen? Ich habe zu viel Wein beim Essen getrunken, um zu fahren, und Jan hat noch keinen Führerschein.«

Na, das ist ja heiter! dachte Alex. *Jetzt bringe ich die beiden auch noch in ihr Liebesnest!* »Ja, sicher«, sagte sie dann. »Ich muß ja sowieso fahren.«

Auf der Rückfahrt hörte sich Alex schweigsam die begeisterten Kommentare von Jan und Esther zum Film an. Sie konnten sich gar nicht mehr einkriegen. Beide wirkten ziemlich erregt. Das würde bestimmt eine heiße Liebesnacht werden. War wohl nichts mit ›blutleerer Jurist‹. Jan wirkte ziemlich . . . blutvoll. Und jung. Er war in einem Alter, in dem selbst Männer wohl noch die ganze Nacht lang durchhalten konnten. Hielt Esther Nagy ihn sich deshalb als Liebhaber?

Alex wünschte sich das Ende der Fahrt sehnlichst herbei. Das würde sie Mandy und Sylvia heimzahlen! Heute morgen hatte sie sich noch danach gesehnt, Esther Nagy wiederzusehen, und heute abend wünschte sie sich nichts sehnlicher, als sie loszuwerden, um endlich ihren turtelnden Anblick nicht mehr ertragen zu müssen. Wenn die beiden sie nicht so schnell hätten verkuppeln wollen, hätte sie vielleicht noch ein paar Tage länger die Illusion gehabt . . .

»Da sind wir«, sagte Esther.

Alex hielt am Bordstein, und Jan sprang sofort hinaus und verabschiedete sich von ihr. »Tschüß. Vielleicht sehen wir uns ja mal wieder.«

Nie, dachte Alex, aber laut sagte sie: »Ja, sicher, vielleicht.«

Gleich darauf war Jan durch die Tür des Hauseingangs verschwunden. *Er wärmt schon mal das Bett an,* dachte Alex bitter, und es fraß sich in ihre Eingeweide: die Vorstellung, daß Esther nun gleich mit ihm im Bett liegen würde, daß sie mit ihm schlafen würde . . .

Esther drehte sich zu Alex um. Sie hatte vorn gesessen und Jan hinten. »Sie – Du – Entschuldigung, es ist immer noch ein bißchen ungewohnt. Jan ist da manchmal etwas ungestüm.« Sie lachte genauso liebevoll, wie sie ihm zuvor nachgeblickt hatte.

In anderer Hinsicht ist er das bestimmt auch, und das magst du garantiert, dachte Alex gequält. Sie spürte schon jetzt die Erregung in Esthers Stimme; sie freute sich darauf, was gleich kommen würde. Alex sah sie schon unter ihm liegen, sich erregt winden ... »Ich muß –«, sagte Alex gepreßt, während sie bereits den Motor anwarf. Esther sollte endlich aussteigen. Was machte sie denn noch hier? Wollte sie nicht zu ihrem jungen, starken Lover ins Bett?

»Du willst tatsächlich schon fahren?« fragte Esther jetzt leiser.

Alex drehte sich erstaunt um. Was sollte sie denn noch hier? Esthers Stimme klang irgendwie komisch. Alex riß erstaunt die Augen auf. Wollte sie etwa ... zu dritt? Esther beugte sich zu ihr und küßte sie sanft auf den Mund, nur federleicht, aber sie ließ dabei ganz kurz ihre Zungenspitze an Alex' Lippen stoßen. Sie zog sie gleich wieder zurück, doch Alex brannte.

»Du bist so zurückhaltend«, bemerkte Esther jetzt verwundert. »Ist was?«

Alex schluckte und räusperte sich dann zweimal. Selbst danach klang ihre Stimme noch irgendwie rostig. »Ich bin von Heterofrauen sonst so etwas nur nicht gewöhnt«, sagte sie dann ziemlich schneidend. Esther sollte gleich wissen, daß sie sich nicht einwickeln ließ.

»Von Heterofrauen?« fragte Esther, aber das kannte Alex schon von anderen Heteros. Ihnen war die Bezeichnung hetero oft noch nicht einmal geläufig, sie nannten es einfach *normal*.

»Ich dachte, du bist hetero?«

»Hetero?« wiederholte Esther noch einmal verständnislos. »Oh – ja ... nein, eigentlich nicht.« Sie lachte etwas nervös. »Eigentlich eher weniger. Tut mir leid, wenn ich den Eindruck erweckt habe. Das wollte ich gar nicht.«

»Aber Jan ...?« fragte Alex.

»Jan?« Esther sah Alex fragend an, dann begann sie plötzlich schallend zu lachen. »Jan ist mein Neffe! Dachtest du, ich würde jetzt gleich hier mit ihm ...?« Sie lachte immer noch.

»Und er wohnt hier mit dir?« fragte Alex jetzt sehr konsterniert.

»Ja, in gewisser Weise schon. Meine Schwester wohnt auch hier, und er wohnt bei ihr.« Sie lachte wieder. »Das tut mir wirklich leid! Da dachtest du jetzt sicher den ganzen Abend über, er und ich ... Nein, wirklich nicht!« Sie beugte sich übergangslos wieder zu Alex, und diesmal küßte sie sie länger. »Willst du tatsächlich schon fahren?« wiederholte sie ihre Frage von vor ein paar Minuten, indem sie mit ihren Lippen über Alex' Wange strich.

Alex stellten sich alle Haare auf. Sie spürte die Reaktion in sich, ihre Brüste brannten, zwischen ihren Beinen wurde es feucht, und ihr Mund suchte erneut nach Esthers Lippen. Sie fanden sich zu einem noch längeren Kuß, und während sie Esthers Zunge an ihrer spürte, ließ sie sich langsam in einen Zustand der Erregung hinübergleiten, der weit über das hinausging, was sie sich für diesen Abend versprochen hatte. »Nein, ich will nicht fahren«, flüsterte sie. »Ich will überhaupt nicht fahren.«

»Dann stell den Motor ab und komm mit rauf«, flüsterte Esther an ihrem Ohr, »oder sollen wir es hier im Wagen treiben?« Es hörte sich beinah an wie eine ernsthafte Frage, aber das konnte ja wohl nicht sein.

Alex stellte den Motor ab und stieg aus. Esther ging schon auf die Haustür zu und hatte einen Schlüssel in der Hand. Sie war echt von der schnellen Truppe! Alex fühlte sich immer noch ganz benommen vom raschen Wechsel der Ereignisse. Eben noch hatte sie angenommen, Esther würde gleich mit Jan ins Bett kriechen, und nun tat sie es mit ihr. Ihr schwindelte wirklich.

Esther drehte sich um. »Kommst du?« Sie hatte es anscheinend in der Tat eilig.

»Ja«, sagte Alex und folgte ihr ins Haus.

Esther führte sie eine Treppe hinauf in den ersten Stock. Dort stand eine Tür offen, die Esther aber dann von innen schloß, als sie beide in der kleinen Diele waren. »So«, sagte sie. Dann drehte sie sich zu Alex um und fiel ihr in die Arme. Alex war perplex. »Willst du nicht?« fragte Esther zweifelnd, als sie sich immer noch nicht rührte. »Habe ich da etwas falsch interpretiert?«

»Nein, nein«, widersprach Alex rasch. »Das hast du nicht. Es geht nur alles ziemlich schnell.« Sie lachte nervös, und das war sie auch. Sie konnte dieser Frau gar nicht widerstehen, selbst wenn sie gewollt hätte, aber sie fühlte sich etwas überrumpelt.

»*Zu* schnell?« fragte Esther jetzt mit verführerischer Stimme an ihrem Ohr, und ihr heißer Atem strich über Alex' Haut.

»Nein.« Alex begann mit ihren Händen unter Esthers offener Kostümjacke hinaufzufahren und suchte ihre Brüste.

Esther lachte zufrieden, als Alex sie erreicht hatte. »Na also«, wisperte sie. »Schön.« Sie legte den Kopf zurück.

Was tue ich hier? blitzte es für einen Moment in Alex' Gehirn auf. *Ich stehe doch gar nicht auf One-night-stands. Sollten wir uns nicht vielleicht erst besser kennenlernen, bevor wir miteinander ins Bett hüpfen? Und abklären, ob wir die gleichen Erwartungen haben?*

Esther bemerkte ihr Zaudern. »Was ist?« fragte sie und ließ ihre Hand an Alex' Rücken hinabwandern bis zu ihrem Po.

»Du bist meine Anwältin!« fiel es Alex plötzlich siedendheiß ein.

»Ja, und?« fragte Esther verständnislos zurück, während sie weiter über Alex' Po strich und sich an sie herandrückte.

Ihr weicher, schmiegsamer Körper machte Alex wahnsinnig vor Lust. Sie wollte sie, ihr ganzer Körper wollte sie. Ihre Haut brannte und kribbelte, und ihr Kopf mußte einem heißen Druck standhalten, der von unten heraufstieg. O ja, sie wollte sie!

»Es stört dich nicht, daß unsere Geschäftsbeziehungen vielleicht darunter leiden könnten?« zwang Alex sich, gepreßt zu fragen. »Wir kennen uns doch noch gar nicht.«

»Dann werden wir uns jetzt kennenlernen«, lachte Esther sehr erotisch mit einer dunklen Stimme, die ihre Erregung verriet. »Ganz schnell und ganz intensiv. Das kann unseren Geschäftsbeziehungen doch nur gut tun, findest du nicht?« Sie glitt an Alex' Hosenbund und öffnete ihn. »Hast du immer so viele Einwände?« hauchte sie.

Alex schüttelte den Kopf. »Ich habe es einfach nur schon lange nicht mehr getan, vielleicht liegt es daran«, murmelte sie verlegen.

»Dann werde ich dich ein bißchen verwöhnen«, raunte Esther. »Willst du das?«

Alex konnte nicht mehr sprechen. Esthers Stimme machte sie verrückt, so vielversprechend, so verheißungsvoll, so erregt ... Sie griff an Esthers Jacke und schob sie ihr von den Schultern. Esther tat das gleiche bei ihr, und dabei küßten sie sich leidenschaftlich, bis sie fast keine Luft mehr bekamen. Alex' Finger suchten die Knöpfe an Esthers Bluse und öffneten sie schnell. Sie fuhr mit ihren Händen hinein, und Esther zog scharf die Luft ein, als sie Alex' Hände an ihrer nackten Haut spürte, genauso wie Alex die Berührung durch und durch fuhr, ihre eigene Haut wurde heiß und kalt, und auch die Bluse folgte dem Weg der Jacke über Esthers Schultern auf den Boden. Alex zog Esther zu sich heran und umarmte sie. Dabei suchte sie den Verschluß ihres BHs auf dem Rücken. Esther seufzte, als sie Alex' Hände suchend und streichelnd zwischen ihren Schulterblättern spürte. Alex öffnete den Verschluß und löste sich leicht von Esther, um ihr den BH auszuziehen. Langsam schob sie ihn von ihren Schultern und sah Stück für Stück ihre Brüste auftauchen. Zögernd ließ sie den BH zu Boden sinken und beugte sich zu einer der Brustwarzen hinunter. Als sie sie mit ihren Lippen berührte, stöhnte Esther auf.

Dann entzog sie sich Alex und öffnete ihre Hemdknöpfe, während sie ihr lächelnd ins Gesicht blickte. Zwischendurch beugte sie sich zu Alex und küßte sie leicht auf den Mund. Ihre Augen glänzten, und als Alex sie in den Arm nahm, um sie zu küssen, stöhnte sie erregt auf, und ihr Atem wurde schneller. »Ja«, hauchte sie, »bitte . . .«

Alex' Hemd gesellte sich zu Esthers Bluse auf den Boden, und nun standen sie sich beide mit nacktem Oberkörper gegenüber. Alex beugte sich erneut zu Esthers Brustwarzen hinunter und nahm eine in den Mund. Esther warf ihren Kopf zurück und beugte dann den ganzen Oberkörper nach hinten. »O ja!« seufzte sie.

Alex begann den Reißverschluß ihres Rockes zu öffnen. Als sie ihn geöffnet hatte, richtete Esther sich auf. »Laß uns ins Bett gehen«, stieß sie hervor. Ihr Atem ging keuchend. »Ich kann bald nicht mehr stehen.« Sie lachte verführerisch und erregt.

Alex nickte, und während Esther schnell vorging in ein Zimmer, das links vom Eingang lag, ließ sie nacheinander all ihre restliche Kleidung fallen. Alex tat es ihr nach und zog ihre Hose aus, obwohl sie sich kaum darauf konzentrieren konnte, weil Esthers immer nackter werdender Körper ihre Aufmerksamkeit zu sehr in Anspruch nahm. Heiße Flammen schossen durch Alex' Körper, und sie wünschte sich, schon mit ihr im Bett zu sein.

Mit einer schlangengleichen, eleganten Bewegung ließ Esther sich in die Laken gleiten und drehte sich dann zu Alex um. »Komm«, sagte sie leise mit rauher Stimme. »Ich habe Lust auf dich. Schon den ganzen Tag habe ich Lust auf dich. Ich kann es kaum noch erwarten.«

Alex war für einen Moment wie gelähmt, doch dann ließ sie sich zu Esther ins Bett gleiten und legte sich auf sie. Esther stöhnte tief auf. »Ja, nimm mich!« und hob ihr ihre Hüften entgegen.

Alex konnte sich auf nichts mehr konzentrieren. Vor ihren Augen schien alles zu verschwimmen. Sie ließ ihr Bein zwischen Esthers gleiten, die ihre weit öffnete und dann beide Beine um Alex' Hüften legte. Sie beugte sich hinunter und suchte Esthers Mund, ihre Lippen schienen wie ein Versprechen geöffnet, ebenso wie ihre Schenkel – bereit zu allem. Beim Kuß drang Alex tief in Esther ein, und diese keuchte und wand sich unter ihr, hob ihre Mitte in rhythmischen Stößen Alex entgegen.

»Esther«, flüsterte Alex zärtlich ihren Namen. »Esther . . .«

Esther drehte sich plötzlich und rollte mit Alex herum. Nun saß sie auf ihr. Eine nackte, reitende Göttin. Alex stöhnte auf. Sie griff nach ihren Brüsten. Die Hitze in ihr war kaum noch zu ertragen. Esther beugte sich von oben herunter und küßte sie wild, leidenschaftlich und stöhnend. Alex wußte nicht mehr, wessen Stöhnen es war, das in ihrem Mund Vibrationen und in ihrem ganzen Körper einen Zustand der unaufhaltsam ansteigenden Erregung verursachte. Sie stieß mit ihrem Unterleib gegen Esther, die noch immer auf ihr saß, sich aber dann wieder sehr plötzlich umdrehte und mit ihrer Zunge zwischen Alex' Beine tauchte. »O Gott!« schrie Alex überrascht auf, ein Stöhnen war das nicht mehr. Das ganze Begehren, das sie heute morgen noch für unerfüllbar gehalten hatte, sammelte sich in ihr an einem Punkt. Sie sah Esthers Po vor sich, schob ihre Schenkel auseinander und drang ebenfalls mit ihrer Zunge in sie ein.

Esther keuchte nach Atem ringend auf. »Schön«, stöhnte sie, »mach weiter, bitte, mach weiter!«

Dann tauchte sie wieder mit ihrer Zunge hinab zwischen Alex' Beine, und Alex bäumte sich auf, weil sie es nicht mehr aushalten konnte. »Ja!« stöhnte sie und ließ ihre Zunge wild in Esther tanzen, um dann noch einen Finger hinzuzufügen.

»O nein!« stöhnte Esther auf, aber es war offensichtlich kein Nein, sondern ein Ja.

Im nächsten Moment spürte Alex die Wellen in sich nahen und stieß noch einmal mit Finger und Zunge in Esther hinein, bevor sie sich höher als eben noch aufbäumte und dann mit einem erstickten

Schrei zusammenbrach. Esther kam gleichzeitig mit ihr und stöhnte langgezogen und tief auf, bevor sie ebenfalls auf Alex niederfiel.

Nach einem Moment der Ruhe drehte sie sich um und schob sich an Alex hoch. Sie ließ sich an ihre Brust sinken und seufzte zufrieden auf. »Das war schön«, murmelte sie.

Alex lächelte. »So was nennt man dann wohl einen Quicky, einen quicky Quicky.« Sie lachte zärtlich, während sie Esther ins Gesicht sah, die ganz entspannt zu ihr aufblickte.

»Ja«, lächelte sie, und es war wieder ein bezauberndes Lächeln, das Alex den Atem raubte. »Das nennt man so.« Sie lachte ein wenig.

ଔ

Als Alex am nächsten Morgen wieder zu Hause war, nachdem sie sich schon sehr früh von Esther verabschiedet hatte – Esther schlief wirklich nur vier Stunden, und als Alex erwachte, saß Esther bereits am Schreibtisch, den sie dann allerdings noch einmal verließ, um zu Alex ins Bett zurückzukehren und einen kleinen Quicky einzulegen – Quickys schienen ihre Spezialität zu sein –, wirbelte ihr der Kopf von all dem, was sich zwischen gestern und heute verändert hatte. *What a difference a day makes,* pfiff sie den Song vor sich hin, *24 little hours.* Das konnte man wohl sagen!

Sylvia rief an. »Na, wie war dein Termin mit Frau Nagy?« fragte sie verschmitzt.

»Esther und ich«, erwiderte Alex betont, »sind heute morgen zusammen aufgewacht, falls du das meinst.« Das mit dem gemeinsam Aufwachen stimmte zwar nicht so ganz, aber darauf kam es ja nicht an.

»Wow!« Sylvia war baff.

»Und im übrigen«, fuhr Alex fort, »würde ich meine Termine in Zukunft gern wieder allein machen. Meine ›Sekretärin‹ ist entlassen, habt ihr das verstanden, Mandy und du?«

Sylvia lachte jetzt, sie hatte sich von ihrer Überraschung erholt. »Du solltest dir öfter mal eine ›Sekretärin‹ zulegen, das scheint ja gut zu klappen!« Sie lachte wieder.

»Wer von euch hat angerufen?« fragte Alex mit gespielt böser Stimme. Richtig böse sein konnte sie den beiden natürlich wirklich nicht, dazu war sie zu glücklich. Sie hatten ihr Bestes gewollt, und das hatten sie auch erreicht – schneller, als alle damit gerechnet hatten. Dafür konnte sie ihnen ja nur dankbar sein.

»Ich«, sagte Sylvia schuldbewußt. »Mandy konnte sich vor lauter Kichern nicht einkriegen, da hätten sie es gleich gemerkt.«

»Na gut«, sagte Alex. »Also bitte: Tu das nie, niemals wieder!« Sie machte eine kleine Pause und fuhr dann leiser fort: »Aber für diesmal: Danke.«

Sylvia sagte einen Moment nichts, dann fragte sie ziemlich weich: »War's schön?«

Alex schluckte, als sie an die vergangene Nacht dachte. »O ja«, sagte sie dann leise. Sie atmete tief durch. »Sehr schön. Sie ist wundervoll.«

»Schade, daß ich das jetzt nicht so richtig nachvollziehen kann«, sagte Sylvia immer noch weich. »Vielleicht solltest du das eher mit Mandy besprechen.«

Alex lachte kurz auf. »Ich möchte das eigentlich mit gar niemand besprechen. Es war schön, sie ist eine wundervolle Frau, und ich denke, ich sehe sie bald wieder. Mehr brauche ich eigentlich nicht.« Sie lächelte vor sich hin. Nein, mehr brauchte sie wirklich nicht!

»Stellst du sie uns denn wenigstens mal vor?« fragte Sylvia nun doch neugierig.

Alex lachte wieder ein wenig. »Dazu ist es vielleicht noch ein bißchen früh – nach der ersten Nacht. Ich kenne sie ja selbst kaum!«

»Na, dann vielleicht bei der nächsten Disco in zwei Wochen. Dann gehe ich mal wieder mit, obwohl für mich ja nichts dabei rausspringt. Meinst du, bis dahin kennst du sie gut genug?« Sylvia schien wirklich neugierig. »Geht sie zur Disco?«

»Sylvia, *ich – weiß – es – nicht!*« Alex rief es ein wenig verzweifelt aus. »Woher soll ich das wissen? Ich habe gerade einmal mit ihr geschlafen, und dabei . . . dabei –« Alex merkte, wie sie rot wurde, während ihr all diese Details entschlüpften, die sie gar nicht verraten wollte.

»– dabei habt ihr nicht viel geredet«, setzte Sylvia ihren Satz glucksend fort. »Das kann ich mir vorstellen!«

Alex lächelte schon wieder in Erinnerung an die wenigen Worte, die gefallen waren. Nein, das hatte nicht allzuviel Informationswert gehabt – jedenfalls nicht über den Moment hinaus. Aber es ließ einige Gefühle in ihr wiederauferstehen. Sie fühlte ihre Haut kribbeln. Sie hätte gern gehabt, daß Esther jetzt darüberstrich, daß sie mehr tat als nur das ...

»Alex?« fragte Sylvia. »Bist du noch da?«

»Hm, ja«, bestätigte Alex immer noch versonnen.

Sylvia lachte verständnisvoll. »Du träumst von ihr! Na, dann will ich mal nicht länger stören. Ruf lieber *sie* an. Ich glaube, ich bin jetzt nicht die richtige Gesprächspartnerin für dich!« Sie lachte erneut schelmisch. Dann fragte sie noch einmal: »Alex?«

»Ja?« Alex konnte sich immer noch nicht von ihrer Phantasie trennen.

»Ich freue mich für dich«, sagte Sylvia weich. »Bis dann.« Sie legte auf.

Alex drückte nur kurz den Knopf an ihrem Telefon und wählte die Nummer von Klaus' Kanzlei. Die kannte sie auswendig, aber sie hatte noch nie aus dem Grund dort angerufen, der sie nun beseelte. Sie wollte Esthers Stimme hören. Wenigstens das.

»Frau Nagy, bitte«, sagte sie zu der Sekretärin der Kanzlei, als die sich meldete.

»Frau Nagy ist in einer Besprechung. Ich kann sie jetzt nicht stören. Kann ich ihr etwas ausrichten oder soll sie Sie zurückrufen?« fragte die Sekretärin wie immer perfekt.

Ja, richten Sie ihr aus, daß ich sie ... vermisse, hätte Alex ihr am liebsten aufgetragen, aber das konnte sie natürlich nicht tun. »Nein, nichts«, sagte sie statt dessen. »Sagen Sie ihr einfach nur, daß ich angerufen habe.«

Die Sekretärin versprach, das zu tun, und Alex legte auf, enttäuscht, daß sie nicht hatte mit Esther selbst sprechen können. Die Arbeit wollte nicht so recht flutschen. Sylvia hatte recht gehabt, absolut recht: Wenn man verliebt war, konnte man nicht einfach so weiterarbeiten. Sie hatte das nur bisher noch nie gespürt, weil sie noch nie verliebt gewesen war. 33 Jahre alt und noch nie verliebt. War das nicht traurig? Dafür war das Gefühl jetzt um so überwältigender. Es ließ sie gar nicht mehr los. Nach einer Weile ging sie hinüber zu einem kleinen Sofa, das sie in ihrem Arbeitszimmer stehen hatte, legte sich hin und träumte von Esther. Sollte die Arbeit doch warten. Sie lächelte, als sie ihre bisherigen Begegnungen mit Esther, den gestrigen Abend und den heutigen Morgen noch einmal vor ihrem inneren Auge ablaufen ließ. Sie wollte sich jede Bewegung einprägen, jedes Lächeln, jede Faser ihrer Haut, ihre Brüste ...

Das Telefon klingelte und riß sie aus ihren Träumen. Sie sprang so schnell auf, daß sie stolperte. Fast riß sie das Telefonkabel aus der Wand. *Nur nicht!* Das mußte Esther sein, vermutete sie – und sie war es auch.

»Du wolltest mich sprechen?« fragte sie geschäftsmäßig kühl.

Wahrscheinlich war noch jemand im Zimmer, dachte Alex, und sie konnte nicht frei reden. »Ja«, sagte Alex weich. »Ich wollte dir sagen, daß ich dich ... daß ich ... Sehen wir uns heute abend?« stieß sie dann gegen ihren Willen hervor. So dringend hatte sie es gar nicht machen wollen.

»Ja, wenn du willst«, erwiderte Esther immer noch kühl. »Wir können uns ja zum Essen treffen. Ich komme allerdings erst spät aus dem Büro, so gegen zehn.«

»O Gott!« stöhnte Alex unwillkürlich auf. Erst um zehn? Wie sollte sie das aushalten?

Esther lachte auf. »Ja, so sehe ich das auch«, sagte sie liebenswürdig, aber ein bißchen Erotik schwang in ihrer Stimme mit, gerade so viel, daß es ein zufälliger Mithörer vielleicht nicht als solche identifizieren würde, wohl aber Alex. »Aber ich kann es nicht ändern. Und ich muß etwas essen, bevor wir ... bevor wir die Verträge besprechen«, schloß sie dann mit erstickter Stimme. Sie mußte sich wahrscheinlich das Lachen verbeißen, damit derjenige, der im Zimmer war, nichts merkte.

»Es ist so schön, deine Stimme zu hören«, flüsterte Alex. »Ich könnte stundenlang mit dir flirten.«

»Ich nicht«, erwiderte Esther jetzt wieder in ihrem geschäftsmäßigen Tonfall. »Tut mir leid, ich habe gleich die nächste Besprechung.«

»Dann bis heute abend«, sagte Alex leise und zärtlich. »Ich freue mich auf dich.«

»Ja«, antwortete Esther kühl, »bis heute abend.« Sie konnte wohl nichts anderes sagen, das wäre zu verräterisch gewesen.

Abends holte Alex Esther ab, als sie das Büro verließ, und sie gingen zu einem Lokal in der Nähe.

Als sie sich gegenüber saßen und die Karten studierten, beugte Esther sich vor und flüsterte: »Sei so gut und bestell etwas, das schnell geht.«

Alex schnappte nach Luft. »Ja«, brachte sie dann mühsam über die Lippen. Esther blieb noch ein bißchen vorgebeugt sitzen und sah Alex in die Augen. Ihre glänzten schon wieder erregt, bereits jetzt. Alex schielte hinüber zum Kellner, ob er sie beachtete, dann flüsterte sie: »Dein Parfüm macht mich verrückt. Bitte geh ein bißchen auf Abstand, sonst weiß ich nicht, was ich tue.«

Esther lachte angeregt und lehnte sich dann wieder zurück. »Mein Parfüm?« fragte sie in einem flirtenden Ton und verführerisch lächelnd.

»Wahrscheinlich bist es eher du, die mich verrückt macht«, ergänzte Alex mit unterdrückter Stimme. Es waren nur noch ihrer und ein weiterer Tisch im Lokal besetzt, und der Geräuschpegel war entsprechend niedrig, »aber dein Parfüm ist wirklich nicht ohne. Es paßt zu dir.« Sie lächelte zärtlich zu Esther hinüber.

Als der Kellner kam, bestellten sie beide einen großen Salat. Kalte Küche ging nun einmal am schnellsten.

Während des Essens begann Esther, die einzelnen Salatblätter abzulutschen, die Radieschen, die Tomatenscheiben . . . und fixierte dabei ständig Alex' Blick.

»Oh Esther!« stöhnte Alex so leise wie möglich auf. »Bitte hör auf damit! Ich halte das nicht mehr aus!«

Esther lachte leise. »Wir können uns ja mal die Hände waschen gehen«, schlug sie vor.

Alex verstand erst, als sie Esthers amüsierten Blick sah. »Hier . . . auf dem Klo? Bist du wahnsinnig?« Sie keuchte bei der Vorstellung auf.

Esther schüttelte den Kopf. »Nein, nur pragmatisch.«

Alex sah sie an. »Bis zum Bett schaffe ich es noch«, grinste sie.

Esther zog die Augenbrauen hoch. »Das könnte ich von mir nicht unbedingt behaupten«, sagte sie.

»Zahlen!« verlangte Alex, als der Ober herüberschaute. Sie hatten beide höchstens die Hälfte von ihrem Salat gegessen, aber das hatte wohl keinen Sinn mehr.

Sie fuhren mit Alex' Wagen zu Esthers Wohnung, und schon während der Fahrt lag Esthers Hand auf Alex' Schenkel und wanderte immer höher hinauf. »Nicht!« bat Alex. »Ich kann so nicht fahren!«, als Esther auch noch versuchte, ihre Hose zu öffnen.

Esther lachte sehr erregt. »Dann halt doch«, schlug sie vor.

Alex sah zu ihr hinüber. »Wie hätten vielleicht mit *deinem* Wagen fahren sollen. Heute hast du ja nichts zum Essen getrunken.« Sie lachte, auch schon ziemlich erregt. »Da hättest du die Hände am Steuer behalten müssen.«

»Ich trinke nie etwas«, sagte Esther abwesend, während sie schon wieder versuchte, Alex zu streicheln.

»Aber letztes Mal –«, begann Alex, als ihr ein Licht aufging. Esther lächelte vielsagend. »Du wolltest nur, daß ich dich nach Hause fahre!« brach es aus Alex hervor.

»Ja«, bestätigte Esther schlicht. »Als ich dein Interesse bemerkte, am Nachmittag, als du so nervös warst, war mir klar, daß ich dich abends in meinem Bett haben würde.«

»Das war dir klar?« fragte Alex ganz verdattert nach.

Esther lachte wieder verführerisch. »Eigentlich war es mir schon klar, als wir uns das erste Mal sahen und du mich so anstarrtest.«

Alex verharrte stumm vor Verlegenheit. Dann rang sie sich doch zu einer Antwort durch. »Das hast du bemerkt?« fragte sie schüchtern.

Esther warf den Kopf zurück und lachte. »Das war kaum zu übersehen!« Dann beugte sie sich wieder zu Alex hinüber und strich mit heißem Atem über ihren Hals. »Ich wollte es nur nicht zu sehr überstürzen, sonst hätte ich dich an dem Tag schon zum Essen eingeladen.« Sie strich mit ihrer Zungenspitze über Alex' Ohr. Alex schauderte zusammen, aber glücklicherweise waren sie bereits an Esthers Wohnung angekommen. Sie stellte den Wagen ab.

Esther schob sich in ihre Richtung und begann die Knöpfe an ihrer eigenen Bluse zu öffnen.

»Bitte, laß uns reingehen!« bat Alex verzweifelt. »Wir sind doch schon da.«

Esther schob sich trotzdem über sie und küßte sie heiß und wild. Alex schwanden die Sinne, aber sie schaffte es, die Tür zu öffnen und sich unter Esther hervorzuwinden. Esther sah sie kurz an und stieg dann auf der anderen Seite aus. Sie gingen zum Haus, aber Esther schmiegte sich an Alex und begann sie auszuziehen.

»Bitte, Esther, nicht!« bat Alex noch einmal. Sie blieb stehen, nahm Esthers Gesicht in ihre Hände und küßte sie sehr zärtlich. Ihr war heiß, sie wäre auch am liebsten sofort über Esther hergefallen, aber sie konnte nicht. Nicht hier.

Esther legte ihre Arme um sie und wurde scheinbar für einen Moment ruhiger. Alex genoß den Augenblick und wanderte mit ihrer Zunge sanft durch Esthers Mund, bis sie aufseufzte. Sie zog Esther zur Tür hin, und Esther schloß auf, ohne sich länger als für ein paar Sekunden von Alex' Mund zu lösen. Sie gingen immer noch küssend die Treppe hinauf, und Esther zog Alex aus, zumindest so weit, daß sie alle Reißverschlüsse und Knöpfe geöffnet hatte, bis sie oben ankamen.

Alex schwirrte der Kopf, weil es wieder so schnell ging und sie nur noch reagieren konnte. Aber wollte sie denn überhaupt etwas anderes? Sie wußte es nicht. Im Moment diktierte ihr Körper ihre Handlungen, und der war sich wohl mit Esther einig: Er wollte so schnell wie möglich mit ihr ins Bett.

Alex nahm nun den betäubenden Duft von Esthers Parfüm noch stärker wahr. Er setzte sich in all ihren Sinnesorganen fest, legte sich auf ihre Haut und umhüllte sie, als ob es weit mehr wäre als ein Geruch. Und das war es auch. Es war Esther selbst, die sie umfing, von der sie nicht mehr lassen konnte. Alex war süchtig nach ihr.

Esther drückte die Tür hinter ihnen beiden zu, als sie in ihrer Wohnung waren, und zog Alex mit sich auf den Boden. »Komm«, flüsterte sie, »komm, mach schnell. Ich halte es nicht mehr aus.«

Alex beugte sich über sie und sah Esthers dunkle Augen unter sich, die erregt und erwartungsvoll zu ihr aufblickten, ihren halbgeöffneten Mund, als sie sich mit der Zungenspitze über die Lippen fuhr, ihre geröteten Wangen, die alles über ihren Zustand verrieten. Sie hatte selten eine in der Erregung so schöne Frau gesehen. Esther brannte offensichtlich und setzte Alex immer mehr mit in Brand.

Alex ließ ihre Hand unter Esthers Rock wandern und schob ihn hinauf. »Trägst du eigentlich immer diese Kostüme?« fragte sie amüsiert lächelnd.

»In der Kanzlei schon, und ich bin ja fast immer in der ... Kanzlei«, keuchte Esther erregt auf, als Alex nun ihren Slip beiseiteschob.

Esther trug Strümpfe, keine Strumpfhose, was Alex zusätzlich erregend fand, als sie den Übergang zwischen ihrem Strumpf am Oberschenkel und der Haut darüber spürte. »Hm«, machte Alex. Sie fuhr noch einmal mit ihrer Hand zurück, um das Gefühl zu genießen und die Erregung zu steigern.

»Oh, bitte nicht, Alex!« protestierte Esther, als Alex' Hand sich erst einmal wieder von der Stelle zwischen ihren Beinen zurückzog. »Bitte ... bitte, mach's mir. Schnell. Ich kann nicht mehr.« Sie öffnete ihre Schenkel weit und schob ihre Hüften erregt in Richtung von Alex' Hand, während sie sich unter ihr wand und stöhnte. »Bitte ...!«

Alex hätte das Vorspiel gern noch ein bißchen ausgedehnt, obwohl sie selbst mittlerweile auch schon außerordentlich erregt war, aber sie konnte sich Esthers Wunsch nicht wiedersetzen. Sie glitt mit der Hand wieder in ihren Slip und suchte ihre Mitte.

»Jaa!« Esther stöhnte noch lauter auf.

Alex spürte die Nässe, die mehr als alles andere verriet, daß Esther wirklich nicht mehr warten konnte, und ließ ihren Daumen über Esthers Kitzler streichen, während sie wie von selbst mit zwei Fingern in Esther hineinrutschte. Sie war so weit offen und naß, daß Alex keinerlei Widerstand spürte. Sie ließ auch die anderen beiden Finger folgen.

Mit einem tiefen, animalischen Laut quittierte Esther Alex' Eindringen und stöhnte dann noch einmal leise: »Schnell, Alex, bitte ...«

Ihr heiseres Flüstern, ihr sich windender Körper, ihre Erregung brachten Alex endgültig um den Verstand und ließen die Hitze in ihr hochschießen. Sie stieß in Esther hinein und ließ ihren Daumen auf Esthers Perle tanzen, Esther stieß dagegen und wurde immer schneller, hob ihre Hüften immer höher und schrie plötzlich: »Ja, o jaa!«, erstarrte und fiel zusammen.

Alex ließ ihre Hand noch ein wenig zwischen Esthers Beinen liegen, bis sie die Augen aufschlug, dann zog sie sie zurück und betrachtete die Frau, die sie so sehr begehrte und die jetzt in einer etwas pornographischen Position vor ihr auf dem Boden lag, mit hochgeschobenem Rock, gespreizten Beinen und geöffneter Bluse, unter der ihr BH hervorblitzte, und zudem trug sie immer noch ihre Schuhe.

Alex überlegte sich, daß sie so etwas auf Bildern oder in Pornofilmen nie erregend gefunden hatte, daß sie sich gefragt hatte, was daran so toll war. Jetzt wußte sie es. Esthers Anblick, wie sie nun endlich entspannt dalag, halb ausgezogen und offensichtlich erschöpft, erregte sie sehr. Sie beugte sich zu ihr hinunter und küßte sie.

»Danke«, flüsterte Esther lächelnd. Dann zog sie Alex auf sich und ließ ihre Hand in Alex' Hose gleiten.

Alex entzog sich ihr ein wenig. »Ich möchte mich erst ausziehen. Bitte«, sagte sie leise. Wie aufregend sie auch immer Esthers Anblick fand, sie selbst konnte sich nicht damit abfinden, das Gefühl zu haben, daß sie hier so zwischen Tür und Angel Sex haben sollte, noch nicht einmal halb entkleidet. Das erschien ihr fast ein wenig zu animalisch.

Esther schob ihr schnell mit beiden Händen die Hose herunter, und Alex zog sie aus. Lieber wäre sie ins Bett gegangen, aber Esther schien völlig vergessen zu haben, daß sie eins besaß. Alex warf ihr Hemd hinter sich und legte sich auf Esther, die zufrieden aufseufzte. »Ja, komm zu mir!«

Alex' Anspannung, die sich kurz gelegt hatte, wuchs wieder, als sie Esthers Stimme hörte, die immer noch – oder schon wieder? – erregt klang. Da Esther so wenig Wert darauf zu legen schien, zog Alex ihr den BH nicht aus, sondern schob ihn nur nach oben und legte Esthers Brüste frei, um dann eine der Brustwarzen in den Mund zu nehmen und daran zu saugen. Esther seufzte tief auf und begann sich unter Alex zu bewegen. Alex nahm Esthers Bein zwischen ihre Schenkel, und Esther stellte es so weit auf, daß Alex nun auch aufstöhnte, als sie den Druck spürte. Sie begann sich an Esther zu reiben, Esthers nackter Schenkel oberhalb des Strumpfes wurde naß und glitschig von Alex' Erregung, und der Strumpf lieferte einen zusätzlichen Reiz mit seinem Stoff, der zwischen Alex' Beinen rieb. Sie bewegte sich immer schneller an Esther auf und ab, und Esther bewegte sich im gleichen Rhythmus unter ihr mit, langsam immer schwerer atmend, so, wie auch Alex immer mehr keuchte.

»Ja«, flüsterte Esther mühsam, »ja, komm. Komm auf mir. Komm.« Sie bewegte sich immer heftiger unter Alex, und als Alex spürte, wie sich in ihr ein ganzer See sammelte, der hinausdrängte, als er sie plötzlich überschwemmte und sie das Gefühl der Spannung und Entspannung überwältigte, hörte sie Esther leise unter sich seufzen. Anscheinend war sie auch noch einmal gekommen.

Alex blieb auf ihr liegen, heftig nach Atem ringend, bis sie sich wieder erholt hatte, dann schaute sie ihr ins Gesicht. Esther lächelte. Und wie immer machte dieses Lächeln Alex schwach, noch schwächer, als sie sich ohnehin fühlte. Es raubte ihr den Verstand, es war bezaubernd auf eine Art, wie Alex es noch nie bei einer Frau erlebt hatte, berauschend und süß. »Du bist wundervoll«, flüsterte Alex und beugte sich hinunter, um Esther erneut sanft zu küssen. Esther legte ihre Arme um sie und zog sie an sich heran, und so blieben sie eine Weile liegen.

Später dann wechselten sie doch noch ins Bett, allerdings erst einmal, ohne zu schlafen. Esther lag auf Alex, saß auf Alex, schob sich über Alex' Mund und verführte sie mindestens ein Dutzend Mal, bis Alex um Gnade bat. Esther selbst schien es allerdings nichts auszumachen, das Dutzend weit zu überschreiten, sie konnte gar nicht genug kriegen. Als dann fast schon der Morgen graute, fragte Alex erschöpft: »Sag mal, deine Schwester wohnt auch hier? Stört sie das denn nicht? Ich meine: die Geräusche. Wir waren nicht gerade leise. Und Jan?«

Esther lachte nonchalant. »Die sind das gewöhnt. Die schlafen wie die Murmeltiere. Und wenn nicht: Sie wissen ja, daß *ich* es bin.«

Alex schluckte. Wie viele Frauen waren schon hiergewesen? Das hörte sich nicht gerade nach einer Ausnahme an. Obwohl sie es eigentlich gar nicht wissen wollte, fragte sie: »Du hast ... du hast keine feste Freundin?«

Esther schüttelte den Kopf. »Nein, dafür habe ich keine Zeit. Eine Beziehung will ich auch gar nicht, das kostet neben der Zeit, die ich nicht erübrigen kann, auch immer so viel Nerven, das ganze Liebesgesäusel. Sex ist da schon einfacher, und das geht ja immer – auch ohne feste Beziehung.« Sie lächelte schon wieder auffordernd und schob sich über Alex.

Alex lag da wie tot. Das waren ja schöne Neuigkeiten! Sicher hatte Esther nie Probleme, eine Partnerin fürs Bett zu finden, attraktiv und verführerisch, wie sie war, aber eigentlich war Alex nicht der richtige Typ Frau dafür. Bettgeschichten und Affären waren noch nie ihr Fall gewesen. Für sie hatte Sex immer sehr viel mit Gefühl zu tun, sie wünschte sich eine Beziehung mit der Frau, mit der sie schlief, eine tiefe, feste, langanhaltende, glückliche Beziehung. Was sollte sie jetzt machen? Sofort gehen, um dieses aussichtslose Unterfangen zu beenden?

Sie fühlte sich im Moment erst einmal außerstande, eine Entscheidung zu treffen. Esther hatte sich gerade anders entschieden, ohne Alex' Reaktion zu bemerken, kuschelte sich an sie und war sofort eingeschlafen. Alex lag da, mit Esther im Arm, hörte ihren ruhigen, tiefen Atem, der Befriedigung signalisierte, spürte ihren Körper neben sich, den sie immer noch begehrte, und der so weich und warm genau das Gegenteil von dem ausstrahlte, was Esther gerade verkündet hatte, und fühlte sich tiefunglücklich. Esther war die Frau, die sie sich immer gewünscht hatte, die Frau, die sie sich immer für eine *Beziehung* gewünscht hatte, mit der sie ihr Leben verbringen wollte ...

Aber *sie* wollte nicht.

Nach einer Weile, als Esthers Atem immer tiefer und regelmäßiger geworden war, zog sie vorsichtig ihren Arm unter Esthers Kopf hervor, stand leise auf und verließ das Schlafzimmer. Sie hatte Durst und schaute in den Kühlschrank, aber der enthielt nichts außer Wein, Champagner und einer angebrochenen Flasche Milch, die bereits so sehr über die Zeit war, daß man es ihr sogar schon von außen ansah. Selbst wenn sie nichts trank, hatte Esther doch offensichtlich immer vorgesorgt für Frauen, die vielleicht nicht denselben Geschmack hatten wie sie, schien es. Das mußte sie wohl auch, da sie die Frauen, mit denen sie schlief, ja kaum vorher kannte, ebenso wie Alex, die sie gerade erst einmal gesehen hatte, bevor sie sie ins Bett zerrte.

Alex zog sich an und verließ die Wohnung. Sie wußte kaum, wie sie nach Hause kommen sollte, so sehr brannte der Schmerz der Enttäuschung in ihr. Es war früh, die Sonne ging gerade auf, und sie fuhr ihr entgegen – nach Hause, in ein Zuhause, in dem es keine Wärme gab und keine Zärtlichkeit, keine Frau, die auf sie wartete. Und so würde es wohl auch immer bleiben.

Esther meldete sich in den nächsten Tagen nicht. Obwohl sie Alex beim Aufwachen vermißt haben mußte – oder erlaubte sie sich selbst das nicht? – denn sie rief sie nicht an. Fragte nicht, warum sie gegangen war. Vielleicht wußte sie es auch schon. Vielleicht hatte sie das schon ein Dutzend Mal oder mehr erlebt, daß eine Frau sie ohne Abschied verließ, wenn sie ihr mitteilte, daß sie keine Beziehung wollte. Vielleicht bedeutete es ihr nichts, und sie suchte sich einfach die nächste.

Alex konnte sich das nicht vorstellen, aber sie konnte sich ja auch eine Trennung von Sex und Liebe nicht vorstellen, wie sie für Esther offensichtlich selbstverständlich war. Sie hatte sich vorgenommen, nicht darüber nachzudenken, das Kapitel *Esther* für abgeschlossen zu erklären, aber es ging nicht. Sie kämpfte dagegen an. Sie wollte sich nicht damit beschäftigen. Das hatte ihr zum jetzigen Zeitpunkt gerade noch gefehlt! Sie sollte ihre ganze Aufmerksamkeit auf ihr Geschäft konzentrieren, das gerade erst begann, richtig zu laufen.

Aber sie redete sich etwas ein, das längst schon überholt war. Auch ohne daß Sylvia und Mandy es ihr sagten, wußte sie: Sie war vom ersten Augenblick an in Esther verliebt gewesen, und ihre weiteren Treffen mit ihr hatten daran nicht gerade etwas geändert.

Seit jenem unseligen Morgen war jeder Tag eine Qual für sie. Schon davor hatte ihre Sehnsucht fast ihr ganzes Denken beherrscht. Aber nun, da sie wußte, daß ihr Begehren nach einer Beziehung – nicht nach Sex – einseitig war, nach dieser Nacht, war das Sehnen nur noch schmerzlicher geworden: schmerzlich und bitter. Alex redete sich Tag für Tag ein, es würde vorbeigehen, sobald sie sich an den Gedanken gewöhnt hatte, daß es aussichtslos war, an ihren Anblick, an ihren Charme, an ihr Lächeln, an sie.

Aber wenn sie in hellen Momenten darüber nachdachte, wußte Alex, sie würde sie nicht mehr sehen können, nicht mehr mit ihr sprechen können. Alles, was mit ihr zusammenhing, war so peinigend, daß Alex es nicht mehr ertragen konnte. Wo sie hinging oder war, würde Alex nicht hingehen können. Das war eine schöne Aussicht! Wo alles so nett angefangen hatte.

Und dennoch spielte Alex hin und wieder mit dem Gedanken, sich doch auf eine Beziehung mit ihr einzulassen, die nur auf Sex beruhte. Das wollte sie ja offensichtlich, und damit konnte sie umgehen. Es wäre eine Möglichkeit gewesen ... Aber nein. Alex seufzte jedesmal, wenn sie daran dachte. Jede Nacht mit ihr würde ihre Probleme noch verstärken. Und dennoch konnte Alex sich manchmal nichts Erstrebenswerteres vorstellen. Sie wieder zu berühren, sie zu küssen und ihre Reaktion zu spüren, ihren Körper, der sich ihr entgegenbog, ihren Atem, der keuchend ging, ihre Brustwarzen, die sich erregt unter ihren Lippen und ihrer Zunge aufrichteten. Ihren Mund, der forderte: »Nimm mich!«

Wie konnte sie dieses Verlangen so lähmen? Alex konnte an nichts anderes mehr denken als an sie. War es das, was Sylvia gewollt hatte, als sie meinte, Alex fehle eine Romanze? Vorher hatte Alex sich gelangweilt, sich nach etwas Undefinierbarem gesehnt und das als schrecklich empfunden. Aber war dieser Zustand etwa besser? Sicher nicht. Was hielt sie also darin fest? Wieso konnte sie es nicht einfach abschütteln? Ein lästiges Gefühl, das in dieser Intensität auf jeden Fall nicht erwidert wurde. Esther war bindungsunfähig in einem Grade, den Alex weder bereit noch in der Lage war zu verkraften. Sie war ein Schmetterling, der von einer Blüte zur anderen flog, um den süßen Nektar zu genießen, den sie ihr darbot, dann zog sie weiter und ließ die ausgesaugte Blüte hinter sich zurück. Sie empfand sicher auch echte und wahre Gefühle, aber entweder war Alex nicht die richtige Frau, die diese Gefühle so steigern konnte, daß sie ihre Vernunft darüber vergaß, oder sie erreichte diese Maßlosigkeit der Empfindung sowieso nie. Etwas, das Alex sich bei sich selbst nicht vorstellen konnte, was ja aber dennoch bei Esther durchaus im Bereich des Möglichen lag. Alex konnte ihr deshalb keinen Vorwurf machen. Sie war, wie sie war. Sie konnte nicht anders. Aber Alex eben auch nicht. Was sollte sie nur tun? Wie lange würde dieser Zustand andauern? Sich jeden Tag zwingen zu müssen, sie nicht anzurufen. Jeden Tag die Gedanken an sie zurückzudrängen und sie dennoch immer zu spüren. Wie eine Klammer im Kopf, die alles andere abklemmte.

Selbst geschäftliche Anrufe nahm Alex manchmal nicht mehr an. Auf ihrem Anrufbeantworter harrten einige Nachrichten des Rückrufs. Aber als in diesem Augenblick das Telefon klingelte, raffte sie sich doch auf. Patricia Johnson, eine Auftraggeberin aus London, hatte schon zweimal angerufen, sie konnte sie nicht ein drittes Mal auf den Anrufbeantworter sprechen lassen, dann würde sie den Auftrag verlieren. »Weber Web-Design, guten Tag«, meldete sie sich und versuchte ein Lächeln auf ihre Lippen zu zaubern, damit ihre Stimme nicht so abweisend klang, aber es gelang ihr nur schwer.

»Hatten wir nicht einen Termin heute?« hörte sie Esthers fragende Stimme. »Oder habe ich das falsch notiert?« Sie klang ausgesprochen geschäftlich, nicht beleidigt oder indigniert und keinesfalls privat. Alex konnte nicht gleich sprechen, ihr Herz schlug bis zum Hals und drückte ihr die Kehle zu. So antwortete Esthers Frage zuerst einmal nur Schweigen, und sie fügte etwas irritiert hinzu: »Hier ist Esther. Esther Nagy.«

Alex schluckte und holte tief Luft. »Ich weiß«, erwiderte sie ausdruckslos, »so viele Esthers kenne ich nicht. Ich hätte dich auch ohne Nachnamen erkannt.«

»Oh, gut«, bemerkte Esther ganz nebenbei, um gleich darauf fortzufahren: »Hattest du den Termin abgesagt? Die Sekretärin hat mir gar nichts mitgeteilt.«

Alex' Kehle war wieder wie zugeschnürt, ihr fehlten die Worte. Wie konnte Esther einfach über ihre letzte Begegnung hinweggehen, als ob nichts gewesen wäre? Selbst wenn es ihr nicht so viel bedeutete wie Alex: Immerhin hatten sie sich das letzte Mal im Bett gesehen, und Alex war einfach gegangen, während Esther schlief. Und da rief sie an wegen eines Termins? Nur wegen des Termins? Ohne ein Wort über das andere zu verlieren? War das alles wirklich so normal für sie?

»Nein«, murmelte Alex nun doch mit viel Überwindung, nachdem sie sich etwas gefangen hatte, »das konnte sie auch nicht. Ich habe es . . . vergessen.« Sie hatte es nicht eine Sekunde vergessen, aber immer wieder versucht, es zu verdrängen, so daß der Zeitpunkt verstrichen war, ohne daß sie abgesagt hatte. Hin und her gerissen hatte sie manchmal sogar überlegt, den Termin ganz gelassen wahrzunehmen, aber das wäre wohl kaum möglich gewesen. Sie hatte nicht einmal gewagt, Klaus anzurufen, um ihn zu bitten, den Termin zu übernehmen, wie sie es ursprünglich einmal vorgehabt hatte. Sie hatte sich vorgestellt, wie er sie fragen würde: »Warum?

Bist du nicht zufrieden mit ihr?« Und dann hätte sie antworten müssen: »O doch!«, denn *so* konnte man das ja nun wirklich nicht sagen ...! Das wäre also auch nicht gegangen. Oder hatte sie einfach still und heimlich gehofft, daß Esther dann anrufen würde, daß sie dann ja schließlich anrufen müßte ...? Und daß sie dann mit ihr sprechen könnte, allerdings über etwas anderes als über den Termin? Andererseits: Esther hätte ja auch die Sekretärin anrufen lassen können, um sich zu erkundigen. Also hatte es vielleicht doch eine Bedeutung, daß sie selbst anrief? Eine wenn auch sehr bescheidene Hoffnung keimte in Alex auf.

»Ah, gut«, sagte Esther nun genauso geschäftsmäßig wie vorher. »Also habe ich mich doch nicht getäuscht.« Sie wartete offenbar auf eine Erwiderung von Alex, die aber nur stumm mit dem Telefonhörer in der Hand dasaß, den sie so fest umklammert hielt, daß ihre Fingerknöchel weiß hervortraten. Der Hörer zitterte, ihre Finger, ihr Arm, ihr ganzer Körper tat es. Sie traute sich nicht zu sprechen, denn auch ihre Stimme würde sich dem Zittern sicher anschließen. »Alex?« fragte Esther nun doch wieder etwas irritiert. »Sollen wir den Termin verschieben? Heute geht es ja eh nicht mehr, du könntest ja erst am späten Abend hier sein, und da habe ich heute ausnahmsweise mal keine Zeit. Ich muß früher aus dem Büro weg.«

Alarmiert schreckte Alex auf. Früher aus dem Büro weg? Was hieß das? Hatte sie eine Verabredung? Sie war doch sonst immer bis in die Puppen im Büro. »Nein, heute auf keinen Fall mehr«, zwang Alex sich zu antworten. »Aber eigentlich hatte ja sowieso Klaus die Sache, vielleicht sollte ich das dann mit ihm besprechen. Er wollte das wieder übernehmen, wenn er Zeit hat.«

»Ach so«, meinte Esther locker. »Na, um so besser. Ich habe mehr als genug zu tun. Soll ich dir einen Termin mit ihm heraussuchen? Ich dachte, die Verträge sind so dringend?« Sie schien das alles gar nicht zu berühren, es ging nur ums Geschäft.

»Ja, das sind sie auch«, erinnerte sich Alex jetzt fast gegen ihren Willen. »Wenn Klaus Zeit hat –«

»Hat er.« Esther wirkte sehr effizient und weder enttäuscht noch interessiert. Als ob sie das alles nichts anginge. »Ich habe das gerade auf dem gemeinsamen Terminkalender im Netz abgecheckt. Morgen um sechs Uhr?« Sie war so kühl bei der Sache, daß es Alex das Herz herausriß. Aber sie würde sie ja nicht sehen müssen. Das war ein Trost.

»Ja«, bestätigte Alex. »Morgen um sechs ist in Ordnung.« Dann wartete sie. Jetzt zumindest mußte Esther doch etwas sagen. Etwas Privates.

»Gut«, sagte sie jedoch nur. »Dann werden wir uns also wegen der Verträge nicht mehr sehen, das übernimmt dann wieder Dr. Meinert. Ich werde ihn informieren.«

»Danke«, sagte Alex, »auch für die Arbeit, die du dir damit gemacht hast.«

Esther lachte kurz und unbefangen auf. »Das ist mein Job. Dafür werde ich bezahlt.«

Dafür wurde sie bezahlt, ja sicher. Alex wunderte sich, daß sie überhaupt eine andere Antwort erwartet hatte. Sie wußte doch, wie gut Esther Dinge trennen konnte. Sex und Arbeit konnte sie genauso gut voneinander trennen wie Sex und Liebe.

»Also dann, mach's gut«, verabschiedete sich Esther jetzt, ohne zu zögern, ohne auch nur den Eindruck zu erwecken, daß sie etwas anderes im Sinn gehabt haben könnte als diese Terminabsprache, als sie anrief. Hatte sie wohl auch nicht. »Vielleicht sehen wir uns ja dann morgen in der Kanzlei.«

»Ja.« Alex merkte, daß sie selbst diese kurze Antwort kaum artikulieren konnte. Nun war es endgültig vorbei.

Esther legte auf.

Kein privates Wort, keine Frage, keine Entschuldigung – wofür auch? Sie hatte ja nichts getan als Alex die Wahrheit gesagt –, keine Färbung in ihrer Stimme, daß es ihr vielleicht doch leid tat, Alex nicht mehr zu sehen, nicht mal mehr beruflich wegen der Verträge. Daß die Verträge nicht alles waren, was sie interessierte, daß sie wohl keine beruflichen Kontakte mehr haben würden, sie sich aber privat weiterhin Kontakt mit Alex wünschte. Nichts, nichts, nichts. Einfach gar nichts. *Mach's gut.* Das war alles.

Bereits zuvor hatte sich Alex am Rande der Verzweiflung befunden, nun taumelte sie darüber hinaus. Sie stürzte ab in eine bodenlose Tiefe, in einen Abgrund, der keine Sohle bot, der sie fallen und fallen ließ, bis sie anfing zu schreien. Dadurch kam sie wieder zu sich. *Ich kann morgen nicht in die Kanzlei gehen,* dachte sie. *Ich kann einfach nicht. Wenn ich sie zufällig sehe –*

Aber sie mußte weiterleben. Sie mußte ihr Geschäft weiterbetreiben, sie mußte geschäftliche Termine wahrnehmen, und der mit Klaus war einer. Ein wichtiger sogar. Vielleicht sollte sie sich eine andere Kanzlei suchen, die sie juristisch unterstützte. Das wäre wohl das beste. Aber warum sollte sie Klaus ihr Vertrauen entziehen? Dafür gab es keinen Grund. Das war ungerecht. Nur weil sie ihre Hose nicht anbehalten konnte, sollte er geschäftliche Einbußen erleiden? Wie sollte sie ihm das erklären nach so vielen Jahren der Zusammenarbeit? Sie mußte lernen, Geschäft und Privatleben zu trennen, genau wie Esther. *Esther, mein Gott! – Ich kann sie nicht sehen, ich kann sie nie mehr wiedersehen – niemals! Das überlebe ich nicht ... Und wenn ich sie wiedersehe, überlebe ich das auch nicht.*

Alex nahm eine Menge Baldrian an diesem Abend, um einschlafen zu können. Etwas Stärkeres hatte sie nicht im Haus, sonst hätte sie auch das genommen. Aber sie war ganz froh, daß sie nichts da hatte. Sie wußte nicht, was sie sonst getan hätte.

Der Baldrian war wesentlich wirkungsvoller gewesen, als Alex angenommen hatte. Sie erwachte erst gegen Vormittag und fühlte sich tatsächlich ruhiger. Nach einer kalten Dusche wurde sogar ihr Kopf wieder einigermaßen frei. Das Telefon klingelte, aber sie ging nicht ran. Es war Mandy, die ein wenig beleidigt auf den Anrufbeantworter sprach: »Sag mal, gibt's dich noch? Seit Tagen versuche ich, dich zu erreichen, aber immer geht nur dein verfluchter AB dran. Wo bist du? Kannst du dich mal melden? Und falls nicht: Gehen wir zusammen zur Disco am Samstag? Pat hat Lust und ich auch; Sylvia meinte, sie ginge eventuell auch mit, ich weiß nicht, warum. Sie jammert doch nur jedesmal, daß die knackigen Hintern leider nur Frauen gehören. Aber sie will natürlich deine neue Flamme kennenlernen.« Mandy kiekste. »Wir auch. Kommst du mit ihr? Wahrscheinlich bist du jetzt sowieso bei ihr und deshalb nicht zu erreichen. Viel Spaß!« Jetzt war das Kieksen mehr ein amüsiertes Glucksen. »Ich hoffe, wir sehen uns. Ruf an. Tschüß.« Der Anrufbeantworter tutete kurz, dann war die Aufnahme beendet.

Alex hätte am liebsten sofort wieder losgeheult, aber sie versuchte sich zu beherrschen. Es reichte, daß sie sich gestern abend in den Schlaf geweint hatte, bis der Baldrian wirkte. Sie setzte sich auf den Boden und versuchte sich an ein paar Übungen zu erinnern, die sie vor Jahren einmal in einem Kurs für Autogenes Training erlernt hatte. Sie hatte sie wie vieles eine kurze Weile geübt und dann nie mehr. Das bereute sie jetzt. An ein oder zwei erinnerte sie sich dann aber doch und schloß die Augen, an die Wand gelehnt, die eine merkwürdige Mischung aus Kälte und Wärme auf ihrem Rücken produzierte. Da die Wand ja wohl kaum schaudern konnte, war es aber wahrscheinlich sie selbst, die dieses Gefühl hervorrief – oder etwas in ihr.

Warum gab es Sehnsucht? Warum gab es Liebe? Und warum gab es Frauen, die sie nicht erwiderten? Ein paar Tränen rollten trotz aller Beherrschung und ihrer zusammengepreßten Augenlider doch über ihre Wangen. *Wieso sind wir Menschen so geschaffen?* fragte sie sich. *Warum können wir nicht einfach Sex haben wie die Affen?* Einmal kurz rein-raus, und dabei brauchten die Affenfrauen noch nicht einmal ihre Mahlzeit zu unterbrechen, so schnell war es vorbei, und so bedeutungslos erschien es ihnen, das hatte sie einmal in einem Fernsehbeitrag gesehen. Sex war nicht das Problem, niemals. Sex war einfach. Aber Liebe war ein Problem, sie machte erst die Verzweiflung und all die schrecklichen Verlassensängste möglich, die einer das Leben vergifteten.

Nach einer Weile löste sie sich von der Wand und stand auf. Ein bißchen besser war es durch die Übungen geworden, wenn auch nicht viel. Aber ein alter Freund wie Klaus würde nicht viel von ihrer Aufmerksamkeit verlangen. Er war ein sachlicher Jurist, der sich mit nichts weiter als den Verträgen beschäftigen würde. Nach etwas anderem würde er nicht fragen, und dann konnte sie schnell wieder gehen. Sie machte sich fertig und verließ das Haus.

***

In der Kanzlei angekommen, bat die Sekretärin sie, noch einen Moment zu warten, dann führte sie sie ins Besprechungszimmer und schloß die Tür hinter ihr. Klaus war noch nicht da, er würde sicher gleich kommen, er war ein pünktlicher Mensch. Alex ging einen Schritt auf den Besprechungstisch zu, um sich zu setzen, während sie auf ihn wartete. Mit der Hand auf der Lehne des Stuhls verharrte sie irritiert. Was war das? *Oh.* Sie erkannte es: Esthers

Parfüm. Sie benutzte diesen Besprechungsraum ja auch. Warum hatte Alex daran nicht gedacht? Während sie noch so irritiert dastand, öffnete und schloß sich die Tür hinter ihr schnell hintereinander. Klaus. Wie immer pünktlich. Sie wollte sich gerade umdrehen, als sie bemerkte, daß sich der Geruch verstärkt hatte. Er wehte in einer duftigen Wolke zu ihr herüber, und sie blieb mit dem Gesicht zum Fenster stehen. »Esther«, sagte sie tonlos.

»Ja.« Esthers Stimme wurde gefolgt von einem Geräusch, das Alex nicht erwartet hatte: Sie schloß die Tür ab.

Nun drehte Alex sich doch um. »Was tust du da?« fragte sie etwas ungehalten. »Und wo ist Klaus?« Sie konnte sich kaum noch beherrschen. Esther zu sehen war ein Schock. Sie wollte möglichst schnell raus hier.

»Zu Hause«, erwiderte Esther merkwürdig lächelnd. »Bei Frau und Kindern, wie es sich gehört.«

Alex klappte den Mund auf und wieder zu, bevor sie beim zweiten Versuch endlich sprechen konnte. »Was ist mit unserem Termin?«

»Davon weiß er gar nichts«, erklärte Esther immer noch lächelnd und kam langsam auf Alex zu. »Ich habe es ihm nicht gesagt.«

Alex versuchte zurückzuweichen, als sie Esther immer näherkommen sah wie eine unaufhaltsame Sturmflut, langsam und bedrohlich. Was wollte sie? Warum hatte sie das Zimmer abgeschlossen? Alex stolperte ein wenig, als sich ihr der letzte Stuhl, der zwischen ihr und dem Tisch stand, in den Weg stellte, dann hielt sie der Tisch auf. Sie hob die Hand. »Esther, was ist? Warum hast du es ihm nicht gesagt? Jetzt bin ich ganz umsonst gekommen.«

Esther blieb nur ein paar Zentimeter vor ihr stehen. »Das glaube ich nicht«, sagte sie leise. »Ich kenne deinen Fall besser als er.«

»Aber du hast doch gesagt, du hast den Termin mit ihm vereinbart«, protestierte Alex schwach. Esther hatte keinerlei Unterlagen bei sich, was wollte sie dann mit ihr besprechen? Alex wurde es immer mulmiger. Eigentlich kannte sie Esther ja gar nicht. Und obwohl sie nicht wußte, warum, hatte sie das Gefühl, daß etwas Bedrohliches von ihr ausging.

Esther beugte sich vor, und als Alex versuchte, noch weiter zurückzuweichen, was nicht ging, da sie bereits an der Kante des Tisches stand, kippte sie um und fiel nach hinten auf die Tischplatte.

Esther griff schnell nach Alex' Revers und ließ sie dann langsam nach hinten sinken, um sich tief über sie zu beugen. Als Alex auf dem Rücken lag, stützte Esther ihre Hände neben Alex' Kopf auf, musterte ihr Gesicht aufmerksam und suchte ihren Blick mit dunkelglühenden Diamanten, die wohl ihre Augen sein sollten. »Noch nie«, sagte sie leise, »noch *absolut nie* hat mich eine Frau in meinem Bett liegengelassen und ist ohne Abschied gegangen. Verstehst du, was ich meine?«

»Ähm – ja – tut mir leid«, stotterte Alex. Wie eine Psychopathin, die sich für eine solche Verletzung rächen würde, hatte Esther bisher nicht gerade auf sie gewirkt, aber man konnte ja nie wissen. Psychopathen waren heutzutage verbreiteter, als man annahm, und schwer zu erkennen, wenn sie sich die meiste Zeit normal verhielten.

»Es tut dir leid?« fragte Esther mit skeptisch hochgezogenen Augenbrauen. »Du bedauerst es?«

»Nun – ja. Sicher tue ich das.« Das stimmte ja auch. Unter anderen Umständen wäre sie gern geblieben. Und zweifellos hätte sie *diese*, die momentane Situation damit vermeiden können, wenn ihr das klar gewesen wäre. Aber auf der anderen Seite konnte Esther schließlich auch nicht so tun, als ob das allein Alex' Schuld gewesen wäre. Dagegen wehrte sie sich trotz der merkwürdigen Position, in der sie sich gerade befand. »Ich hatte meine Gründe«, sagte sie deshalb leicht trotzig.

»Ah ja? Welche?« fragte Esther. Und nun schienen ihre Augenbrauen nicht mehr skeptisch, sondern leicht spöttisch hochgezogen zu sein. Sie sah nicht mehr ganz so bedrohlich aus. »Wir hatten eine tolle Nacht miteinander, soweit ich mich erinnere. Warst du nicht zufrieden?«

»Doch, selbstverständlich.« Alex versuchte ihre Hände unter Esther gleiten zu lassen, um sie wegschieben zu können. Aber Esther merkte es und packte Alex' Handgelenke. Sie drückte sie neben Alex' Kopf auf die Tischplatte. Dadurch war Alex praktisch bewegungsunfähig. »Bitte, Esther, laß mich los«, sagte Alex ruhig. Es war wohl besser, sie nicht zu reizen. Sie war in der stärkeren Position. »Was willst du von mir?«

»Oh, ist das nicht klar?« lachte Esther leise. Ihre Lippen näherten sich Alex' Mund.

Alex drehte ihren Kopf zur Seite, das war das einzige, was sie noch tun konnte. »Nein, bitte, hör auf damit«, bat sie. »Ich mag das nicht. Nicht so.«

Esthers Lippen senkten sich trotzdem auf Alex' Wange und wanderten von dort heiß und fordernd zu ihrem Mundwinkel. »Ich weiß, was du magst«, flüsterte sie heiser. »Hast du das vergessen? Und ich kann mich erinnern, daß du ziemlich leicht erregbar bist. Oder irre ich mich da?« Sie lachte wieder und schob ihr Bein zwischen Alex' Schenkel.

»Nein«, entgegnete Alex nun so kalt, daß ihre Stimme klirrte. Alle anderen Gefühle waren für den Moment erloschen. »Bin ich. Freiwillig und mit der richtigen Frau.«

»Oh.« Esther erhob sich schlagartig und ließ Alex frei. Während Alex sich aufrichtete und vom Tisch rutschte, ging Esther ein paar Schritte und drehte sich dann um. Sie verschränkte locker die Arme, und ihre Mundwinkel verzogen sich zu einem spöttischen Lächeln. »Und die bin ich nicht, die richtige Frau?« fragte sie. »Nicht mehr?«

Alex schüttelte den Kopf. »Nein«, behauptete sie entschieden. *Doch!* schrie es hingegen in ihr, *die bist du! Aber du willst ja nicht!*

»Hm«, machte Esther, »so schnell schon? Ich dachte, mit dir würde es länger dauern. Du wirktest so . . .« Sie suchte nach einem Wort. ». . . zuverlässig«, sagte sie dann.

Ja, ich schon, dachte Alex. *Aber du?* Sie sprach es jedoch nicht laut aus. »Was sollte das eben?« fragte sie statt dessen. »Wolltest du mich hier auf dem Tisch vergewaltigen?« In aufrechter Position fühlte sie sich wieder sicher genug, solche Fragen zu stellen.

»Aber nein! Nie im Leben!« Esther lachte auf. »Was denkst du denn von mir? Ich wollte mich vielleicht ein ganz klein wenig rächen, das stimmt schon. Ich fühlte mich reichlich komisch, als ich aufwachte, und du warst weg. So etwas ist mir wie gesagt noch nie passiert. Aber es war nichts als ein harmloses Spiel. Ich dachte, du merkst das.«

»Ein Spiel mit abgeschlossener Tür?« fragte Alex grimmig.

Sie zuckte die Schultern. »Na ja, es hätte ja jemand hereinkommen können, das wollte ich vermeiden. Und du sicher auch, denke ich. Oder hättest du gewollt, daß dich jemand so sieht: auf dem Rücken unter mir auf dem Tisch?« Sie lachte wieder, recht vergnügt sogar. Anscheinend hatte es ihr wirklich Spaß gemacht. Wahrscheinlich hatte sie sich tatsächlich nicht viel dabei gedacht.

Alex seufzte. Wenigstens war sie keine Psychopathin, das war doch schon mal was. Aber alles andere . . .? »Wenn du dich so über mein Verschwinden gewundert hast« – *Wieso war sie nicht auf den naheliegendsten Gedanken gekommen, daß es etwas mit dem zu tun hatte, was sie zuletzt gesagt hatte?* dachte Alex –, »warum hast du dann nicht einfach angerufen?«

Esther blickte erstaunt. »Das pflege ich nie zu tun. Normalerweise habe ich das nicht nötig. Ich bin das nicht gewöhnt.«

So, du bist das nicht gewöhnt, dachte Alex sarkastisch. *Und solche Gewohnheiten kann man nicht ändern?* Aber dazu war es ihr wohl nicht wichtig genug gewesen. »Aber wegen des Termins hast du doch auch angerufen«, bemerkte jetzt Alex erstaunt.

Den Zusammenhang schien Esther nicht zu begreifen. »Ja, sicher«, antwortete sie noch verwunderter. »Das war geschäftlich, und ich hatte erwartet, daß du kommst. Da mußte ich mich doch erkundigen. Es hätte ja sein können, daß ich den Termin falsch notiert hatte.«

Das hatte sie auch schon am Telefon als Begründung angegeben, und die schien sogar zu stimmen, wenn sie sie jetzt so selbstverständlich wiederholte. Sie hatte tatsächlich nur wegen des Termins angerufen! Sonst hätte sie es nicht getan. Insgeheim hatte Alex gehofft, daß Esther diesen Termin nur als Vorwand für ihren Anruf benutzt hatte, so wie sie selbst es vielleicht auch getan hätte, um mit Esther sprechen zu können, wenn es umgekehrt gewesen wäre. Aber das war nicht der Fall. Es war nur geschäftlich gewesen, so, wie es am Telefon auch geklungen hatte. Erst hier, im Besprechungszimmer, hatte sie das Private mit dem Geschäftlichen vermischt. Überraschenderweise.

»Du solltest vielleicht die Tür wieder aufschließen, bevor sich jemand wundert«, sagte Alex müde.

Aber Esther lachte. »Außer uns ist niemand mehr da. Die Sekretärin war die letzte, und die ist jetzt auch schon eine Weile weg.«

Also war ihr Verhalten so überraschend vielleicht auch wieder nicht. Sie betrachtete das hier offensichtlich bereits als ihren Feierabend, wenn auch etwas früher als sonst. Aber gestern war sie ja auch früher gegangen. Zu wem wohl? Alex schalt sich selbst aus.

Das geht dich nichts mehr an! Jetzt schon gleich gar nicht mehr! Sie war immer noch eifersüchtig auf Esther? Sie war wirklich eine Idiotin sondergleichen . . .

Alex ging zur Tür und schloß auf. »Ich hasse es, eingesperrt zu sein, entschuldige bitte. Außerdem muß ich ja sowieso gehen.« Sie wandte sich zum Tisch zurück und nahm ihre Unterlagen von dem Stuhl, auf den sie sie hatte fallen lassen, als Esther sie quasi überfiel.

»Warte einen Moment«, sagte Esther, »deine Verträge. Ich habe sie natürlich fertig. Du kannst sie so unterschreiben lassen. Es sei denn, du hast noch etwas daran auszusetzen. Sollen wir sie noch besprechen?« Sie fragte ganz harmlos und geschäftsmäßig, wieder die Anwältin par excellence.

Alex drehte sich zu ihr um. »Frau Nagy«, sagte sie beißend, »das ist doch wohl nicht Ihr Ernst?«

»Nicht, Alex«, bat Esther leise, »so schlimm bin ich nun auch wieder nicht. Es war doch nur ein Spiel.« Zum ersten Mal zeigte sie sich von irgend etwas betroffen, zum ersten Mal, seit Alex sie kannte, wirkte sie verunsichert.

»Schon gut.« Alex winkte ab. »Gib mir die Verträge, ich werde sie mir zu Hause ansehen.«

Esther nickte. »Komm mit in mein Büro, sie liegen auf meinem Schreibtisch, dann kannst du sie gleich mitnehmen.«

Alex folgte ihr, und Esther reichte ihr die Verträge über den Schreibtisch. »Es tut mir leid, daß ich nicht die richtige Frau für dich bin«, sagte sie plötzlich. »Aber wahrscheinlich bin ich das für niemand.« Sie zuckte die Schultern. »Na ja, da kann man halt nichts machen.« Sie lächelte entschuldigend. »Du bist nicht die erste, die mir das sagt.« Wirklich etwas auszumachen schien es ihr aber nichts, denn sie wirkte völlig gelassen.

Sie kam Alex nach, als die zur Eingangstür der Kanzlei ging, und lehnte sich gegen den Rahmen. Sie lächelte – bezaubernd, wie Alex es von ihr kannte. »Wenn du mit einer Frau Tennisspielen gehst, muß es dann auch *die Richtige* sein? Oder reicht da auch eine ehemalige Liebhaberin?«

Alex öffnete erstaunt die Augen. Was sollte das denn nun wieder für eine Frage sein? »Was meinst du damit?« fragte sie mißtrauisch.

Esther warf anmutig und leicht den Kopf zurück, so daß sich ihre Haare auffächerten und dann elegant wieder zurückfielen, und lachte charmant. Es war eine ausgesprochen kokette Geste – und eine verführerische. Sie beherrschte das perfekt. Alex merkte, wie Esthers Anziehungskraft sofort wieder auf sie wirkte. Sie sollte jetzt sehr schnell gehen, sehr, sehr schnell ...

»Ich meinte«, sagte Esther immer noch hinreißend lächelnd, »daß wir vielleicht am Samstag zusammen Tennisspielen gehen könnten. Ich habe einen Platz im Tennisclub reserviert, weil ich dachte, wir beide könnten vielleicht ... Ich wußte ja nicht, was passieren würde.«

Sie war wirklich erstaunlich! Tennisspielen, Geschäft, Sex: Alles schien für sie unabhängig voneinander zu existieren. Wenn man das eine nicht mehr zusammen tun konnte, war das noch lange kein Grund, das andere auch zu lassen. Das schien eines ihrer Prinzipien zu sein. Alex fühlte sich von ihrem Lächeln bereits gefangen, aber sie wollte sie das nicht merken lassen, und das beste für sie selbst war, Esther nie mehr wiederzusehen, das wußte sie sehr wohl. »Du bist wirklich verrückt, Esther«, sagte sie, aber es klang fast schon liebevoll. Das *würde* sie merken, ganz sicher, und das durfte Alex auf keinen Fall zulassen. Dann war sie ihr ausgeliefert. »Ich kann nicht«, sagte sie bedauernd, »am Samstag habe ich schon etwas anderes vor.« Abends war Disco, aber sonst ...? Aber immerhin war es nicht ganz gelogen.

»Schade«, sagte Esther ehrlich betrübt. »Nachmittags um vier? Geht es wirklich nicht?«

Alex wußte, sie sollte nicht – sie sollte auf keinen Fall ... »Ich weiß nicht. Vielleicht«, sagte sie zweifelnd. »Ich werde es mir überlegen.« Sie sollte den Teufel tun, so etwas auch nur in Erwägung zu ziehen! War sie denn ganz und gar verrückt geworden? Sie war – offensichtlich. In Esthers Nähe setzte ihr Verstand aus, je länger, desto mehr. Ihr Begehren erwachte, und nicht mehr ihr Kopf regierte, sondern andere Teile ihres Körpers, *ein* anderer Teil ... Aber *dieses* Kapitel war nun wirklich abgeschlossen! Das schwor sie sich. Es ging nur um Tennisspielen, sonst nichts. Und warum sollte sie nicht? Sie mußte jetzt hier weg, bevor Esther noch mehr Angebote machte, die sie nicht ablehnen konnte. »Ich werde es mir überlegen«, wiederholte sie.

»Okay«, meinte Esther gelassen. »Komm einfach zum Platz, wenn du Lust hast. Ich bin ohnehin da, ich habe vorher noch eine

Trainerstunde.«

Alex hob resigniert die Augenbrauen. »Na toll! Dann wirst du mich in Grund und Boden bombardieren. Schöne Aussichten!« Sie merkte zu spät, daß sie damit schon so gut wie zugesagt hatte, aber wahrscheinlich hatte Esther das ohnehin schon mitgekriegt – und auch nicht anders erwartet, was Alex wiederum ärgerte.

»Nein«, versicherte Esther nun mit weicher Stimme, »ich werde ganz lieb sein, bestimmt. Ich werde nur zärtlich den Ball streicheln.« Dabei strich sie mit ihrer Hand am Türrahmen entlang, um zu illustrieren, was sie meinte – oder wahrscheinlich wohl eher, um etwas ganz anderes zu erreichen.

»Ich bin mir nicht sicher, ob du überhaupt weißt, was das ist: lieb sein«, bemerkte Alex ein bißchen gehässig. »Aber ich würde gern mal wieder Tennis spielen, also überlege ich es mir mit Samstag.« Sie ging die Treppe hinunter.

»Um vier!« rief Esther ihr lachend hinterher.

Alex drehte sich noch einmal um und sah zu ihr hoch. »Ich *überlege* es mir, habe ich gesagt, mehr nicht. Ich habe nicht zugesagt.«

Esther lachte siegessicher zu ihr hinunter. »Ja, sicher, du überlegst es dir nur.« Ihre Mundwinkel verzogen sich leicht schmunzelnd, und sie sah hinreißend aus. Sogar ihr Rock schien kürzer. Alex drehte sich um und ging schnell durch die Ausgangstür, bevor sie noch mehr solcher Details bemerken konnte.

»Was habe ich mir nur dabei gedacht?« fragte sich Alex schon auf der Heimfahrt. Sie war trotz aller Trauer, trotz aller Verzweiflung, trotz all der Qualen der vergangenen Tage wieder in Esthers Bann geraten. Hätte sie sie heute nicht gesehen, und vielleicht noch längere Zeit nicht, hätte sie sich vielleicht von ihr lösen können, aber so? Obwohl sie nun wußte, wie Esther zu Beziehungen stand und sich in dieser Richtung keine Hoffnungen machen konnte, tat Alex so, als wäre das alles nicht existent. Sie wollte sich einreden, daß es ihr nichts ausmachte, daß sie mit Esther auch einfach so befreundet sein konnte, Tennis spielen und sonst gar nichts. Würde sie das durchhalten? Schon allein der Gedanke an Esther in einem kurzen Tennisröckchen ließ ihr den Schweiß auf die Stirn treten. Ganz zu schweigen von allem anderen, was man sonst noch beim Tennis sah. Und Esther würde mit Sicherheit dafür sorgen, daß *ihr* Rock der kürzeste war und daß man *alles* sehen konnte. So schätzte Alex sie ein. Sie, Alex, würde einfach nicht hingehen, das war die Lösung. Schließlich hatte sie nichts versprochen. Genau, das war es: Sie würde einfach nicht hingehen!

Etwas beruhigter fuhr Alex nach Hause, und nachdem sie Esther nun gesehen hatte, blieb der Baldrian im Schrank. Vielleicht gab es ja doch noch einen Ausweg aus dieser Situation, die ihr gestern noch so ausweglos erschienen war. Ja, sie war ganz sicher, den gab es.

Die Qualen der vergangenen Tage verzogen sich nicht, sie waren nur gemindert, denn nun war die Sehnsucht zwar immer noch schmerzlich, aber jetzt eher süß und schmerzlich, sie hatte den bitteren Beigeschmack für den Moment verloren. Alex' Sehnsucht aber wurzelte in dem unerfüllten Begehren, das sie für Esther empfand, das hieß, sie würde sich nicht einfach auflösen, wenn Alex es sich versagte, sich dieses Begehren zu erfüllen. *Esther* hätte es ihr nicht versagt, und das machte es nur noch schlimmer. Alex wußte, daß Esther nur darauf wartete, sie erneut verführen zu können, das hatte sie offen genug gezeigt, aber das war nur ein Teil des Begehrens, das Alex empfand, sicherlich kein unwesentlicher, das gab sie vor sich selbst auch zu, aber es war dennoch nur ein Teil, nicht das Ganze. Sie jedoch, Alex, wollte das Ganze, die große Liebe, die Erfüllung in Beziehung und Partnerschaft – und natürlich auch im Bett, aber nur letzteres? Das war ihr zu wenig, wie sehr sie sich auch jetzt nach Esthers Körper sehnte, nach ihrer Berührung, nach ihrer Nähe. Das würde vergehen, redete sie sich erneut ein, wenn sie sich nur immer wieder und oft genug klarmachte, daß Esther für eine Beziehung nicht in Frage kam oder eher: daß für Esther eine Beziehung nicht in Frage kam. Konnte Alex das ändern? Vermutlich nicht. *Höchstwahrscheinlich* nicht.

Sie zwang sich zur Arbeit, wie sie es in ihrem Leben noch nie hatte tun müssen. Arbeit war für sie immer mehr Vergnügen gewesen als Pflicht, etwas, das sie gern tat und wofür sie sogar andere Dinge – Ausgehen, Kino, Freundinnen – vergaß. Sie hatte sie nie als

Belastung empfunden, deshalb konnte sie auch nichts davon abhalten. Sie war das Wichtigste in ihrem Leben. Aber nun auf einmal schien sie das nicht mehr zu sein. Esther beherrschte ihre Gedanken und Gefühle in einem Maße, das sie nicht für möglich gehalten hätte, bevor sie es nun erlebte. Wenn es doch nur nicht so aussichtslos gewesen wäre! Esther hatte ihr sehr deutlich zu verstehen gegeben, was sie wollte und was nicht. Sex: ja, Beziehung: nein. Und Alex hatte offensichtlich nur die Wahl, sich danach zu richten oder Esther eben Esther sein zu lassen und sich eine andere Frau zu suchen – oder allein zu bleiben. Was machte sie sich da noch Gedanken? Sie wollte eine Beziehung und Esther nicht, daran gab es nichts zu rütteln, das waren unvereinbare Welten. Also sollte sie jeglichen Kontakt zu Esther abbrechen.

Tennisspielen – pah! Das war doch alles nur eine Ausrede dafür, sie wiederzusehen. So, als ob nichts gewesen wäre. Aber es war sehr viel gewesen, von beiden Seiten. Mehr, als Alex eigentlich verkraften konnte. Ihre Erwartungen an Esther, an jede Frau, die so wie Esther ihren Vorstellungen von einer idealen Partnerin nahekam, hatten sich nicht geändert. Sie wollte immer noch eine Beziehung mit ihr, auch wenn sie nun wußte, daß Esther das eindeutig *nicht* wollte. Selten hatte sie sich so in der Zwickmühle gefühlt. Sie sah die Lösung vor sich: Esther verlassen. Und sie konnte sich doch nicht dazu durchringen, es zu tun. Sie fühlte und roch sie, obwohl sie nicht da war. Manchmal wachte sie nachts auf und war überzeugt davon, daß Esther hiergewesen sein mußte, so sehr hing ihr Duft im Raum. Sie träumte von ihr, von ihren streichelnden Händen, die sie so real berührten, daß sich ihre Haut zusammenzog, von ihren Küssen, von ihrer Leidenschaft, die sie jedesmal fast verbrannte. Von ihrem Mund, der sich langsam auf Alex herabsenkte ...

Sie nahm sich vor, am Samstag einen Auftrag zu Ende zu bringen, den sie unbedingt noch diese Woche erledigen mußte. Das würde sie mindestens bis Mitternacht beschäftigen, und dann war die Versuchung vorbei, dann war es zu spät für alles, fürs Tennisspielen und für die Disco. Sylvia, Pat und Mandy würden's schon verkraften. Sie würden sich auch ohne Alex gut amüsieren. Alex seufzte tief auf. Ja, genauso würde sie es machen.

Als die Vögel sie am Samstagmorgen mit dem üblichen Gezwitscher vor ihrem Schlafzimmerfenster weckten, war sie immer noch der festen Überzeugung, ihren Vorsatz wahrmachen zu können. Nach dem Frühstück startete sie ihr Graphikprogramm und begann mit den Änderungen an den Internetseiten, die sie demnächst abliefern mußte. Aber je mehr die Sonne von einem Fenster zum nächsten wanderte, desto unruhiger wurde sie. Sie versuchte es mit Baldrian, aber sie wollte ja nicht einschlafen, also konnte sie nicht allzuviel davon nehmen, und das, was sie nahm, beruhigte sie auch kein bißchen. Jedenfalls kam es ihr so vor. Ihre Finger konnten die Maus nicht mehr führen, sie machte Fehler und verdarb sich fast den ganzen Entwurf.

Ich kann es nicht, sagte sie zu sich selbst. *Ich schaffe es einfach nicht, von ihr loszukommen. Ich weiß, sie ist mein Untergang, und trotzdem schaffe ich es nicht. Warum nur, warum?* Irgendwann stellte sie sich diese Fragen nicht mehr und zog sich einfach an. Sie kam nicht dagegen an. Wie ein elastisches Band, das an ihr zog, wurde die Spannung immer stärker, immer unerträglicher. Sie mußte ihr nachgeben.

Esther erwartete sie im Tennisclub und wunderte sich natürlich überhaupt nicht, daß sie kam. Sie lächelte nur wissend, als sie Alex auf den Platz zukommen sah, auf dem sie noch mit ihrer Trainerin Aufschläge übte. »Wir sind gleich fertig«, rief sie gutgelaunt herüber. »Zieh dich schon mal um. Dann können wir sofort anschließend spielen.«

Alex suchte die Umkleidekabinen und landete zuerst einmal falsch in denen der Männer. »Hey, junge Frau«, grölte einer zu ihr herüber, »nur immer rein in die gute Stube!«

Alex prallte an der Tür zurück und verzog sich schnell in die angrenzende Damengarderobe. Dort ließ sie sich auf die schmale Bank fallen und barg ihr Gesicht in den Händen. Warum ging sie nicht einfach wieder? Wozu sollte das hier führen? Sie öffnete die Sporttasche und zog ihre Tennisschuhe heraus. Sinnend betrachtete sie sie. Sie hatte sie lange nicht mehr angehabt. Eine frühere Freundin von ihr hatte gern Tennis gespielt, und so hatte sie es auch gelernt, mehr schlecht als recht. Als die Beziehung – wenn es denn eine gewesen war, über mehr als Tennis hatten sie eigentlich nicht reden können – in die Brüche ging, hatte Alex die Schuhe und alles andere eingepackt und in der hintersten Ecke verstaut. Dort hatte sie es heute wieder hervorgeholt.

Mit dem Auspacken kamen die Erinnerungen zurück. Eigentlich hatte jene Freundin tatsächlich Ähnlichkeit mit Esther gehabt. Sie war gut im Bett gewesen – nicht so schnell wie Esther, aber gut –, und sie hatte sich ebenso wie Esther geweigert, sich auf eine nähere Beziehung einzulassen. Daß es überhaupt zu einem längeren Verhältnis gekommen war, war damals allein Alex zu verdanken gewesen, die sich darum bemüht hatte. Was von der anderen Seite jedoch zum großen Teil mit Unverständnis quittiert wurde. Irgendwann war es dann einfach nicht mehr gegangen, und sie hatten sich getrennt, ziemlich sang- und klanglos. Alex hatte noch eine Weile darunter gelitten, aber irgendwann hatte der Alltag sie wieder eingeholt, und das Bild dieser Frau war aus ihrem Gedächtnis entschwunden. Heute wußte sie kaum mehr, wie sie ausgesehen hatte. Sie war weggezogen, und sie hatten sich nie mehr gesehen.

Alex seufzte. Eine der vielen schlechten Erfahrungen in ihrem Leben ... Sie hätte ein Buch darüber schreiben können. *»Wie ich stets verlassen wurde.«* Warum hatte es nie geklappt? Warum waren die Frauen, die sie kennengelernt hatte, immer so erpicht darauf gewesen, ihre *Freiheit* zu behalten? Kaum eine wollte sich wirklich binden, und wenn, dann war es wieder eine zu feste Bindung gewesen. Dann war Alex erstickt an Eifersucht und Mißtrauen, die sie nicht ertragen konnte. Zumal es immer unbegründet gewesen war. Sie war treu. Wenn sie einer Frau mit ihrer Liebe dieses Versprechen gab, war es für sie selbstverständlich, es zu halten. Für die anderen war es das nicht immer gewesen.

Alex seufzte erneut. Sie öffnete ihre Schuhbänder und wollte gerade ihre Schuhe ausziehen, als Esther etwas erhitzt zur Tür hereinstürzte. »Ach, *da* bist du immer noch! Wo bleibst du denn?«

»Ich habe –« Alex wollte gerade erklären, daß sie sich verlaufen hatte, da kam Esther mit glänzenden Augen auf sie zu.

»Eigentlich gar nicht so schlecht«, sagte sie und fuhr sich mit der Zunge über die Lippen. »Hier sind wir ja auch viel ungestörter.«

Mit einer schnellen Bewegung setzte sie sich rittlings auf Alex' Schoß. »Komm«, keuchte sie. »Schnell. Mach's mir.«

»Esther!« Alex reagierte nicht nur überrascht, sondern sogar leicht empört. »Wir sind zum Tennisspielen verabredet!«

Esther griff nach Alex' Hand und schob sie sich zwischen die Beine. »Du weißt genau, daß das nur ein Vorwand war. *Deshalb* bist du doch gekommen. Nicht wegen Tennis.«

»Doch!« Alex protestierte.

Esther begann auf Alex' Hand zwischen ihren Schenkeln herumzurutschen. »Ja!« stöhnte sie bereits. Alex brauchte gar nichts zu tun. Schon nach wenigen Sekunden, wie ihr schien – in Wirklichkeit waren es wahrscheinlich zwei oder drei Minuten –, keuchte Esther auf, stöhnte noch einmal laut »Jaaa!« und war fertig. Sie sank auf Alex' Oberkörper nieder und rang nach Luft. »Siehst du?« behauptete sie kurz darauf, immer noch leicht erhitzt. »War doch gar nicht so schwer.« Sie stand auf und rückte ihren kurzen Tennisrock zurecht. »Wollen wir spielen?«

Alex saß da, überrumpelt und beschämt, und wußte nicht, was sie tun sollte. Was sollte sie mit dieser Frau anfangen?

Esther kam erneut auf sie zu, nachdem sie sich schon in Richtung Tür bewegt hatte. »Oder willst du noch mal?« Sie schob ihren Unterleib vor Alex' Gesicht. »Möchtest du nicht vielleicht auch?« Esther lachte schon wieder erregt.

Als sie ihre Hand auf Alex' Brust legte, sprang die auf. »Nein! Wir spielen!« Sie schnappte ihren Schläger und die Schuhe und stürzte Hals über Kopf aus der Kabine hinaus. Sie würde sich am Spielfeldrand umziehen. Sie hatte eh alles unter ihrem Jogginganzug.

Esther folgte ihr lachend. Sie hatte offensichtlich erreicht, was sie wollte.

Sie spielten dann tatsächlich ein paar Sätze, und wie zu erwarten gewesen war, ging das Match an Esther. Alex hatte nicht einen Satz für sich buchen können. Esther spielte sehr gut und konzentriert – war sie nicht bei allem so? – und zwischendurch brachte sie Alex dadurch aus der Fassung, daß sie unauffällig ihren Rock hob oder ihre Zunge zwischen ihren Lippen hervorzüngeln ließ. Alex war fix und fertig mit den Nerven, als das Match vorbei war.

»Duschen wir zusammen?« fragte Esther schmunzelnd.

»Ooh nein!« Alex schüttelte den Kopf. »Nein, auf keinen Fall!«

Esther kam aufreizend langsam auf sie zu. »Bin ich denn so abstoßend?« Sie flüsterte genauso verführerisch, wie sie ihre Hüften geschwenkt hatte, und Alex wußte, daß sie dem nicht viel Widerstand entgegensetzen konnte, jedenfalls nicht lange.

Was war das nur? Warum war sie so gefangen? Warum hatte sie selbst der Super-Quicky, den Esther zuvor auf ihrem Schoß abgezogen hatte, erregt, obwohl sie das nie zugeben würde? Warum erregte es sie jetzt wieder, von Esther angemacht zu werden? Sie wollte nicht . . . nein, sie *wollte* nicht! Das konnte nur in einer Katastrophe enden. Aber warum war sie dann überhaupt hergekommen? Hatte Esther recht gehabt? Ums Tennisspielen war es Alex in der Tat nicht gegangen, das mußte sie zugeben, aber nur um Sex? Das auch nicht. Auch wenn Esther das meinte.

Alex streifte am Spielfeldrand ihre Jogginghose über, nachdem sie die Schuhe gewechselt hatte, und zog ihre Jacke an. »Ich dusche zu Hause«, verkündete sie fest.

Esther trat noch näher an sie heran und fuhr mit ihren Fingern durch die kurzen Haare in Alex' Nacken, daß sie sich sträubten und Alex eine Gänsehaut bekam. »Bist du sicher?« fragte Esther leise.

»Esther, bitte, zwing mich nicht«, erwiderte Alex ebenso leise. Die nächsten Spieler betraten schon den Platz, und sie waren nicht mehr allein. »Ich möchte das jetzt nicht.« Diese Aussage entsprach nicht ganz der Wahrheit. Alex hätte schon gern mit Esther geschlafen, aber nicht so, nicht zwischen Tür und Angel, nicht in der Umkleidekabine oder Dusche eines Tennisclubs in zwei Minuten. Sie wünschte sich zärtlichen, einfühlsamen Sex, der – und das war vermutlich der Knackpunkt – mit Liebe verbunden war, der ein Ausdruck des Gefühls war, das zwei Frauen füreinander empfinden, nicht einfach nur der Leidenschaft oder des Begehrens. Das aber – und das wußte sie spätestens seit Esthers erschütternder Bemerkung zu diesem Thema – würde sie von Esther nie bekommen. Warum versuchte sie es dann überhaupt?

»Dann komm mit zu mir«, flüsterte Esther jetzt, während ihre Finger immer noch Alex' Nacken liebkosten. »Dusch bei mir.«

»Esther, ich –« *kann nicht,* wollte Alex sagen, aber sie brachte es nicht über die Lippen. Esthers Finger in ihrem Nacken machten sie zunehmend wehrlos, Esthers Körper neben ihrem, der warm glühte und das Begehren in ihr hochlodern ließ, schwächte ihre Widerstandskraft. Und Esther selbst – Alex betrachtete ihr Gesicht. Sie war wirklich genau die Frau, die sie sich immer gewünscht hatte. Aus irgendeinem merkwürdigen Grunde war sie fest davon überzeugt, obwohl sie sie kaum kannte. Vielleicht empfand auch Esther es ähnlich, als sie Alex jetzt zärtlich ansah, voller Verlangen, aber auch Gefühl, wie Alex zu erkennen glaubte.

Dieser Blick war es, der Alex' Abwehr zusammenbrechen ließ. Vielleicht hatte ja auch Esther einfach nur noch nicht die richtige Frau gefunden, ebenso wie sie selbst. Und konnte sie, Alex, diese Frau nicht sein? Mußte sie nicht nur Esther davon überzeugen, daß Alex für sie die richtige Frau war, ebenso wie Esther es in Alex' Augen zu sein schien? »Gut«, sagte sie.

Esther lächelte zufrieden. »Ich hole nur schnell meine Sachen«, verkündete sie und lief zur Umkleidekabine. Sie hatte es mal wieder eilig. Weshalb wohl?

Alex wußte selbstverständlich, weshalb, aber sie konnte sich immer noch nicht vorstellen, daß es wirklich allein nur das war, worum es Esther ging. Sie war offenbar ausgesprochen potent, das stimmte, aber da hatte Alex auch noch nie Probleme gehabt, nur daß sie eine andere Art bevorzugte.

Esther kam zurück, und da sie diesmal mit zwei Autos unterwegs waren, gab es auch bei der Rückfahrt keine Probleme. So weit reichte Esthers Arm dann doch nicht.

Als Alex vor Esthers Haus ankam, stand deren Wagen schon geparkt in der Einfahrt, aber von Esther war nichts zu sehen. Alex blickte sich um und entdeckte beim zweiten Hinsehen, daß die Haustür offenstand. *Oh, noch schneller als sonst,* dachte sie, aber das war ja auch schon in der Umkleide so gewesen. Sollte sie es wirklich tun? Esther war offensichtlich so von ihrer Anziehungskraft überzeugt, daß sie es noch nicht einmal für nötig hielt, auf Alex zu warten.

Und diese Esthers Überzeugung bestand ja auch zu Recht, wie Alex vor sich selbst innerlich seufzend zugab, während sie sich schon in Richtung Haustür in Bewegung setzte. Gefesselt, gefangen – so fühlte sie sich. Keiner eigenen, selbständigen Entscheidung mehr fähig.

Sie stellte sich vor, was Esther jetzt schon allein dort oben in der

Wohnung tun würde. Alex' Haut begann erneut zu kribbeln und ihr Bauch auch. War sie denn besser als Esther? Sie wollte doch auch nur das Eine. *Aber nein,* widersprach sie sich selbst, während sie hinter sich die Haustür ins Schloß drückte und langsam die Treppe hinaufstieg. *Es ist eben nicht dasselbe. Ich begehre sie, weil ich sie liebe, und sie* – Alex ließ den Rest lieber offen. So genau wollte sie es gar nicht wissen in diesem Moment, da sie alles zu der Frau in der Wohnung über ihr hinzog, da sie sich so nach ihr verzehrte, daß ihre Bedürfnisse sich wohl nicht so sehr voneinander unterschieden, wie Alex es gern gehabt hätte.

Alex betrat die Wohnung – auch hier stand die Tür offen, die sie bedächtig hinter sich schloß – und hörte schon das Wasser in der Dusche rauschen. Oh, sie hatte schon allein angefangen! Heute war sie aber wirklich – Kein Wort, daß Alex in den Sinn kam, klang neutral genug, um nicht eine gewisse abschätzige Note zu beinhalten. Also entschloß sie sich dafür, nicht zu entscheiden, was Esther sein mochte. Das war sowieso besser.

»Alex? Bist du's?« hörte sie Esthers vom Wasser fast übertönte Stimme aus dem Bad.

Wer sonst? wollte Alex schelmisch zurückfragen, aber im letzten Moment fiel ihr ein, daß das vielleicht nicht die richtige Frage war. Wer wußte, was für eine Antwort sie darauf bekommen würde? »Ja«, erwiderte sie deshalb so laut wie möglich, damit Esther sie hörte.

»Komm rein!« rief Esther zurück. »Das Wasser ist schon warm.«

Ich hätte gewettet: heiß, dachte Alex sarkastisch, und dennoch konnte sie sich dem lockenden Klang in Esthers Stimme nicht entziehen. Sie entledigte sich ihrer Kleider und betrat nackt das Bad.

Esther stand in der Dusche und schob die matten Kunststofftüren auf, als sie Alex hereinkommen sah. »Du hast aber lange gebraucht«, lächelte sie.

Es ist nicht jede so schnell wie du, dachte Alex, aber sie sagte es nicht. Esthers nackter Anblick machte sie sprachlos, obwohl sie sie ja nun nicht zum ersten Mal so sah. Sie war eine schöne Frau, sie besaß einen wunderbar proportionierten, durchtrainierten Körper – *vom Tennis?* dachte Alex, *oder eher von etwas anderem?* – und sie lächelte bezaubernd genug, um Alex trotz aller Bedenken, mit denen sie sich zu wappnen versuchte, dahinschmelzen zu lassen.

Esther streckte einen Arm nach ihr aus. »Komm«, sagte sie leise. Ihre Augen fesselten die von Alex mit einem unsagbar erregten und erregenden Blick, und sie ließen sie nicht mehr los, bis Alex wie in Trance in die Dusche gestiegen war und Esther die Tür hinter ihr schließen konnte.

»Ich wollte nicht kommen«, bemerkte Alex verzweifelt zu ihrer eigenen Ehrenrettung.

»Ich weiß«, erwiderte Esther selbstsicher. »Aber jetzt bist du da.« Sie ließ etwas von der flüssigen Seife in ihre Hände fließen und verteilte sie dann auf Alex' Körper, die die Zähne zusammenbiß, damit sie nicht dasselbe mit Esther tat, was Esther zuvor mit ihr in der Garderobe gemacht hatte, denn die Lust schoß in Alex hoch, und sie schämte sich dafür. Sie war nicht besser als Esther. Keinen Deut besser ...

Esther hatte ihren eigenen Körper offenbar schon mit Seife eingerieben, bevor Alex gekommen war, und drängte sich jetzt an sie, so daß ihre nassen, glitschigen Leiber sich gegenseitig streichelten, ohne daß sie ihre Hände dazu benutzen mußte. Mit denen hatte sie auch Besseres zu tun.

Alex spürte, wie sich Esthers glatte Brüste gegen ihre eigenen preßten und ihre Brustwarzen ebenso wie die von Alex steif hervortraten. Ein unbändiges Verlangen durchzog Alex' ganzen Körper, obwohl sie versuchte es einzudämmen. Warum eigentlich? Es war doch schön.

Esther rieb sich an ihr und stöhnte. »Du bist so gut, Alex, du bist so gut ...« Ihre Hände packten Alex' Po und zogen die Pobacken auseinander, während das Wasser von oben über sie beide herunterströmte, und als Esther ein Bein hob und gegen die Wand stützte, flüsterte sie: »Geh ganz tief in mich rein, bitte, Alex, bitte ...« Sie wartete nicht auf Alex' Reaktion, sondern nahm sich deren Hand wie schon zuvor in der Tennishalle und führte Alex' Finger selbst bei sich ein. Alle fünf. Gleich darauf drängte sie sich Alex' Hand noch mehr entgegen und versuchte sie ganz tief in sich aufzunehmen.

»Ich kann nicht, Esther«, preßte Alex hervor. Sie spürte den Widerstand. Dagegen wollte sie nicht an.

»Doch, bitte ...«, keuchte Esther, »bitte tu's. Stoß zu.« Sie wand sich in der Dusche wie ein Aal, hob ihr Bein noch höher und sah Alex mit verschleierten Augen an, ein Eindruck, der durch den Wasserdampf verstärkt wurde.

Alex drückte ein wenig, aber es ging nicht. Sie wollte Esther nicht weh tun, selbst wenn die das verlangte. Das konnte sie einfach nicht!

Esther merkte, daß es so nicht funktionieren würde, und ließ schweratmend ihr Bein wieder auf den Boden der Dusche sinken. »Von hinten ist es leichter«, wisperte sie und drehte sich um. Sie ließ sich vor Alex auf die Knie sinken und stützte sich mit den Armen ab.

Alex sah ihren nackten, glänzenden Po vor sich, und als Esther ihren Kopf fast bis auf den Boden der Dusche senkte, ragte er noch mehr empor, und es machte sie an, ob sie wollte oder nicht.

»Bitte, Alex, ich bin so heiß, bitte ...«, flehte Esther noch einmal, und Alex spürte, daß die Feuchtigkeit zwischen ihren eigenen Beinen nun nicht mehr nur von der Dusche stammte. Esther brachte es fertig, sie selbst gegen ihren Willen zu erregen. Alex wollte sie einfach zu sehr.

Sie zog Esthers Pobacken auseinander, wie Esther es zuvor bei ihr getan hatte, und ließ ihre Finger erneut in Esther versinken, bis sie wie beim ersten Mal den Widerstand spürte.

»Jaaaa!« stöhnte Esther auf, sehr laut und sehr animalisch. »Mach weiter, komm, ich bin so geil, ich kann nicht mehr ...«

Esthers Stimme, ihre überdimensionale Erregtheit, ließ Blitze in Alex' Brustwarzen schießen, schmerzhafte Blitze, weil sie zu schnell anschwollen, genauso wie der Ort zwischen ihren Beinen. Er mußte nun ebenso rot hervorgetreten sein, wie sie es bei Esther sah. Alex fühlte ein Rauschen in ihrem Kopf, einen Druck, eine Erregung, die sie explodieren lassen würde, wenn sie sie nicht bekämpfte oder auflöste. Sie kniete hinter Esther nieder und stieß in sie hinein. Esther brüllte los wie ein Tier, und auch Alex stöhnte auf. Was tat sie hier? Aber sie konnte nicht aufhören. »Mehr!« verlangte Esther. »Tiefer!«

Alex wurde ganz von Esthers und ihrer eigenen Erregung überschwemmt, als sie immer wieder in sie hineinstieß, bis Esther kurz darauf kam. Es dauerte wie jedesmal nicht lange, bis sie soweit war. Wieder schrie sie sehr laut, und Alex hoffte, daß das wenigstens zum Teil vom Rauschen des Wassers übertönt wurde. Das mußte man ja die ganze Straße hinunter hören! Sie zog ihre Hand aus Esther heraus, und die stöhnte noch einmal in schmerzhafter Wollust auf.

Alex wollte die Dusche verlassen, stand auf und wurde von Esther, die trotz des gerade stattgefundenen Orgasmus' schon wieder auf den Beinen war, aufgehalten. »Wo willst du hin?«

»Weg«, sagte Alex. Sie schämte sich. Sie hatten es gerade getrieben wie die Tiere. Das wollte sie nicht, das war nicht ihre Art von Sex, das hatte nichts mit Liebe zu tun. Sie spürte, daß der Druck in ihrem Kopf nachgelassen hatte, aber noch nicht ganz verschwunden war. Sie hatte sich ja auch noch nicht entspannen können, aber das war ihr jetzt egal.

»Nein«, sagte Esther und versperrte die Tür. »Ich will noch etwas von dir.«

Noch mehr? wollte Alex fragen, unterließ es jedoch, weil es ja sowieso sinnlos war.

Esther drückte Alex gegen die Wand und glitt mit ihrer Hand zwischen Alex' Beine, bevor die sich dagegen wehren konnte. Sie begann mit ihren Fingern zwischen Alex' Schenkeln hindurchzufahren, vor und zurück, vor und zurück. *Nein!* dachte Alex, aber es war zu spät. Ihre Erregung übernahm erneut die Führung, weil sie noch nicht abgeklungen war und Esther sie nur anzufassen brauchte, um den von ihr gewünschten Zustand wiederherzustellen. Als sie merkte, daß Alex nicht mehr weglaufen würde, ging sie an ihr hinunter und sank vor ihr auf die Knie, diesmal andersherum. Ihre Zunge flutschte zwischen Alex' Schenkel – und sie hatte eine sehr lange Zunge.

Alex stöhnte auf. Warum konnte Esther mit ihr machen, was sie wollte? Warum ließ sie, Alex, das zu? Warum hatte sie nicht gleich nein gesagt? Dafür schämte sie sich am meisten. Sie merkte, wie ihre Knie weich wurden, und griff über sich nach der Duschhalterung. Hoffentlich war die fest genug montiert! Mit den Armen über dem Kopf hing sie fast da, während Esther zwischen ihren Beinen herumwerkelte, sie mit Zunge und Fingern fast um den Verstand brachte und sie erst entließ, als sie mehrmals gekommen war. Die Duschhalterung knackte gefährlich, als Alex sich aufbäumte, ihren ganzen Körper der Länge nach streckte und Esther immer wieder in sie eindrang. Alex biß sich auf die Lippen, sie wollte nicht schreien wie Esther, sie wollte sich beherrschen ... Aber irgendwann konnte sie nicht mehr, und ihr Stöhnen ging in einen langgezogenen, atemlosen Schrei über, nach dem sie in der Dusche zusammensank und Esther fast unter sich begrub. Aber die glitschte gerade noch unter ihr heraus. Der Vorteil der Seife ...

Sie spülte kurz ihren Mund aus, indem sie ihn einfach unter den laufenden Wasserstrahl der Dusche hielt, und setzte sich dann mit gespreizten Beinen auf Alex' Schoß, um sie zu küssen, drang fast genauso tief mit ihrer Zunge in Alex' Mund ein wie zuvor zwischen ihren Beinen und begann erneut, erregt zu stöhnen, während sie auf Alex' Schoß auf und ab fuhr, vor und zur Seite, was in diesem glitschigen Zustand problemlos möglich war. Alex wußte nicht mehr, wie ihr geschah. Sie hatte sich von ihren Orgasmen noch nicht richtig erholt, da stöhnte Esther schon wieder laut und anhaltend auf und kam erneut. Ein paarmal kurz hintereinander. Sehr, sehr oft. Sie keuchte und umarmte Alex, als sie endlich zufrieden war. »Das war toll!« stieß sie abgehackt hervor, und Alex wußte nicht, was sie dazu sagen sollte. Sie schämte sich immer mehr. Es war nur Sex gewesen, purer, animalischer Sex, sonst nichts, das hatte sie deutlich gespürt, zumindest bei Esther, und sie schämte sich dafür, daß sie darauf eingegangen war, daß sie sich nicht besser beherrschen konnte, wenn sie doch wußte, daß sie etwas anderes wollte.

Und sie konnte Esther noch nicht einmal einen Vorwurf machen. Sie, Alex, hätte ja nein sagen können. Ja, sie war ganz allein selbst schuld. Das war sie.

»Willst du immer noch weg?« fragte Esther kokett, während sie ihr flirtend in die Augen blickte.

Jetzt hat es ja sowieso keinen Sinn mehr, dachte Alex. Laut sagte sie: »Nein.«

Esther erhob sich von Alex' Schoß. »Aber ich habe jetzt Hunger! Laß uns essen gehen! Und dann ...«

O nein! dachte Alex. *Nicht schon wieder!*

Aber Esther fuhr fort, während sie den Kopf schieflegte: »Und dann könnten wir heute abend zur Disco gehen, was meinst du?«

Alex blickte zu ihr hoch. »Zur Disco?«

»Ja.« Esther öffnete die Türen der Dusche und stieg hinaus. Sie griff sich ein Handtuch, und während sie sich abrubbelte, fragte sie:

»Oder gehst du da nicht hin?«

Alex rappelte sich langsam aus der Ecke der Dusche hoch. »Nicht mehr so oft«, antwortete sie wahrheitsgetreu. Sie stieg ebenfalls heraus, und Esther hielt ihr lächelnd ein Handtuch entgegen.

»Du bist ja noch nicht trocken hinter den Ohren«, schmunzelte sie.

Ja, wahrscheinlich, seufzte Alex innerlich. *Sonst würde ich das hier nicht tun.*

»Also gehen wir dann zur Disco, oder nicht?« fragte Esther jetzt ungeduldig. Sie griff sich den Fön und begann ihre Haare in Form zu bringen.

Alex reichte das Handtuch. »Meinetwegen«, stimmte sie zu, als ihre Haare schon nach dem zweiten Durchrubbeln fast trocken waren. Sie brauchte Esther ja nicht zu sagen, daß sie das ohnehin vorgehabt hatte, daß die anderen dort auf sie warteten, um *ihre neue Flamme* kennenzulernen. Eigentlich hatte sie die Sache ja schon für abgeschlossen gehalten und wäre nicht hingegangen, aber nun, da Esther es selbst vorschlug . . .

War sie denn wahnsinnig geworden? Sie hatte das letzte Mal in Esthers Büro und schon davor an dem Morgen, als sie ihr offenbart hatte, was sie von Beziehungen hielt, die richtige Entscheidung getroffen: Esther war nicht mehr *ihre neue Flamme!* Es war vorbei! Nur weil sie sie noch einmal in ihr Bett – nein: in ihre Dusche – gezogen hatte, würde sie doch nicht erneut dem Irrtum verfallen, daß eine Beziehung mit Esther eine Zukunft haben könnte. Nein, das würde sie *nicht!* Sie nahm sich ganz fest vor, sich nur als Esthers zufällige Begleiterin zu betrachten, weil sie eben gleichzeitig zur Disco wollten. Sie waren nicht verabredet, und sie waren kein Paar. Und daß sie immer noch verliebt in Esther war . . . das mußte sie eben als vorübergehende Erscheinung ansehen. Es würde vorbeigehen, irgendwann würde es vorbeigehen. Esther würde sie auf Dauer auch nicht mit dem tollsten Sex fesseln können, das war ihr, Alex, doch einfach zu wenig. Das wußte sie schließlich genau.

Aber als sie nun Esther betrachtete, wie sie nackt vor dem Spiegel stand und ihre Haare fönte, wie ihr wunderbar runder Po sich vom Ende ihres Rückens abhob und perfekt in ihre schönen Beine überging . . . da wußte sie es vielleicht doch nicht mehr so genau. Sie würde auf der Disco darüber nachdenken – mit den anderen . . .

Sie fuhren gemeinsam in Alex' Wagen hinaus aus der Stadt, denn die Disco fand in einem Lokal statt, das an einem Waldsee lag, eigentlich sehr idyllisch, romantisch geradezu, aber so fühlte Alex sich keineswegs. Sie hatten beschlossen, dort auch gleich zu essen, weil das das einfachste war. Esther handelte ja immer sehr pragmatisch. Der kürzeste Weg war auch der beste, das stand für sie außer Frage, so schien es.

Als sie beim Essen saßen, hörten sie von nebenan schon laut die Musik dröhnen. Zwar war die Zwischenwand gedämmt, aber doch nicht genug für Techno-Rhythmen, die auch hier die beliebtesten zu sein schienen. Alex sann darüber nach, was sie eigentlich hier wollte. Sie mochte diese Atmosphäre nicht, sie mochte Techno nicht, und sie mochte nicht daran denken, was sie heute nachmittag getan hatte. Wie tief konnte sie noch sinken?

Esther bemerkte ihre Schweigsamkeit. Sie beugte sich über den Tisch nach vorn und flirtete Alex an. Das war vermutlich ihr Standard, wenn sie merkte, daß ihr nicht die ganze Aufmerksamkeit gehörte. »War es nicht schön vorhin?« fragte sie mit schon wieder glitzernden Augen. Sie hatte ein anderes Parfüm aufgelegt heute, noch betörender als das, was sie sonst im Büro trug, mehr für eine Verführung geeignet, etwas Orientalisches.

Alex musterte ihr Gesicht, ihr schönes Gesicht. Es hatte etwas von *Dorian Gray.* Jetzt war sie jung, und es war schön, ihr Gesicht, aber würde es das in einigen Jahren auch noch sein, so, wie sie lebte? Oder würde sie sich dann selber im Spiegel nicht mehr erkennen? *Welch schreckliche Vorstellung,* dachte Alex, *wenn du dann den Vorhang zurückschlägst und dein eigenes Bild siehst, wie du wirklich bist.* Dorian Gray hatte das auch nicht verkraftet, aber erst nach Jahrzehnten. Also hatte Esther wohl ebenfalls noch eine Menge Zeit. »Du bist die leidenschaftlichste Frau, die ich kenne«, antwortete Alex ausweichend. Sie lachte etwas spöttisch auf. »Die ich je gekannt *habe!«*

»Ich empfinde immer Leidenschaft für alles, was ich tue. Sonst tue ich es nicht«, sagte Esther schlicht.

Also empfand sie für Beziehungen wohl keinerlei Leidenschaft, deshalb kamen sie für sie nicht in Frage. Alex seufzte innerlich. Sie wußte es, und trotzdem saß sie hier, mit Esther, und ließ dieses Wissen einfach unter den Tisch fallen.

Nachdem sie gegessen hatten, stand Esther einfach auf und zog Alex energiegeladen mit hoch. »Komm, laß uns tanzen!« Die Musik hatte gerade gewechselt, es war jetzt nicht mehr nur Techno, sondern etwas Sanfteres, etwas, wonach man vielleicht wirklich tanzen *konnte*.

Alex ließ sich einfach mitziehen – tat sie das nicht immer? dachte sie noch – und Esther schlüpfte mit ihr durch die Tür, die die Gaststätte mit dem angrenzenden Raum verband. Dort wurden sie erst einmal an der Kasse aufgehalten, aber nachdem sie gezahlt und ihren Stempel erhalten hatten, zog Esther Alex weiter in den Raum hinein.

Es war eigentlich mehr eine Halle, früher einmal war es wohl eine Scheune gewesen oder etwas Ähnliches, jedenfalls war der Raum sehr groß, vorn gab es eine recht ausladende Bühne, auf der auch des öfteren Konzerte stattfanden, und in der Mitte war heute eben hauptsächlich Tanz. Es war noch nicht allzu spät, also standen die meisten noch außen um die Tanzfläche herum, standardmäßig mit einer Flasche Bier in der Hand, Gläser schienen verpönt zu sein. Wie gut Alex das kannte! Das war einer der Gründe, warum sie eigentlich selten zur Disco ging, und wenn – meistens mußte sie dazu von den anderen überredet werden –, dann höchst ungern. Dieses coole Gehabe, dieses dumme Getue von *Ich brauche niemanden* . . . Und warum waren sie dann alle hier?

Alex hätte am liebsten gleich wieder umgedreht, aber Esther ließ sie nicht los. Sie zog sie bis in die Mitte des Raumes auf die nicht sehr bevölkerte Tanzfläche und schmiegte sich ohne Vorwarnung an sie. Alex wußte mal wieder nicht, was sie machen sollte. Sie sah sich nicht gern den Blicken der anderen ausgesetzt, auch wenn sie viele nicht kannte, sie war normalerweise viel zu schüchtern, um sich so in Szene zu setzen. Meistens schaffte sie es gerade mal bis an den Rand der Tanzfläche, wenn die rappelvoll war. Aber eigentlich tanzte sie überhaupt nicht. Sie tat höchstens ein bißchen so.

Esther war da natürlich ganz anders. Sie wollte tanzen – und sie *konnte* offensichtlich auch tanzen –, und sie wollte zeigen, was sie hatte und mit wem sie da war. Und sicher auch, was für ein Verhältnis sie mit der Frau hatte, mit der sie tanzte. Sie schmiegte sich so eng an Alex' Schoß und Schenkel, daß Alex selbst durch die figurbetont enge Hose, die Esther heute trug, die Hitze spüren konnte, die zwischen Esthers Beinen entstand. *Schon wieder?* dachte Alex. Aber wahrscheinlich war das bei Esther einfach immer so. Die Zeiten *dazwischen* waren die Ausnahme, jedes *Danach* war gleichzeitig schon wieder ein *Davor*, zumindest, wenn sie nicht arbeitete. Sie tanzten den Blues so eng, daß wirklich kein Platz mehr zwischen ihren Körpern war, und nicht nur Esthers Zustand wurde dadurch verschlimmert. Auch Alex spürte, wie sie reagierte. Warum nur? Warum konnte sie nicht einfach abschalten? Auf jeden Fall ging es jetzt nicht. Wenn sie beide Männer gewesen wären, hätten sie nach einiger Zeit wohl mit ein bißchen mehr Abstand tanzen müssen ...

Esther dirigierte Alex einfach mit ihrem Körper über die Tanzfläche, drehte sich ab und zu, so daß Alex folgen mußte, und blickte hin und wieder schmachtend zu ihr auf. Wie sollte Alex da widerstehen? Esther wußte natürlich, was sie Alex damit antat, aber offensichtlich machte es ihr Spaß, Alex in Verlegenheit zu versetzen. Oder vielleicht war es ihr einfach nur egal, weil sie so sehr daran gewöhnt war, im Mittelpunkt zu stehen, daß sie gar nicht auf den Gedanken kam, daß das jemand anders unangenehm sein könnte. Mit der Zeit begann Esther dann auch noch, an Alex herumzuknabbern. Alex hielt es fast nicht mehr aus. Wann war das Lied denn endlich zu Ende?

Unerwartet schien sich Esthers Aufmerksamkeit jedoch plötzlich von Alex weg zu verlagern. Zuerst war Alex erleichtert, doch dann merkte sie, daß Esther eigentlich gar nicht mehr mit ihr tanzte. Sie ließ sich von Alex führen, was zuvor gar nicht möglich gewesen war, und blickte über Alex' Schulter immer wieder an den Rand der Tanzfläche. In den Raum hinein, wo Frauen kamen und gingen, mit ihren Bierflaschen herumstanden, einige auch mit einem Glas Sekt oder Mineralwasser, oder sich unterhielten. Irgend etwas dort schien sie zu interessieren.

Endlich war das Lied zu Ende, und Alex, die sich schon darauf eingestellt hatte, zu einem weiteren Tanz nein sagen zu müssen, stellte verwundert fest, daß Esther ganz von allein die Tanzfläche verließ. Sie plazierte sich am Rand und sah Alex lächelnd entgegen, als die ihr hinterherkam. Während Alex sich ihr näherte, streifte Esther das weite Hemd ab, das sie trug. »Ziemlich heiß hier drin, meinst du nicht auch?«

Alex nickte. Das konnte man kaum bestreiten. Und nach dem Tanz war es auch ihr noch heißer geworden. Dennoch hätte es sich kaum so sehr gelohnt wie bei Esther, wenn sie ihr Hemd ausgezogen hätte. Esther trug unter ihrem ein sehr knappes Top, und das sicher nicht zufällig. Sie warf das Hemd achtlos hinter sich auf einen Stuhl, auf dem schon andere Kleidungsstücke lagen, Jacken und Pullover. »Wie wär's mit einem Gläschen Sekt?« fragte sie dann mit vergnügt funkelnden Augen. Sie amüsierte sich offenbar köstlich im Gegensatz zu Alex.

Alex stand immer noch da und bewunderte Esthers Anblick. Sie schien ihr die attraktivste Frau im ganzen Saal zu sein und weit darüber hinaus. Die begehrenswerteste auf jeden Fall. Die engen Kleidungsstücke verbargen nichts von ihrer perfekten Figur, auch da nicht, wo keine nackte Haut zu sehen war. Ihre bloßen Schultern, der Ansatz ihrer Brüste . . . Alex spürte ein sehnsuchtsvolles Kribbeln in sich. *O nein!* dachte sie entgeistert. *Das dritte Mal heute? Das kann ja wohl nicht wahr sein!* Um sich selbst davon zu überzeugen, daß sie auch darauf verzichten konnte, daß sie nicht so war wie Esther, drehte sie sich etwas gezwungen lächelnd von Esther weg in Richtung Theke. »Ich hole dann mal was zu trinken«, verkündete sie und lief schnell los, um der Hitze zu entkommen, die durch ihren Körper schoß, nicht nur wegen des Tanzes. Esther nickte abwesend, was Alex jedoch nicht mehr sah.

Wie immer dauerte es eine Weile, bis Alex sich durch die Schlange an der Theke gekämpft hatte. Sie war zu schüchtern, um sich vorzudrängen, wie es viele andere taten, und so kam sie erst sehr viel später an die Reihe, als es eigentlich hätte sein müssen. Eine der Frauen hinter der Theke erbarmte sich endlich ihrer. »Was möchtest du?« fragte sie etwas fahrig, denn andere drängten Alex schon wieder zur Seite, und hinter der Theke war auch nicht viel Platz.

»Zwei Sekt!« rief Alex, die erneut an Terrain verlor, weil eine weitere breithüftige Frau neben ihr es beanspruchte.

Die Frau hinter der Theke griff nach zwei hohen Gläsern und goß sie voll. Zu voll. Als Alex ihr das Geld reichte und dann mit den

Gläsern abziehen wollte, verschüttete sie einen Teil des Inhalts auf ihre Hand. »O Sch...«, begann sie zu fluchen, hielt sich aber gleich wieder zurück. Es hatte ja doch keinen Sinn. Wenn sie nach Hause kam, würde sie nach Rauch und Alkohol stinken, so oder so. Eine der bei weitem unangenehmsten Seiten an solchen Discobesuchen – daß sie sich selbst nicht mehr riechen konnte, daß sie nicht schlafen konnte, wenn sie nicht vorher noch duschte, egal, wie müde sie war, und daß sie ihre Kleider zur Entsorgung auf die Terrasse hängen mußte, wenn nicht die ganze Wohnung am nächsten Tag noch den übelriechenden Abgesang kalten Rauches verbreiten sollte. Sie seufzte.

»Hier«, sagte die Frau hinter der Theke und hielt ihr einen Lappen hin. »Vielleicht hilft's.« Sie lächelte Alex an und ignorierte die fordernde Stimme der Discobesucherin, die neben Alex ärgerlich auf ihrem Bier bestand.

»Danke.« Alex lächelte auch – automatisch, aber dann merkte sie, daß sie der anderen in die Augen starrte, hübsche, graugrüne Augen, die sehr freundlich blickten, trotz aller Hektik um sie herum. »Danke«, sagte Alex noch einmal und gab den Lappen zurück.

»Willst du es nicht abwischen?« Die andere lachte ein wenig. Alex hatte den Lappen gar nicht benutzt.

»Ach, es trocknet schon«, entgegnete Alex verlegen lächelnd. Es war ihr peinlich, den Lappen nun noch einmal zurückzuverlangen. Sie war heute wohl nicht ganz bei sich, daß ihr so etwas passierte. Das war nicht ihr Tag. Diese Überlegung erinnerte sie an Esther, deretwegen sie überhaupt in eine solche Situation geraten war. Vermutlich war ihre augenblickliche Verwirrung auch eine Folge davon. Sie nahm schnell die beiden Gläser und wollte sich zu Esther zurückbegeben. Als sie halb durch den Saal war, suchte sie mit den Augen an der Stelle nach ihr, an der sie sie verlassen hatte. Esther war nicht mehr zu sehen. Alex ließ ihre Blicke weiterschweifen und entdeckte Esther ein Stück weiter hinten im Gespräch mit einer Frau, die Alex nicht kannte. Esther und sie schienen sich aber recht gut zu kennen. Sie wirkten vertraut. Ein wenig Eifersucht kroch in Alex hoch, aber sie rief sich sogleich zur Ordnung. Was sollte das? Warum sollte Esther nicht auch einmal mit jemand anders sprechen als mit ihr? Es war albern anzunehmen, daß sie außer Alex hier niemand kannte. Vielleicht hatte sie diese Frau entdeckt, als sie miteinander tanzten, und deshalb so abwesend gewirkt. Daß sie nun die Gelegenheit nutzte, um ein paar Worte mit ihr zu wechseln, während Alex die Getränke besorgte und nicht da war, schien doch ganz normal.

Alex schüttelte den Kopf über sich selbst. Vor noch gar nicht allzulanger Zeit hatte sie sich noch befohlen, Esther nur als ihre eher zufällige Begleitung zu betrachten und sonst gar nichts. Dann sollte sie sich auch so verhalten. Selbst wenn Esther flirtete . . ., was sie eindeutig tat, soweit Alex das aus der Entfernung beurteilen konnte. Es versetzte Alex erneut einen Stich, aber sie verdrängte den Gedanken sofort wieder. Sie wollte sich nicht damit beschäftigen. Esther war mit ihr hergekommen, um sich zu amüsieren, das hatte sie, Alex, doch vorher gewußt. Und da sie nun mit ihr hier war, sollte sie es genauso halten. Schließlich hatte Esther sehr viel Wert darauf gelegt, daß Alex sie begleitete. War das nicht ein Kompliment?

Alex ging auf die beiden zu, und da Esther mit dem Rücken zu ihr stand, konnte sie Alex nicht herankommen sehen. Gerade kam Alex in Hörweite und wollte Esther ansprechen, um ihr ihr Glas zu überreichen, da bemerkte die andere: »Ich habe dir doch vorher schon gesagt, daß ich nicht mit dir hierhergehe!« Sie wirkte sehr ungehalten.

Alex blieb ruckartig stehen, als ihr bewußt wurde, was das bedeutete. Diese Begegnung hier war nicht zufällig zustande gekommen. Und auch, daß Alex mit Esther hier war, war kein Kompliment für Alex, wie sie es sich eben noch hatte einreden wollen. Sie war nichts weiter als eine Lückenbüßerin für Esther. Esther war nur mit Alex zum Tanzen gegangen, weil die andere sie nicht gebeten hatte. Ihre Augen, die Alex vorgegaukelt hatten, daß sie etwas für sie empfinden würde, hatten lediglich die Sehnsucht nach der anderen widergespiegelt. Das Begehren, das Alex darin zu sehen geglaubt hatte, galt nicht ihr.

Die Verletzung traf Alex tief – tiefer, als sie erwartet hatte. Sie drehte ab, steif wie eine Marionette, die geschlagen die Bühne verließ.

»Wo ist sie denn, deine neue Flamme?« hörte sie plötzlich eine lachende Stimme neugierig neben sich fragen. Mandys Stimme. Sie, Pat und Sylvia hatten Alex mit den beiden Gläsern in der Hand entdeckt und waren unbemerkt auf sie zugekommen.

Alex war zu überrascht. Sie deutete verwirrt auf Esther, obwohl sie, schon bevor die drei gekommen waren, Esther ja gar nicht mehr als ihre *neue Flamme* hatte vorstellen wollen, und nun schon gar nicht mehr, aber in diesem Moment fühlte sie sich einfach zu überrumpelt.

Mandy folgte Alex' Blick und erstarrte. »*Das* ist sie? Ich wußte nicht, wie sie heißt, aber ich kenne ihren Ruf. Na, da haben wir dir ja was Schönes eingebrockt, Sylvia und ich . . .!«

»In der Tat«, fügte Pat noch hinzu, während sie Esther mit einem undefinierbaren Blick über die Entfernung hinweg musterte.

Mandy konnte diesen Blick jedoch im Gegensatz zu den anderen offensichtlich deuten. »Du kennst sie?« fragte sie mißtrauisch.

Pat lachte leicht spöttisch auf. »O ja, ich kenne sie! Ich glaube, jede Frau hier kennt sie, und sie hat mit fast jeder schon mal . . .« In diesem Moment bemerkte sie Mandys Gesichtsausdruck, der mit *sauertöpfisch* noch unzureichend beschrieben gewesen wäre. »Das war vor unserer Zeit, Mandy«, ergänzte sie deshalb schnell besänftigend. »Seit ich dich kenne, schaue ich keine andere Frau mehr an, das weißt du doch, oder?« Sie gab Mandy einen zärtlichen Kuß, und Mandy lächelte. Danach blickte Pat noch einmal zu Esther hinüber. »Sie ist wirklich gut im Bett, das muß man ihr lassen«, fuhr sie leicht grinsend fort. »Und schnell!« Sie lachte immer noch ungläubig auf in der Erinnerung. »Wahnsinnig schnell!« Sie gluckste etwas.

Alex, die immer noch wie erstarrt daneben gestanden und Pats Worten gelauscht hatte, lief blutrot an, ließ die Gläser fallen, daß sie klirrend am Boden zerschellten und die anderen vor dem herumspritzenden Inhalt beiseite springen mußten, drehte sich um und rannte zum Ausgang.

Mandy sah Pat strafend an. »Petra!« Ihren richtigen Namen benutzte sie nur, wenn sie sie ernsthaft tadeln wollte. »Wie kannst du nur? *Du* hast nur mit ihr geschlafen, aber Alex ist verliebt in sie – schwer verliebt.«

»Oh!« machte Pat betroffen. »Das wußte ich nicht. Tut mir leid.« Sie hob entschuldigend die Hände. »Aber ich kann doch nichts dafür, daß sie so ist, wie sie ist. Ich habe nur die Wahrheit gesagt. Die Wahrheit ist nicht immer schön, ich weiß.«

»Sicher.« Mandy stimmte ihr zu. »Deshalb hätte Alex auch gut darauf verzichten können. Es wird ihr ohnehin nicht erspart bleiben, es selbst herauszufinden.«

»Soll ich ihr nachgehen und mich bei ihr entschuldigen?« fragte Pat nach einer kleinen Pause. Sie blickte in Richtung Ausgang in der Hoffnung, Alex dort zu entdecken.

»Ich weiß nicht«, sagte Mandy. »Vielleicht will sie ja auch alleingelassen werden.« Ein verlegenes Schweigen folgte, weil alle drei nicht so recht wußten, welches Verhalten hier angebracht sein konnte.

»So habe ich sie ja noch nie erlebt«, bemerkte Sylvia nach einer Weile.

»Ich auch nicht.« Mandy, die Alex noch sehr viel länger kannte als die anderen, war ernsthaft besorgt, aber sie wußte ebenfalls nicht, was sie tun sollte.

Sylvia blickte durch den Raum. »Vielleicht beruhigt sie sich ja wieder und kommt zurück«, meinte sie dann immer noch betroffen. Draußen am Rande des Waldsees direkt vor der Tür der Disco erholten sich immer einige der Tänzerinnen und kühlten ihre erhitzten Körper und Gemüter, bevor sie wieder hereinkamen und weitertanzten – oder was auch immer. Vielleicht hatte sich Alex ja zu ihnen gesellt und würde sich ihren drei Freundinnen nach einiger Zeit wieder anschließen.

»Das glaube ich kaum«, seufzte Mandy. »Sie schien sehr verstört.« Sie blickte nun ebenfalls in Richtung Ausgang. »Ich werde nachschauen, wo sie ist.« Die anderen nickten. Nach einer Weile kehrte Mandy zurück. »Sie ist nicht mehr da, oder wenn, dann hat sie sich gut versteckt.«

»Wahrscheinlich ist sie nach Hause gefahren«, folgerte Pat, während sie ihren Blick ebenso wie zuvor Sylvia durch den Raum schweifen ließ. Das Thema schien sie nicht mehr sehr zu interessieren. »Ich geh mal kurz ...«, verkündete sie dann mit einer vage angedeuteten Handbewegung in Richtung der Toiletten. Sie beugte sich schnell zu Mandy und küßte sie leicht auf die Wange. »Bleib mir treu, solange ich weg bin!«

Mandy lachte. »Sicher nicht! Bei diesem Angebot hier! Da werde ich wohl kaum widerstehen können. Besser, du beeilst dich!«

Die drei lachten. Pat drehte sich schmunzelnd um und bewegte sich in Richtung der anderen Seite des Saales, aber kaum hatte sie sich ein paar Meter von den Freundinnen entfernt, wandelte sich ihr Gesichtsausdruck. Das Lachen verschwand und machte einer grimmigen Entschlossenheit Platz.

Sie verfolgte zwar noch eine Weile den Weg zu den Toiletten, aber nachdem sie sich durch einen Blick zurück vergewissert hatte, daß Sylvia und Mandy sie nicht beobachteten, wechselte sie die Richtung. Als sie gefunden hatte, was sie suchte, ging sie darauf zu. »Hallo Esther«, sprach sie die andere Frau von hinten an, die sich angeregt mit einer dritten unterhielt, die Pat nicht kannte.

Esther drehte sich um. »Pat! Was für eine Überraschung! Dich habe ich ja schon lange nicht mehr hier gesehen!« Ein verführerisches Lächeln erschien auf ihrem Gesicht.

Aber Pat reagierte nicht darauf. »Esther, laß Alex in Ruhe. Sie verkraftet das nicht.« Ihre Stimme klang kalt und abweisend.

»Alex?« Esthers Blick schweifte hinter Pat durch den Raum. »Wo ist sie?«

»Weg«, erwiderte Pat grimmig. »Und das ist auch besser so. Bitte laß sie in Ruhe. Das ist zuviel für sie.«

»Was ist zuviel für sie?« fragte Esther etwas irritiert, aber fast schon flirtend. Sie spitzte ihre Lippen, als ob sie sie Pat zum Kuß darbieten wollte. Alex schien sie gar nicht mehr zu interessieren, ebensowenig wie die andere Frau, mit der sie sich eben noch unterhalten hatte. Die stand immer noch hinter Esther und verfolgte die Unterhaltung mit Pat leicht gespannt.

»Du«, entgegnete Pat brutal. »Und das weißt du auch genau.«

»Ach was?« fragte Esther süffisant und mit einem tiefen Blick in Pats Augen, mit dem sie sie zu fesseln suchte. »Sollte ich das?«

Pat verzog verächtlich die Mundwinkel. »Tu nicht so. Du weißt sehr genau, was du tust – und was du Alex damit antust. Laß sie gehen. Such dir eine andere.«

Esthers Mundwinkel bewegten sich im Gegensatz zu Pats amüsiert nach oben. »Wie wäre es denn mit dir?« fragte sie verführerisch lächelnd. »Ist schon lange her.«

»Laß die Spielchen!« Pat wurde nun ernsthaft böse. »Entweder du läßt Alex in Ruhe, oder . . .«

»Oder? Oder was?« Esthers Augen glänzten erregt. Sie genoß die Auseinandersetzung anscheinend sogar. Pat hatte automatisch die

Hand gehoben, als sie sprach, und Esther fixierte sie in der Luft mit ihrem Blick. »Würdest du mich dann schlagen?« fragte sie spöttisch.

Pat ließ ihre Hand sinken, als hätte sie sich verbrannt. Die Bewegung war ganz unbeabsichtigt gewesen, aber nun, da Esther sie auf die Bedeutung aufmerksam machte, fühlte Pat sich bestürzt. Dann fing sie sich wieder. »Das hättest du wohl gern«, versetzte sie geringschätzig. Sie musterte Esther von oben bis unten und wieder zurück. »Nein«, sagte sie dann leise und kalt. »Den Gefallen werde ich dir nicht tun. Die Zeiten sind vorbei.«

»Schade.« Esther zuckte die Schultern. »Ich wäre jetzt gerade dafür in Stimmung.«

Pat starrte sie kurz an und schüttelte dann den Kopf. »Es hat wohl keinen Sinn«, sagte sie und drehte sich gleich darauf um, um zu den anderen zurückzukehren.

Kaum hatte sie sich abgewandt, erschien auf Esthers Gesicht ein verführerisches Lächeln, als ob sie einen Schalter angeknipst hätte. Mit einer lasziven Bewegung ihrer Hüften drehte sie sich wieder zu der Frau, die immer noch hinter ihr stand, und schmachtete sie hingebungsvoll an. »Wo waren wir vorhin stehengeblieben?« raunte sie fast schon bettreif.

Alex konnte in den nächsten Tagen weder essen noch schlafen noch arbeiten. Sie ließ einen sehr lukrativen Auftrag sausen, weil sie sich nicht überwinden konnte, die Auftraggeber zurückzurufen, obwohl sie wußte, daß dieser Auftrag für sie wichtig war. Er hätte ihre Zukunft durch Folgeaufträge für einige Zeit gesichert. Aber sie wollte niemanden sehen, mit niemanden sprechen, sich vor niemand rechtfertigen müssen, an nichts erinnert werden.

Dennoch geschah genau das natürlich ständig. Nichts konnte sie davor bewahren. Obwohl sie das Ganze schon einmal durchgemacht hatte, nach der ersten Enttäuschung mit Esther, als sie ihr ihre Einstellung zu Beziehungen offenbarte, war es nun sogar noch schlimmer. Diesmal hatte sie die Entschuldigung nicht, sie habe es nicht gewußt. Diesmal hatte sie vorher gewußt, worauf sie sich einließ, als sie zu der Verabredung mit Esther zum Tennis ging. Sie hatte sich ja sogar noch selbst davon abzuhalten versucht, und es war ihr nicht gelungen. Also lag die Verantwortung ganz allein bei ihr.

Sicher, sie hatte nicht ahnen können, was Esther vorhatte, was vor und nach dem Tennis folgen würde, aber auch das war nur eine sehr lahme Rechtfertigung. Wie hatte sie es nicht ahnen können? Auch wenn sie nicht alle Details hatte voraussehen können, Esther war Esther. Alex hatte gewußt, daß diese Einladung zum Tennis auch die Möglichkeit beinhaltete, daß Esther Sex erwartete, daß sie zumindest versuchen würde, Alex zu verführen. Und das war ihr ja auch gelungen. Selbst wenn Alex da noch nicht gewußt hatte, was sie jetzt wußte, was sie in der Disco zu ihrem Leidwesen erfahren mußte und sie in diesen Zustand versetzt hatte, sie war nicht dumm genug, sich vorzumachen, daß sie nicht offenen Auges ins Messer gerannt war. In Esthers Messer. Aber die Verantwortung dafür hatte Alex. Sie hätte ja nicht hinzugehen brauchen.

Nun saß sie wieder einmal an ihrem Schreibtisch und konnte nicht arbeiten, konnte sich auf nichts konzentrieren. Die Gedanken drehten sich in ihrem Kopf, aber eigentlich war es nur *ein* Gedanke: *Esther, Esther, Esther* . . . Sie vermißte sie schrecklich, sie sehnte sich nach ihr. Warum nur? Es war, als ob sie süchtig wäre und man ihr ihre Droge entzogen hätte. Als ob ihr Leben abhinge von einem Blick, von einem Wort von Esther. Sie hätte sie anrufen können, das wußte sie. Esther hätte sicher nichts dagegen gehabt, aber Alex schämte sich allein für die Absicht, die immer wieder dazu führte, daß sie den Hörer des Telefons in die Hand nahm und dann nach einigen Minuten wieder auflegte, ohne zu wählen, daß sie die Tasten auf dem Apparat stundenlang anstarrte – bewegungslos.

Zwei Wochen später hatte Alex sich so weit erholt, daß sie in die Stadt zum Einkaufen fahren konnte. Mandy hatte ihr in den vergangenen Tagen immer wieder einiges mitgebracht, nachdem sie

Alex' Haustür so lange belagert hatte, bis die sie reinließ. Dann hatte sie sie an ihrer Schulter weinen lassen, und nun ging es Alex besser. Mandy hatte nichts gefragt. Sie wußte Bescheid. Auch Sylvia und Pat hatten ihre Hilfe angeboten, aber Alex hatte genug damit zu tun, sich vor Mandy zu schämen, die immerhin ihre älteste und beste Freundin war. Deshalb lehnte sie die Angebote der anderen ab, die sie zu Ausflügen, Spaziergängen, Feten oder Essenseinladungen mitnehmen wollten. Ablenkung wäre zwar gut gewesen, das wußte Alex auch, aber sie konnte nicht.

Pat hatte sich am Telefon noch einmal für ihre unbedachte Bemerkung entschuldigt, die das ganze Drama während der Disco ausgelöst hatte, und Alex hatte ihr verlegen verziehen. Verlegen deshalb, weil sie ja wußte, daß Pat die Wahrheit gesagt hatte, daß nichts Falsches an ihrer Bemerkung gewesen war. Dennoch war Pat noch immer tief erschüttert über die Folgen, die sie Alex damit aufgebürdet hatte.

»Mach dir keine Gedanken. Ich werde schon darüber hinwegkommen«, beruhigte Alex sie, und Pat antwortete: »Hoffentlich.« Hätte Alex sie besser gekannt, hätte sie erkennen können, daß viel Skepsis in Pats Antwort mitschwang.

Nun, nach zwei Wochen, hatte Alex zum ersten Mal Mandys Frage nach einer Einkaufsliste verneint. »Ich gehe selbst«, sagte sie, und sie lächelte fest dabei. »Ich muß nach einer Software suchen, da kennst du dich ja eh nicht aus.«

Mandy lachte. »Das stimmt.«

»Dann kann ich den Rest auch noch mitbringen, und außerdem muß ich zum Friseur«, fuhr Alex fort.

Mandy musterte sie aufmerksam. »Bist du sicher? Sollen wir nicht vielleicht lieber zusammen gehen? Oder wir könnten uns später im Café treffen.«

Alex mußte schmunzeln. »Das ist wirklich süß von dir, Mandy, aber ich schaffe das schon allein. Es ist alles vorbei, glaub mir. Es ist nicht mehr so schlimm.«

Mandy schien das für den Augenblick zu akzeptieren, obwohl sie Alex noch einen zweifelnden Blick zuwarf, bevor sie sich verabschiedete. Aber Alex achtete nicht darauf. Sie beschäftigte sich tatsächlich in Gedanken bereits mit der Software. Sie freute sich schon darauf, sie im Computershop auszuprobieren. Das machte ihr normalerweise immer großen Spaß, und sie war schon lange nicht mehr in dem Laden gewesen.

Ein paar Stunden später verließ Alex zufrieden das Geschäft. Sie hatte die Software bestellt und würde sie in ein paar Tagen zugeschickt bekommen. Damit konnte sie Aufträge annehmen, die sie bisher immer hatte ablehnen müssen, weil ihr die nötige Ausrüstung fehlte.

Sie setzte sich in Richtung Parkhaus in Bewegung. Ihre Einkäufe konnte sie auf dem Weg dorthin erledigen. Als sie in Gedanken rekapitulierte, was sie einkaufen wollte, und um eine Ecke bog, blieb sie plötzlich wie vom Blitz getroffen stehen.

»Alex, schön dich zu sehen«, lächelte Esther ganz unbefangen. Sie hatte ihre Überraschung offenbar schneller überwunden als Alex.

Alex stand immer noch da wie zur Salzsäule erstarrt. Warum hatte sie nicht Mandy geschickt? blitzte es durch ihren Kopf. Esthers unerwarteter Anblick hatte das Adrenalin in ihr hochschießen lassen, die Vorbereitung auf eine schnelle Flucht, aber sie konnte nicht fliehen. Sie fühlte sich wie das Kaninchen vor der Schlange. Auge in Auge mit ihr, wissend um den nahen Tod und doch reglos vor Angst.

»Ich hatte viel Arbeit«, fuhr Esther ganz harmlos fort. »Da habe ich gar nicht gemerkt, wie die Zeit vergangen ist.« Sie lachte entspannt. »Aber was rede ich da? Du kennst das ja. Dir wird es doch sicher genauso gegangen sein. Du bist ja auch ein Workaholic!« Sie lachte erneut auf.

Alex traute ihren Ohren nicht. Esther tat so, als hätte sie gar nicht bemerkt, daß Alex enttäuscht gegangen war, als ob das alles normal wäre. Oder hatte sie wie das letzte Mal wieder etwas anderes vor? Um Alex dafür zu bestrafen, daß sie Esther einfach so hatte stehenlassen? Aber so sah sie nicht aus. Und sie hatten diesmal ja auch gar keine Verabredung in der Kanzlei. *Also hat sie mich gar nicht vermißt,* dachte Alex, *während ich mich jeden Tag nach ihr gesehnt habe.* Das war das schlimmste daran. Diesmal hätte Alex sich gewünscht, daß Esther ihr gezeigt hätte, daß sie ihr Verschwinden bemerkt hatte. Aber Esther weigerte sich, ging einfach darüber hinweg. Und diesmal gab es keine zweite Chance, keine Möglichkeit, daß sie sie noch einmal anrufen würde.

»Ja«, preßte Alex zwischen den Lippen hervor, die ihr immer noch nicht gehorchen wollten, weil sich die Erstarrung nur allmählich löste. Steif fügte sie hinzu: »Deshalb muß ich jetzt auch gleich wieder nach Hause, weiterarbeiten.«

Esther nickte. »Klaus hat mich gezwungen, heute freizunehmen, um ein paar Überstunden abzubummeln, sonst wäre ich auch nicht hier.«

Alex wandte sich ab. »Tschüß«, sagte sie noch, als sie Esther schon gar nicht mehr sah. *Nur schnell weg von hier!* Esthers Antwort hörte sie nicht mehr.

Sie sah Alex noch eine Weile hinterher, mit einem unbewegten Gesichtsausdruck, der alles mögliche bedeuten konnte. Dann lächelte sie leicht.

Alex sah Esther drei Tage später völlig überraschend die Treppe zu ihrer Wohnung heraufsteigen. Sie hatte erwartet und gehofft, heute die Software geliefert zu bekommen, die sie bestellt hatte, und als es klingelte, dachte sie, es sei der Postbote. Deshalb hatte sie sich weiter keine Gedanken gemacht und geöffnet. Sonst hätte sie sich wahrscheinlich schon gewundert, wer so früh morgens an ihrer Tür Einlaß begehrte. Das war hier auf dem Dorf recht ungewöhnlich, wo jede Postkarte ein Ereignis darstellte.

Nun aber befand sie sich erneut in einer Situation, die sie lieber vermieden hätte. Und wieder verhielt sie sich wie hypnotisiert. Sie lief nicht weg, sie schlug Esther nicht die Tür vor der Nase zu, sie lächelte gequält und ließ sie eintreten.

»Ich dachte, ich schau mal, wo du wohnst«, versetzte Esther genauso harmlos wie vor drei Tagen, als sie sich auf der Straße begegnet waren. »Die Adresse hatten wir ja in der Kanzlei.« Sie lachte. »Und Klaus ist immer noch der Meinung, daß ich zu viele Überstunden angesammelt habe. So viel Zeit wie in den letzten Tagen hatte ich noch nie!« Sie lachte erneut, als ob sie nur bei einer Nachbarin zu einem Plauderstündchen mit Kaffee und Kuchen hereingeschaut hätte.

Alex ging vor, und sie landeten im Büro. Es war der größte Raum in Alex' Wohnung, und da sie sich eh meistens dort aufhielt, hatte sie ihn mit allem ausgestattet, was sie brauchte, vom obligatorischen Schreibtisch bis zu einem bequemen Sessel mit Kaffeetisch daneben und einer Liege in der Ecke. »Kann ich dir irgend etwas anbieten?« fragte Alex mühsam. Was sollte sie nur tun? *Was sollte sie nur tun?* Sie hätte Esther hinauswerfen sollen, sie gar nicht erst hereinlassen, aber dazu war es nun zu spät. Sie reagierte fast wie ein Roboter. Und sie sehnte sich nach Esther. Jetzt, da sie vor ihr stand, brandete es erneut in ihr hoch, was sie in den vergangenen Tagen mit Gewalt unterdrückt hatte. Sie hatte sich sogar eingebildet, sie habe es überwunden. Aber dem war nicht so. Sie spürte das Kribbeln, ihre heiße Haut, die schon rot angelaufen sein mußte, und die lautlosen Schreie in sich, die Esther am liebsten angefleht hätten, sie, Alex, zu berühren, dieses heiße Kribbeln auf ihrer Haut zu beenden, sich von ihr berühren zu lassen. Nur durch ihre Gastgeberinnenrolle war Alex für einen Augenblick geschützt. Auch Esther hielt zumindest diese gesellschaftlichen Konventionen ein. Weshalb war sie gekommen? fragte Alex sich. Was wollte sie?

»O ja«, erwiderte Esther lächelnd. »Ich habe noch nichts gegessen heute. Wie wäre es mit einem kleinen Frühstück?« Sie zog eine Tüte aus ihrer Umhängetasche. »Die Brötchen habe ich schon mitgebracht.«

Ein Frühstück zu zweit, Brötchen ... *Wie in einer Beziehung*, dachte Alex. Aber das konnte es ja nicht sein. Dagegen hatte Esther sich schließlich mit Händen und Füßen gewehrt. Dennoch spürte Alex, wie die Hoffnung in ihr wuchs, daß Esther es sich vielleicht doch anders überlegt haben könnte. Daß auch sie die Sehnsucht gepackt hatte, die Sehnsucht nach etwas mehr Ruhe, etwas mehr Solidität und Sicherheit in ihrem Leben. Und daß sie dieses Leben mit Alex teilen wollte. War sie deshalb gekommen?

Alex lächelte – zwar immer noch gequält, aber nun nicht mehr ganz so elend. Glaube, Liebe und Hoffnung waren wirklich die tröstendsten Gefühle auf der Welt. Und Alex wollte glauben – glauben an eine Chance, glauben an eine kleine Möglichkeit auf eine Beziehung, denn sie liebte Esther, das wußte sie. Bisher hatte sie diese Liebe für unerfüllbar gehalten, aber nun – vereint mit dem dritten Gefühl: der Hoffnung – erschien sie ihr nicht mehr ganz so unerreichbar. »Ich mache uns einen Kaffee«, sagte sie.

Als sie mit der Kanne und den restlichen Frühstücksutensilien auf einem Tablett aus der Küche zurückkam, fand sie Esther auf dem Balkon, wie sie sinnend in die Weite blickte. Alex stellte den Kaffee auf den Tisch und trat neben sie hinaus. Sie wagte nicht, sie anzusprechen, sie zu fragen, woran sie dachte. Sie hatte Angst vor der Antwort. Vielleicht wäre es ganz und gar nicht das gewesen, was Alex erwartete, was sie sich wünschte. »Das Frühstück ist fertig«, sagte sie deshalb statt dessen.

»Schön.« Esther drehte sich abwesend lächelnd um und ging mit Alex hinein.

»Wir können auch auf dem Balkon frühstücken, wenn dir das lieber ist«, bot Alex an. Obwohl ihr das Herz bis zum Hals klopfte und sie Esther gern gefragt hätte, weshalb sie gekommen war, versuchte sie, sich möglichst lange an den Trivialitäten des Alltags festzuhalten. Sich davon zu lösen, wäre ihr vorgekommen wie der Sprung in eine namenlose Tiefe, deren Gefahr sie nicht abschätzen konnte. Möglicherweise wäre es ein Bungee-Sprung gewesen, und das Seil hätte gehalten. Aber wenn es kein Bungee war? Wenn es überhaupt kein Seil gab? Dann wäre sie abgestürzt, und das hatte sie schon einmal erlebt. Ihr grauste jetzt noch davor. Das war kein Zustand, den sie sich wünschte zu wiederholen.

»Nein, ich mag es lieber so«, entgegnete Esther freundlich. »Ist gemütlich hier.«

Gemütlich. Alex war überrascht. Dieses Wort war das letzte, womit man Esther in Verbindung gebracht hätte. Sie war immer auf dem Sprung, immer in Aktion, ständig in Bewegung – bei der Arbeit wie im Bett. Alex mußte innerlich grinsen. Esther zu sehen und *nicht* auf dieses Thema zu kommen, war schon eine Kunst. Sie forderte es geradezu heraus. Selbst wenn sie – wie jetzt eben – nicht ein Wort über ihre Lieblingsbeschäftigung verloren hatte.

»Gut.« Alex stellte Teller und Tassen auf den Tisch und legte das Besteck daneben. Ein bißchen Marmelade, Butter und Käse – mehr hatte sie ohnehin nicht im Haus. Sie frühstückte selten. Ihr reichte meist ein Kaffee am Morgen, dann saß sie schon am Computer, oft noch mit der halbvollen Tasse neben sich.

Alex fühlte sich unbehaglich – *sehr* unbehaglich. Sie konnte Esther nicht ewig mit Fragen über Kaffee oder die Qualität der Brötchen auf Distanz halten. Wenn aber Stille eintrat, wie konnte sie wissen, ob sie nicht mit einem Knall enden würde? Ein Knall, der sie, Alex, wieder in die Tiefen der Hoffnungslosigkeit hinabstürzte? Aber sie konnte Esther nicht einfach gegenübersitzen, ohne zu fragen, ohne sich Gewißheit zu verschaffen. Die Ungewißheit zerriß sie. Die Frage lag ihr auf der Zunge, und sie konnte sie nicht mehr lange unterdrücken.

»Du hast es schön hier«, bemerkte Esther mit einem anerkennenden Blick durch Alex' Büro und dann hinaus auf den Balkon und den Wald. »So ruhig.« Die letzte Feststellung klang nicht eindeutig positiv. Ruhe war vermutlich nicht das, was Esther sich uneingeschränkt wünschte.

»Ja.« Alex war zufrieden mit ihren Verhältnissen. Sie liebte ihre Zurückgezogenheit, die ihr konzentriertes Arbeiten ebenso erlaubte wie ungestörtes Träumen, wenn ihr einmal danach war. In letzter Zeit allerdings war ihr nicht sehr nach Träumen gewesen. Die Realität hatte sie zu sehr bedrückt. Sie rang sich zu einer Entscheidung durch, als sie das Frühstück beendet hatten. »Warum bist du hergekommen, Esther?«

Esther blickte auf – sie hatte gerade noch die Krümel auf ihrem Teller studiert – und sah Alex ins Gesicht, erst ernst, dann leicht lächelnd. »Das sagte ich bereits. Ich wollte mal sehen, wo du wohnst.«

Die übliche ausweichende Antwort, wenn es um wirklich wichtige Dinge ging. Das war Alex ja schon von ihr gewöhnt. »Und das soll ich dir glauben?« fragte Alex aufgrunddessen gereizt. »Hältst du mich für so dumm?«

»Nein.« Esther erhob sich und legte die Serviette von ihrem Schoß auf den Tisch. Sie kam zu Alex herüber.

Alex' Herz machte einen Satz. Wenn das so weiterging, würde sie bald einen Bypass brauchen wegen der andauernden Überforderung ...

Esther blieb vor ihr stehen und sah auf sie hinunter. »Die Wahrheit ist, Alex, ich weiß es nicht«, sagte sie leise.

Alex' Herz, das eben noch so gequält an ihrem Hals gepocht hatte, öffnete sich Esther weit, als sie nun so vor ihr stand, unsicher und eindeutig hilflos. Alex streckte ihre Hand nach Esthers aus und zog sie zu sich heran. »Wenn *du* es nicht weißt ...« Sie drehte sich in Esthers Richtung. »Aber vielleicht finden wir es gemeinsam heraus?« *Es würde mich schon interessieren,* dachte sie dabei. Esthers Gründe, welche auch immer es sein mochten, erschienen ihr rätselhaft.

Esther ließ ihre Hand in der von Alex ruhen und nutzte die Gelegenheit, um sich auf Alex' Schoß niederzulassen. *O Gott!* dachte Alex, als sie spürte, was das bei ihr auslöste. Mit ihrer noch freien Hand begann Esther, ein wenig verträumt an Alex' Hemdknöpfen zu spielen. »Du weißt, was ich will«, meinte sie dabei, und ihre Stimme klang heiser. »Ich bin jetzt schon wieder ...« Sie beugte sich vor und versuchte heftig, Alex zu küssen.

»Esther. – Esther, nein!« Alex drehte den Kopf weg, obwohl das eigentlich das Gegenteil von dem war, was sie tun wollte, denn Esthers Gewicht auf ihrem Schoß, die Wärme ihres Körpers an Alex' Schenkeln – das alles hatte Alex bereits in Wallung versetzt. Sie spürte die Hitze, und sie spürte das Verlangen, aber sie wollte dem nicht so schnell nachgeben – nicht so schnell wie Esther. Sie hatten überhaupt nichts geklärt, absolut gar nichts. Nicht Esthers Verhalten auf der Disco, nicht ihre voneinander abweichenden Vorstellungen, was ihr Verhältnis betraf und die daraus entstehenden Kontakte, nicht ... was auch immer. Es hätte so vieles zu besprechen gegeben, aber wie sollten sie je dazu kommen, wenn Esther sie stets sofort ins Bett schleppte? Und wenn sie, Alex, sich von ihr schleppen ließ? Sie mußte sich dagegen wehren, auch gegen ihr eigenes Begehren.

»Warum?« fragte Esther nun schon an Alex' Ohr und mit ihrer Zunge fast darin. Alex schoß das Blut glühend durch die Adern. »Ich spüre doch, daß du es willst. Du bist heiß – genauso heiß wie ich.«

»Ja.« Alex ergriff Esthers Arme mit beiden Händen und hielt sie ein wenig von sich weg, aber sie saß immer noch auf ihrem Schoß, also nützte das nicht viel. »Das stimmt, aber ich würde gern zuerst einmal mit dir reden.«

Esthers Atem ging bereits keuchend, ihr Brustkorb hob und senkte sich heftig, als Alex sie festhielt. Alex lockerte den Griff, weil sie sie zu nichts zwingen wollte. Esther ließ sich sofort wieder an Alex' Brust sinken und streichelte deren Hals mit ihren Lippen und ihrer Zunge. »Können wir nicht ... später reden?« fragte sie flüsternd.

Alex schloß die Augen. Die Erregung war bereits zu groß, um sie anders in den Griff zu bekommen, aber sie wollte nicht so schnell nachgeben. »Wann später?« fragte sie sarkastisch. »In zwei Minuten, wenn du fertig bist?« Sie mußte Esthers Erregung dämpfen. Vielleicht gelang es ihr dadurch.

Für einen Moment schien es so. Esther richtete sich wieder auf und sah Alex konsterniert an. »Das ist nun mal so bei mir. Bis jetzt hat sich noch keine darüber beschwert.« Sie lächelte bezaubernd. *Sie kann das so gut,* dachte Alex. *Warum kann sie nicht auch so sein?* Alex fühlte sich so sehr zu ihr hingezogen – dieses Lächeln, dieser Blick . . . Sie fand das einfach unwiderstehlich. »Und bis jetzt haben die anderen auch immer etwas davon gehabt«, fuhr Esther fort. »Du auch. Oder willst du das bestreiten?«

»Nein.« Alex wußte nicht, wie sie ihr beikommen sollte. Sie hatte ja recht. Aber es ging doch um etwas anderes. »Esther«, lächelte Alex. »Ich rieche dich gern, ich halte dich gern, ich berühre dich gern. Ich will nicht immer nur so schnell wie möglich mit dir schlafen. Das kann ruhig mal etwas langsamer gehen. Laß uns doch ein wenig Zeit. Ich hätte Lust, dich stundenlang zu streicheln oder von dir gestreichelt zu werden. Wollen wir das nicht mal versuchen?« Vielleicht war das ja ein Weg, sie auf ein normales Tempo herunterzubringen, dachte Alex. Und wenn sie dann ruhiger war, konnten sie eventuell auch einmal miteinander sprechen.

»Ja. Ja, sicher. Aber muß das unbedingt jetzt sein?« Esthers Stimme klang rauh, und mittlerweile hatte sie es auch geschafft, so ganz nebenbei ein paar Knöpfe an Alex' Hemd zu öffnen. Sie fuhr mit ihrer Hand hinein und umfaßte die Brust. Alex stöhnte auf. »Siehst du?« behauptete Esther wieder einmal zufrieden. »Soll ich das als Ablehnung auffassen?« Sie lachte leicht. Dann beugte sie sich vor und starrte ganz nah vor Alex mit glühenden Augen in ihr Gesicht. »Bitte küß mich, Alex. Ich brauche es so sehr.« Sie öffnete ihre Lippen und ließ sie auf Alex' Mund sinken, die sich nicht mehr entziehen konnte und mit ihrer Zunge antwortete. Gleich darauf stöhnte Esther in ihrem Mund und keuchte: »Bitte nimm mich, Alex, ich sehne mich so nach dir!« Sie wechselte schnell die Position und saß nun wieder rittlings auf Alex' Schoß, wie sie es offenbar gern hatte.

Bei Esthers Worten schoß das Feuer noch stärker durch Alex' Venen, und sie vergaß, daß sie hatte reden wollen. Esther sehnte sich nach ihr! Das hatte sie nicht zu hoffen gewagt! Sie empfand das gleiche wie sie, Alex. Alex fühlte ein verklärendes Glücksgefühl in sich hochsteigen. Esther drängte sich ihr entgegen, und Alex versuchte mit ihren Fingern in Esthers Slip zu gelangen, aber ... »Er ist zu eng, Esther«, stellte sie fest.

»Zerreiß ihn, ich mag nicht aufstehen«, keuchte Esther, während sie sich an Alex preßte und ihren Unterleib auf ihr rotieren ließ. »Komm schon, zerreiß ihn!« Sie feuerte Alex an, als die ihrem Befehl folgte. »Ja, ja – gut so!« Ein kurzes *Ritsch!* verkündete den Erfolg von Alex' Bemühungen. Esthers nackter Po benetzte ihren Schenkel, aber durch die Hose spürte sie es nur vermittelt. »Komm – komm –«, bettelte Esther. Sie bekam kaum noch Luft, so hektisch atmete sie. Alex drang in sie ein. »Aaah!« stöhnte Esther auf und stieß ihren Unterleib noch heftiger gegen Alex. Gleich darauf zerriß ein Schrei die Stille des Dorfes, und Alex wünschte sich, sie hätte die Balkontür zugemacht. Das konnte ja heiter werden, wenn die Nachbarn sie fragten ...

Esther sank auf Alex nieder und atmete stoßweise. »Danke«, sagte sie nach einer Weile, als ihr Atem flacher wurde. »Das war ... nett von dir.« Sie richtete sich ein wenig auf. »Willst du jetzt reden?« Sie schmunzelte, aber die Erregung war noch nicht aus ihren Augen gewichen oder schon wieder da, und sie erkannte sie auch in Alex' Blick, so daß sie sich sicher war, es konnte nur eine rhetorische Frage sein, die sie gestellt hatte.

Alex konnte sich nicht mehr zurückhalten. Sie wußte, sie würde sich hinterher dafür schämen, aber die Erregung war zu groß, das Begehren zu stark. Es verlangte nach Erlösung. Sie zog Esthers Kopf zu sich heran und küßte sie heftig. Die Leidenschaft stieg in ihr hoch, sie spürte Esthers weiche Zunge, ihre Begeisterung, daß sie Alex überzeugt hatte, ihr Stöhnen, als ihre Zungen sich berührten und heftig versuchten, sich umeinander herumzuschlängeln. Esthers Hände glitten hinab und öffneten schnell Alex' Hose, während ihr Mund sie nicht losließ. Alex stöhnte mindestens genauso laut auf wie Esther, und in diesem Moment fiel ihr ein, daß die Balkontür immer noch offenstand. Sie empfand einen kalten Schauder an ihrem Rücken, der das Feuer, das in ihr loderte, zwar nicht löschen konnte, wohl aber dämpfte. »Esther –«, keuchte sie, während sie Esthers Gesicht von sich wegschob und für einen Moment festhielt. »Ich muß die Tür schließen. Ich kann so nicht.«

Esther ließ ihren Blick nur sehr uninteressiert zur Tür schweifen. »Das macht doch nichts. Komm –« Sie faßte wieder an Alex' Hose und schob ihre Hand hinein.

Alex zog scharf die Luft ein, als sie den Druck spürte. »Nicht, bitte . . .«, flehte sie Esther an. Esther tastete rasch mit einem Finger tiefer und traf die Mitte. Alex biß sich dermaßen heftig auf die Lippen, daß der Schmerz sie durchbohrte wie ein glühender Speer. Dennoch stöhnte sie unterdrückt auf, und zwar vor Lust – wie sie peinlich berührt bemerkte –, die den Schmerz überspülte. Für einen kurzen Augenblick gewann sie ihre Fassung wieder. Sie stand unvermittelt auf.

Esther rutschte überrascht von ihrem Schoß, doch als Alex die Tür schloß, war Esther schon wieder hinter ihr und umfaßte sie. »Du entkommst mir nicht!« lachte sie erregend leise.

Das weiß ich, dachte Alex. *Das ist ja das Schlimme.* Sie ließ sich von Esther die Hose über die Hüften schieben, und während sie so dastand, mit dem Kopf an die Balkontür gelehnt, drang Esther bereits von hinten in sie ein, so daß sie die Beine noch weiter auseinandernehmen und ihren Po nach hinten hinausschieben mußte. Und sie genoß es. Sie schämte sich und genoß es gleichzeitig, wie Esther die nasse Tiefe ausfüllte, selbst aufstöhnte und dann in Alex hineinstieß, ohne Aufforderung, ohne Vorwarnung. Alex' Nässe hatte ihr genug gesagt. Sie glitt mit ihrer anderen Hand nach vorn in Alex' Schoß, stieß wieder von hinten in sie hinein und reizte zugleich von vorn Alex' hart hervorstehende Perle, strich immer wieder darüber, zwirbelte sie . . . Es nützte nichts mehr, daß Alex sich auf die Lippen biß, sie konnte den Schrei nicht länger unterdrücken, sie spürte die Hitze, hinten, vorn, überall. Ihre Haut schien zu kochen. Die Schwäche überfiel sie kurz nach dem Krampf, der sie überwältigt hatte und eine Weile nicht mehr losließ, und sie sank langsam an der Balkontür hinab auf den Boden, wo ihre weichen Knie endlich Halt fanden. So hockte sie da, immer noch mit dem Gesicht zur Tür, deren kühles Glas ihre Haut ein wenig besänftigte, nicht aber den Aufruhr in ihrem Innern, die Scham, daß sie sich nicht hatte beherrschen können.

»Dein Po ist geil.« Esthers heiße Hand strich über Alex' nackten Hintern, und ihre Finger fuhren zwischen ihren gespreizten Beinen hindurch, daß Alex zusammenzuckte. Sie spürte, daß das noch nicht alles gewesen war. Esthers Berührung ließ das Verlangen sofort wieder erwachen, das Kitzeln, das Kribbeln, die Lust. »Von hinten magst du es gern, nicht?« lachte Esther wissend mit rauhem Ton. Sie wollte ebenfalls noch mehr. Wie auch sonst?

Alex fühlte Wut in sich aufsteigen, Wut auf Esther, die das alles mit ihr machte, ohne zu fragen, und Wut auf sich selbst, die das mit sich machen ließ, es sogar genoß. Kaum zu Kräften gekommen wirbelte sie herum und riß Esther an sich, bis sie auf dem Boden lagen. Esther juchzte erfreut. »Wie stark du bist!« Ihre Augen funkelten vor Erregung, als Alex sie unter sich begrub. Alex erkannte im selben Moment, daß das der falsche Weg war, und rollte sich von ihr herunter auf den Rücken. Aber Esther faßte das natürlich nicht als das Ende ihrer Aktivitäten auf, dazu war sie viel zu erregt. Sie setzte sich auf Alex und beugte sich hinunter, um ihre Brustwarzen in den Mund zu nehmen, immer wieder, einmal die eine, dann die andere, und an ihnen zu saugen, bis Alex schrie und flehte, Esther möge sie erlösen.

Was Esther dann auch tat, indem sie mit ihrem Mund zwischen Alex' Beinen eintauchte und sie mit ihrer Zunge reizte, während sie gleichzeitig Alex' Kopf zwischen ihre Schenkel nahm und sie so aufforderte, das gleiche bei ihr zu tun. Alex tauchte mit ihrer Zunge in die triefende Nässe, und Esther zuckte sofort hoch, stöhnte auf und schrie laut »Jaa!« Kaum waren ihre kurz aufeinander folgenden Orgasmen verklungen – es zuckte und pochte immer noch zwischen ihren Beinen, und die rot angeschwollenen Schamlippen schienen Alex verschlingen zu wollen –, da sog Esther den Bereich zwischen Alex' Beinen fast ganz in sich hinein, knetete mit ihren Lippen, streichelte mit ihrer Zunge, bis Alex das Ziehen nicht mehr ertragen konnte und sich aufbäumte. Sie konnte nicht mehr schreien, sie stöhnte nur noch dumpf. Sie fühlte sich völlig erschöpft.

Esther, die offenbar das Wort *Erschöpfung* gar nicht kannte, stand kurz auf. Eine Sekunde später glitt sie wieder neben Alex auf den Boden und hielt ihr eine Tasse Kaffee unter die Nase. »Du mußt dich stärken«, lachte sie vergnügt. Sie bettete Alex' Kopf in ihren

Schoß und fütterte sie mit kleinen Häppchen eines Brötchens, das zuvor beim Frühstück übriggeblieben war, und immer wieder einem Schluck Kaffee, bis die Tasse sich geleert hatte.

Warum war sie manchmal so? dachte Alex. So nett, so fürsorglich? Eigentlich paßte das gar nicht zu ihr, und dennoch hatte sie anscheinend hin und wieder solche Anwandlungen. Esther behielt das letzte Stück des Brötchens zwischen ihren Lippen und beugte sich zu Alex hinunter, damit die es ihr mit ihren eigenen Lippen abnehmen konnte. Sie spielten ein bißchen mit dem Brot, schoben es mit ihren Zungen hin und her, und plötzlich drang Esther mit ihrer in Alex' Mund ein und küßte sie erneut. Alex konnte sich nicht wehren. Obwohl sie immer noch erschöpft war, ging sie auf Esthers Zungenspiel ein, und sofort stöhnte Esther, ließ Alex' Kopf neben sich sinken und legte sich auf sie. Esther war leicht, Alex spürte sie kaum, aber sie spürte wohl, daß sie sich nach diesem Gefühl sehnte, dieser Nähe. Esthers Körper langgestreckt auf ihrem, Berührung nackter Haut überall. Das allein hätte ihr wahrscheinlich oft genügt. Sie wollte Esther bei sich haben, sie anfassen und streicheln. Mehr nicht. Oder nicht immer. Was danach kam, war eher Esthers Ding.

Sie ging erst am Nachmittag, und Alex konnte sich schon gar nicht mehr erinnern, wo und wie sie es überall getrieben hatten. Esther war sehr einfallsreich. Vermutlich die Erfahrung, dachte Alex mißgestimmt – jetzt, wo sie wieder denken konnte. Solange Esther dagewesen war, hatte sie den Eindruck gehabt, das sei gar nicht möglich. Als Esther fort war, nahm Alex ein Bad. Warum tat sie das alles? fragte sie sich zum tausendsten Mal, während sie im warmen Wasser lag und sich endlich entspannen konnte. Doch sie wußte die Antwort schon: Sie war Esther verfallen. Sie konnte nicht anders. Esther hätte alles von ihr haben können.

Mandy besuchte Alex zwei Tage später, nachdem sie sich zuvor angekündigt hatte, und brachte ein paar Stücke Kuchen mit. Das tat sie gern. Süßigkeiten waren ihr Leben. Zwar beklagte sie sich hin und wieder über ihre rundliche Figur, die die Folge dieser Vorliebe war, aber eigentlich machte es ihr nichts aus. Zumindest nicht, seit sie Pat hatte. Denn Pat versicherte ihr immer wieder, daß ihr alle anderen Frauen viel zu dünn seien und daß sie froh sei, Mandy gefunden zu haben, die doch wenigstens ein paar weibliche Formen aufweisen könne. Mandy lächelte, während sie die Treppe zu Alex' Wohnung erklomm – für sie war es immer wie ein Gipfelsturm. Auch ihre Kondition war nicht die beste – und an Pat dachte. Sie war so glücklich mit ihr, jetzt schon so lange. Und sie wünschte sich – sie sah zu Alex hoch, die oben an der Treppe auf sie wartete – sie wünschte sich so sehr, daß Alex auch einmal so glücklich sein durfte wie sie. Daß sie endlich die Frau finden würde, die zu ihr paßte und die sie glücklich machte, so wie Pat Mandy glücklich gemacht hatte und Mandy Pat. Es war unfair, daß ausgerechnet Alex, die so ein netter Mensch war, immer wieder an die Falschen geriet. An Frauen, die sie nur ausnutzten oder die sie nicht schätzen konnten. Die gar nicht wußten, was sie an ihr hatten.

»Gib mir ruhig die Schwarzwälder«, lächelte Alex auf Mandy nieder. »Du hebst dir ja noch einen Bruch!«

Mandy sah Alex an und bemerkte, daß sie trotz des Lächelns nicht gut aussah. Gar nicht gut. Sie reichte ihr das von der Konditorei sorgfältig verpackte Kuchentablett. »Es ist nicht nur Schwarzwälder, sondern auch Käsesahne und –«

Alex unterbrach sie lachend. »Das dachte ich mir schon! Komm rein. Du kannst es doch sicher kaum noch erwarten, das alles in dich hineinzustopfen.«

Mandy verzog beleidigt die Mundwinkel. »Ich stopfe es nicht in mich rein. Ich genieße es. Das ist ein großer Unterschied. Du dünnes Hemd kannst das gar nicht beurteilen.«

Als sie beim letzten Stück Kuchen angekommen waren, hatte Mandy immer noch nicht herausgefunden, was mit Alex los war. Aber sie konnte es sich denken. »Trauerst du ihr immer noch nach?« fragte sie mitfühlend. Sie brauchte den Namen nicht zu nennen. Sie wußten beide, wen sie meinte.

Alex sah Mandy mit rotumränderten Augen an. »Sie war vorgestern hier«, bemerkte sie und starrte dann wieder auf ihren Teller, auf dem das eine Stück Kuchen, das Mandy ihr aufgenötigt hatte, immer noch fast unberührt lag.

»Und du hast sie hoffentlich rausgeschmissen«, meinte Mandy grimmig. Sie konnte es kaum fassen, daß Esther es wagte, noch einmal bei Alex aufzutauchen, nach dem, wie sie sich in der Disco benommen hatte. Alex antwortete nicht, und nachdem Mandy ihr Gesicht eine Weile gemustert hatte, sagte sie leise: »Nein, Alex, sag mir, daß das nicht wahr ist.«

»Doch«, murmelte Alex schamrot.

»Du hast dich wieder von ihr rumkriegen lassen?« fragte Mandy entgeistert. »Nach allem, was sie dir angetan hat?« Alex nickte, immer noch beschämt. Mandy seufzte. »Nun ja, Pat hat mir erzählt, daß sie sehr . . . *überzeugend* sein kann.«

Sie betonte das Wort *überzeugend* so abschätzig, daß Alex zusammenzuckte. Sie dachte an all das, was Esther mit ihr gemacht hatte und an die Lust, die sie, Alex, dabei empfunden hatte, die selbst jetzt aus der Erinnerung wieder in ihr hochstieg, und kam sich sogar noch verwerflicher vor, noch schwächlicher, weil sie dem selbst jetzt, in diesem Augenblick, nichts entgegenzusetzen hatte. Wenn Esther jetzt hereingekommen wäre . . .

»Ich will es nicht, Mandy«, wisperte sie fast unhörbar, »aber ich kann nicht . . . ich schaffe es nicht, von ihr loszukommen.«

Mandy beugte sich über den Tisch vor und sah Alex tief in die Augen. »Sie ist eine Hure, Alex, merkst du das denn nicht?«

»Sie ist keine . . . Hure«, protestierte Alex pikiert. Sie fühlte sich persönlich angegriffen und verletzt von Mandys Bemerkung. Wenn Esther eine Hure war, was war dann sie, Alex?

Mandy lachte verächtlich auf. »Und wie nennst du das, was sie tut? Sie ist alle paar Tage mit einer anderen unterwegs, sie hat schon mit der halben Stadt geschlafen – zumindest mit den Frauen – und mit dem Rest wird sie es noch tun, und du rennst ihr hinterher wie eine läufige Hündin. Ich bin deine Freundin, und ich sage dir, das bringt dich um. Hör auf mit dieser Besessenheit, sie ist es nicht wert. Sie ist es beileibe nicht wert.«

»Sie hat etwas andere . . . Vorstellungen«, versuchte Alex, Esther zu verteidigen. »Deshalb ist sie noch lange keine . . .« Sie wagte nicht, das Wort noch einmal auszusprechen.

Mandy zog die Augenbrauen hoch. »Sie hat etwas andere Vorstellungen?« Sie ließ ihre Mundwinkel herabsinken. »In der Tat, die hat sie. Aber, Alex . . .« Mandy legte ihre Hand auf die von Alex und drückte sie, »*du* hast diese Vorstellungen doch nicht. Du teilst sie nicht mit ihr. Du bist völlig anders. Das hältst du nicht durch.« Ihre Stimme klang liebevoll und zärtlich besorgt.

Innerlich mußte Alex Mandy bei dieser Einschätzung recht geben. Das sah sie genauso. Aber es zugeben? Mit Worten? Das war etwas anderes. »Du kennst sie nicht, Mandy«, wand sie sich unbehaglich heraus. »Sie ist –«

Mandy schaute interessiert. »Sie ist was?« Sie konnte sich nicht im entferntesten vorstellen, was an Esther so attraktiv war. Auch Pat hatte ihr das schon einmal versucht zu erklären. Esther sah gut aus, sehr gut sogar, das gab selbst Mandy zu, aber darüber hinaus fand sie nichts Anziehendes an ihr. Sie hatte Sex-Appeal und strahlte die Lust auf Sex nur so aus, aber das war für Mandy nie das Entscheidende, für sie galten andere Werte, waren andere Dinge an einer Frau wichtig. Ihre Zuverlässigkeit, ihre Ehrlichkeit, so etwas in der Art. Und sie wußte hundertprozentig, daß Alex genauso war. Alex war das Gegenteil von oberflächlich, sie suchte Tiefe in einer Frau, nicht das schnelle Vergnügen, das konnte sich Mandy nicht vorstellen. Aber warum dann Esther?

Alex hatte immer noch nicht geantwortet. Was sollte sie Mandy sagen? *Esther ist süß, berauschend, eine Offenbarung?* Mandy hätte sie nur ausgelacht oder an ihrem Verstand gezweifelt. An dem zweifelte sie ja mittlerweile selbst. Aber genau das war es, was sie empfand: einen Rausch. Wie die Niagara-Fälle riß Esther sie mit in einen Wirbel voller Gefühle, voller Schmerzen, voller Lust. Das konnte sie Mandy nicht erklären. Sie, Alex, war verliebt in Esther. Und zwar verliebt auf eine Art, wie sie es noch nie erlebt hatte, auf eine betäubende, alle Bedenken wegschwemmende Art, obwohl sie wußte, obwohl sie *fühlte*, daß es falsch war, was sie tat. Daß es sie selbst zerstören konnte.

»Meine Güte!« fuhr Mandy ärgerlich auf. »Habe ich dich deshalb getröstet, dich weinen lassen, versucht, dir deine Selbstachtung wiederzugeben? Damit du wieder zu ihr zurückkriechst?« Sie meinte es nicht wirklich so, sie wollte Alex nicht verletzen, sie wollte sie nur provozieren, ihr klarmachen, daß sie umkehren mußte, um sich selbst zu schützen. Sie machte sich sehr große Sorgen um Alex.

Alex wollte erst ebenso auffahren, sie fragen, was sie sich einbildete, aber dann sank sie auf ihrem Stuhl zusammen. »Du hast ja recht, Mandy«, murmelte sie.

Mandy konnte ihren Ärger nicht mehr länger aufrechterhalten, sie streichelte wieder besänftigend Alex' Hand. »Ich verstehe dich sehr gut, Alex. Es ist schwierig, von einer Frau loszukommen, in die man verliebt ist. Auch wenn sie es nicht wert ist. Aber du mußt! Du mußt einfach. Sie macht dich kaputt. Sieh dich doch an – wie du aussiehst. Ich habe einen Riesenschreck bekommen, als ich die Treppe hochkam. Seit du sie kennst, läufst du die meiste Zeit herum wie ein Zombie. Das kann doch so nicht weitergehen.«

An diese Worte erinnerte sich Alex, als sie kaum einen Tag später an Esthers Rücken geschmiegt dalag, in Esthers Bett. Esther hatte sie angerufen, hatte mit ihr geflirtet am Telefon, und sie war zu ihr geeilt wie von einer unsichtbaren, unwiderstehlichen Macht gezogen.

Bevor sie wieder einmal erschöpft einschliefen nach Stunden der Leidenschaft, hatte Alex Esther zärtlich in den Arm genommen und geflüstert: »Mmmm ... du riechst so gut!« Esthers Duft war wirklich berauschend. Noch nie hatte Alex das bei einer anderen Frau so wahrgenommen. Es war einmalig.

Esther lachte. »Ja, das sagen alle.« Dann drehte sie sich auf die andere Seite um.

Alex war wie vor den Kopf geschlagen. Alle. Alle anderen. Alle, mit denen sie schon geschlafen hatte. Und mit denen sie noch schlafen würde. Alle. Vielleicht Hunderte. Sie drehte sich auf den Rücken, immer noch Esthers Duft in der Nase, die schließlich nahe genug neben ihr lag. In der Tat: Wie sollte das weitergehen? Jede Minute, jede Sekunde wurde sie daran erinnert, wer Esther war ... *was* sie war. Und dennoch konnte sie nicht von ihr loskommen. Sie schlich sich zu ihr und von ihr fort wie eine Verbrecherin, eine Verbrecherin des Herzens, denn als Mandy sie heute am Telefon fragte, ob sie zu ihr kommen dürfe, hatte Alex gelogen, hatte ihre Arbeit vorgeschoben und ihr nicht erzählt, daß sie bereits auf dem Sprung zu Esther war. Sie wollte nicht, daß Mandy und die anderen sie verachteten wegen ihrer Schwäche, ihrer Unentschlossenheit, ihrer Hörigkeit gegenüber Esther. Aber dadurch nahm sie sich selbst auch die Möglichkeit, sich bei Mandy auszuweinen, sich bei ihr Rat zu holen. Ab nun mußte sie sich selbst vor *ihr* verstekken. Wo sollte das enden? Sie ruinierte sich, sie konnte nicht mehr arbeiten. Einen Auftrag hatte sie deswegen schon verloren. Das konnte so einfach nicht weitergehen, da hatte Mandy absolut recht gehabt.

Alex drehte den Kopf und blickte noch einmal zu Esther hinüber. Sie schlief. Ihr ruhiger Atem beruhigte Alex in keiner Weise. Im Gegenteil. Sie stand wieder einmal auf, suchte leise ihre Sachen zusammen und ging. Sie war überzeugt davon, daß Esther ihr diesmal keine Szene machen würde wie das letzte Mal. Sie wußte mittlerweile zu gut, daß Alex abhängig von ihr war, daß sie wiederkommen würde.

Alex fuhr stundenlang herum. Sie wollte nicht nach Hause. Möglicherweise würde Mandy erneut anrufen oder bei ihr auftauchen – besorgt, wie sie war –, und sie konnte sie nicht ständig immer wieder belügen. Das widersprach ihrer Natur. Wenn sie ihr aber die Wahrheit sagte, würde sie sich Vorwürfe anhören müssen oder diesen mitleidigen Tonfall, den Mandy jetzt manchmal schon bekam. Alex kam sich dann vor wie eine Halbdebile oder ein Alzheimerfall, dem die anderen nicht wagten, die Diagnose zu beichten, und sie deshalb nur bedauernd ansahen. Aber sie *war* nicht krank oder verblödet! Sie war doch nur – verliebt.

Alex saß eine Weile an einem kleinen Bach, der sich am Rande der Stadt hinausschlängelte, und genoß die Ruhe des Ortes wie schon das eine oder andere Mal, wenn sie Probleme gehabt hatte. Es war ein Platz, den niemand zu kennen schien. Deshalb fühlte sie sich hier so geborgen. Die Sonne ging auf, und sie beobachtete die Vögel, die sich zu ihrem Tagwerk bereitmachten. Sich putzten und ihr Gefieder in ordentliche Schichten legten, sich drehten und wanden, als betrachteten sie sich im Spiegel. Dann wieder fuhr einer zwitschernd auf und erschreckte die anderen. Nacheinander kamen mehrere Vögel ans Wasser und nahmen ihre morgendliche Dusche, tauchten ihren Kopf ins Wasser und ließen die Tropfen ihren Rücken hinunterperlen, spreizten ihr Gefieder und freuten sich an den ersten Sonnenstrahlen. *Wenn ich es doch auch so leicht hätte,* seufzte Alex innerlich. *Wenn das meine ganzen Sorgen wären . . .*

Sie blieb noch eine ganze Weile sitzen und streckte sich dann. Nach Hause wollte sie nicht, arbeiten konnte sie auch nicht, also was blieb da noch? Hatte sie nicht vor ein paar Tagen schon zum Friseur gehen wollen? Und sie hatte es wirklich nötig. Aber Esther . . . Esther hatte sie davon abgehalten, nicht willentlich, aber dadurch, daß sie ihre Gedanken beherrschte. Alex schüttelte sich. Sie dachte an das angenehme Gefühl, das sie immer überkam, wenn die Friseurin ihr die Kopfhaut beim Waschen massierte. Genau das brauchte sie jetzt. Entspannung und Massage. Sie stand auf und ging zu ihrem Wagen. Sie würde einen anderen Friseursalon wählen, einen, bei dem sie noch nie gewesen war – in einem Stadtteil, in dem sie noch nie gewesen war. Sie wollte an nichts erinnert werden, was sie schon kannte. An gar nichts.

»Ist es so gut? Oder ist das Wasser zu warm?« fragte die junge Friseurin Alex eine Stunde später, während die ihren Kopf rückwärts über das Becken gelegt hatte und es einfach nur genoß, hier zu sein, hier sitzen zu können, ungestört.

»Nein. Nein, es ist gut. Wunderbar.« Alex schloß die Augen. Das Wasser rauschte angenehm in ihren Ohren und floß warm, nicht zu heiß über ihren Kopf. Gleichzeitig spürte sie die kräftigen Finger, die ihren Haaransatz massierten, sich über den ganzen Schädel verteilten. Sie konnte sich gerade noch zurückhalten zu seufzen. Wußten Friseurinnen eigentlich, welche Gefühle sie ihren Kundinnen bereiteten?

Eine halbe Stunde später stand Alex an der Kasse, um zu bezahlen. Bei ihren kurzen Haaren dauerte es nie lange, auch wenn sie es heute gern länger ausgedehnt hätte, aber was hätte sie der Friseurin sagen sollen? *Bitte streicheln Sie mich noch ein bißchen?* Das hätte die wohl kaum verstanden. Alex mußte einen Moment warten, während die Kassiererin die Rechnung fertigmachte. Sie ließ ihren Blick absichtslos durch den Raum schweifen. Direkt vor ihr, ein paar Meter entfernt, fönte sich eine junge Frau ihre halblangen

Haare, indem sie sie über ihren Kopf nach vorn fallen ließ. Sie hatte Locken. Ohne richtiges Interesse – nur, weil sie gerade nichts anderes zu tun hatte – überlegte Alex, ob die Locken wohl echt waren. Sie sahen so aus. Alex überlegte, daß sie das vielleicht auch tun könnte: sich ihre Haare hier beim Friseur selbst fönen. Das sparte ein paar Mark. Aber andererseits: Ihre eigenen Haare trockneten so schnell, das lohnte sich gar nicht. Nur wenn man relativ lange Haare hatte wie diese Blonde hier ...

»Fünfunddreißig«, sagte die Kassiererin in diesem Augenblick, und Alex griff nach ihrem Portemonnaie. Doch sie öffnete es von der falschen Seite, und ein paar Münzen fielen heraus. Die Kassiererin schaute ihnen desinteressiert nach, wie sie durch den halben Friseursalon kullerten. Sie rührte keinen Finger. Dafür wurde sie nicht bezahlt, den Kundinnen auch noch ihr Geld aufzusammeln.

Die Blonde, die sich eben noch ihre Haare gefönt hatte, hockte sich hin und griff nach einem Markstück, das direkt vor ihren Füßen liegengeblieben war. »Hier«, sagte sie und hielt es Alex freundlich lächelnd entgegen.

»Danke«, sagte Alex und blickte sie irritiert an. Sie kam ihr irgendwie bekannt vor.

Das Lächeln der anderen wurde breiter. »Anscheinend geschieht jedesmal irgendein Mißgeschick, wenn wir uns treffen«, meinte sie immer noch freundlich.

»Ja?« fragte Alex und runzelte die Stirn. Sie konnte sich nicht erinnern ...

»Auf der Disco«, lachte die andere verlegen. Sie wirkte schüchtern. »Erinnerst du dich nicht an mich? Ich war die mit dem Lappen.«

Jetzt betrachtete Alex die Blondgelockte genauer. Diese graugrünen Augen. Ja, genau, an die erinnerte sie sich. Aber gleich schob sich Esthers Gesicht dazwischen. Esther, wie sie auf der Disco geflirtet hatte – mit der fremden Frau.

»Wohnst du auch hier?« fragte die Blonde nun. Sie hatte einen Schein auf die Theke an der Kasse gelegt, die Kassiererin gab Alex ihr Wechselgeld heraus und griff gleichzeitig nach dem neu hinzugekommenen Fünfziger.

»Nein.« Alex schüttelte den Kopf, während sie versuchte, noch die eine oder andere Münze wiederzuentdecken, die ihr aus dem

Portemonnaie gefallen war. Sie ging nach hinten, hob mehrere auf und kam dann zurück. Die Blonde stand immer noch da. Alex wollte nicht mit ihr reden. Sie gemahnte sie an den Discoabend, an Esther ... Gerade hatte sie sich für einen Augenblick so wohlgefühlt, hatte gehofft, hier, in diesem weit entfernten Stadtteil an nichts erinnert zu werden, und ausgerechnet hier traf sie auf jemand, die ...

Die andere blickte fragend. Sie erwartete eine Antwort.

»Ich wollte nur mal einen anderen Friseur ausprobieren«, lachte Alex etwas gezwungen. »Eigentlich gehe ich immer in der Stadt.«

»Ach so.« Die andere lächelte. Sie verließen gemeinsam den Friseursalon und standen dann schon wieder verlegen herum. Alex wußte nicht, was sie sagen sollte, und die andere verabschiedete sich nicht. »Ich arbeite da drüben in dem Restaurant.« Sie zeigte die Straße hinunter. »Magst du vielleicht einen Kaffee? Wir machen jetzt gleich auf. Ich muß zum Dienst. Ich bin Köchin.«

Alex wollte keinen Kaffee, sondern weg, aber sie war zu schwach, um entschieden nein zu sagen. Was machte es schon für einen Unterschied, wo sie war und was sie tat? Nach Hause wollte sie immer noch nicht. Sie nickte.

»Übrigens, ich heiße Yvonne«, stellte die Blonde sich vor und hielt ihr die Hand hin.

Alex starrte kurz darauf, dann nahm sie sie und sagte: »Alex.«

»Komm, Alex«, lachte die andere. »Wenn du willst, koche ich dir etwas Gutes nachher. Oder hast du schon was vor?« Sie musterte Alex fragend.

Was soll ich schon vorhaben? dachte Alex. *Arbeiten kann ich nicht, und Esther ist in der Kanzlei.* »Nein.« Sie schüttelte den Kopf. So bekam sie wenigstens etwas Anständiges zu essen. Zumindest, wenn diese Frau hier kochen konnte, wie sie es versprach. Sie sah noch sehr jung aus. Und sehr schlank. Waren Köchinnen nicht immer dick, zumindest rundlich?

Das Restaurant hieß zwar *Badischer Hof*, war aber eher so eine Art Kneipe mit Speisekarte. Dunkles Holz. Eigentlich sehr gemütlich, dachte Alex. Sie war nie eine große Kneipengängerin gewesen, hatte dem selten etwas abgewinnen können, deshalb überraschte es sie, daß sie sich hier, in diesem dunklen Raum, auf Anhieb so wohl fühlte. Es roch nach kaltem Rauch und abgestandenem Alkohol, wie in jeder Kneipe morgens, und sie hätte es eigentlich hassen müssen. Aber vielleicht merkte sie es auch einfach nicht so richtig, weil ihre Wahrnehmungen so geschwächt waren. Weil ihr eigentlich alles egal war.

»Wenn du willst, kannst du dich an die Theke setzen oder auch an einen der Tische«, bot Yvonne zuvorkommend an. »Ich muß in die Küche.«

Alex konnte sich für einen Moment nicht entscheiden, aber dann entdeckte sie in der hintersten Ecke einen kleinen Tisch, der ein wenig versteckt lag. Das war genau das richtige für sie. Sie steuerte darauf zu.

Keine Minute später kam eine ältere Frau an ihren Tisch und brachte ihr einen Kaffee. Sie lächelte freundlich, ebenso freundlich wie Yvonne. »Möchten Sie sonst noch etwas?« fragte sie.

Alex sah hoch und schüttelte den Kopf. Sie hatte gar nicht mitbekommen, daß Yvonne den Kaffee für sie bestellt hatte. Die ältere Frau drehte sich um und ging zur Theke zurück. Dort begann sie Gläser zu spülen.

Alex versank wieder in ihre Lethargie. Was hatte das alles noch für einen Sinn? fragte sie sich. Erst, als der Kaffee schon kalt war, trank sie ihn. Sie hatte ihn vollkommen vergessen.

»Das ist aber kein großer Genuß!« lachte Yvonne und stellte ein Tablett auf den Tisch. Es enthielt Brötchen, Brot und zwei Eier in Bechern, die mit lustigen Strickhütchen bedeckt waren, um sie warmzuhalten. Außerdem Butter, Käse, Wurst, Marmelade, Honig . . . Alex konnte gar nicht alles erfassen, was darauf stand. »Ich wußte nicht, was du magst«, sagte Yvonne. »Da habe ich einfach alles mitgebracht.«

Alex blickte irritiert hoch. »Hattest du nicht gesagt, du mußt arbeiten?« Sie wollte gar nicht frühstücken. Der Appetit war ihr schon lange vergangen, spätestens seit dem letzten Frühstück mit Esther.

»Das tue ich auch«, lachte Yvonne wieder in ihrer schüchternen Art. »Ich habe den Herd schon angeschmissen. Aber der braucht eine Weile, bis er heiß ist.« Sie setzte sich neben Alex und verteilte den Inhalt des Tabletts vor sie beide. »Jetzt habe ich erst einmal Hunger. Ich frühstücke nie zu Hause, sondern immer erst hier. Ist bequemer.«

Alex blickte leicht verwirrt auf den Teller, das Besteck und das Ei, das Yvonne vor ihr aufgebaut hatte.

Yvonne musterte sie fragend, als sie merkte, daß Alex nichts nahm. »Möchtest du lieber Müsli oder so was? Ich kann dir eins machen. Ich persönlich mag es nur nicht besonders. Deshalb habe ich es nicht mitgebracht. Ich vergesse immer, daß es das auch noch gibt.« Sie lachte entschuldigend und wollte schon aufstehen.

»Nein, nein.« Alex hielt sie zurück. »Ich mag Müsli auch nicht. Das hier ist schon gut.« Sie hatte immer noch keinen Appetit, aber Yvonne kümmerte sich so rührend um sie, da wollte sie sie nicht enttäuschen. Sie nahm ein kleines Stück Brot.

Yvonne köpfte ihr Ei und begann mit Appetit zu essen. »Du hast sicher nichts mit der Gastronomie zu tun, oder?« vermutete sie schmunzelnd. Alex sah ihr nicht danach aus. Dafür hatte sie einen Blick.

»Nein, ich bin Web-Designerin«, murmelte Alex. Sie fühlte sich überfordert. Sie hatte allein sein wollen, darüber nachdenken wollen, was sie nun tun sollte. Und plötzlich saß sie hier, mit einer ihr völlig fremden jungen Frau – wenn man einmal davon absah, daß sie ihr einen Lappen und ein Markstück gereicht hatte – und konnte sich gar nicht auf ihre Gedanken konzentrieren.

»Wie interessant«, bemerkte Yvonne und sah sie an, als ob sie weitere Erklärungen erwartete.

»Ich bin selbständig«, fügte Alex deshalb etwas widerstrebend hinzu.

Yvonne grinste leicht. »Deshalb kannst du jetzt hier in der Kneipe hocken und mußt nicht in irgendeinem muffigen Büro sitzen, das ist praktisch.«

»Ja.« Alex mußte auf Yvonne sehr einsilbig wirken, bemerkte sie selbst, aber sie konnte sich jetzt nicht unterhalten. Sie war in Gedanken ganz woanders. Bei Esther. Was sie jetzt wohl machte?

Yvonne blieb jedoch auch nicht lange neben Alex sitzen. Sie hatte ihr Frühstück schnell beendet und stand auf. »Ich gehe jetzt wieder in die Küche«, sagte sie. »Aber wenn du willst, kannst du das hier noch alles vertilgen.« Sie zeigte auf den beladenen Tisch.

Alex antwortete nicht, sah Yvonne aber nach, als sie sich umdrehte und durch eine Tür neben der Theke verschwand. Aber sie sah sie nicht wirklich. Alles verschwamm, und andere Bilder drängten sich wieder vor ihr inneres Auge. Bilder, die sie nicht verdrängen konnte. Esthers Mund ...

Yvonne blickte von der Küche zurück in den Gastraum und beobachtete Alex. Was für ein Zufall, daß sie sie getroffen hatte. Sie hatte seit ihrer flüchtigen Begegnung auf der Disco oft an sie gedacht. Sie war ihr aufgefallen – nicht nur, weil sie sich Sekt über die Hand gegossen hatte. Das geschah häufig, das war nichts Besonderes. Yvonne war immer zu großzügig mit den Portionen und wurde von den anderen öfter dafür gescholten, aber das machte ihr nichts. Sie fand es nicht in Ordnung, fünf Mark für etwas zu verlangen, das noch nicht einmal einen Fingerhut füllte.

Nein, Alex war ihr auf eine andere Art aufgefallen. Sie hatte so etwas – Yvonne wußte nicht, wie sie es beschreiben sollte – Trauriges vielleicht? Sie schien vom Leben enttäuscht und trotzdem nicht bereit aufzugeben. Das hatte Yvonne beeindruckt. Sie hatte versucht, ihr mit ihren Blicken zu folgen, als sie mit den Gläsern zurückging, festzustellen, für wen das zweite Glas bestimmt war – für ihre feste Freundin? Das konnte man dann sicher an der Begrüßung erkennen. Für wen sollte ein zweites Glas Sekt auch sonst schon sein? hatte Yvonne damals innerlich seufzend gedacht. Wen bedachte man normalerweise schon mit Sekt außer der Frau, die man liebte? Bevor sie jedoch in Erfahrung bringen konnte, was sie interessierte, hatte sie Alex aus den Augen verloren. Es waren einfach zu viele Frauen in der kleinen Halle, und vor dem Tresen hatten sich alle nach Getränken gedrängt und ihr die Sicht versperrt.

Später dann hatte sie noch einmal einen kurzen Blick auf Alex erhascht, als die auf den Ausgang zustürmte. Yvonne hatte erwartet, daß sie wieder hereinkommen würde, daß sie sich draußen nur abkühlen wollte, und sie hatte sich fest vorgenommen, sie dann noch einmal anzusprechen, auch wenn sie nicht wußte, wie sie das anstellen sollte, denn sie war eher schüchtern. Deshalb – und weil es ohnehin zu ihrem Beruf gehörte – meldete sie sich auch immer freiwillig für die Theke. Da fühlte sie sich wenigstens sicher. Sie konnte sich nichts Grausigeres vorstellen, als wie viele andere am

Rand zu stehen und nichts zu tun zu haben, als sich an ihrer Bierflasche festzuhalten, in der Hoffnung, angesprochen zu werden oder auch nicht – je nachdem, ob es die richtige Frau war oder die falsche. Selbst jemanden anzusprechen, das traute sie sich ohnehin nicht zu. Warum es ihr damals bei Alex in den Sinn kam, warum sie es überhaupt in Erwägung zog, wußte sie nicht. Bislang war ihr das noch nie so gegangen. Auch wenn sie die eine oder andere Frau attraktiv gefunden hatte.

Jetzt beobachtete sie Alex, wie sie es an jenem Abend auf der Disco nicht hatte tun können, und wieder fiel ihr das Traurige an ihr auf. Das Desillusionierte. Es schien sich sogar noch verstärkt zu haben. Was war nur mit ihr los? Sie wirkte durchaus wie jemand, die mit beiden Beinen auf der Erde stand. Was hatte sie nur so durcheinander gebracht? Yvonne nahm sich vor, es herauszufinden und Alex diesmal nicht einfach so gehen zu lassen. Sie wollte sie kennenlernen, *näher* kennenlernen. Yvonne war sich nicht so ganz im klaren darüber, *wie* nah, aber ein angenehmer Schauder rann über ihren Rücken, als sie sich an Alex' Berührung in ihrer Hand erinnerte. Das war mehr gewesen als nur die Berührung zweier Hände zur Begrüßung. Jedenfalls für Yvonne. Ihr war nicht entgangen, daß Alex es kaum zur Kenntnis genommen hatte. Sie schien mit etwas anderem beschäftigt. *Womit, das werde ich herausfinden,* nahm Yvonne sich vor. Und wenn sie sich etwas vornahm, dann führte sie es auch aus. Das hätte jeder, der sie kannte, bestätigen können. Bei aller Schüchternheit, die ein Merkmal ihres Charakters war, verfolgte sie ihre Ziele sehr konsequent. Nichts konnte sie davon abbringen.

Alex saß zwei Stunden später immer noch in dem Lokal, ohne sich gerührt zu haben. Zwischenzeitlich hatte die freundliche ältere Frau das Frühstückstablett abgeräumt. Alex hatte es kaum registriert. Sie brütete nur dumpf vor sich hin und war dankbar dafür, daß sie nicht angesprochen wurde. Es wurde lauter. Irritiert blickte sie hoch. Die Mittagszeit hatte begonnen, und direkt neben ihr an einem größeren Tisch hatte sich anscheinend die halbe Belegschaft eines Betriebes niedergelassen. Sie lachten und sprachen laut miteinander. Es schien um eine Installation zu gehen, die sie gerade abgeschlossen hatten. »Windows 98!« sagte der eine. »Manche Kunden spinnen wirklich!« Die anderen lachten zustimmend.

Alex fühlte sich gestört, aber sie konnte sich nicht entscheiden. Sollte sie die ältere Frau rufen und zahlen? Vielleicht gingen diese Rüpel ja auch bald wieder. In vielen Betrieben war die Mittagspause schließlich nicht länger als eine halbe Stunde. Die ältere Frau brachte Karten und sprach die Gäste freundlich an. »Na, ihr habt ja anscheinend einen netten Tag gehabt!« sagte sie. Sie kannte sie offensichtlich. Stammkundschaft.

Alle nickten, und die meisten gaben ihr die Karte sofort zurück und bestellten ein Menü, das auf einer Tafel mit Kreide über die Theke geschrieben stand. Nur einer, der lauteste von allen, grölte: »Yvonnsche soll kommen! Ich weiß nicht, was ich nehmen soll. Sie soll mir was empfehlen.«

Die ältere Frau schmunzelte. »Ich sag's ihr, aber ich weiß nicht, ob sie Zeit hat. Vielleicht solltest du lieber auch das Menü bestellen, sonst ist deine Mittagspause um, und du hast nichts gegessen.«

»Yvonnsche soll kommen«, beharrte er trotzig, obwohl die anderen ihn schon hämisch musterten. Es sah so aus, als ob er das nicht zum ersten Mal täte.

Die ältere Frau verschwand wieder, und gleich darauf erschien Yvonne tatsächlich, im klassischen Köchinnen-Outfit, kleinkarierte Hose, weiße Jacke und ein Tuch geknotet um den Hals. Sie ging auf den lauten Mann zu. »Harald«, begrüßte sie ihn strafend. »Was ist denn schon wieder? Ich habe alle Hände voll zu tun in der Küche. Du bist nicht der einzige Gast.«

Sie stand so nah neben ihm, daß er um sie herumgreifen konnte. Er umfaßte ihre Taille und ließ seine Hand wie von selbst auf ihren Po rutschen, wo sie liegenblieb. »Aber der wichtigste«, grinste er breit.

Yvonne griff hinter sich, nahm seine Hand und legte sie vor ihn auf den Tisch. »Das denkst auch nur *du*«, sagte sie charmant lächelnd, aber mit einem Glitzern in den Augen, das sich Alex nicht gewünscht hätte, wenn sie in seiner Position gewesen wäre. Sie hatte Yvonnes Erscheinen aufmerksam verfolgt und erstaunt bemerkt, was vorgefallen war, da sie kaum einen Meter entfernt saß. Yvonne fuhr fort: »Also, was willst du essen? Entscheide dich, ich habe nicht den ganzen Tag Zeit.«

»Was ist denn frisch?« fragte der Mann immer noch impertinent grinsend, während er seine Blicke über Yvonnes Körper schweifen ließ, und es war klar, was er meinte. Vom Essen sprach er nicht. Offenbar nahm er die Signale, die Yvonne deutlich aussandte, gar nicht wahr. Oder es machte ihm Spaß, sie zu ärgern.

Aber sie ließ sich nicht ärgern. Sie drehte sich um und wies auf die Tafel über der Theke. »Das Menü ist immer frisch, das weißt du. Ich habe das Gemüse und das Fleisch erst heute morgen auf dem Großmarkt gekauft. Und alles andere auf der Karte auch. Du solltest wissen, daß ich nur mit frischen Zutaten arbeite.« Sie wirkte sehr energisch, wie sie so dastand, und jetzt stemmte sie auch noch die Hände in die Hüften. »Du kriegst das Menü, wie alle anderen«, sagte sie, drehte sich um und verschwand in der Küche.

Die anderen grinsten ziemlich, denn nun saß der großmäulige Harald da wie ein begossener Pudel, und das sicher auch nicht zum ersten Mal. Yvonne schien Übung darin zu haben, ihn abblitzen zu lassen.

Alex konnte sich ebenfalls nicht enthalten zu grinsen. Yvonne hatte auf sie zu Anfang mehr als schüchtern gewirkt, aber offenbar konnte sie sich auch durchsetzen. Das gefiel Alex. Es war eine nette Mischung.

Gleich darauf kam das Essen für die Truppe am Nebentisch, und wie üblich verstummten die Gespräche. Alex nahm verschiedene verführerische Gerüche aus der Küche wahr, aber nichts davon konnte ein Hungergefühl in ihr erzeugen. Es war, als ob sie gar keine Nahrung mehr brauchte. Wie sie vermutet hatte, war die Mittagspause der lauten Gesellschaft kurz bemessen, und kaum hatten sie ihre Teller geleert, verlangten sie nach der Rechnung. Alex war erleichtert und hoffte, daß keine solche Radaubruderschaft nachrücken würde. Die Mittagszeit war ja noch nicht zu Ende. Sie selbst verspürte jedoch immer noch keinen Appetit.

Als die Gruppe schon an der Tür war, kam Yvonne zu ihr. »Was möchtest du essen?« fragte sie, mit demselben charmanten Lächeln, mit dem sie den Mann hatte abblitzen lassen, aber ohne das gefährliche Glitzern in ihren Augen. Sie blickten genauso freundlich, wie es Alex jetzt schon vertraut war.

»Nichts«, entgegnete Alex leise, aber der polterige Harald hatte Yvonnes Frage gehört, und grölte – schon auf der Straße – herüber: »Wie? *Sie* darf sich aussuchen, was sie essen will und ich nicht?«

Yvonne drehte sich kaltlächelnd um. »*Sie* grabscht mir auch nicht an den Po, wenn sie sich etwas zu essen aussucht.« Anscheinend war es ihr egal, daß auch noch andere Gäste im Lokal den Disput verfolgen konnten.

»Sie ist eine Frau!« protestierte Harald, für den sein Verhalten wohl zum männlichen Dasein dazugehörte.

»Eben«, bestätigte Yvonne ihm. »Lieber eine Frau als einen Kerl wie dich.«

Harald erstarrte in der Tür, sagte nichts mehr und trollte sich schnell hinaus.

Ein paar der Gäste im Lokal grinsten, meistens die Frauen, und einige der Männer blickten sehr irritiert. Aber nach einer stummen Minute wandten sich alle wieder ihrem Essen zu, und der normale Betrieb ging weiter. Niemand schien noch an das Vorgefallene zu denken.

»Puh!« Yvonne ließ sich Alex gegenüber auf einen Stuhl fallen. »Was ist nur in mich gefahren? So etwas habe ich ja noch nie gemacht!«

»Was?« grinste Alex. »Die Wahrheit gesagt?« Sie fühlte sich auf einmal lebendiger.

»Mich mit jemand in aller Öffentlichkeit gestritten«, erklärte Yvonne verlegen lächelnd. »Dafür bin ich eigentlich viel zu schüchtern.«

»Dafür, daß du keine Übung darin hast, war es aber sehr gut«, grinste Alex noch einmal. Yvonne gefiel ihr. Sie hatte nichts Extravagantes, sondern war offen und direkt. Das war mal eine nette Abwechslung zu ... Ein Schatten fiel über Alex' Gesicht. Ihre gute Laune hatte sich innerhalb einer Sekunde verflüchtigt.

Yvonne bemerkte es, aber sie sprach es nicht an. Dazu kannte sie Alex nicht gut genug. Etwas Privates von ihr zu erfahren hätte sie zwar gereizt, aber es schien doch etwas Schwerwiegendes zu sein, was sie bedrückte. Das würde sie kaum einer Fremden erzählen. Dennoch fragte Yvonne sich erneut, was es sein könnte. Alex wirkte auf sie nicht wie jemand, die aus einer Mücke einen Elefanten machte, also mußte es schon etwas Ernstes sein. Aber für den Moment würde sie das nicht erfahren. »Paß auf«, sagte sie leicht lachend zu Alex, als ob sie nichts von alledem bemerkt hätte, was ihr nicht entgangen war, »ich habe noch ein paar wunderbare Kroketten übrig und auch ein paar schöne Lammkoteletts.« Sie musterte Alex zweifelnd. »Ißt du Fleisch?«

Alex nickte überrascht. »Manchmal«, sagte sie.

»Gut.« Yvonne erhob sich. »Ich bringe dir was, und dann können wir zusammen essen. Der Andrang hat nachgelassen. Die Mittagszeit ist bald vorbei.« Sie entfernte sich schnell, denn irgendwie hatte sie das Gefühl, daß Alex protestieren, daß sie gar nichts essen wollte. Aber sie saß schon seit Stunden da herum und nahm nichts zu sich. Das ging Yvonne gegen die Berufsehre. Sie konnte es kaum zulassen, daß in ihrem Lokal jemand verhungerte. Sie wußte, daß das nicht passieren würde, aber ihr erschien Alex schrecklich dünn. Dünner, als sie eigentlich hätte sein sollen. Es ging ihr offensichtlich nicht gut, auch wenn Yvonne nicht herausgefunden hatte, weshalb. Also griff sie erst einmal zu dem für sie erprobtesten Mittel: Essen. Daran dachte sie als Köchin immer zuerst.

Alex ließ sich tatsächlich von Yvonne überreden, etwas zu probieren, und zu ihrem eigenen Erstaunen stellte sie fest, daß es ihr schmeckte, daß sie sogar Hunger bekam. Wie hatte ihre Großmutter schon immer gesagt? *Der Appetit kommt beim Essen.* Sie ließ nichts auf ihrem Teller übrig. »Du kochst wirklich gut«, stellte sie verwundert fest.

Yvonne lachte. »Das hört sich so an, als ob du mir das gar nicht zugetraut hättest.«

»Ja – Nein – Entschuldige, das wollte ich damit nicht sagen«, erwiderte Alex verwirrt. Sie spürte das warme Gefühl in ihrem Magen, der endlich einmal wieder gefüllt war, und dann auch noch so gut. Und sie sah diese ihr immer noch fremde Frau sich gegenübersitzen und sie beobachten. Was wollte sie von ihr? Warum kümmerte sie sich so um sie? Plötzlich, während das Blut sich zur Verdauung in ihrem Bauch sammelte und ihr Kopf dadurch leer wurde, spürte sie ihre Erschöpfung. Sie hatte kaum geschlafen in der letzten Zeit. »Ich muß nach Hause, mich ausruhen«, sagte sie unwillkürlich.

»Ja«, bestätigte Yvonne, und Alex war zu sehr mit sich selbst beschäftigt, um zu bemerken, wie enttäuscht ihre Stimme klang. Dann musterte Yvonne Alex erneut. »Du sagtest, du wohnst nicht hier in der Nähe?« Sie bemerkte Alex' entrückten Blick. So sollte sie nicht fahren.

»Nein, in Kaltenbach«, antwortete Alex automatisch. Sie sah Yvonne müde an. »Kann ich die Rechnung haben?«

Yvonne hob die Hand. »Nein, du warst eingeladen. Und ich bringe dich nach Hause. Kaltenbach ist ja ewig weit weg!« Yvonne sah Alex schon mit ihrem Auto an einem Baum landen.

Alex widersprach. »Das kann ich dir nicht zumuten. Du kennst mich doch gar nicht.« Sie war müde, so müde. Sie wollte nach Hause. Yvonne sollte sie endlich gehen lassen. Sie fühlte sich einer Diskussion nicht mehr gewachsen.

Ich glaube, ich kenne dich besser, als du denkst, überlegte Yvonne. *Du nimmst nicht gern die Hilfe anderer in Anspruch.* Langsam kam ihr Alex schon sehr vertraut vor. »Das ist keine Zumutung«, widersprach nun Yvonne. »Du kannst so nicht mehr fahren. Und ich habe sowieso Schluß. Bis heute abend muß ich nicht mehr hier sein.« Das stimmte nicht ganz, denn eigentlich dauerte ihre Schicht noch eine Stunde, aber das würde sie schon hinbiegen.

Alex hatte keine Kraft mehr zu protestieren und ergab sich in ihr Schicksal. Yvonne zog sich schnell um und erschien wieder in ihren normalen Kleidern bei Alex am Tisch. »Na komm«, sagte sie lächelnd. »Zeig mir den Weg.«

Alex beschrieb ihr, wo sie wohnte, und kaum saß sie neben Yvonne im Auto, war sie auch schon eingeschlafen. Yvonne betrachtete sie, wenn sie an einer Ampel oder einer Straßenkreuzung warten mußte. Was zog sie nur so an Alex an? Da war etwas, eindeutig, aber sie konnte es nicht benennen. Es war ihr selbst schleierhaft. Sie hatte das noch nie gespürt. Sie wollte bei ihr sein – irgendwie. Sie lachte ein wenig und schüttelte über sich selbst den Kopf. Dann sah sie wieder zu Alex hin. Auch jetzt im Schlaf noch schien sie verkrampft, ganz und gar nicht entspannt, obwohl die Erschöpfung, die ihr anzusehen gewesen war, sie offensichtlich übermannt hatte. Was mochte nur passiert sein?

Yvonne erreichte das Haus, in dem Alex wohnte, sehr viel später. Es war wirklich ein weiter Weg. Sie drehte sich im Sitz um und erforschte Alex' Gesicht erneut. Sie war noch nicht einmal aufgewacht, als Yvonne angehalten hatte. Es tat Yvonne leid, sie zu wecken. Sie schien den Schlaf so nötig zu haben.

Plötzlich jedoch schlug Alex von selbst die Augen auf. »Oh, wir sind schon da?« fragte sie leicht verstört. Sie schaffte es kaum, ihre Augenlider offenzuhalten.

Es sah süß aus, wie sie sich so abmühte, fand Yvonne. *Wie ein kuscheliger kleiner Bär.* Sie lächelte. »Ja, wir sind angekommen. Du hast die ganze Zeit geschlafen.«

»Entschuldige, das war nicht sehr nett von mir.« Alex blickte Yvonne peinlich berührt an.

Yvonne lachte leicht. »Das macht nichts. Deshalb habe ich ja gesagt, ich bringe dich nach Hause.«

Alex seufzte. »Jetzt steht mein Auto noch beim Friseur. Das ist nicht so gut.«

Das ist bei mir um die Ecke, dachte Yvonne. *Was soll daran nicht gut sein?* Sie grinste in sich hinein. »Ich kann dich ja morgen wieder abholen und hinbringen«, bot sie an.

Alex öffnete schnell die Tür des Wagens und setzte einen Fuß auf den Bordstein. Irgendwie hatte sie das Gefühl, sie wollte jetzt allein sein. Das alles wurde ihr zuviel. Sie war dieser Frau dankbar, aber ... »Nein, das ist nicht nötig.« Sie drehte sich noch einmal kurz zu Yvonne zurück. »Ich werde eine Freundin darum bitten. Vielen Dank.« Sie stieg aus.

»Gern geschehen«, erwiderte Yvonne automatisch. Alex schlug die Autotür zu. Als sie im Haus verschwunden war, ließ Yvonne den Wagen an und drehte, um zurückzufahren. *Ich werde eine Freundin darum bitten,* klang es noch in ihr nach. Also war sie keine. Nicht aus Alex' Sicht. Nun ja, das stimmte wohl auch. Warum kam ihr das so merkwürdig vor? Sie wußte es nicht. Als sie gedreht hatte, hielt sie vor dem Haus noch einmal an und blickte hoch. An den Fenstern war niemand zu sehen. Alex war wahrscheinlich sofort ins Bett gegangen, das war ja auch das beste für sie. Oder vielleicht gingen ihre Fenster gar nicht zur Straße. Jedenfalls fühlte Yvonne sich sicher genug. Sie stieg aus und ging zur Eingangstür. *Weber Web-Design* verkündete ein kleines silbernes Schild mit einem dezentfarbenen Logo, das an die Wand geschraubt war, und darunter an der Tür stand auf einem der Klingelschilder *Alexandra Weber*. Das war alles, was Yvonne hatte wissen wollen. *Alexandra Weber – Alex.* Klang irgendwie gut. Sie ging zu ihrem Auto zurück und fuhr wieder in die Stadt. Sie hatte über einiges nachzudenken.

Alex war sofort, nachdem sie ihre Wohnung betreten hatte, leicht schwankend ins Bett gegangen. Sie fühlte sich wie eine Betrunkene und hatte keine Kraft mehr, sich auszuziehen, also schlief sie in ihren Kleidern ein. Aber nur wenige Stunden später erwachte sie unruhig wieder. Sie sah auf die Uhr. Es war früher Abend. Zu früh, um zu Esther zu gehen. Die würde noch ein paar Stunden in der Kanzlei sein. *Und ich habe ja auch gar kein Auto!* fiel es Alex panikerfüllt ein. Fast Im gleichen Moment dachte sie: *Und was ist, wenn Esther nicht mehr in der Kanzlei ist? Wenn sie wieder früher Schluß gemacht hat wie jenes eine Mal, als ich sie anrief?*

Alex wußte immer noch nicht, warum Esther damals früher gegangen war, aber in ihrer Panik gaukelten grauenhafte Bilder vor ihrem inneren Auge herum. Sie hatte sich mit einer anderen verabredet, sie hatte mit einer anderen geschlafen . . . Alex stöhnte auf. Warum wollte sie es einfach nicht wahrhaben? Sie würde niemals – nie! – Mandys Ausdruck benutzen, aber daß Esther keine One-woman-Frau war, wußte sie sogar besser als Mandy. Sie, Alex, hatte es erlebt, und Esther hatte es ihr selbst frech ins Gesicht gesagt. Ohne daß es ihr etwas ausmachte – ohne daß sie etwas dabei fand.

Alex hatte das Gefühl, die einzige Möglichkeit, zu verhindern, daß Esther mit einer anderen Frau schlief, war die, bei ihr, Esther, zu sein. Jeden Abend. Jede Nacht. Das mußte sie irgendwie hinkriegen. Es kam ihr gar nicht in den Sinn, daß sie sich noch vor gar nicht allzulanger Zeit dagegen gewehrt hatte, mehr als einmal in der Woche in die Stadt zu fahren. Daß die Fahrt hin und zurück jedesmal einen halben Tag dauerte. Daß sie dann keine Zeit mehr haben würde zu arbeiten. Das alles erschien ihr auf einmal bedeutungslos. Es wurde weggeschwemmt von Bildern mit Esther und anderen Frauen. Gesichtslosen anderen Frauen, denn Alex kannte sie ja nicht. Aber sie wußte, daß sie da waren. Sie sah in ihrer Phantasie das Glitzern in Esthers Augen, das Begehren, die Lust, die andere zu besiegen. Sie maß andere mit ihren Blicken wie ein Wild, das sie erlegen wollte, ein Wild, das sie nicht begehrte, um es zu töten, sondern um es sich dienstbar zu machen, es zu zähmen und seine Freundschaft und Liebe zu gewinnen. *Wofür?* dachte Alex resigniert. Sie konnte doch gar nichts damit anfangen. Also tat sie es möglicherweise, um dieses Wild, diese Eroberung dann wieder in die Wildnis zurückzuschicken, aber möglicherweise auch, um zu testen, wie weit diese Liebe gehen konnte, was sie ihr bieten würde an Genuß und Bewunderung.

Alex wurde sich plötzlich dessen bewußt, daß sie Esther eigentlich gar nicht kannte. Mandy gegenüber hatte sie zwar das Gegenteil behauptet, aber es stimmte nicht. Sie konnte sich nicht im geringsten vorstellen, wie es in Esther aussah, ganz tief drinnen. Und vielleicht war es das, was sie so anzog: eine Frau nicht zu kennen und sie doch zu lieben, die Ferne als verklärendes Moment zwischen ihnen. Das half, so vieles, was im Weg stand, zu übersehen. Zu ignorieren, was so offensichtlich war: daß Esther sich nicht für sie interessierte, jedenfalls nicht in der Art, wie Alex es gern gehabt hätte.

Während sie über all diese Dinge nachdachte, wurde sie immer unruhiger. Der Abend war schon angebrochen. Vielleicht würde Esther bald nach Hause gehen. Auf jeden Fall würde sie es tun, bis Alex in der Stadt sein konnte. Und wer wußte, wer dort auf Esther wartete oder wen sie mitbringen würde? Alex riß sich die Kleider vom Leib und ließ sie einfach auf dem Boden liegen. Sie sprang in die Dusche, zog sich danach etwas anderes an und bestellte sich ein Taxi. Sie wußte, daß es ein Vermögen kosten würde für diese lange Strecke, aber Mandy, Pat oder Sylvia konnte sie nicht bitten, ganz egal, was sie dieser Frau – wie hieß sie noch mal? Yvonne? – erzählt hatte.

Zwar hätte sie sich unter Umständen von einer ihrer Freundinnen zu ihrem Auto bringen lassen können, aber ganz sicher nicht zu Esther. Und was sollte sie jetzt abends statt dessen als Ausrede benutzen? Jede der drei würde sich einfach weigern, davon war Alex überzeugt. Für einen Moment blitzte der Gedanke in ihr auf, daß es ja auch einen sehr nachvollziehbaren Grund gab für diese Weigerung. Aber sie verdrängte diese Eingebung sofort wieder. Das wollte sie jetzt nicht wissen. Sie *wollte* einfach nicht! Sie wollte zu Esther. Sie spürte ihren Körper schon, sie hörte ihre Laute, ihr Stöhnen, ihre Hingabe. Sie sehnte sich danach. Sie wollte Esther nah sein, so nah wie möglich. Niemand sollte sich dazwischendrängen können.

»Na, was ist denn heut' mit unser'm Yvonnsche los?« fragte in der Küche des *Badischen Hofes* der zweite Koch den Rest der Belegschaft und grinste. »So fröhlich und lebhaft hab' ich dich ja noch nie erlebt . . .« Er ging auf Yvonne zu und kniff sie liebevoll in die Backe. »Und diese rosigen Wangen . . . was hat das wohl zu bedeuten?«

Yvonne wandte sich verlegen ab und schälte weiter Kartoffeln. Da hatte sie wenigstens Beschäftigung und brauchte ihren Blick nicht mit denen der anderen zu kreuzen, die sie jetzt garantiert alle anstarrten. Es war ihr peinlich, aber Hellmut war fast wie ein Vater für sie, ein netter Vater. Sie hatte vieles von ihm gelernt. Er hatte vor einiger Zeit das ihr fast schon biblisch erscheinende Alter von fünfzig erreicht, und sie fühlte sich mit ihren dreiundzwanzig oft wie ein Baby in seiner Gegenwart. Sie wußte, daß er es immer und ausnahmslos gut mit ihr meinte, aber heute hätte er ruhig einmal darauf verzichten können, die anderen auf seine Beobachtungen aufmerksam zu machen. Wenn er es ihr allein gesagt hätte, wäre es ja vielleicht nicht so schlimm gewesen, aber hier – mitten in der Küche . . . Und sie konnte nicht weglaufen. Die Arbeit häufte sich vor ihnen allen. Es gab eine *Geschlossene Gesellschaft* heute abend, an die hundert Personen. Das war schon eine Herausforderung. Eigentlich hatte Yvonne sich darauf gefreut. Da konnte sie doch endlich einmal zeigen, was in ihr steckte. Aber jetzt war sie sich nicht mehr so sicher, ob sie diesen Abend heil überstehen würde.

»Sie ist verliebt!« rief einer der Helfer von einem anderen Arbeitstisch herüber, und alle lachten.

Yvonne guckte grimmig. »Ach was! Was ihr euch alles einbildet!« Sie schaute mit blitzenden Augen in die Runde, und alle verstummten, auch wenn sie verstohlen weiter in sich hineingrinsten.

Yvonne fragte sich, wie sie auf diese Vermutung kamen. Sie selbst hatte sich noch überhaupt keine Gedanken in diese Richtung gemacht. Warum taten *sie* es dann? Doch nun, aufgeschreckt und – ja, auch angeregt durch die Witzeleien, mußte sie sich mit dem Thema beschäftigen. Und wer kam als einziges Objekt dieser Beschäftigung in Frage? Alex, das war ihr klar.

Yvonne hatte sich zuerst einmal verboten, weiter über Alex nachzudenken, nachdem sie aus Kaltenbach zurückgekehrt war. Das Gefühl war zu neu für sie, das sie beim Anblick von Alex' Namen auf dem Firmenschild und an der Tür befallen hatte. Sie wußte nun, wie Alex hieß und wo sie wohnte, aber bislang hatte sie noch keine Ahnung, ob ihr das irgendwie von Vorteil sein konnte. Immerhin war Alex eine Frau, die sie nur sehr flüchtig kannte. Sie hatten sich gerade mal bei zwei Gelegenheiten gesehen, und beide Male in sehr öffentlichen Räumen. Privates hatten sie nicht ausgetauscht. Alex war ja ohnehin sehr schweigsam gewesen.

Yvonne bemerkte erstaunt, daß sie das im Moment am meisten an Alex reizte. Hätte sie sich offen und gesprächig gezeigt, Yvonne gleich ihre ganze Lebensgeschichte aufgetischt und keinen Zweifel daran gelassen, daß sie sich gern darüber unterhielt, wäre der Reiz vielleicht schnell verflogen, aber so erschien sie Yvonne geheimnisvoll, von einem mysteriösen Rätsel umwoben, das Yvonne lösen wollte. Dessen Schwere sie ihr abnehmen, zumindest mindern wollte. Mit-Tragen.

Was war das denn für ein Gedanke? Yvonne lachte über sich selbst. Wer war sie denn? Etwa die Ritterin in der glänzenden Rüstung? So hatte sie sich noch nie gesehen. Sie lachte wieder in sich hinein. Nein, das war sie bestimmt nicht! Sie sollte sich wieder auf das Naheliegendste konzentrieren und solche dummen Gedanken lassen. Ihre Finger suchten mit geübten Bewegungen nach Druckstellen auf den Äpfeln, die sie gerade in Arbeit hatte. Es würde ein Apfel-Soufflé geben als Dessert heute abend, eine Spezialität von ihr. *Darauf* sollte sie sich jetzt konzentrieren! Damit hatte sie genug zu tun . . .

»Hallo«, sagte Esther zufrieden lächelnd. Sie hatte Alex gerade in deren Auto vor ihrer Tür entdeckt, als sie nach Hause gekommen war.

Und sie war – Alex hatte erleichtert ausgeatmet, als sie es bemerkte – allein gekommen. Kurz zuvor hatte Alex erst ihren Wagen in der Nähe des Friseurs abgeholt, bei dem sie gewesen war, und – sie wußte nicht, warum – war noch einmal am *Badischen Hof* vorbeigegangen. Aber ein großes Schild an der Tür hatte sie informiert: *Heute abend Geschlossene Gesellschaft*, und so war sie wieder gegangen, ohne das Lokal betreten zu haben. Sie konnte sich das Gefühl nicht erklären, das sich daraufhin in ihr ausbreitete. Wahrscheinlich wäre sie überrascht gewesen zu hören, daß es Enttäuschung hieß. »Weswegen denn?« hätte sie wohl erstaunt gefragt. Aber niemand sagte es ihr, und so mußte sie auch nicht antworten oder sich weiter Gedanken darüber machen. Sie war in ihr Auto gestiegen und zu Esther gefahren, wo sie noch eine ganze Weile gesessen hatte, bis sie endlich deren Wagen um die Ecke biegen sah. Das Herz klopfte ihr bis zum Hals, aus zweierlei Gründen, deren einer sich dann als gegenstandslos herausstellte, da Esther allein war.

Esther lächelte nur rätselhaft – für Alex rätselhaft – und sagte gar nichts, lud Alex noch nicht einmal ein, ins Haus zu kommen, aber Alex folgte ihr unaufgefordert wie das Lamm dem Schäfer und trottete hinter ihr her in die Wohnung. Auch dort sprachen sie erst einmal nicht miteinander, und Esther fiel auch ausnahmsweise einmal nicht sofort über Alex her. Alex konnte in Ruhe ihre Jacke aufhängen und Esther dann ins Wohnzimmer folgen, wo sie ihre Post studierte, die unten auf der Treppe gelegen hatte.

Sie schüttelte den Kopf. »Immer das gleiche mit dem Finanzamt. Jetzt muß ich die schon wieder verklagen, weil die zu blöd sind, eins und eins zusammenzuzählen.«

Alex wagte nicht, über Esthers Schulter auf den Brief zu schauen und ihr dadurch nahezukommen, ihre Haut zu riechen . . ., obwohl alles in ihr sich nach Esther sehnte. Sie hatte ihr nicht einmal einen Begrüßungskuß gegeben. »Eine Nachzahlung?« fragte sie aufgrund ihrer eigenen Erfahrung, während sie mühsam versuchte, ihre Gefühle zu beherrschen.

Esther drehte sich um und lächelte grimmig. »Noch nicht einmal. Die haben einen Abbuchungsauftrag für mein Konto, waren anscheinend aber nicht in der Lage, das Geld rechtzeitig abzubuchen, und nun haben sie mir Mahngebühren abgezogen, als ob ich das verschuldet hätte. Das kriege ich wieder! Die werden sich noch wundern! Die sind doch selbst für die einfachsten Dinge zu blöd! Wen stellen die da ein? Affen?«

Es war das erste Mal, daß Alex Esther aus einem anderen Grund erregt sah als dem einen, der sie bislang immer beschäftigt hatte. Sie wirkte mürrisch und unzufrieden. Wütend, weil etwas gegen ihren Willen geschah. Das konnte sie offensichtlich überhaupt nicht vertragen. Das hatte Alex ja schon einmal erlebt – damals hatte sie diesen Unmut hervorgerufen, aber ihr schien, das war bei weitem nicht so schlimm gewesen. Wenn sie jetzt in Esthers Augen sah ... Sie wollte nicht die Finanzbeamtin sein, die Esther nun zur Feindin hatte ... Wenn sie nicht in so einer depressiven Stimmung gewesen wäre, hätte sie es vielleicht lustig gefunden, sich vorzustellen, ob Esther diese Finanzbeamtin dann genauso über den Tisch legen würde, wie sie es mit Alex getan hatte. Aber solche Überlegungen lagen ihr in ihrem jetzigen Zustand mehr als fern. Es hätte sie ja zum Lachen bringen können ...

Doch Esthers Zorn verflog anscheinend genauso schnell, wie er gekommen war. Licht fiel über ihr Gesicht und vertrieb den Schatten, der es verfinstert hatte, als sie Alex nun anlächelte, bezaubernd wie immer – verführerisch. Sie erwähnte nicht, daß Alex am Morgen gegangen war, wie Alex schon vermutet hatte. Sie war sich ihrer sicher. »Schön, daß du da bist ...«, sagte sie und kam auf Alex zu.

Später lagen sie gemeinsam im Bett, und Esther lachte, als ihr Magen knurrte. »Du meine Güte, ich glaube, ich habe heute den ganzen Tag noch nichts gegessen!« Sie drehte sich zu Alex um und sah sie an. »Aber ich habe gar keine Lust, jetzt wegzugehen«, flüsterte sie verheißungsvoll.

Daß sie überhaupt noch an so etwas wie Essen dachte zwischen ihren Orgasmen . . ., fiel es Alex in diesem Augenblick etwas zynisch ein. Die innerliche Entfremdung, die sie spürte, nun, nachdem sie miteinander geschlafen hatten, war ihr unheimlich und beunruhigte sie. Sie kannte sie nicht. Sie hatte sich noch nie nach dem Sex so völlig leer gefühlt, nicht wirklich befriedigt. Oder eben nur auf *eine* Art befriedigt: körperlich. Das konnte sie nicht bestreiten. Esther hatte sie zu mehr als einem Höhepunkt gebracht, und sie hatte sie auch gefühlt, die Wellen, die Krämpfe, die Entspannung. Aber danach? Selbst währenddessen hatte Alex das Gefühl gehabt, nicht wirklich dabeizusein, zu reagieren wie eine Maschine. Esther wußte, welche Knöpfe sie drücken mußte, und das hatte auch funktioniert. Einmal, als Esther wie eine Pantherin über das Bett auf sie zukroch, nackt, mit ihr spielte, um ihre Erregung zu steigern, hatte Alex es sogar wahrgenommen: das Kribbeln, das sie sonst bei Esthers Anblick immer überkam. Aber kaum hatte Esther sie berührt, war es vorbei gewesen.

Esther wirkte so mechanisch, so erfahren. Obwohl sie selbst dabei stöhnte und x-mal kam. Aber damit hatte sie ja ohnehin keine Probleme. Dennoch schien sie umgekehrt gar nicht darauf zu achten, was Alex erregte, oder daß sie vielleicht nicht auf die Art erregt war, wie sie es hätte sein sollen. Sie spulte es ab wie ein Programm, das sie sich in jahrelanger Übung angeeignet hatte – was ja sicher auch der Fall war. Sie reizte ihre Brustwarzen, leckte sie und strich mit ihrer Zunge zwischen ihren Beinen hindurch, daß Alex schrie, drang in sie ein, bis sie kam. Und dann ging das Spiel wieder von vorn los. Zwischendurch befriedigte sie sich auf Alex oder ließ sich von ihr befriedigen, mit Hand oder Mund. Es schien ihr egal zu sein. Hauptsache, sie bekam das, was Teil ihres Lebensinhalts zu sein schien.

Alex empfand sich als austauschbar. Es war irgendein Körper, mit dem Esther hier schlief, ein beliebiger. Hätten die Personen zwischendrin, mitten im Sex, gewechselt, hätte sich nichts – absolut nichts – an Esthers Aktionen oder Reaktionen geändert, davon war Alex überzeugt. Esthers Berührungen fühlten sich innerlich kalt an. *Alles* in Alex fühlte sich innerlich kalt an. Die Hitze, die sie verbrannte, war rein körperlich und änderte nichts an diesem Gefühl der arktischen Einsamkeit.

Esther jedoch war offensichtlich zufrieden – wie immer. »Hm«, sagte sie und strich sich mit einer Hand noch einmal selbstvergessen über den Unterleib, dort, wo die Gefühle entstanden waren, die sie so liebte, auf die sie nicht verzichten konnte, keine Nacht, wenn möglich. Sie lächelte Alex zu, glücklich, wie es schien. »Das war gut – seehr gut!« bekräftigte sie, was sie zuvor schon einmal behauptet hatte, kurz nachdem Alex von ihr heruntergerollt war.

»Ja«, erwiderte Alex unbehaglich. Ihr fehlte die Nähe, die menschliche Wärme, die für sie sonst mit Sex verbunden war, das Gefühl des Einsseins mit der Frau, mit der sie geschlafen hatte. Das hatte sie mit Esther nicht. Wahrscheinlich hatte sie es nie gehabt, aber am Anfang hatte sie es sich wenigstens einbilden können. Sie war so verliebt in Esther gewesen, daß ihre eigenen Empfindungen für sie beide reichten, daß sie alles andere überdeckten. Aber mittlerweile? War das noch Verliebtheit – Liebe? Glich es nicht eher einer Besessenheit? Alex blickte Esther an. Mit *ihr* konnte sie nicht darüber sprechen. Sie würde es nicht verstehen. Sie würde es nur noch mehr genießen, sich Alex' Hörigkeit zu erhalten, wenn sie es wußte. Aber wußte sie es nicht ohnehin? Alex seufzte.

Esther stand aus dem Bett auf, ohne auf Alex' Seufzer zu achten. Sie fragte sie nicht, was der Grund dafür war. Vielleicht wußte sie es wirklich schon. Sie nahm einen Zettel vom Tisch. »Wenn wir nicht weggehen wollen, können wir ja hier essen. Wir können uns etwas bestellen.« Sie blickte fragend zu Alex zurück, die ihr mit sehnsuchtsvollen, gequälten Blicken gefolgt war.

Alex zuckte die Schultern. »Meinetwegen eine Pizza.« Sie würde ohnehin nichts herunterbekommen, davon war sie überzeugt. Aber sie wollte nicht auch das noch mit Esther diskutieren müssen.

»Ach nein.« Esther schüttelte ablehnend den Kopf, während sie weiter die Karte studierte. »Das ist langweilig. Laß uns was Richtiges bestellen. Fleisch.« Sie grinste. »Das ist auch besser für die Potenz.« *Als ob du damit Probleme hättest . . .*, dachte Alex. Aber sie sagte nichts. »Lamm«, entschied Esther jetzt. »Das ist gut bei denen.«

Nun protestierte Alex doch. »Das hatte ich heute mittag schon im *Badischen Hof*.«

»Im *Badischen Hof*?« fragte Esther stirnrunzelnd. »Wo ist der denn? Den kenne ich gar nicht.«

»Er ist nicht in der Stadt, sondern etwas außerhalb«, gab Alex leicht widerwillig Antwort. Sie wußte nicht, warum. Aber bislang hatte der Aufenthalt in jenem Lokal ihr gehört, ihr allein, und sie hatte das Gefühl, daß Esther viel zu besitzergreifend war, um es dabei zu belassen. Sie hatte recht mit ihrer Vermutung.

»Dann können wir da ja mal essen gehen demnächst«, beschloß Esther nämlich. »Ich liebe es, neue Lokale kennenzulernen.«

Und neue Frauen, ergänzte Alex in Gedanken. »Sie haben heute eine geschlossene Gesellschaft«, verkündete sie deshalb fast ein bißchen hämisch.

Esther lachte und warf ihren Kopf zurück, daß die Haare flogen. Es sah wunderbar aus, wunderbar und – kalt. »Heute käme ja auch gar nicht in Frage«, schmunzelte sie und fuhr sich mit der Zunge über die Lippen, während sie Alex' Körper musterte, der nackt und unbedeckt, Esthers Blicken schutzlos preisgegeben, auf dem Bett lag.

Alex schauderte, wobei sie sich gleichzeitig auch noch schämte. Denn obwohl sie es nicht wollte, lösten Esthers Blicke in ihr eine Reaktion aus, zumal auch Esther immer noch nackt vor ihr stand.

»Also dann kein Lamm«, gab Esther nun rücksichtsvoll nach. »Die haben auch ein herrliches *Chateaubriand*, damit kann man leben.« Sie lächelte zu Alex hinüber. Ihre Augen glänzten. »Gleich bin ich wieder bei dir. Das dauert mindestens eine Stunde, bis die das Essen bringen.« Sie drehte sich um und gab die Bestellung telefonisch auf.

Danach glitt sie zurück zu Alex ins Bett, und als Alex ihren Körper auf ihrem eigenen spürte, als sie ihr heftiges Atmen hörte und den heißen Hauch über ihre Haut streichen fühlte, vergaß sie für einen Moment, woran sie gedacht hatte. Ihr Körper übernahm die Führung und ließ sie spüren, was sie gar nicht spüren wollte, Esthers Finger in ihr, ihre Zunge in ihrem Mund, kam sie mehrmals kurz hintereinander. *Warum bin ich nicht frigide?* dachte Alex bedauernd. *Dann wäre ich ihr nie zum Opfer gefallen.* Denn eines war ihr klar: Esther konnte nur auf *eine* Art verführen: mit Sex.

Esther ging am nächsten Morgen zur Arbeit, und Alex blieb einfach in ihrem Bett liegen. Sie fühlte sich zu schwach, um aufzustehen. Esther kam noch einmal lächelnd ans Bett zurück, bevor sie ging, und brachte Alex einen Kaffee. Das verwirrte Alex erneut zutiefst. Manchmal hatte Esther so etwas . . . Liebenswertes, so etwas ›Normales‹ – ein Begriff, den sich Alex im Zusammenhang mit Esther sonst kaum zu verwenden getraute –, und wenn sie so war, flammte sogleich wieder die Liebe in Alex auf. Das war genau die Frau, die sie sich wünschte. Aber sie wußte, daß es eine Illusion war. Esther hatte anscheinend manchmal solche Anwandlungen – warum auch immer –, aber sie war nicht so.

Jetzt beugte Esther sich zu Alex hinunter. Ihr Kostüm knisterte, der Unterstoff des Rockes schmiegte sich an ihre Beine und rieb daran. Ein sehr erotisches Geräusch, wie Alex sofort an ihrer Reaktion feststellen konnte. Zwischen ihren Beinen zog es verdächtig. *Und das nach dieser Nacht!* dachte sie entgeistert. Esther hatte ihre üblichen vier Stunden Schlaf gehabt und war fit, aber für Alex waren vier Stunden viel zu wenig. Sie fühlte sich wie ein ausgewrungener Schwamm.

»Ich wünsche dir einen schönen Tag«, sagte Esther leise, und obwohl es keineswegs ironisch klang, empfand Alex es so. Esther küßte sie, drang in ihren Mund ein und ließ ihre Zunge Alex erregen, bis die stöhnte, dann zog sie sich zurück. »Bis heute abend«, sagte sie, während ihre Mundwinkel sich amüsiert verzogen, weil sie Alex in eine Erregung versetzt hatte, die sie nun nicht mehr stillen würde. »Dann gehen wir in dieses Lokal, das du erwähnt hast.«

Alex wollte protestieren, aber Esther hatte sich schon umgedreht, und Alex sah nur noch ihr Kostüm durch die Tür entschwinden. Esther hatte weder gefragt, ob Alex heute abend noch dasein würde noch ob sie vielleicht etwas anderes vorhatte oder ob sie vielleicht woanders hingehen sollten. Sie war einfach davon ausgegangen, daß das, was sie vorschlug, geschehen würde – und daß Alex hiersein würde, wenn sie, Esther, sich gnädig herablassen würde, wiederzukommen und ihr ihre Zeit zu opfern. Um dann den Preis dafür zu fordern.

Alex trank den Kaffee, der erstaunlich gut war, und schlief noch einmal ein; von wilden, verwirrenden Träumen geplagt wälzte sie sich hin und her. Einmal stand sie in einem Raum, dicht gefüllt mit Menschen, dann wieder war der Raum plötzlich völlig leer. Es schien aber gar kein großer Unterschied zu sein. Kurz darauf war alles um sie herum schwarz, und aus der Dunkelheit starrten forschende Augenpaare sie an, bedrohlich, fordernd, vorwurfsvoll. Sie glaubte, Mandys Augen zu erkennen und vielleicht auch die von Sylvia und Pat, aber sie war sich nicht sicher. Esthers Augen jedoch waren nicht dabei, das konnte sie mit Bestimmtheit sagen. Die kamen dann erst später, als es wieder hell war. Sie hingen über Alex, die wie paralysiert auf dem Rücken lag, und hypnotisierten sie, stellten eine unsichtbare Verbindung zwischen ihnen beiden her, stärker als jede stählerne Kette, verbanden sich mit ihrem Mund, der Alex rot und verführerisch anlächelte, sich zu einem wissenden Grinsen verzog und sich dann auf Alex niedersenkte . . . Alex wachte schweißgebadet auf.

Sie konnte keinen Wecker an Esthers Bett entdecken – wozu auch? Sie wachte ja immer von selbst auf – und stand auf, um ihre Armbanduhr zu suchen, die sie irgendwo unter dem Bett fand. Es war bereits Mittag. Das Telefon klingelte, und Alex nahm ab.

An ihrer Stimme erkannte Esther, daß sie gerade erst aufgestanden war. »Schläfst du immer so lange?« fragte sie ungläubig. »Das könnte ich nie!«

»Ja«, sagte Alex. Mehr fiel ihr nicht ein. Sie war noch immer viel zu mitgenommen von ihren Träumen – und von der Nacht davor. Das Gefühl, das sie beim Anblick von Esthers Mund in ihrer Vision befallen hatte, schwang immer noch in ihr nach. Es war kein sehr angenehmes Gefühl gewesen. Ein Gefühl von Ausgeliefertsein, Sich-nicht-wehren-können . . .

»Ich wollte nur Bescheid sagen, daß ich relativ früh aus dem Büro komme«, fuhr Esther jetzt fort. »Wann macht dieses Lokal auf, von dem du mir erzählt hast?«

Alex schüttelte verwirrt den Kopf. »Ich weiß nicht. Ich habe nicht darauf geachtet.«

»Na, um sechs werden sie ja wohl aufhaben«, beschloß Esther, die erfahrene Restaurantbesucherin. »Dann können wir gleich dort hingehen.«

»Ist das nicht ein bißchen früh?« Alex war immer noch verwirrt. Sie konnte Esthers Worten nur schwer folgen.

»So früh wie möglich«, lachte Esther jetzt verführerisch. »Damit wir hinterher Zeit haben, viel, viel Zeit.«

Alex spürte eine Gänsehaut über ihren Rücken krabbeln und an ihren Füßen wieder herauskommen. Konnte sie sich denn nicht dagegen wehren? Dann merkte sie, daß es nicht Erregung war, die Esther in ihr erzeugte. Es war Angst. Alex schüttelte sich erneut. Warum das denn? Sie konnte es sich nicht erklären.

Esthers Stimme im Telefonhörer wurde auf einmal ganz weich. »Es war schön heute nacht«, sagte sie leise. »Ich möchte das in der kommenden Nacht noch einmal wiederholen.« Sie lachte ein wenig. Offenbar war sie in erotischer Stimmung, aber sie konnte nicht aus dem Büro weg, um das mit Alex auszuleben. Ihre Stimme hob sich. »Ja, ist gut, ich komme!« hörte Alex sie vom Hörer weg in den Raum sprechen. Dann war ihre Stimme wieder ganz nah. »Ich freu' mich schon auf heute abend«, wisperte sie rauh, anscheinend war sie sehr erregt. Dann legte sie auf.

Alex wußte nicht, ob sie sich auch freuen sollte. In ihr rangen widerstreitende Gefühle miteinander. Sie entschied sich dafür, zuerst einmal eine Dusche zu nehmen, bevor sie weiter darüber nachdachte.

Alex hatte Esther vom Büro abgeholt, und sie waren gleich zum *Badischen Hof* gefahren. Als sie auf dem restauranteigenen Parkplatz hielten, auf dem außer einer einzigen Laterne nichts sonst Licht spendete, preßte Esther sich in der Dunkelheit des Autos an Alex. »Bitte, nimm mich!« verlangte sie keuchend. »Ich bin seit heute mittag schon klatschnaß!«

»Nicht hier im Auto, Esther«, wagte Alex sich zu wehren. Esthers Attacke war ihr unangenehm, aber sie wußte nicht genau, warum, denn auch sie spürte ein Kribbeln. Doch gerade hier am *Badischen Hof* schien es besonders unpassend. »Ich kann doch nach Hause fahren. Wir können uns ja noch einmal etwas bestellen.«

»Das halte ich nicht aus!« keuchte Esther. »Ich brauche es jetzt – sofort!« Sie öffnete schnell ihre Bluse und den Bund ihres Rockes, griff nach Alex' Hand und legte sie auf ihre Brust. »Bitte –«, flehte sie, »Alex ...« Sie schob sich auf Alex hinauf, aber das Lenkrad störte, also drehte sie sich über Alex hinweg und glitt nach hinten.

Alex starrte sie an. »Was machst du da?«

Esthers Beine lagen gespreizt über den Vordersitzen, während sie auf dem Rücksitz lehnte. Sie lachte erregt. »Was glaubst du? Ich warte auf dich ...« Ihre Stimme versickerte langsam, während nur noch ihr stoßweises, erwartungsvolles Atmen zu hören war.

»Ich will nicht«, wehrte sich Alex noch immer, »nicht hier.«

Esther riß sich offenbar mit Mühe zusammen. Sie nahm ihre Beine herunter und beugte sich zu Alex vor. »Was spielt der Ort schon für eine Rolle?« Sie griff nach vorn und küßte Alex heftig, so daß die ebenfalls aufkeuchte, weil sie die Feuchtigkeit zwischen ihren Beinen spürte, die sich sofort bildete, als der heiße Strahl von Esthers Zunge sie traf. »Es ist doch völlig egal, wo«, betonte Esther noch einmal und zog Alex mit sich nach hinten auf den Rücksitz.

Alex' Widerstandskraft war erschöpft. Sie befand sich schon seit Wochen nicht mehr in der Verfassung, sich allzulange zu wehren, aber sie hielt sich zugute, daß sie es zumindest versucht hatte. Jetzt aber, da Esther sie endgültig auf sich zog, versuchte sie nichts mehr. Esthers Atem wurde immer drängender und schneller, Alex fuhr mit ihrer einen Hand unter Esthers BH und mit der anderen in ihren offenen Rockbund. Darunter verbarg sich nichts mehr. Alex keuchte erstaunt auf. »Du bist nackt?« fragte sie.

Esther grinste. »Ja. Manchmal bevorzuge ich das Modell *Schneller Zugriff*«, sagte sie erregt lachend. »Ich wußte schließlich, daß ich dich treffen würde.« Sie hob Alex ihre Mitte entgegen. »Na komm schon«, keuchte sie schon völlig atemlos vor Erregung. »Nutz es endlich aus ...«

Alex ließ ihre Hand tiefer sinken und tauchte in Esthers Nässe, dann ließ sie ihren Mund auf Esthers Brust sinken und erfaßte die steife Murmel in der Mitte mit ihren Lippen, bis Esther schrie, gegen ihre Hand stieß und nach mehrmaliger Wiederholung zusammenbrach.

Gleich darauf umfaßte Esther mit beiden Händen Alex' Kopf. »Und jetzt will ich, daß *du* kommst«, murmelte sie aufgeheizt. Ihre

Hand riß an Alex' Reißverschluß, der sich aber nicht sofort öffnen wollte.

Brav, dachte Alex, *wenigstens du läßt mich nicht im Stich.* Doch Esther strich einfach zwischen Alex' Beinen hindurch, über den Stoff der Hose, und das reichte. Alex schnappte nach Luft, und als Esther den Druck verstärkte und sich dabei auch noch gegen sie preßte und ihren Mund mit heißen Küssen in Brand setzte, kam Alex mit einem unterdrückten Stöhnen auf Esther, wie die es gewollt hatte. »Es ist ein wunderbares Gefühl, wenn du auf mir kommst«, flüsterte sie danach.

Alex war stumm vor Beschämung, doch Esther schien nichts zu merken. Nach einer kurzen Weile fragte sie schelmisch: »Wollten wir nicht eigentlich essen?«, obwohl sie das ja nun selbst und mit Absicht hinausgezögert hatte.

»Nein, ich kann da jetzt nicht reingehen«, flüsterte Alex entsetzt. Der Parkplatz lag am Küchenausgang des Restaurants. Was, wenn Yvonne ihre Schreie gehört hatte? Wenn sie die richtigen Schlüsse zog, sobald sie das Lokal betraten? »Laß uns woanders essen gehen«, schlug Alex statt dessen vor.

»Wer ist da drin?« fragte Esther plötzlich interessiert. »Kennst du hier jemand?« Sie schien höchst neugierig.

Alex merkte, daß ihre Reaktion die falsche gewesen war. Nun würde Esther sich durch nichts davon abbringen lassen, dem *Badischen Hof* einen Besuch abzustatten.

»Geh allein«, sagte Alex fest mit aller Kraft, die sie noch aufbringen konnte. »Ich werde nicht mitgehen. Ich warte hier auf dich.« Sie kam sich sehr heroisch vor und sehr – klein.

»Du wirst schon mitgehen«, raunte Esther überredend. »Oder soll ich da drin allen erzählen, was gerade hier passiert ist?« Sie lachte. Es würde ihr offenbar Spaß machen, das zu tun.

Auch wenn sie nicht ganz ernst wirkte, Alex traute ihr das durchaus zu. Und sie konnte sich Yvonnes Gesicht vorstellen ... nein, das wollte sie nicht! Alex stand auf und quälte sich aus dem Wagen.

Esther zog sich notdürftig wieder an, bevor sie ausstieg. Dann erledigte sie den Rest, bis sie fast wieder so aussah wie vorher. Sie zog ihre Lippen nach und ordnete ihre Haare. Einen Slip trug sie immer noch nicht. Ihr Kostüm war etwas zerknittert, aber es bestand aus einem Stoff, der das offensichtlich vertrug. Vermutlich kaufte sie nur solche Stoffe . . .

Alex erlebte erneut dieses leere Gefühl in sich wie auch schon am Morgen. Die körperliche Befriedigung war schnell abgeklungen, und etwas anderes gab es nicht. Wie ein Eisblock fühlte sie sich innerlich erstarrt, kalt, tot und ohne jede Empfindung, obwohl ihr Herz immer noch angestrengt schlug und das Blut in den Adern zwischen ihren Beinen pochte.

Yvonne sah Alex das Lokal betreten, als sie gerade aus der Küche kam, um eine Flasche Wein aus dem Keller zu holen, die sie einem Gast empfehlen wollte. Sie blieb vor der Küchentür stehen, und ein Lächeln breitete sich auf ihrem Gesicht aus. Sie war gekommen – endlich! Es erschien Yvonne wie eine Ewigkeit, seit sie sich das letzte Mal gesehen hatten, obwohl sie sehr genau wußte, daß das nicht stimmte. Aber sie hatte fast ununterbrochen an Alex gedacht, und so hätte die Trennung genausogut Wochen wie Monate gedauert haben können statt nur gut einen Tag.

Das Lächeln auf ihrem Gesicht wurde angestrengt, als sie eine Frau hinter Alex hereinkommen sah, die offenbar zu ihr gehörte. Eine dunkelhaarige Schönheit, sehr attraktiv. Yvonne sah an sich und ihrer Köchinnenuniform hinunter. Nein, mit der konnte sie nicht konkurrieren. Sie lachte sich selbst aus. Mußte sie das denn? Wollte sie das überhaupt? Doch wohl kaum. Sie freute sich, daß Alex gekommen war, das war alles. Und wenn sie noch eine Freundin zum Essen mitbrachte, was machte das schon? Wer wußte, wer diese Frau war? Vielleicht nur eine flüchtige Bekannte.

Yvonne setzte ihren Weg hinunter in den Keller fort. Als sie zurückkam, hatten Alex und ihre Begleiterin bereits einen Platz gefunden und studierten die Karten, die der Oberkellner ihnen vorgelegt hatte. Yvonne brachte den Wein zum Dekantieren in die Küche, und nachdem sie das getan hatte, trat sie wieder hinaus in den Gastraum, um Alex zu begrüßen. Sie ging lächelnd auf den Tisch zu, an dem die beiden saßen, doch je näher sie kam, desto mehr erkannte sie den angespannten Ausdruck auf Alex' Gesicht.

War die Auswahl eines Gerichtes so schwer? Das konnte Yvonne sich nicht vorstellen. Es war ihr nicht möglich, das Gesicht der anderen Frau zu erkennen, da sie mit dem Rücken zu Yvonne saß, aber sie sah die sehr schönen, halblangen dunklen Haare, die ihr in Wellen bis auf die Schultern fielen.

Yvonne seufzte innerlich. Obwohl sie ungefähr die gleiche Länge hatten: Ihre Haare würden nie so kräftig sein. Da hatten es dunkelhaarige Frauen einfach besser. Sie blickte zu Alex hin, die immer noch nicht aus der Karte aufsah, und ging auf sie zu. »Haben Sie etwas gefunden, gnädige Frau?« fragte sie schmunzelnd.

Alex zuckte hoch, als hätte sie ein Peitschenhieb getroffen, und auch ihr Gesichtsausdruck wirkte weniger erfreut, Yvonne wiederzusehen, als gequält. Sie schien sie nicht einmal zu erkennen. »Noch nicht ganz«, erwiderte sie, ohne Yvonne zu begrüßen.

»Lamm habe ich heute leider nicht«, fuhr Yvonne etwas irritiert von der Behandlung fort, »aber das vegetarische Menü ist sehr gut. Ich veranstalte gerade eine indische Woche. Magst du indisch?«

»Sicher mag sie das.« Es war Esther, die antwortete, nicht Alex. »Sie mag alles, was scharf ist«, ergänzte sie dann noch ohne besondere Betonung, aber sie lächelte dabei leicht. Sie war den Blicken von Alex und Yvonne gefolgt und hatte sofort bemerkt, daß sie sich kannten, auch wenn Alex versuchte, das zu verbergen. Aber das hätte sie der anderen Frau vielleicht vorher sagen sollen, dachte Esther spöttisch. So war es doch allzu offensichtlich.

Yvonne wandte sich ihr zu und sah sie kurz, aber sehr intensiv an. Oh, da war Feuer in ihrem Blick! dachte Esther sofort, und ihr Interesse erwachte.

»Esther, das ist Yvonne«, stellte Alex gepeinigt vor. »Sie hat … ich habe dir ja erzählt, daß ich hier Lamm gegessen habe.«

»Angenehm«, sagte Esther lächelnd und reichte Yvonne die Hand. »Und du hast es offensichtlich so gut zubereitet, daß sie gleich wieder hierher wollte.« Daß sie die Wahrheit damit ein wenig retuschierte, machte ihr nichts aus. Damit war sie nur in juristischen Belangen genau, privat hatte sie ja keine Paragraphen, nach denen sie sich richten mußte.

Alex blickte immer noch gequält auf Yvonne und hoffte, daß sie in der Küche nichts von dem hatte hören können, was zuvor auf dem Parkplatz geschehen war.

Yvonne konnte sich die Situation nicht erklären, aber da sie schon die ganze Zeit vermutet hatte, daß irgend etwas Alex bedrückte, bildete sich langsam ein Verdacht in ihr. »Ich kann euch das Menü wie gesagt nur empfehlen«, wiederholte sie. »Ich habe auch noch einen passenden Wein dazu. Der ist sehr gut.«

»Danke, Yvonne«, sagte Esther charmant lächelnd. »Das nehmen wir.« Sie suchte die Augen der jüngeren Frau. »Aber für mich bitte keinen Wein. Ich nehme ein Mango-Lassi.«

»Und ich ein Wasser«, seufzte Alex und schlug die Karte zu, die ja ohnehin überflüssig war. »Ich muß noch fahren.«

»Du kannst bei mir –«, schlug Esther vor, aber Alex unterbrach sie schnell.

»Nein, ich muß nach Hause.«

Yvonne nickte kurz. »Ich werde es dem Ober sagen. Er wird euch weiterbedienen. Ich muß in die Küche.« Sie lächelte – ebenso charmant wie Esther, aber auf eine völlig andere Art, wie Alex beim direkten Vergleich feststellte, als sie sie nun ansah – noch einmal kurz in Esthers Richtung und ließ ihren Blick dann etwas länger auf Alex verweilen, bevor sie sich verabschiedete. »Guten Appetit. Laßt es euch schmecken.«

Sie drehte sich um und ging zur Küche zurück. *Jetzt weiß ich, was mit Alex los ist,* dachte sie dabei grimmig. *Diese Frau ist ihr Problem.* Wenn sie auch nicht genau wußte, worin das Problem zwischen Alex und Esther bestand: Daß Esther Alex nicht guttat, konnte man von weitem sehen.

Dennoch ließ sie es sich nicht nehmen, später noch einmal zum Tisch zurückzukehren, um nachzufragen, wie ihr Menü aufgenommen worden war.

»Wunderbar!« schwärmte Esther. »Ich liebe Frauen, die gut kochen können! Ich kann es nämlich nicht.« Sie schenkte Yvonne einen noch tieferen Blick als beim ersten Mal. Mit einem äußerst charmanten Lächeln versuchte sie, Yvonnes Augen in ihren Bann zu ziehen. Sie flirtete.

Mein Gott, dachte Yvonne. *Sie macht mich an! Sie wagt es tatsächlich, mich in Alex' Gegenwart anzumachen! Und Alex sagt nichts – wehrt sich nicht einmal . . .!* Sie versuchte eine Reaktion von Alex zu erhaschen, aber die tat so, als bemerke sie gar nicht, was Esther tat. Sie sortierte einige letzte Reste der Garnierung auf ihrem Teller.

»Würdest du dich Esthers Urteil anschließen, Alex?« fragte Yvonne sanft, um Alex wenigstens zu einem Blick zu veranlassen.

»Ja«, sagte Alex, ohne hochzuschauen. Sie erwartete wohl, daß Yvonne nun gehen würde.

Doch da hatte sie Yvonne unterschätzt. *So schnell gebe ich nicht auf,* dachte die. »War es genausogut wie das Lamm oder war eins von beidem besser?« fragte sie, als mache sie eine Umfrage für ihre zukünftige Speisekartengestaltung.

Jetzt endlich blickte Alex hoch, mit einem derart gequälten Ausdruck im Gesicht, daß Yvonne es wie einen Schmerz in ihrem Innern spürte. »Es war beides gut. Wunderbar«, sagte sie leise.

Esther beobachtete die beiden sinnend. »Wir gehen«, sagte sie dann immer noch charmant lächelnd zu Yvonne, aber nun flirtete sie nicht mehr. »Wir haben noch etwas anderes vor. Die Rechnung, bitte.«

Yvonne nickte zögernd. Als sie sich entfernte, dachte Alex: *Was tue ich hier? Was zum Teufel geschieht mit mir? Warum wehre ich mich nicht? Yvonne muß mich für eine absolute Idiotin halten.* Dann seufzte sie innerlich. *Aber wir kennen uns ja kaum. Was sollte das schon für eine Bedeutung für sie haben?* Weiter dachte sie nicht darüber nach, denn die Rechnung kam, und Esther und sie verließen das Lokal.

Nachdem sie gegangen waren, blickte Yvonne noch lange auf die Tür, die sich hinter den beiden geschlossen hatte, und dachte darüber nach, wie Alex wohl an diese Frau geraten war – an diese schöne, kalte Frau.

Yvonne kannte Frauen wie Esther. Schöne Frauen, die alles haben konnten und es deshalb nicht schätzten. Ihre eigene Mutter war eine davon. Darum mochte Yvonne es auch gar nicht, wenn sie mit ihr verglichen wurde. Manche behaupteten, Yvonne sehe ihr ausgesprochen ähnlich, habe ihre Schönheit geerbt – was Yvonne schwer bezweifelte –, aber auf jeden Fall wollte sie nichts damit zu tun haben und nichts davon hören. Sie versuchte jegliche Ähnlichkeit zu vertuschen und war froh, daß ihre Mutter sich die Haare rot gefärbt hatte – oder in wechselnden anderen Farben – und sie, Yvonne, deshalb ihr Naturblond, das gleiche wie bei ihrer Mutter, behalten konnte. Jede weitere Verbindung zu ihrer Mutter stritt sie vehement ab, wenn man sie darauf ansprach, weil sie ihre Mutter ihr Leben lang als eine oberflächliche Frau erlebt hatte, die sie, Yvonne, auf keinen Fall sein wollte. Um keinen Preis der Welt. Schon gar nicht um den Preis der Schönheit.

»Was sinnierst du so ernst vor dich hin?« hörte sie eine sanfte, ältere Stimme neben sich.

Yvonne blickte nach links, woher die Stimme kam. »Ach, ich weiß auch nicht«, entgegnete sie abwehrend.

Die ältere Frau, die Alex bei ihrem ersten Besuch den Kaffee gebracht hatte, musterte sie leicht besorgt, dann lächelte sie. »Ich kenn' dich doch«, sagte sie freundlich und liebevoll. »Du hast irgendwas. Und ich würde vermuten, es hängt mit dieser traurigen jungen Frau zusammen, die du letztens mitgebracht hast und die gerade wieder da war.«

Yvonne seufzte und grinste schief. »Vor dir kann ich auch nichts verbergen!« Sie runzelte die Stirn. Was Alex jetzt wohl machte? Mit . . . Esther?

»Ich kenne dich lange genug«, lachte die ältere Frau. Dann legte sie eine Hand auf Yvonnes Arm. »Willst du es mir nicht sagen? Was ist mit ihr?«

»Du findest, sie wirkt traurig?« fragte Yvonne in die Luft hinein, ohne die ihr gestellte Frage zu beantworten.

»Ja, sehr.« Die ältere Frau seufzte. »Irgend etwas bedrückt sie. Und sie kann nicht damit umgehen. Das merkt man. Aber mehr weiß ich auch nicht.« Sie sah Yvonne wieder an. »Und dir hat sie anscheinend ebenfalls nichts erzählt«, meinte sie.

Yvonne schüttelte betrübt den Kopf. »Nein, hat sie nicht. Ich kenne sie ja eigentlich auch gar nicht. Ich habe sie vor einiger Zeit das erste Mal gesehen und dann zufällig beim Friseur wiedergetroffen gestern.« *Erst gestern?* dachte Yvonne noch einmal erstaunt.

»Vor einiger Zeit auf der Disco?« fragte die ältere Frau ruhig.

Yvonne sah sie ebenso ruhig an. »Ja.«

Die andere Frau nickte. »So ist das also.«

Yvonne runzelte erneut die Stirn. »Was meinst du damit: So ist das also?«

Die Mundwinkel der anderen Frau zuckten, weil sie nach oben wollten und sie sich bemühte, sie unten zu halten, um Yvonne nicht mit einem Heiterkeitsausbruch zu verletzen. Junge Leute waren immer so ernst und verwundbar, wenn sie das erste Mal verliebt waren – richtig verliebt. Sie beherrschte sich. »Wer war die andere Frau, mit der sie heute da war?« fragte diesmal sie zurück, ohne Yvonnes Frage zu beantworten.

Yvonnes Gesicht verzog sich abweisend. »Ich nehme an, ihre ... Freundin. Ich weiß es nicht genau.«

In Anbetracht von Yvonnes Tonfall ließ sich das breite Schmunzeln im Gesicht der anderen nun nicht mehr zurückhalten. »Du bist eifersüchtig«, sagte sie.

»Eifersüchtig? Worauf? Ich kenne sie ja nicht einmal!« schnappte Yvonne beleidigt. Sie wollte sich nicht auf etwas festlegen lassen, was sie selbst nicht verstand.

»Das hat nichts miteinander zu tun«, erklärte die ältere Frau erfahren. »Du bist verliebt in ... Wie hieß sie noch mal?« Sie blickte fragend.

»Alex«, antwortete Yvonne zögernd. *Verliebt?* ging es ihr durch den Kopf. Das hatten die Leute in der Küche auch schon behauptet, aber man verliebte sich doch nicht einfach so. Yvonne lehnte diese unzulässige Annahme innerlich ab.

»Alex«, fuhr die andere Frau mit der Ergänzung der Information fort. »Du bist verliebt in Alex, und dann kommt sie mit einer anderen Frau hier an. Vielleicht ihre Freundin, wie du selber sagst. Natürlich bist du da eifersüchtig, das ist ganz verständlich.« Sie blickte wieder sehr liebevoll auf Yvonne. »Aber wenn sie vergeben ist, hat es erst einmal keinen Sinn, Yvonne. Das ist meistens ein großes Problem. Laß lieber die Finger davon.«

»*Esther* ist das Problem!« platzte Yvonne nun heraus. Sie konnte sich nicht mehr beherrschen. Stück für Stück war die Wut in ihr angewachsen. »Sie ist ein ... Biest, ein richtiges Biest! Sie hat mit mir geflirtet, während Alex danebensaß. So was tut man doch nicht!« Sie war immer noch empört.

»Nein, so was tut man nicht«, bestätigte die andere Frau ruhig. »Jedenfalls nicht, wenn man die andere nicht verletzen will, wenn sie einer etwas bedeutet.«

»Eben, das ist es!« schimpfte Yvonne weiter und steigerte sich in ihre eigene Erregung hinein. »Sie liebt sie nicht! Alex bedeutet Esther überhaupt nichts – *gar nichts!*«

»Aber *dir* bedeutet sie sehr viel, nicht wahr?« bemerkte die andere Frau immer noch ganz ruhig.

»Ach was«, wehrte Yvonne erneut ab. »Ich mag es einfach nicht, wenn ein Mensch einen anderen so behandelt.«

»Und du bist nicht verliebt in Alex?« fragte die andere Frau nun wieder schmunzelnd. Yvonne benahm sich, als ob es etwas Schlimmes wäre, zuzugeben, daß sie verliebt war. Aber sie kannte das aus ihrer eigenen Jugend. Wenn man noch gar nicht so genau wußte, was Liebe eigentlich ist, war es manchmal nicht einfach, sich dazu zu stellen.

Yvonne sah die ältere Frau an und wußte nicht, was sie antworten sollte. War sie verliebt in Alex oder nicht? Sie wußte es ja selbst nicht. »Du sagst, ich bin es«, erwiderte sie deshalb ausweichend.

»Ja, das ist ziemlich eindeutig. Du könntest diese andere Frau vermutlich umbringen vor Eifersucht, wenn du ein gewalttätiger Typ wärst. Also ich halte das schon für Verliebtheit.« Die ältere Frau lachte. »Aber tröste dich. Selbst die schlimmste Verliebtheit geht vorbei. Es werden noch andere kommen.«

»Aber sie ist traurig wegen Esther. Sie leidet unter ihr. Da kann sie doch nicht mit ihr zusammenbleiben!« protestierte Yvonne verzweifelt.

Die ältere Frau seufzte. »O doch, sie kann! Glaub mir, sie kann. Manche Frauen können alles ertragen, wenn sie lieben. Sie ist so eine.« Sie sah Yvonne besorgt an. »Aber bitte sei *du* nicht so. Steigere dich da nicht so hinein. Es hat keinen Sinn, auch wenn du verliebt in sie bist. Ich habe sie beobachtet. Sie sieht nichts außer Esther. Sie ist völlig fixiert auf sie.«

Yvonne atmete tief durch. »Na, dann ist es ja gut, daß ich nicht verliebt in sie bin!« Das hatte sie gerade beschlossen, und daran würde sie sich halten. Sie war nicht verliebt in Alex, sie war nicht eifersüchtig auf Esther, und sie würde sich um die ganze Sache einfach nicht mehr kümmern. Sie hatte genug anderes zu tun.

»Ja, was für ein Glück für dich, daß du nicht verliebt in sie bist«, sagte die andere Frau mit einem merkwürdigen Tonfall in der Stimme und sah Yvonne hinterher, als sie wieder in die Küche ging.

Während sie arbeitete, hatte Yvonne das Thema Alex und das Gespräch darüber völlig verdrängt. Der Abend war noch recht stressig gewesen. Es waren wesentlich mehr Leute gekommen als üblich. Yvonnes *Indische Woche* zog sie wohl an. Sie freute sich darüber, daß ihre Idee so gut eingeschlagen hatte, denn am Anfang war niemand außer ihr davon überzeugt gewesen. Als sich das Lokal aber dann leerte und sie weniger zu tun hatte, kamen die Gedanken wieder. Sie *war* nicht verliebt in Alex! wehrte sie sich gegen die aufkommende Unruhe. Sie *wollte nicht* verliebt sein in Alex, denn sie war vernünftig genug, zu begreifen, daß Ilona recht hatte, daß das nur Probleme bedeuten konnte.

Aber was kann der Kopf schon gegen Gefühle tun? Er ist machtlos dagegen. Das merkte auch Yvonne, als sie endlich ihre Uniform auszog und nach Hause ging. In ihrer kleinen Wohnung setzte sie sich hin und dachte an Alex, dachte an ihr gequältes Gesicht neben Esthers Heiterkeit, neben Esthers Gleichgültigkeit ihren Gefühlen gegenüber. *O ja, Ilona hat recht*, dachte Yvonne aufgebracht. *Ich könnte sie umbringen – auf der Stelle!*

Nach einer Weile stand sie auf und stellte die Dusche an. Das mußte sie immer tun, wenn sie aus der Küche kam. Mit Haaren, die nach Pommes Frites rochen, wollte sie nicht ins Bett gehen. Während sie duschte, legte sich ihr Zorn ein wenig, und sie versuchte, Esther einmal objektiv zu betrachten. Sie war nicht nur schön, sie war aufregend. Ja, das war sie: eine aufregende Frau. Eine Frau, die die Phantasie anregte. Wahrscheinlich hatte sie auch Alex' Phantasie angeregt . . .

Yvonne stellte das Wasser ab und zog ihren Schlafanzug über, nachdem sie sich schnell abgetrocknet hatte. Wie konnte sie dagegen ankommen, gegen eine solche Frau? Eine Frau, um die herum die Luft nur so flirrte vor erotischer Spannung. Die eine Atmosphäre um sich verbreitete, die viel versprach – *alles* versprach.

Aber wenn sie dieses Versprechen eingehalten hatte, überlegte Yvonne, warum war Alex dann so fertig? Warum wirkte sie so traurig? Warum blickten ihre Augen so hoffnungslos? So warme, braune Augen, die eigentlich hätten strahlen sollen wie Bernstein.

Das war ihre Farbe. Yvonne wunderte sich, daß sie es bemerkt hatte. Sonst konnte sie sich kaum je an die Augenfarbe eines Menschen erinnern, den sie traf.

Sie löschte das Licht und versuchte zu schlafen. Aber es ging nicht. Sie starrte an die Decke, der leichte Schein der Straßenlaterne vor dem Haus warf nur einen verwaschenen Schimmer herein, aber Yvonne sah Alex vor sich, Alex und – Esther. Yvonne hätte fast geknurrt, als sie an den Namen dachte, an Esthers charmantes Lächeln, dem sicher schon mehr als eine Frau zum Opfer gefallen war. Es war sehr anziehend, dieses Lächeln. Auf den ersten Blick vermittelte es den Eindruck, daß Esther eine reizende Frau sein müsse – reizend und begehrenswert, liebenswert sogar. Auf den zweiten Blick hielt dieses Urteil jedoch kaum mehr stand, dachte Yvonne etwas bösartig. Zumindest nicht, wenn sie sich so verhielt wie heute abend. Wie hatte sie einfach annehmen können, daß Yvonne auf ihre Avancen eingehen würde, daß sie reagieren würde? dachte Yvonne wütend und ärgerlich. Sah sie etwa so aus? Wirkte sie so rücksichtslos, so skrupellos, als ob sie einer anderen Frau die Frau wegnehmen würde? Es war eine Beleidigung für sie, Yvonne, daß Esther es überhaupt versucht hatte.

Yvonne beruhigte sich wieder. Nein, sie wußte sehr wohl, daß sie nicht so rücksichtslos wirkte, wie Esthers Verhalten es suggerierte. Sie war es, Esther, die ohne jegliche Skrupel den Markt abgraste. Vielleicht versuchte sie es einfach bei jeder. Und eins war sicher: An Yvonne lag Esther ebensowenig wie an Alex. Ihre Augen hatten weder verliebt noch liebevoll geblickt, sondern einfach nur – begehrend.

Ein leichter Schauer lief durch Yvonnes Körper, als sie daran dachte: an diesen Blick, an diese . . . Musterung. Sie hatte das noch nicht sehr häufig erlebt, es war ihr fremd, besonders von einem Menschen, den sie tatsächlich nicht kannte, das erste Mal sah. Sie hatte sich noch nie damit beschäftigt, was dieser Blick aussagen konnte. War das auch der erste Blick gewesen, den Alex von Esther erhalten hatte? Hatte Esther Alex genauso verheißungsvoll angeblickt wie heute abend Yvonne? Und Alex hatte darauf reagiert? Sie hatte sich von diesem Blick einfangen lassen?

Das konnte Yvonne nicht verstehen. Ihr erschien Esther wie eine schlangengleiche Verführerin, der sie gut widerstehen konnte.

Wenn Yvonne statt Eva mit Adam im Paradies gewesen wäre, hätte sie den Apfel sicher nicht genommen. Und Esthers Äpfel wollte sie auch nicht! Sie drehte sich wütend um und schlief trotz der vielen Gedanken, die sich in ihrem Kopf drehten, bald darauf ein. Sie hatte einfach zu viel gearbeitet.

Ein paar Stunden später wachte sie verwirrt auf. Es war immer noch dunkel. Warum schlief sie nicht mehr? Ihr Wecker zeigte an, daß sie noch gut vier Stunden hatte, bis sie aufstehen mußte. Dann plötzlich fiel ihr ein, daß sie *eine* Entscheidung vor dem Einschlafen nicht mehr getroffen hatte: ob sie nun verliebt in Alex war oder nicht.

Sie dachte darüber nach. Ilona hatte es ihr gesagt, auch wenn sie es nicht hatte hören wollen. Warum glaubte Yvonne ihr nicht? Wahrscheinlich deshalb: Sie wußte nicht so recht, wie es sich anfühlte, verliebt zu sein. Sie war es wohl noch nie gewesen. War es das, was es ausmachte: dieses klopfende Herz in ihrer Brust, das zu zerspringen drohte, dieses Lächeln auf ihrem Gesicht, das immer erschien, wenn sie an Alex dachte, diese Gefühle in ihrem Körper, die sie nicht benennen konnte? Sie seufzte. Wenn Ilona es sagte, war es sicher so. Yvonne hatte ihr immer geglaubt, solange sie sie kannte, also sollte sie es auch dieses Mal tun.

Der Beschluß, den sie etwas trotzig noch im Lokal gefaßt hatte, nämlich daß sie *nicht* in Alex verliebt war, daß sie es nicht sein konnte und nicht sein wollte, fiel in sich zusammen. Sie *war* in Alex verliebt, und *so* fühlte es sich an. *So fühlt es sich also an, verliebt zu sein,* dachte Yvonne erstaunt. Es war nicht nur positiv, nicht nur ein glückliches Gefühl. Das wäre es vielleicht gewesen, wenn Alex allein gewesen wäre, wenn Yvonne sie vor Esther kennengelernt hätte. Nun, mit Esther an Alex' Seite, schien Yvonnes Gefühl der Verliebtheit auch schmerzhaft, quälend, schien diese Verliebtheit, die Yvonne nun zu akzeptieren gelernt hatte, doch aussichtslos. Esther war eine Kämpfernatur, das sah man ihr schon an. Und Alex war viel zu schwach – jedenfalls im Moment –, um sich dagegen zu wehren.

Also mußte Yvonne es für sie tun, beschloß sie. *Ihr* sah man es vielleicht nicht so leicht an wie Esther, aber sie konnte *auch* kämpfen! Und sie *würde* es tun! Nun, da sie wußte, daß sie in Alex verliebt war – nein, daß sie sie *liebte*. Verliebtheit war viel zu wenig, ein viel zu schwacher Ausdruck für das, was sie für Alex empfand – wußte sie auch, daß sie um sie kämpfen mußte. Ja, das würde sie. Sie würde um Alex kämpfen. Esther sollte sich nur warm anziehen!

Mit einem Lächeln auf den Lippen und dem Gesicht von Alex vor ihrem inneren Auge, wie sie am Abend der Disco so süß verwirrt mit dem Sekt hantiert hatte, schlief Yvonne ein.

Am nächsten Vormittag erwachte Alex trotz der Ablehnung, die sie Esther gegenüber in Yvonnes Gegenwart ausgesprochen hatte, in Esthers Bett. Esther hatte ihre Weigerung einfach nicht ernst genommen, was ja auch zu erwarten gewesen war. Sie hatte sich auf einen Abend mit Sex vorbereitet, und den hatte sie auch eingefordert – und bekommen.

Wenn Esther sie anfaßte, vergaß Alex einfach alles. Sie sehnte sich danach, von ihr berührt zu werden und sie zu berühren, obwohl sie wußte, wie sie sich danach fühlen würde. Jedesmal aufs neue nährte sie die Illusion, daß es anders sein würde – dieses eine Mal. Daß sie die Nähe spüren würde, die sie sich wünschte. Die sie bei anderen Frauen, die sie nicht so geliebt hatte wie Esther, schon gespürt hatte. Und jedesmal kroch die Enttäuschung wie ein kaltes Tier in ihr hoch – *danach* . . .

Diesmal hatte Esther sie nicht geweckt, als sie gegangen war, und Alex fühlte sich dermaßen zerschlagen, daß sie sich nicht wunderte, nicht von selbst aufgewacht zu sein, als Esther aufstand.

Warum ist alles in mir so taub? dachte Alex. *Warum ist alles so gefühllos, wie abgeschaltet?* Sie fragte es sich erstaunt, als ob sie es nicht begreifen könnte. Es war wirklich alles taub in ihr. Sie konnte es zunächst nicht verstehen, aber dann kam ihr ein anderer Song in den Sinn: *The first cut is the deepest* von Cat Stevens.

So war es. Der erste Schlag, der erste Schnitt, den Esther ihr versetzt hatte, war die Mitteilung gewesen, daß Beziehungen ihr gleich waren, daß es ihr nur um Sex ging. Das hatte Alex tief getroffen, und da hatte sie fürchterlich gelitten.

Aber nun - nach dem wievielten Schlag? – war alles nur noch taub und leer in ihr, sie spürte den Schnitt nicht mehr, so tief er auch war, ihr Körper hatte sich dagegen abgeschottet. Sie fühlte es nicht mehr, *wollte* es nicht mehr fühlen, aber das hieß nicht, daß sie nicht blutete. O nein, das hieß es wahrlich nicht! Sie blutete, sie blutete *aus* innerlich, sie *ver*blutete, aber sie spürte es nicht mehr. Dennoch würde von ihr nichts zurückbleiben als ein toter, blutleerer Körper, das konnte sie sich jetzt schon ausrechnen – wenn sie noch hätte rechnen können, aber auch dazu war sie nicht mehr imstande. Was wollte sie noch hier? Hier auf dieser Welt? Sie wußte es nicht.

Sie sah auf ihre Uhr, nachdem sie aufgestanden war, und stellte fest, daß die Zeiger schon fast auf zwölf standen. So lange hatte sie geschlafen? Nun ja, wenn man bedachte, wann sie erst eingeschlafen war, erschien es auch wieder nicht so lang. Sie seufzte. Danach blickte sie zum Telefon hinüber. Es war schon fast Mittag. Würde Esther anrufen? Ihre Mittagspause, die sie allerdings nicht immer in Anspruch nahm, wie Alex wußte, mußte schon begonnen haben.

Alex duschte, setzte sich aufs Sofa und wartete – wartete auf Esthers Anruf. Sehnsüchtig, demutsvoll. Doch Esther rief nicht an. Es wurde halb eins, es wurde eins, aber das Telefon gab keinen Laut von sich. Alex' Sehnsucht wurde unerträglich. Sie wollte Esthers Stimme hören, ihre wunderschöne, dunkle, melodiöse Stimme.

Also erhob sie sich und wählte zögernd Esthers Nummer. Sie konnte sich kaum erklären, warum sie so zögerte, warum ihr jede Zahl wie ein Schritt in den Abgrund erschien, einen Abgrund, der keine Form und keinen Boden zu haben schien, denn sie konnte sich ihn nicht vorstellen. Das Klingelzeichen im Hörer tutete, als sie endlich die Nummer beendet hatte.

»Nagy.« Esthers Stimme klang beschäftigt, abwesend.

»Ich bin's«, sagte Alex leise.

»Ja?« Mehr sagte Esther nicht, und Alex wußte schon, daß es keine gute Idee gewesen war, sie anzurufen. Ihr Herz wurde kalt vor Angst.

»Ich . . . ich wollte einfach nur deine Stimme hören«, murmelte sie verlegen.

Für einige endlose Sekunden war es still im Hörer. »Die hast du ja nun gehört«, sagte Esther dann ungeduldig. Sie wartete auf eine Erwiderung von Alex, die aber nicht kam, also fuhr sie fort: »Alex, du störst mich. Ich arbeite. Ist noch irgendwas Wichtiges?« Ungeduld war nun schon nicht mehr der richtige Ausdruck für den Klang ihrer Stimme, die trotzdem dieses Dunkle, Samtene, das Alex so an ihr liebte, nicht verleugnen konnte.

Alex lachte nervös. »Du bist ja noch schlimmer als ich!« Ihre Stimme klang im Gegensatz zu der von Esther liebevoll.

»Ja, vermutlich.« Sie beherrschte sich anscheinend, dennoch klang ihre Stimme gereizt.

Weit gereizter und ungeduldiger, als Alex es sich wünschte. Sie hatte das Bedürfnis, ihr zu sagen, daß sie sie liebte, daß sie sehnsüchtig auf sie wartete, daß jede Minute ohne Esther für sie eine Qual war. Aber das hätte Esther vermutlich nur noch mehr verstimmt, und das wollte Alex auf keinen Fall.

Enttäuscht und frustriert zog sie sich zurück. »Ja, dann – schönen Nachmittag«, preßte sie mühsam hervor, während sie die Tränen schon in ihre Augen steigen fühlte. Doch das würde sie Esther besser nicht fühlen lassen. Dann wurde ihre Reaktion vielleicht noch kälter.

»Ja.« Esthers Antwort klang mehr als knapp. Danach legte sie sofort auf.

Alex stand da und wußte nicht, was sie mit sich anfangen sollte. Die Tränen liefen ihr übers Gesicht. Es interessierte sie nicht, sie abzuwischen. Ihr Herz schmerzte vor Sehnsucht und Enttäuschung. Die Natur hatte Esther wirklich mit allem ausgestattet, was man sich an einer Frau nur wünschen konnte: einer wunderschönen Stimme, einem berauschenden Körper, einem Lächeln, das die Welt den Atem anhalten ließ und zum Erliegen bringen konnte. Nur eines hatte sie vergessen: Gefühl.

Ich sollte nach Hause fahren, dachte Alex, *und nie mehr, nie mehr hierherkommen!* Aber sie wußte, daß sie das nicht konnte. Und wenn sie nach Hause fuhr, war sie so weit weg. Wer wußte, was Esther tun würde, wenn sie nach Hause kam und Alex war nicht da? Wenn sie allein war und tun und lassen konnte, was sie wollte? Das war Alex zu gefährlich. Sie mußte hier sein, wenn Esther kam. Aber bis dahin hatte sie noch einige Stunden Zeit. Einige sehr lange Stunden.

Sie mußte nicht in Esthers Kühlschrank schauen, um zu wissen, daß nichts Eßbares vorhanden war. Sie konnte sich höchstens ein paar Brötchen holen. – Aber warum eigentlich? Sie wollte nicht allein sein, das würde den Tränenfluß nicht zum Versiegen bringen, sondern es würde nur noch schlimmer werden bis heute abend. Sie brauchte Ablenkung, eine andere Umgebung.

❧

Yvonne war durchaus überrascht, als Alex zur Tür hereinkam. Damit hatte sie wirklich nicht gerechnet nach dem gestrigen Abend. Sie hatte das Gefühl gehabt, daß die Peinlichkeit es Alex verbieten würde wiederzukommen, vor allem so schnell.

Am liebsten wäre sie mit Fragen über Alex hergefallen. Was sie an Esther fand, was sie von ihr wollte, warum sie sie nicht einfach laufenließ. Aber sie hielt sich zurück. Alex sah mitgenommen aus – aber war sie das nicht immer? Yvonne kannte sie ja eigentlich gar nicht anders –, und sie brauchte wahrscheinlich alles andere, bloß keine neugierigen und dazu auch noch vorwurfsvollen Fragen. Sie zog sich in die Küche zurück und überließ es Ilona, Alex' Bestellung aufzunehmen. Sie wollte Alex nicht noch zusätzlich in Verlegenheit bringen.

Entgegen dem üblichen Vorgehen brachte Ilona die Bestellung persönlich in die Küche. »Alex ist da«, sagte sie etwas besorgt zu Yvonne.

»Ich weiß«, erwiderte Yvonne ruhig. »Ich habe sie gesehen.«

Ilona legte den Zettel auf den Tisch. »Sie wußte nicht, was sie essen wollte.« Ihre Stimme klang neutral, aber sie beobachtete Yvonne dabei genau. »Sie ist mit ihren Gedanken ganz woanders«, fügte sie hinzu. »Ich habe ihr gesagt, du machst ihr was. Sie sagte, es ist ihr alles recht. Eigentlich ist es ihr egal.«

Yvonne tat immer noch so, als ob sie nichts mehr interessieren würde als die Soße, die sie gerade zubereitete. »Ich werde schon was finden, was ihr schmeckt«, antwortete sie ebenso neutral wie eben Ilona.

Ilona musterte sie noch einen Augenblick, dann ging sie. Sie war sich nicht sicher, ob es richtig war, daß sie sich nicht einmischte, aber es war nun mal eines ihrer Prinzipien, selbst wenn es sich um Yvonne handelte, den Menschen, den sie am meisten liebte.

Yvonne wußte, daß es wahrscheinlich völlig sinnlos war, für Alex etwas Besonderes zu kochen, weil sie sowieso kaum bemerken würde, was sie aß. Dennoch gab sie sich sehr viel Mühe, das Essen so interessant wie möglich zu gestalten. An den Resten, die sich noch auf Alex' Teller befanden, als er in die Küche zurückkam, erkannte sie, daß Alex zumindest nicht verhungern würde. Jedenfalls nicht heute. Dennoch hatte sie viel zu wenig von dem angerührt, was Yvonne so liebevoll für sie zubereitet hatte.

Yvonne hielt sich zurück, bis alle Gäste gegangen waren. In zehn Minuten würden sie das Lokal schließen. Sie fragte sich, ob es eine gute Idee war, zu Alex zu gehen und sie anzusprechen. Bis jetzt hatte sie nicht nach Yvonne verlangt und vielleicht auch gar kein Bedürfnis danach. Warum war sie gekommen? fragte Yvonne sich. Sie kam nicht wegen des Essens, das sah man an ihrem Teller, aber wenn es einen anderen Grund gab, welcher konnte das sein? Auf jeden Fall wollte sie sie nicht wieder gehen lassen, ohne überhaupt mit ihr gesprochen zu haben. Sie setzte ihre Kochmütze ab und ging hinaus.

Alex blickte nicht hoch, als sie sich ihrem Tisch näherte. Sie hatte noch eine Espressotasse vor sich stehen und rührte selbstvergessen darin herum, ohne Sinn und Zweck, denn der Zucker mußte sich längst aufgelöst haben.

»Hallo Alex«, sagte Yvonne leise, als sie vor ihr stehenblieb und sich zwang, sie möglichst entspannt anzulächeln. Lieber hätte sie besorgt die Stirn gerunzelt.

Alex blickte hoch und sah peinlich berührt aus, wie Yvonne es sich schon vorgestellt hatte. Yvonne setzte sich ihr gegenüber an den Tisch. Alex rührte weiter in ihrem Espresso. Plötzlich verhielt sie abrupt und sah Yvonne mit einem unvermuteten Ruck in die Augen. »Es tut mir leid«, sagte sie.

Yvonne blickte irritiert. »Was tut dir leid?« Soviel sie sich erinnern konnte, hatte Alex nichts getan, was ihr leid tun mußte. Jedenfalls nicht Yvonne gegenüber.

»Was . . . was Esther gestern getan hat. Und ich bin schuld, weil ich ihr vom *Badischen Hof* erzählt habe. Sonst wären wir gar nicht hergekommen.« Sie starrte wieder auf den Tisch.

»Du hast es also doch bemerkt«, entfuhr es Yvonne unwillkürlich, bevor sie es verhindern konnte. Bisher hatte sie angenommen, daß Alex vielleicht wirklich so blind war Esther gegenüber, daß sie solche Wahrnehmungen einfach abschaltete.

Alex nickte und sah Yvonne mit traurigen Augen an. »Ja, und es tut mir sehr leid. Sie ist halt so. Ich hätte sie nicht herbringen sollen.«

Yvonne konnte die Qual, die sie in Alex' Augen sah, schon fast nicht mehr ertragen. Sie litt mit ihr. »Alex«, sagte sie leise. »Ich möchte mich wirklich nicht in dein Privatleben einmischen, aber warum läßt du dich so von ihr behandeln?«

Alex atmete tief durch. »Ich liebe sie«, sagte sie dann seufzend. »Ich kann nicht anders. Ich liebe sie einfach. Ich kann nicht ohne sie leben.« Sie hielt ihren Kopf in den aufgestützten Händen und sprach zur Tischplatte zwischen ihren Armen.

O ja, dachte Yvonne. *Ich weiß, wie sich das anfühlt. Genauso fühle ich für dich. Aber du merkst es nicht einmal.* Wie immer suchte sie nach einer Erklärung für die Dinge, einer Rechtfertigung für die Anziehung, die Esther auf Alex ausübte. »Sie ist eine sehr ...« – Yvonne suchte nach einem Wort – »... dramatische Frau«, fuhr sie dann fort.

Alex blickte sie verständnislos an. »Dramatisch?«

»Na ja.« Yvonne zuckte die Schultern. »Sie hat so was. – Sie ist sicherlich sehr ...« *leidenschaftlich*, hatte Yvonne sagen wollen, aber das Wort blieb ihr im Halse stecken. Erstens empfand sie dieses Gespräch als viel zu intim – und das war wirklich nicht ihr Metier –, und auf der anderen Seite kam ihr in den Sinn, mit wem Esther diese Leidenschaft momentan auslebte. Sie errötete.

Alex' Mundwinkel verzogen sich zu einem Ausdruck, der sich nicht zwischen oben und unten entscheiden konnte. Einerseits hatte es etwas von einem Grinsen, auf der anderen Seite etwas Gequältes. »Ja«, sagte sie endlich. »Du hast recht. Das ist sie. In der Tat.« Yvonne brauchte den Begriff nicht zu nennen, es war auch so klar, was sie meinte.

Ilona ging zur Tür und schloß ab. Alex blickte zu ihr hinüber, von dem Geräusch aufgeschreckt. »Ihr seht euch ähnlich«, bemerkte sie verwundert zum ersten Mal, und blickte noch einmal zwischen Yvonne und Ilona, die nun auf sie beide zukam, hin und her. »Deine Mutter?«

Yvonne lachte. »Meine Tante. Aber sie ist fast so etwas wie eine

Mutter für mich. Ich bin zum großen Teil bei ihr aufgewachsen.«

»Ja«, fiel Yvonnes Tante Ilona nun sehr sympathisch lachend ein, denn sie hatte den Tisch erreicht. »Und ich bin sehr froh, daß ich sie habe. Wer sollte denn sonst mein Lokal erben? Eigene Kinder habe ich nicht. Dazu hatte ich nie Zeit!« Sie lachte wieder.

Wie nett sie ist, dachte Alex. *Yvonne hat wirklich Glück.*

»Wie gut, daß wenigstens meine Schwester Zeit dazu hatte«, fuhr sie immer noch lachend fort und wuselte mit einer Hand durch Yvonnes Haar, die sich zur Seite lehnte, um dem Sturm auf ihrem Kopf zu entkommen. Offensichtlich mochte sie es nicht, aber sie lächelte dennoch voller Liebe und Sympathie für die Frau, die das Gewitter verursachte. Viele kleine Falten bildeten sich in Ilonas Augenwinkeln und gaben ihr das Aussehen eines freundlichen Clowns. Sie war etwas rundlich und entsprach damit Alex' Vorstellung von einer Köchin wesentlich mehr als Yvonne. »Sie war immer die Schöne und ich die Arbeitsame«, erzählte Ilona nun über sich und ihre Schwester, Yvonnes Mutter. »Wie bei *Kohlhiesels Töchter.*« Sie lachte fröhlich und entspannt. Es schien ihr überhaupt nichts auszumachen. »Yvonne sieht ihr sehr ähnlich«, bemerkte sie dann noch mit einem Blinzeln in den Augen, das eindeutig auf Alex gezielt war.

»Nein, das tue ich nicht!« protestierte Yvonne sofort. »Überhaupt nicht! Auf gar keinen Fall!«

Ilona wußte, wie Yvonne diese Ähnlichkeit empfand, deshalb besänftigte sie: »Doch, du siehst ihr tatsächlich ähnlich, aber nur äußerlich.«

»Du bist wirklich sehr hübsch«, sagte Alex jetzt mit einem prüfenden Blick auf Yvonne, als ob sie es zum ersten Mal bemerken würde, was wahrscheinlich auch der Fall war.

Yvonne lief rot an und wollte weglaufen. Ilona versperrte ihr den Weg, so daß sie nicht vorbeikonnte, und sprach leise auf sie ein. »Es gibt zwei Arten von Schönheit, Yvonne, eine äußere und eine innere. Deine Mutter hat leider nur die äußere mitbekommen, die hast du von ihr geerbt, aber die andere, die innere, die hast du auch, und das ist das entscheidende. Äußere Schönheit vergeht, man kann sie nicht behalten, nicht für immer. Aber die innere bleibt. Die bleibt immer da, solange man lebt, wenn man sie hat. Sei stolz darauf. Schäm dich nicht dafür.«

Yvonne blieb beschämt stehen und setzte sich dann wieder. Ilona setzte sich dazu. »Du hast schon genug Ärger gehabt, weil du nicht das gelernt hast, was deine Mutter wollte«, sagte Ilona, nun wieder freundlich lächelnd. »Reg dich nicht auch noch über Sachen auf, die es gar nicht wert sind.«

Alex konnte sich diesem freundlichen Gesicht und den verständnisvoll lächelnden Augen nicht entziehen. Sie fühlte sich einfach nur wohl in Ilonas Gegenwart und hier im *Badischen Hof*. »Ihre Schwester wollte nicht, daß Yvonne Köchin wird?«

Yvonne gluckste unterdrückt und ungläubig. »Meine Mutter?«

Ilona lachte auch. »Nein, meine Schwester wollte das auf keinen Fall. Das war der Horror für sie.«

»Sie wollte, daß ich nach dem Abitur Kunstgeschichte studiere und mir einen reichen Mann angele«, sagte Yvonne abschätzig.

»Ja«, bestätigte Ilona. »Das ist meine Schwester, wie sie leibt und lebt. Daß Yvonne Köchin werden wollte, hat sie nie verstanden. Das war unter jedem Niveau für sie.«

»Wie gut, daß ich da noch dich hatte«, sagte Yvonne, während sie Ilona liebevoll ansah.

Was gäbe ich darum, wenn Esther mich nur einmal – nur ein einziges Mal – so anschauen würde, dachte Alex gequält.

»Ich laß euch mal allein«, meinte Ilona und erhob sich, nachdem sie Alex und Yvonne kurz beobachtet hatte. Sie sah Alex' gequälten Gesichtsausdruck und Yvonnes sehnsuchtsvolles Lächeln, wenn sie Alex anblickte. *Mein Gott, diese jungen Leute!* dachte sie. *Sehen sie denn nicht, daß sie füreinander bestimmt sind? Warum quälen sie sich so? Alle beide. Ich sollte mich nicht einmischen, ich sollte nicht.* Aber sie konnte einfach nicht. Sie liebte Yvonne zu sehr und wollte sie glücklich sehen. Sie lachte und sah Alex an. »Ich bin zwar nicht lesbisch, aber wenn ich ein paar Jahre jünger wäre und dich kennenlernen würde, wer weiß ...? Vielleicht würde ich es mir anders überlegen. Du bist genau mein Typ.« Sie lachte, ging und ließ die beiden perplex allein zurück.

Yvonne fing sich als erste. »Das liegt wohl in der Familie«, sagte sie verwirrt, während sie Alex musterte.

Alex antwortete nicht. Sie? Ilonas Typ? Und was wollte Yvonne damit sagen, daß das in der Familie lag? Daß sie, Yvonne, Alex auch attraktiv fand? Oder mehr? Alex war bestürzt. Ihr sicherer Hafen schwand dahin. Hier glaubte sie, endlich eine Heimat gefunden zu haben. Und was war? Wieder kam da etwas auf sie zu, das sie nicht verkraften konnte, mit dem sie nicht umgehen konnte, auf das sie reagieren mußte. Sie räusperte sich. »Ähm, ich glaube, ich muß jetzt gehen«, sagte sie.

Yvonne legte ihre Hand auf Alex' Arm. »Alex, bleib«, sagte sie. »Bitte.«

Alex zögerte einen Moment. Dann stand sie jedoch trotzdem auf. »Ich kann nicht«, sagte sie. »Es tut mir leid, aber ich kann nicht.« Sie drehte sich um. An der Tür mußte sie warten, bis Ilona ihr aufgeschlossen hatte. Im Hintergrund lief immer noch die Musik, die während der Mittagszeit das Essen untermalte, ein Radiosender.

»Gib mir mein Herz zurück, du brauchst meine Liebe nicht«, sang Herbert Grönemeyer. Wie sehr sich die Lieder doch verändern konnten ... Alex stand für einen winzigen Moment wie zur Salzsäure erstarrt da. Konnte Esther das überhaupt? Ihr, Alex, ihr Herz zurückgeben, das sie an sie verloren hatte? So hörte sie auch noch die zweite Zeile. *»Gib mir mein Herz zurück, bevor's auseinanderbricht.«* Nun mußte Alex innerlich resigniert auflachen. *Welch frommer Wunsch!* dachte sie. War es das nicht schon? War ihr Herz nicht schon auseinandergebrochen? In tausend Stücke?

Sie sah nicht mehr zurück, als sie durch die Tür ging.

Ein paar Tage später fuhr Yvonne morgens von ihrem täglichen Einkauf auf dem Großmarkt in die Stadt zurück zu ihrem Weinhändler. Sie hatte einen speziellen Lieferanten, der ausschließlich biologisch angebaute Weine verkaufte, die Yvonne bevorzugte. Er begrüßte sie herzlich, und sie verhandelten eine Weile, bis sie sich auf den Preis der neuen Lieferung geeinigt hatten.

Sie schlenderte an einigen Geschäften vorbei zurück zu ihrem Kleinlaster, in dem noch die Einkäufe von heute morgen lagerten. Vor einer Buchhandlung blieb sie stehen. Es war schon lange her, daß sie zum Lesen gekommen war. Im Innenraum des Geschäftes war um diese frühe Vormittagsstunde noch nicht sehr viel los. Zwei Buchhändlerinnen rissen sich um eine Kundin. Yvonne schaute genauer hin: Du liebe Güte – das war ja Esther!

Wie an einer unsichtbaren Schnur gezogen folgte sie Esther, als die den Buchladen verließ und in die von Yvonne abgewandte Richtung schwenkte. Sie hatte Yvonne nicht bemerkt. *Vielleicht hätte sie mich auch gar nicht erkannt*, überlegte Yvonne noch. Ob sie sich die Gesichter der Frauen, die sie anmachte, überhaupt merkte?

Yvonne folgte Esther ein paar Straßen lang, nicht sehr weit, dann betrat Esther ein Gebäude, und die schwere, alte Holztür schloß sich hinter ihr. Yvonne erkannte das Schild einer Rechtsanwaltskanzlei an der Hauswand. Sie überlegte, ob Esther wohl dort arbeitete. Einen Moment wußte sie nicht, was sie tun sollte, überlegte noch, als sich die Tür schon wieder öffnete.

Esther trat heraus. Sie zögerte eine Sekunde vor Überraschung, aber dann begann ein leicht spöttisches Lächeln in ihre Mundwinkel zu steigen.

Sie glaubt, ich komme ihretwegen! dachte Yvonne entsetzt.

Esther lächelte immer noch. »Was für ein Zufall«, sagte sie.

Yvonne rang sich zu einer Entscheidung durch. »Nicht direkt«, erwiderte sie unbehaglich. »Ich bin dir gefolgt.«

Esthers Augenbrauen zogen sich leicht in die Höhe. »Ach ja?« fragte sie. Sie musterte Yvonne kurz. »Vielleicht sollten wir besser reingehen«, schlug sie vor.

Yvonne nickte stumm.

Esther betrat wieder das Haus; Yvonne folgte ihr in die Kanzlei. Esther ließ sie in ihr Büro eintreten und schloß die Tür. »Wie nett, daß du gekommen bist«, bemerkte sie anzüglich lächelnd. Sie nahm eindeutig an, daß Yvonne etwas von ihr wollte – und sie war keineswegs abgeneigt.

Wie konnte sie nur? Yvonne fuhr sie scharf an: »Ich bin nicht deinetwegen hier!«

»Ach, nicht?« Esther zog erneut die Augenbrauen hoch, aber sie glaubte Yvonne nicht. Das zeigte ihr Gesichtsausdruck deutlich. »Weshalb denn dann?« fragte sie, und ihr Lächeln wurde charmanter, verführerischer. Sie begab sich hinter ihren Schreibtisch, setzte sich und schlug aufreizend langsam ihre Beine übereinander, so daß der Rock hochrutschte. »Brauchst du einen juristischen Rat?« setzte sie ihre Befragung dennoch fort, als ob sie es gar nicht bemerkt hätte, aber auch diesmal zeigte ihre Miene an, daß sie das für sehr unwahrscheinlich hielt. Sie lächelte wieder charmant. »Willst du es mir nicht sagen?« fragte sie sanft

Yvonne stand immer noch stumm da. Wie einfach erschien ihr jetzt doch die Verhandlung mit dem Weinhändler vom heutigen Morgen, verglichen mit *dem hier* . . . Esther war eine weitaus härtere Nuß. Gegen sie waren Yvonnes Geschäftspartner weich wie Butter. »Ich komme wegen Alex«, sagte sie.

Esthers Augenbrauen hoben sich ein wenig mehr, und sie lehnte sich so in ihrem Stuhl zurück, daß ihre langen Beine noch besser zur Geltung kamen. Der Rock bedeckte nun kaum noch ihre Oberschenkel. »Wegen Alex?« wiederholte sie fragend.

»Laß sie in Ruhe«, verlangte Yvonne jetzt beherrscht. Sie hielt ihre Erregung im Zaum, ihre Wut darüber, daß Alex alles mit sich machen ließ, was diese Frau, die hier so gelassen und scheinbar unbeteiligt vor ihr saß, wollte.

»Warum?« fragte Esther jetzt anscheinend sogar leicht amüsiert. »Und wenn sie das wollte, kann sie mir das dann nicht selbst sagen?«

Yvonne zitterte. Ihre Wut ließ sich nur noch mühsam unterdrücken. »Ich glaube, das kann sie nicht«, befand sie immer noch recht leise, aber das hinderte ihre Stimme nicht daran, scharf zu klingen. »Du gibst ihr keine Chance dazu.«

»Ich?« Esthers Augenbrauen schienen ihr Gesicht zu verlassen vor Erstaunen. Sie stand auf und kam langsam hinter ihrem Schreibtisch hervor. »O nein!« wehrte sie dann unwirsch ab, aber es interessierte sie nicht wirklich, wie man deutlich merkte. »Jeder Mensch ist selbst für sich verantwortlich, für sich und sein Schicksal. Alex auch. Die Verantwortung für ihr Leben lasse ich mir nicht in die Schuhe schieben. Da mache ich nicht mit.«

»Da machst du nicht mit?« fuhr Yvonne nun lauter auf. Diese Kanzlei war nicht gerade der geeignetste Ort, um sich mit jemand zu streiten. Und schon gar nicht über ein solches Thema. »Aber bei anderen Sachen machst du schon mit, nicht wahr?« Yvonnes Augen blitzten.

Die beiden sehr unterschiedlichen Frauen maßen sich mit abschätzenden Blicken. Esther lächelte spöttisch und überlegen, aber irgend etwas sagte Yvonne, daß auch Esther einen Punkt haben mußte, wo ihre Betroffenheit zu spüren sein würde. Den mußte sie nur finden. Sie war nicht unverwundbar.

»Du bist sehr ... leidenschaftlich«, stellte Esther immer noch spöttisch lächelnd fest, aber man merkte, daß es nicht nur der Spott war, der sie bewegte. Sie trat einen Schritt auf Yvonne zu. Yvonne blieb stehen, sie wich nicht zurück. Esther blickte ihr in die Augen. »Ich liebe leidenschaftliche Frauen«, sagte sie leise und verführerisch. Sie machte eine nur angedeutete Bewegung in Yvonnes Richtung.

»Wag es, mich zu küssen, und ich bringe dich um!« Yvonnes Stimme klang kalt wie Eis und sehr bedrohlich.

Esther verzog noch spöttischer die Mundwinkel. »Mein Gott«, sagte sie. »Was gäbe ich darum, dich im Bett zu haben. Du mußt ja abgehen wie eine Rakete!«

»Du kannst mich nicht beleidigen«, sagte Yvonne immer noch kalt und beherrscht, selbst wenn sie innerlich kochte.

Esther zog erneut erstaunt die Augenbrauen hoch. Es war wohl eine Lieblingsgeste von ihr. »Das wollte ich auch gar nicht. Ich habe das ganz ernst gemeint, eher als Kompliment.« Sie trat wieder einen Schritt zurück. »Schade«, bedauerte sie mit einem geradezu lieblichen Lächeln im Gesicht. »Wir hätten uns sicher gut verstanden – im Bett. Anscheinend sind wir uns sehr ähnlich.«

Jetzt fühlte Yvonne sich wirklich beleidigt, aber sie zeigte es nicht. Sie und Esther? Sich ähnlich? Da lachten ja die Hühner! Sie würde nie so rücksichtslos mit Menschen umgehen wie Esther. Jetzt – nahm sie sich vor – schon gar nicht mehr. Esther saugte die Frauen, mit denen sie zusammen war, aus wie eine Spinne die Fliegen, die sich in ihrem Netz verfingen. So etwas würde Yvonne nie tun. Sie wollte genau das Gegenteil: Sie wollte, daß die Frau, die sie liebte, glücklich war. Und sie selbst natürlich auch.

»Laß Alex einfach in Ruhe«, sagte Yvonne jetzt noch einmal. »Das ist alles, was ich will.«

Esther musterte sie von oben bis unten. Dann lachte sie wieder spöttisch auf. »Ich glaube, das muß Alex entscheiden, nicht du.«

»Du machst sie kaputt«, sagte Yvonne leise. Es tat ihr weh, daran zu denken.

Esther zuckte die Schultern. »Sie kann jederzeit gehen. Ich halte sie nicht. Ich halte niemanden. Es ist allein ihre Entscheidung.«

Yvonne sah Esther mit einem merkwürdigen Blick an. »Ja, du hast recht«, sagte sie dann plötzlich. »Es ist ihre Entscheidung.« Sie drehte sich um.

Esther lachte noch einmal spöttisch hinter ihr auf. »Ach übrigens«, sagte sie. »Du solltest vielleicht schon mal ein bißchen üben. Alex erwartet jetzt einiges im Bett.«

Yvonne drehte sich noch einmal um. »*Ich* bin keine Hure«, sagte sie wieder mit eisklirrender Stimme. »Und deshalb wird sie das von mir auch nicht erwarten.«

Esthers Lächeln erstarrte in ihrem Gesicht, es gefror und fiel herunter, als Yvonne ging und die Tür hinter sich zuknallte.

Alex hatte sich mit Esther zum Mittagessen in der Stadt verabredet – heute hatte Esther ausnahmsweise einmal Zeit dazu –, und Esther war während des Essens erstaunlich zurückhaltend gewesen. Als sie beim Kaffee saßen, bemerkte sie plötzlich: »Ach übrigens – Yvonne war heute bei mir.«

»Yvonne?« Alex war sehr erstaunt. Sie hatte Yvonne seit ihrem Besuch im *Badischen Hof* vor ein paar Tagen nicht mehr gesehen und fast schon wieder vergessen.

»Ja. Sie hat mir Vorwürfe gemacht. Deinetwegen.«

»Meinetwegen?« fragte Alex nun noch erstaunter. Sie hatte verdrängt, was Yvonne und ihre Tante gesagt hatten. Schon als sie ging, hatte sie wieder nur an Esther gedacht. Sie beherrschte ihre Gedanken ja sowieso Tag und Nacht.

»Sie hat mir gesagt, ich soll dich gehen lassen.« Esther war nicht feige. Was auch immer sie war, aber feige war sie nicht. Sie sah Alex eine kurze Weile überlegend an. »Willst du das?« fragte sie.

Warum hatte Yvonne das gesagt? Alex war überrascht. Yvonne hatte doch eigentlich gar keinen Grund dazu, so etwas zu tun. Dann jedoch überlegte sie auch, von Esthers Frage dazu angeregt. Was sollte sie auf eine solche Frage antworten? Einerseits ja, andererseits nein, schien ihr die richtige Antwort zu sein, die erst einmal keine Entscheidung verlangte. Esther war ihre Traumfrau – in einer Hinsicht. Auf der anderen Seite war sie der letzte Nagel zu ihrem Sarg, wenn das so weiterging. Dessen war sich selbst Alex bewußt.

Sie sah Esther an. »Nein«, sagte sie und hoffte, daß Esther nun endlich verstehen würde, daß sie, Alex, sie liebte. Daß es nicht um Sex ging oder um vorübergehende Befriedigung. Daß sie etwas anderes haben konnten als das.

Doch Esther verstand es offensichtlich nicht. »Dann ist ja alles in Ordnung«, sagte sie und rührte ihren Kaffee um, als sei das Thema damit für sie erledigt.

»Nichts ist in Ordnung, Esther«, versuchte Alex ihr klarzumachen. »Zwischen uns beiden ist eine ganze Menge nicht in Ordnung. Aber du weigerst dich einfach, mit mir darüber zu reden.« Würde sie es jetzt tun? dachte Alex. Jetzt, wo sie sie endlich einmal an einem Ort hatte, an dem sie nicht so schnell ihre Verführungskünste einsetzen und alles unter den Tisch kehren konnte?

Esthers Reaktion schien nicht darauf hinzudeuten. »Was willst du nur von mir?« fragte sie. Sie wirkte mehr als ungehalten.

»Deine Liebe und deine Hingabe«, antwortete Alex schlicht.

»Ach, und sonst nichts?« Esther lachte. Sie warf den Kopf zurück und lachte – entsetzlich laut. »Meine Hingabe, hm? Hattest du die noch nicht oft genug?« Ihr Mund verzog sich spöttisch, nachdem sie sich wieder beruhigt hatte.

»Ich meinte nicht deinen Körper«, sagte Alex leise und beschämt. Esther machte sich über sie lustig, und selbst dem hatte sie nichts entgegenzusetzen. »Ich meinte etwas anderes.«

»Ich weiß«, sagte Esther kalt. »Ich weiß sehr genau, was du meinst. Und *du* solltest wissen, daß du das von mir nie bekommen wirst. Da mußt du dir schon eine andere suchen. Das wäre vielleicht sowieso das beste. Wenn du dich in mich verliebt hast, ist das dein Problem, nicht meins. Ich habe mich jedenfalls nicht in dich verliebt. Ich verliebe mich nie. Ich wollte nur mit dir schlafen, so oft und so viel wie möglich, weil es mir mit dir gefällt. Du bist gut. Aber sonst nichts. Sonst will ich nichts von dir. Und mehr bekommst du auch nicht von mir. Schluß, aus, basta.«

Sie stand auf und ging.

Alex saß da wie erschlagen, plattgewalzt, erschossen – oder was es sonst noch für Todesarten gab. Nach einiger Zeit erholte sie sich ein wenig von dem Schock, den Esther ihr versetzt hatte, nicht zum ersten Mal, und ihr Kopf meldete sich wieder. *Es ist sinnlos, hör auf damit!* versuchte er ihr zu sagen. Doch gleich darauf meldete sich ihr Bauch und behauptete das Gegenteil: *Du willst sie, du begehrst sie, du brauchst sie, du kannst nicht ohne sie leben!* Beides stritt in ihr um die Vorherrschaft, doch keines konnte gewinnen.

Alex legte einen Schein für das Essen auf den Tisch und verließ das Café. Sie brauchte Ruhe, sie brauchte einen Ort, an dem sie sich wohl und geborgen fühlte, sie brauchte – den *Badischen Hof!* Warum bei diesem Gedanken nicht das Gebäude, sondern Yvonnes Gesicht vor ihrem inneren Auge erschien, drang nicht bis zu dem Ort in ihr durch, der die Erkenntnis beherbergte. Es blieb an der Oberfläche hängen, weil Alex es unbewußt so wollte.

Was hatte Yvonne bei Esther gewollt? fragte sie sich dennoch. Sie hatte doch gar nichts mit der ganzen Sache zu tun. Warum hatte sie Esther Vorwürfe gemacht? Alex war ihr, Yvonne, doch eigentlich total fremd. Die Geborgenheit des *Badischen Hofes*, die sie gerade noch herbeigesehnt hatte, erschien ihr auf einmal gar nicht mehr so sicher, als sie sich daran erinnerte, warum sie das letzte Mal schnell von dort verschwunden war. Wenn sie dort hinging, würde sie mit Yvonne reden müssen. Sie würde ihr sagen müssen, daß ... Ja, was? Daß die Geschichte zwischen Esther und Alex sie, Yvonne, nichts anging. Daß sie sich da raushalten sollte.

Alex seufzte. Warum war das Leben nur so kompliziert? Gerade hatte sie geglaubt, einen Ort gefunden zu haben, an den sie sich zurückziehen konnte, an dem sie sich sicher fühlte, und dann ... so etwas. Aber dieses Gefühl hatte sie ja auch das letzte Mal schon gehabt. Sie hatte es nur vor lauter Gedanken an Esther vergessen. Vielleicht sollte sie überhaupt nicht dorthin gehen und mit Yvonne sprechen. Vielleicht sollte sie einfach nach Hause gehen und schlafen – endlich einmal in Ruhe schlafen.

Aber sie wußte, daß auch das eine Illusion war. Wenn sie bei Esther war, schlief sie erschöpft nach Stunden des Sexes ein, aber wenn sie erwachte, war sie wie gerädert. Schlief sie bei sich zu Hause – davon war sie überzeugt –, dann würde sie überhaupt keinen Schlaf finden, nicht mal den der Erschöpfung, den ihr der Sex bescherte. Also hatte sie wohl keine große Wahl.

Sie mußte auf jeden Fall mit Yvonne reden. Sie sollte sich nicht einmischen. Was fiel ihr überhaupt ein? Alex wurde richtig wütend. Yvonne kannte sie doch kaum. Was nahm sie sich heraus?

Sie fuhr zum *Badischen Hof*.

»Ich muß mit Yvonne sprechen«, sagte sie zu Ilona, als sie das Lokal betrat und auf die Theke zustürmte.

Ilona lächelte. »Willst du dich nicht setzen und erst einmal etwas essen? Sie hat im Moment sehr viel zu tun. Du siehst ja, wie voll es ist.«

»Ich habe schon gegessen«, wehrte Alex unwirsch ab. »Ich muß mit ihr sprechen. Sofort.«

Ilona wies auf den Durchgang zur Küche. »Dann geh da rein. Sie ist drin.«

Alex zögerte einen kurzen Moment, dann stieß sie die Tür auf und betrat den dahinterliegenden Raum. Verführerische Gerüche schlugen ihr entgegen, die sie aber nicht wahrnahm. Sie erblickte glitzernden Chrom und mehrere Leute in weißen Kochanzügen. Sie sahen alle irgendwie gleich aus. Aber eine von ihnen mußte Yvonne sein.

Ein Mann schwenkte eine Pfanne an Alex vorbei, sah sie kurz an und meinte: »Kein Zugang für Gäste in der Küche.« Dann ließ er sie stehen und schwenkte weiter.

Alex folgte ihm und tippte ihm auf die Schulter, als er die Pfanne in der Mitte der Küche auf einem großen Herd abstellte. »Yvonne?« fragte sie.

Er sah Alex nicht an, sondern wies mit einer Hand in einen anderen Teil des Raumes. »Da hinten.«

Alex folgte mit dem Blick der Richtung seiner Hand, erkannte nichts außer ein paar Kochmützen, begab sich aber doch dorthin. Als sie näherkam, drehte sich eine der Kochmützen gerade um.

»Alex!« gab Yvonne erstaunt von sich, während sie mit zwei großen Tellern, jeweils einen in der linken und rechten Hand, dastand. Es sah anstrengend aus, aber dennoch setzte sie die Teller nicht ab.

»Ich muß ... ich muß mit dir reden«, sagte Alex nun unsicher, denn die ganze Situation erschien ihr absurd.

»Ja.« Yvonne sah sich um. »Ja, gleich.«

Ein Kellner kam herein und stürzte auf sie zu. »Ist das mein Bourg?« fragte er. Als sie stumm nickte, griff er nach den beiden Tellern und nahm sie ihr ab, um sie den Gästen zu bringen.

Yvonne zögerte. »Es ist gerade sehr viel los«, meinte sie vorsichtig. »Können wir nicht vielleicht später . . .?«

»Nein«, widersprach Alex. »Jetzt.«

Ihr Tonfall ließ Yvonne nichts Gutes ahnen. »Na gut«, sagte sie. »Gehen wir ins Büro. Einen Moment noch.« Sie drehte sich um und gab der anderen Kochmütze, die neben ihr gestanden hatte, ein paar Anweisungen, was mit den Gerichten zu geschehen hatte, die bei ihr bereits in Arbeit waren. Dann wandte sie sich wieder Alex zu. »Komm mit«, sagte sie, und es klang sehr zurückhaltend.

»Du warst heute bei Esther«, überfiel Alex sie, als sie kaum die Tür des Büros hinter ihnen geschlossen hatte. »Du hast ihr Vorwürfe gemacht. Meinetwegen.« Ihre Stimme klang ärgerlich.

Warum setzt sie diese Stimme nicht mal gegenüber Esther ein? fragte Yvonne sich. *Sie kann es doch.* Yvonne hatte nicht damit gerechnet, daß Esther den Vorfall von heute morgen so schnell an Alex weitergeben würde. Eigentlich hatte sie damit gerechnet, daß Esther Alex gar nichts davon erzählen würde. Daß es ihr peinlich war. Aber was war Esther schon peinlich? Kannte sie den Begriff überhaupt? Das hätte Yvonne sich eigentlich vorher denken können. Aber sie hatte nicht gedacht heute morgen – sie war einfach ihren Gefühlen gefolgt.

»Ja«, gab Yvonne schüchtern zu.

Sie holte Luft, um fortzufahren, aber dazu kam sie nicht mehr, denn Alex fuhr sie an: »Was hast du dir dabei gedacht? Was geht dich die ganze Geschichte überhaupt an? Du hast doch überhaupt nichts damit zu tun!«

Yvonne sah Alex an und wußte nicht, wie sie reagieren sollte. Einerseits hatte Alex ja recht, aber . . . »Ich liebe dich«, sagte sie leise.

Alex wich zurück. Im Moment war das Wort *Liebe* für sie mit dermaßen viel Qual und Esthers offensichtlicher Lieblosigkeit verbunden, daß sie es fast als Bedrohung empfand, sicher nicht als etwas Schönes. Liebe brachte nur Unglück. Das hatte sie schließlich nicht zum ersten Mal in ihren Leben erfahren, wenn es auch diesmal am meisten wehtat. Die Frauen wußten ja gar nicht, wovon sie sprachen, wenn sie sagten *Ich liebe dich*. Im Normalfall hieß es doch nichts anderes als *Ich will mit dir schlafen*. Gerade Esther hatte ihr das heute wieder mehr als zur Genüge klargemacht.

»Das ist nicht wahr«, sagte Alex kalt. »Du hast nichts damit zu tun. Laß uns in Ruhe!«

Sie drehte sich um und rauschte aus dem Büro, während Yvonne einen Moment völlig bewegungslos dastand und sich dann auf einen Stuhl sinken ließ. Sie weinte nicht leicht. In den Auseinandersetzungen mit ihrer Mutter hatte sie gelernt, sich zu beherrschen, sonst hätte sie verloren gehabt. Dennoch hätte sie es in diesem Augenblick gern gekonnt. Die Gefühle, die in ihr wüteten, Wut und Enttäuschung ebenso wie unerfüllte Sehnsucht, hätten ein Ventil gebraucht. Aber sie konnte nicht.

Alex fühlte sich wie durch den Fleischwolf gedreht, als sie nach Hause fuhr. Auseinandersetzungen waren ganz und gar nicht ihre Sache. Allerdings fühlte sie sich in letzter Zeit ja eigentlich immer so. Aber sie spürte jetzt schon wieder die Sehnsucht nach Esther in sich. Sie würde sie anrufen, sich bei ihr entschuldigen, und dann würde Esther alles ganz schnell vergessen haben, was sie gesagt hatte. Sie würden einfach nicht mehr darüber sprechen. Sie, Alex, hätte es gar nicht ansprechen sollen. Sie wußte ja, wie Esther darauf reagierte. Und sie wollte sie schließlich zu nichts drängen.

Bevor Alex ihre Wohnung erreichte, bog sie unwillkürlich in eine Nebenstraße ab. Sie war selbst erstaunt, als sie bemerkte, daß sie vor Mandys und Pats Haus gehalten hatte. Irgend etwas trieb sie hierher. Pat hatte – Sie hatte auch einmal etwas mit Esther gehabt. Es versetzte Alex einen Stich, daran zu denken. Dennoch . . . Vielleicht würde Pat ihr helfen können. Esther war sicherlich nicht so hart, wie sie tat. Das konnte sie gar nicht sein. Alex hatte nur noch nicht den richtigen Weg zu ihrem Herzen gefunden. Vielleicht war Esther einmal schrecklich enttäuscht worden, und nun schottete sie sich ab. Möglicherweise wußte Pat etwas darüber. Vielleicht würde sie Alex helfen, den richtigen Weg zu Esthers Herzen zu finden. Sie mußte nur einmal mit Pat reden. Dann würde sich alles wieder einrenken.

Pat war etwas erstaunt, Alex so plötzlich vor sich zu sehen. »Mandy hat mir gesagt, daß sie dich die ganzen letzten Tage nicht erreicht hat«, erklärte sie dann. »Sie macht sich Sorgen um dich.«

Wann nicht? dachte Alex selbstironisch. »Es geht mir gut«, behauptete sie. »Sag ihr, sie muß sich keine Sorgen machen.«

»Sag es ihr selbst«, meinte Pat. »Sie ist gerade einkaufen. Sie wird bald zurück sein.«

Alex wand sich . »Ich wollte eigentlich – ich wollte eigentlich mit *dir* sprechen.«

»Mit mir?« Pat wirkte noch erstaunter. Mandy war Alex' beste Freundin. Sie, Pat, lief da eigentlich nur so nebenbei mit. Alex und sie hatten im Grunde genommen keine eigene Beziehung zueinander. Nach der ersten Überraschung begriff sie. »Du willst mit mir über Esther sprechen«, folgerte sie ziemlich abweisend. Sie hatte gehofft, daß dieses Thema für sie erledigt wäre.

»Ja.« Alex blickte sie von unten herauf mit gequältem Blick an.

Pat seufzte. »Na gut«, sagte sie. »Was ist passiert? Hat sie eine andere?« Das wäre das Normale bei Esther gewesen, und daß Alex das nicht verkraften konnte, war Pat spätestens seit dem Abend in der Disco klar.

Alex zuckte zusammen. »Ich ... ich glaube nicht. Ich weiß nicht«, stammelte sie verwirrt. Sie saß zusammengesunken da und legte ihren Kopf in die Hände. Dann blickte sie hoch. »Weißt du, wie das ist, Pat, wenn man plötzlich verliebt ist? Verliebt, wie man es noch nie war?«

»Meinst du das ganz allgemein, oder sprichst du von dir?« Pat lächelte.

»Du hast mit Esther geschlafen.« Alex' Stimme klang leise und verletzt.

»Ja.« Pat lehnte sich Alex gegenüber an die Wand. »Wie eine Menge anderer Frauen auch. Wie eine *ganze* Menge anderer Frauen auch. Sie ist nicht sehr – wählerisch.«

»Wieso?« fragte Alex sich und die Wand. Sie sah Pat nicht an, aber der verwundete Klang ihrer Stimme sagte genug.

»Wieso ich mit ihr geschlafen habe? Ist das die Frage?« Pat lachte ironisch. »Ich glaube, das weißt du. Oder möchtest du eher wissen, warum sie mit all den anderen geschlafen hat, warum sie mit fast jeder schläft, die ihr über den Weg läuft?« Pats Stimme wurde sanfter. »Oder warum sie mit dir geschlafen hat?« Pat kam auf Alex zu, hockte sich vor sie hin und strich über ihr Haar. »Die letzte Frage kann ich dir vielleicht beantworten, Alex.« Ihre Stimme klang sehr weich, als sie fortfuhr: »Weil du eine wunderbare Frau bist, und weil sich jede Frau glücklich schätzen kann, wenn sie mit dir zusammensein darf.« Pat strich noch einmal über Alex' kurzen, dunklen Haarschopf und erhob sich wieder.

»Aber ich kann nicht ... ich will nicht ... ich komme einfach nicht von ihr los, Pat«, sagte Alex verzweifelt. »Ich weiß, es ist Wahnsinn, aber ich schaffe es nicht. Ich habe es schon versucht, aber sie geht mir nicht aus dem Sinn. Ich muß immer an sie denken. Es ist wie ein Wirbel in meinem Kopf, der sich immer schneller und schneller dreht – und dann muß ich zu ihr. Ich *muß* einfach.«

»Ich weiß«, sagte Pat nur.

»War es ... war es bei dir genauso?« fragte Alex stockend. Sie wollte es eigentlich gar nicht wissen, es quälte sie furchtbar, sich eine andere Frau mit Esther vorzustellen – sich Pat mit Esther vorzustellen ... Aber dennoch mußte sie fragen.

»Ja, am Anfang«, sagte Pat, »aber ich bin nicht ganz so ... gefühlsbetont wie du. Als sie mich das erste Mal betrog, hat es trotzdem ziemlich wehgetan, aber dann, beim zweiten, dritten, vierten Mal, war es vorbei. Ich habe ihr gesagt, daß es aus ist, und es hat sie nicht einmal überrascht oder betrübt. Sie hatte eh schon eine Neue – oder mehrere.«

Alex stöhnte auf. »Das will ich nicht, Pat. Ich muß ... ich muß sie doch überzeugen können!«

»Wovon?« Pat lachte ironisch auf. »Von der Liebe? Da wirst du nicht viel Glück haben. Dieses Wort existiert für Esther nicht.«

Der Schlüssel drehte sich in der Haustür, und kurz darauf betrat Mandy das Zimmer. »Alex!« rief sie überrascht und sah Pat mit einem schnellen Blick an. Die schüttelte bedauernd den Kopf. »O Gott«, sagte Mandy tonlos. Sie ging zu Alex und begrüßte sie mit einer Umarmung und einem Kuß auf die Wange. »Wie geht es dir?« fragte sie besorgt.

»Gut«, erwiderte Alex trotzig. Sie wollte sich nicht auf eine erneute Diskussion einlassen. Sie wußte, was Mandy ihr sagen würde.

»So siehst du aber gar nicht aus«, sagte Mandy ruhig. Sie übergab Pat die beiden Tüten, die sie vom Einkaufen mitgebracht hatte. »Bring das doch mal in die Küche«, wies sie sie an, und Pat nahm sie und tauschte einen verständnisinnigen Blick mit Mandy, bevor sie sich zurückzog.

Mandy setzte sich Alex gegenüber auf einen Stuhl. »Du brauchst keine Angst zu haben«, beruhigte sie Alex gleich zu Beginn. »Ich werde nichts sagen. Nicht zu *diesem* Thema.«

Alex sah unglücklich hoch. »Danke, Mandy«, murmelte sie.

»Wo warst du die vergangenen Tage?« fragte Mandy leise. »Bei . . . ihr?«

Alex nickte, ohne Mandy anzublicken. »Ja«, sagte sie, als erwarte sie eine Bestrafung dafür, die ihr aber gleichzeitig schon zuteil geworden war.

Doch Mandy sagte nichts. »Du mußt schlafen, Alex«, schlug sie statt dessen vor. »Soll ich dich nach Hause bringen?«

»Ich – ja – ich weiß nicht«, erwiderte Alex unsicher.

»Du hast sicher auch nichts Richtiges gegessen in den letzten Tagen«, vermutete Mandy, deren größte Sorge es meistens war, daß sie selbst oder jemand anders vom Fleisch fallen könnte.

»Doch.« Alex bemerkte es ganz nebenbei. »Yvonne hat gekocht, und heute war ich . . . mit Esther essen.« Was danach passiert war, wollte sie Mandy lieber nicht sagen.

Mandy horchte auf. »Yvonne?« fragte sie interessiert. »Wer ist das?« Sie hatte den Namen noch nie in Alex' Umkreis gehört.

»Sie ist . . . Köchin im *Badischen Hof*. Ich habe sie durch Zufall getroffen, und sie hat für mich gekocht.«

»Einfach so?« fragte Mandy erstaunt. Taten das Köchinnen immer: Leute auf der Straße aufsammeln und ohne besonderen Grund für sie kochen? Das wäre ihr neu gewesen. »Du kanntest sie gar nicht?«

»Nein«, antwortete Alex automatisch, doch dann korrigierte sie sich. »Wir haben uns nur einmal kurz gesehen vorher. Auf der Disco. Aber ich kannte sie nicht. Sie hat dort Sekt ausgeschenkt.«

Mandy dachte sofort an die zersprungenen Gläser und den nicht sehr erfreulichen Abend. Doch dann mußte sie unwillkürlich lächeln. Wenn Yvonne auf der Disco gewesen war, war sie eindeutig lesbisch. Das war gut. Sie war lesbisch, und sie hatte für Alex gekocht. Mandy glaubte nicht mehr, daß das ohne Grund geschehen war. Das war sehr unwahrscheinlich. Also vielleicht war sie der Rettungsanker, den Alex brauchte. Aber sie selbst schien noch nicht sehr davon überzeugt zu sein. »Und seit sie für dich gekocht hat, versteht ihr euch gut?« fragte sie ganz harmlos.

»Ha!« Alex fuhr auf. »Ich komme gerade aus dem *Badischen Hof* – von ihr. Ich habe ihr gesagt, daß sie sich nicht einmischen soll. Sie war heute morgen bei Esther und hat ihr Vorwürfe gemacht!« Alex war immer noch empört.

Mandy merkte noch mehr auf. *Sie hat ihr Vorwürfe gemacht?* dachte sie schmunzelnd. Das war ja interessant. Sie brauchte nicht darüber nachzudenken, weshalb. Das lag eindeutig auf der Hand. »Magst du Yvonne?« fragte sie vorsichtig.

Alex blickte sie verständnislos und ziemlich desinteressiert an. »Sie ist – ganz nett. Ihre Tante und sie führen dieses Lokal. Aber ich kenne sie ja eigentlich gar nicht.« Sie kiekste. »Obwohl sie das nicht daran gehindert hat, mir zu erzählen, daß sie mich liebt! So ein Quatsch!«

Ach, hat sie? verarbeitete Mandy wiederum höchst interessiert die Information. Das hörte sich ja immer besser an!

»Sie soll mich einfach in Ruhe lassen!« fuhr Alex ärgerlich fort.

Besser wäre, du würdest das Esther sagen, dachte Mandy aufgebracht. Diese Yvonne schien nicht die richtige Zielscheibe für Alex' Zorn zu sein. Sie übertrug ihn nur von Esther, der sie anscheinend nicht böse sein konnte, auf die andere Frau. Aber das würde sie jetzt nicht begreifen, also unterließ Mandy es, sie darauf hinzuweisen. »Du gehst jetzt am besten nach Hause und schläfst dich aus«, sagte sie. »Ich bringe dich rüber.«

Alex war zu erschöpft, um zu widersprechen. Sie wußte, daß sie Schlaf brauchte, aber ... »Ich werde nicht schlafen *können*«, meinte sie resigniert. »Das ist schon seit Tagen so.«

Das kann ich mir vorstellen, dachte Mandy wieder. »Du wirst«, versprach sie zuversichtlich. »Ich habe da ein homöopathisches Mittel, das wirkt ganz hervorragend. Das nimmst du jetzt.« Alex war im Moment nicht sehr zugänglich, sie würde weder über Esther noch über Yvonne mit Mandy sprechen wollen, obwohl es Mandy sehr interessiert hätte, gerade über letztere mehr zu erfahren. Aber sie wußte eigentlich schon genug über sie. Sie würde sie sich anschauen. Das war ja nicht so schwer, wenn sie in diesem Lokal arbeitete.

Sie flößte Alex die Tropfen ein, die die auch brav nahm, und brachte sie nach Hause. Alex wirkte schon sehr müde, aber Mandy blieb trotzdem bei ihr und hielt ihre Hand, bis sie eingeschlafen war, weil sie befürchtete, daß sie sonst doch noch auf den Gedanken kommen würde, zu Esther zu fahren. Hoffentlich würde sie lange genug schlafen.

Mandy überlegte kurz, ob sie Alex' Autoschlüssel entwenden sollte, damit sie nicht fahren konnte. Doch dann seufzte sie innerlich. Wenn sie nicht mit ihrem eigenen Auto fahren konnte, würde Alex sich garantiert ein Taxi nehmen, um zu Esther zu gelangen. Bei dieser Art von Besessenheit hielt sie vermutlich nichts davon ab. Dann konnte sie ihr den Autoschlüssel auch dalassen.

Sie sah noch einmal besorgt auf Alex' schlafendes Gesicht und zog leise die Tür hinter sich zu.

Am nächsten Tag fuhr Mandy in den *Badischen Hof*. Sie hatte das gestern noch mit Pat besprochen, die heute jedoch arbeiten mußte und deshalb nicht mitgehen konnte. Auch Sylvia war ein paar Tage nicht in der Stadt, und so war Mandy auf sich allein gestellt. Aber das störte sie nicht. Sie aß mit großem Appetit – dabei stellte sie fest, daß das Essen hervorragend war, was sie sofort für Yvonne einnahm, denn solche Dinge waren ausgesprochen wichtig für Mandy. Warum konnte *sie* nicht mal eine Frau kennenlernen, die so gut kochte? –, und als sie zahlte, bat sie den Kellner darum, daß sie gern Yvonne sprechen würde, um ihr für das tolle Essen ihr Kompliment auszusprechen.

Als Yvonne kam, musterte Mandy sie eingehend. *Ja, genau, das ist die richtige Frau für Alex*, dachte sie. Sie war zufrieden.

»Ich bin eine Freundin von Alex«, stellte sie sich vor. Es war nicht nett, Yvonne so zu überrumpeln, aber die Angelegenheit war schließlich ernst und duldete keinen Aufschub.

Yvonnes Gesicht verschloß sich sofort und wurde hart und abweisend.

Richtig, sie kennt ja Esther, dachte Mandy betroffen. Aber auch wenn sie es schon vorher gewußt hatte, es gab Mandy doch eine zusätzliche Sicherheit, nun zu sehen, daß Yvonne Esther auf keinen Fall mochte.

»Nicht *so* eine Freundin«, lachte Mandy. »Entschuldige, ich wollte dich nicht erschrecken.«

Sie forderte Yvonne auf, sich zu setzen, was die auch irritiert blickend und immer noch mit einem abweisenden Gesichtsausdruck tat.

»Ich bin nicht Esther«, versicherte Mandy ihr, um sie zu beruhigen, und legte ihr die Hand auf den Arm. »Und ich bin auch nicht *wie* Esther!« betonte sie noch einmal. »Aber leider bin ich, oder genauer gesagt eine andere Freundin von Alex, Sylvia, und ich in gewisser Weise schuld an Alex' momentanem Elend. Und ich will mich einfach nicht damit abfinden, daß ich nichts daran ändern kann. Wir haben es ins Rollen gebracht, und jetzt fühle ich mich verantwortlich dafür, daß es auch wieder ins Lot kommt.«

»Aber was habe ich damit zu tun?« fragte Yvonne erstaunt.

Mandy sah sie genau an. Sie war sich sicher. »Du liebst Alex. *Das* hast du damit zu tun.«

Yvonne war erst einmal perplex, daß ihr diese völlig fremde Frau so etwas einfach so ins Gesicht sagte. *Woher will sie das denn wissen?* fragte sie sich. Dann wurde ihre Miene wieder hart. »Alex hat gestern ... Sie ist gestern hier rausgegangen und hat gesagt, sie will mich nie mehr wiedersehen. Ihr liegt überhaupt nichts an mir.«

Mandy winkte ab. »Alex weiß im Moment überhaupt nicht, an wem ihr etwas liegt und an wem nicht. Und an wem ihr etwas liegen *sollte*. Deshalb müssen wir ja dafür sorgen, daß der ursprüngliche Zustand wiederhergestellt wird. Der Zustand, in dem sie noch denken konnte. Im Moment kann sie das nicht mehr. Nicht im geringsten.« Mandy faßte sich an den Kopf und fuhr sich unglücklich durch die Haare. »Mein Gott, was haben wir da für eine Scheiße gebaut, Sylvia und ich? Und wir kamen uns so toll dabei vor!« Sie seufzte.

»Was habt ihr denn gemacht?« fragte Yvonne verwirrt. Da fehlten ihr eindeutig noch ein paar Informationen.

Mandy stieß heftig die Luft aus. »Esther ist Alex' Anwältin«, erklärte sie. »Und Alex war gleich ganz hin und weg von ihr. Und da sie sich nicht traute, haben wir dann, haben Sylvia und ich bei Esther angerufen und ihr vorgetäuscht, wir wären Alex' Sekretariat. Damit sie zurückruft. Das hat sie dann auch getan, und dann ging alles viel schneller, als wir es uns je vorgestellt hatten. Esther hat Alex in Nullkommanichts vernascht, und seither läuft Alex rum wie ein Zombie. Wir müssen das unbedingt wieder geradebiegen!« Mandy erschien geradezu verzweifelt. Sie machte sich wirklich Vorwürfe. Warum hatten sie sich da bloß nicht rausgehalten?

Automatisch legte Yvonne ihre Hand besänftigend auf Mandys Arm. »Ihr habt es doch nur gut gemeint«, vermutete sie. »Und es hätte ja auch gutgehen können. Am Anfang war Alex ja auch sicher . . .«, sie konnte das Wort kaum aussprechen, ». . . glücklich«, quetschte sie dann mühsam hervor.

Mandy sah sie an. »Ja«, meinte sie dann. Yvonne würde es schon schaffen, davon war sie überzeugt. Sie war eine starke Frau. »Aber wir hätten uns die Frau ja vielleicht vorher mal anschauen können!« Sie lachte. »Dann wäre das alles nicht passiert!«

»Wer weiß?« sagte Yvonne zweifelnd. »Alex kannte Esther ja schon.« Daß sie diesen Namen überhaupt aussprechen mußte . . .

»Ja.« Mandy seufzte erleichtert auf. »Vielleicht hast du recht. Vielleicht wäre alles ganz genauso gekommen, wie es jetzt ist, nur nicht ganz so schnell.«

»Ja«, sagte Yvonne und dachte an Alex' hingerissene, faszinierte Blicke, mit denen sie Esther stets und ständig gefolgt war. »Vielleicht wäre es ganz genauso gekommen.«

Mandy sah sie an. »Sei nicht traurig«, sagte sie mitfühlend. »Alex wird erkennen, was gut für sie ist.« Sie lachte. »Und wir werden ihr ein bißchen dabei helfen!«

»Schon wieder?« fragte Yvonne stirnrunzelnd. »Vielleicht ist das nicht die beste Idee, das hat schon mal nicht geklappt.«

»Da hast du auch wieder recht«, gab Mandy zu. »Was schlägst du vor? Irgendeine Idee?« Sie sah Yvonne fragend an.

»Nicht direkt«, sagte Yvonne zögernd. »Ich muß mal darüber nachdenken.« Sie zögerte erneut. »Aber ich bin vielleicht nicht die richtige Person dafür. Ich bin . . .«

»Du bist verliebt in Alex. Deshalb bist du *genau* die richtige Person!« bestand Mandy energisch auf ihrer Meinung.

Alex schlief 48 Stunden durch, und danach fühlte sie sich etwas besser. Aber kaum war sie erwacht, dachte sie an Esther. Sie mußte sie anrufen, mit ihr sprechen, sie sehen. Sich mit ihr versöhnen. Sie hatte das sicher alles nicht so gemeint, wie sie es gesagt hatte. Das konnte gar nicht sein! Alex mußte sich bei ihr entschuldigen. Nur *einmal* richtig mit ihr sprechen, dann würde sich alles regeln. Sie duschte und zog frische Sachen an, aber dennoch war sie noch nicht ganz wach, als sie in ihr Auto stieg und losfuhr.

Esther beherrschte ihre Gedanken. Sie dachte an sie. Sie sehnte sich nach ihr. Zwei Tage waren eine lange Zeit – für Esther. Alex hatte sie ja verschlafen. Ihre Besorgnis wuchs. Was Esther wohl in diesen zwei Tagen gemacht hatte? Auf Alex' Anrufbeantworter waren keine Nachrichten gewesen. Sie hatte nicht angerufen. Aber das tat sie ja ohnehin eher selten. Und schon gar nicht in einer solchen Situation. Nicht, nachdem sie sich gestritten hatten. Sie war niemand, die zu Kreuze kroch. Das mußte die andere Frau tun, wenn sie denn etwas von ihr wollte. Alex stellte sich Esthers Gesicht vor, ihr Lächeln . . . und plötzlich wurde alles schwarz um sie. Sie hörte den Knall nicht mehr, mit dem sie gegen den Baum gefahren war.

Als sie das nächste Mal erwachte, tat ihr alles weh, und sie fühlte sich irgendwie beengt. Das war sie auch, wie sie feststellte, als sie endlich wieder klar sehen konnte. Sie lag in einem Streckverband. Um sie herum war alles weiß. *Ein Krankenhaus,* dachte sie. *Was ist passiert?* Sie konnte sich an nichts erinnern.

Eine Schwester kam herein. »Gut, daß Sie aufgewacht sind«, sagte sie. Sie wirkte eher effizient als freundlich. Sie sah jeden Tag so viele kranke und schwerverletzte Leute. Es berührte sie nicht mehr sonderlich.

Alex versuchte zu antworten, aber ihr Mund war wie zugeklebt. Sie hatte Durst, fürchterlichen Durst. Sie öffnete mit sehr viel Mühe ihre Lippen, was allein schon weh tat, und versuchte ihrer trockenen Kehle einen Laut zu entlocken.

»Es ist gleich Visite«, verkündete die Schwester, während sie die Laken an Alex' Seiten wieder in das Bett hineinstopfte.

»Trinken«, krächzte Alex mit mühsamer Gewalt. Hatte sie überhaupt noch eine Stimme?

»Erstmal nicht«, erwiderte die Schwester geschäftsmäßig. »Sie werden durch den Schlauch ernährt.« Dann ging sie wieder.

Alex blieb verwirrt und mit staubtrockener Kehle, in der es nun auch noch heftig kratzte, zurück. Das Kratzen wurde immer stärker, und sie mußte husten. Mein Gott, tat das weh! Was war denn nur geschehen? Und welcher Tag war heute?

Sie konnte sich in dem Bett nicht bewegen, sich nicht drehen oder wenden. Sie sah nur einen Ausschnitt der weißen Wand gegenüber, an dem aber kein Kalender hing oder etwas Ähnliches, was ihr Auskunft hätte geben können. Gleich darauf wurde das Zimmer noch weißer, als es ohnehin schon gewesen war. Ein Schwall Ärzte und Schwestern stürzte herein. Einer davon stellte sich so an Alex' Bett, daß er sich in ihrem Gesichtsfeld befand, und betrachtete sie wie ein zu Forschungszwecken fixiertes Insekt. So fühlte sich Alex auch in ihrer Bewegungsunfähigkeit. Obwohl er sie ansah, sprach er nicht mit ihr, sondern offensichtlich mit anderen aus der weißbemantelten Gruppe. »Die Frakturen der Beine sind nicht das Problem«, sagte er, was Alex, obwohl er nicht zu ihr sprach, doch auch ein wenig beruhigte. »Aber der Rücken«, fuhr er fort. »Der muß auf jeden Fall fixiert bleiben.«

Offensichtlich sprach er nun zu einer Schwester, die neben ihm stand, denn sie antwortete: »Ja, Herr Professor.«

Dann hörte Alex nur noch medizinische Fachbegriffe. Sie verstand kein Wort mehr. Aber sie war in Panik. Ihre Beine waren also gebrochen. Sie wußte, daß sie mit dem Wagen auf dem Weg zu Esther gewesen war, also hatte sie vermutlich einen Unfall gehabt, auch wenn sie sich nicht mehr daran erinnerte. Aber der Rücken? Das klang beängstigend. Selbst ihr als medizinischer Laiin war klar, daß das eine weitreichende Bedeutung haben konnte. Ein Rollstuhl ... Sie wollte nicht weiter darüber nachdenken. Die weißbemantelte Wolke war gerade dabei zu verschwinden, ohne ein Wort mit ihr gewechselt zu haben. »Herr Doktor!« rief Alex verzweifelt und voller Angst.

Statt eines Mannes kam jedoch eine Frau an ihr Bett. Die anderen setzten ihren Weg aus dem Zimmer fort. Sie lächelte beruhigend. »Machen Sie sich keine Sorgen«, sagte sie. »Wir haben nur darauf gewartet, daß Sie aufwachen. Jetzt können wir weitermachen.«

Was ... wie ...? Alex wußte nicht, was sie fragen sollte, geschweige denn, ob sie überhaupt in der Lage war, mehr als zwei Worte aus ihrer trockenen Kehle herauszupressen. »Wasser«, krächzte sie wieder. Wenn sie etwas getrunken hatte, würde sie sicherlich besser sprechen können.

Die Frau in dem weißen Mantel schüttelte den Kopf. »Nein. Sie dürfen nichts trinken direkt nach der Operation. Aber warten Sie ...« Sie griff nach etwas auf dem Nachttisch neben Alex' Bett, dann drehte sie sich um und kam direkt danach wieder. Sie tupfte mit einem feuchten Tuch über Alex' Lippen und drückte ein paar Tropfen heraus, die Alex gierig schluckte, aber sie versickerten schon auf dem Weg. »Das ist leider alles«, sagte sie bedauernd.

Alex spürte jedoch die Verbesserung. Nun klebten wenigstens ihre Lippen nicht mehr so aneinander. »Danke«, sagte sie leise. Sie sah die andere an. Die hatte viel zu freundliche Augen für eine Schwester. Wer oder was war sie? »Was ... was ist mit mir passiert?« krächzte Alex.

»Sie erinnern sich nicht?« fragte die andere und hob stirnrunzelnd die Augenbrauen. »Das ist schlecht. Wir wissen es nämlich auch nicht. Sie sind gegen einen Baum gefahren. Der Wagen ist ... nun ja, Sie können von Glück reden, daß Sie überlebt haben.«

So schlimm? dachte Alex. »Mein ... mein Rücken?« fragte sie dann angsterfüllt.

Die andere lachte jedoch. »Der wird schon wieder. Es wird ziemlich lange dauern, und es wird wohl auch ein bißchen wehtun, aber Sie werden wieder laufen können, sobald Ihre Beine geheilt sind. Das kann ich Ihnen versprechen.«

Alex spürte die Erleichterung wie einen Luftballon in sich anwachsen. Sie stieß den Atem heftig aus. »Au!« machte sie.

»Eben«, bestätigte die andere, nun nicht mehr lachend. »Ich sagte ja, es wird wehtun. Im Moment ist noch alles ziemlich lädiert. Aber in ein paar Wochen sieht das schon anders aus. Und in ein paar Monaten sind Sie wieder wie neu!« Jetzt lachte sie wieder. Sie hatte offensichtlich ein sonniges Gemüt.

»Haben Sie mich operiert?« fragte Alex, nun, da ihre Stimme ihr immer besser gehorchte.

Die andere lachte erneut. »Nein. Ich habe zwar ein medizinisches

Grundstudium absolviert, aber meinen Doktor habe ich in Psychologie gemacht. Ich bin die Krankenhauspsychologin.« Sie lächelte Alex etwas schelmisch an. »Wenn ich Sie operiert hätte, sähen Sie aus wie Frankenstein. Wünschen Sie sich das lieber nicht.«

Sie ist nett, dachte Alex. *Wahnsinnig nett.* Sie versuchte ebenfalls zu lächeln, aber irgend etwas in ihrem Gesicht hielt sie davon ab. Eine Bandage. Ja, sicher. Ihr ganzer Körper war ja damit überzogen. Da sie keine richtige Ärztin war, würde diese Psychologin ihr auch nicht sehr viel nützen. »Ich halte Sie von der Arbeit ab«, sagte Alex. »Sie haben sicher Patienten, um die Sie sich kümmern müssen.«

»Ich kümmere mich gerade um *Sie*«, lächelte die andere. »Das *ist* meine Arbeit.«

Alex fühlte ihre Lider schwer werden. Sie war plötzlich furchtbar müde.

Die Psychologin bemerkte es. »Schlafen Sie ein bißchen«, sagte sie sanft. »Wenn Sie mich brauchen: Ich bin da.«

Wozu sollte ich eine Psychologin brauchen? fragte Alex sich verwirrt, bevor sie in einen tiefen, traumlosen Schlaf hinüberdämmerte.

In den nächsten Tagen änderte sich nicht viel an Alex' Zustand. Sie schlief viel, wurde aus der Intensivstation dann endlich in ein normales Krankenzimmer verlegt und bekam nur selten mit, was um sie herum geschah. Manchmal, wenn die Nacht kam und die Lichter erloschen, drängte sich das eine oder andere aus Alex' Erinnerung an die Oberfläche. Aber meistens war sie dann zu müde und schlief ein, bevor sie es genauer erkennen konnte.

»Was machst du denn für Sachen?« sagte Mandy lächelnd, nachdem Pat und sie sich neben Alex' Bett niedergelassen hatten.

»Danke, daß ihr gekommen seid«, erwiderte Alex. Sie hatten zwar bereits miteinander telefoniert, aber dies war der erste Besuch. »Ich weiß es auch nicht«, beantwortete sie dann Mandys Frage. »Anscheinend bin ich gegen einen Baum gefahren, aber ich weiß nichts davon.«

»Du hast es gut überstanden«, grinste Pat leicht spöttisch. »Du müßtest mal den Baum sehen . . .«

Mandy seufzte. »Ja. Wir sind gerade daran vorbeigefahren«, bestätigte sie. Sie hatte sich ebenso wie Pat den Kopf darüber zerbrochen, was eigentlich passiert war, und gehofft, von Alex mehr darüber zu erfahren. »Mußtest du jemand ausweichen?« fragte sie.

Alex runzelte die Stirn und unterließ es gleich wieder wegen der Schnittwunden im Gesicht. »Ich weiß nicht«, sagte sie. »Ich glaube nicht. Ich kann mich nicht erinnern.«

»Die Straße ist gerade wie ein Strich«, meinte Pat.

»Ich weiß«, gab Alex zu. Sie konnte es sich ja auch nicht erklären.

»Du warst wahrscheinlich einfach noch nicht richtig ausgeschlafen«, vermutete Mandy.

»Nach 48 Stunden?« fragte Alex verwundert zurück.

Mandy antwortete nicht. *Es gibt nicht nur eine körperliche Erschöpfung, sondern auch eine seelische,* dachte sie. *Und die hattest du nach den 48 Stunden immer noch. Sie heißt Esther.* »Na ja«, sagte sie. »Es war halt einfach Pech. In ein paar Wochen kannst du wieder laufen, und dann hast du hoffentlich bald alles vergessen.« Sie lachte aufmunternd. Sie hoffte ebenfalls, daß Alex dann auch eine gewisse Frau vergessen haben würde, was sie aber gleichzeitig für unwahrscheinlich hielt.

»Ein paar Wochen!« stieß Alex hervor. »Mein Geschäft wird den Bach runter sein in ein paar Wochen!«

Das wäre es sowieso gewesen, so wenig, wie du dich in letzter Zeit darum gekümmert hast, dachte Mandy, aber sie sagte es erneut nicht. Das war kein Thema für eine Rekonvaleszente im Krankenhaus, so nahe es auch liegen mochte. Mandy freute sich jedoch darüber, daß Alex sich überhaupt Gedanken darum machte. Das deutete doch immerhin darauf hin, daß sie über Esther nicht alles vergessen hatte, was in ihrem Leben wichtig war. Wenn auch das meiste . . ., wie Mandy innerlich seufzend hinzufügte.

»Im Moment kannst du nicht arbeiten, also mach dir darüber keine Gedanken!« sagte sie streng. »Ich werde deine Auftraggeber informieren, wenn du mir sagst, wie ich das machen soll. Sie werden einfach warten müssen.«

»Du?« Alex starrte sie ungläubig an.

»Ja, ich oder Pat oder Sylvia. Schau mich nicht so an, als ob ich ein Trottel wäre, nur weil ich keinen Computer bedienen kann. Jedenfalls nicht so geschickt wie du. Ich werde es schon schaffen, wenn es sein muß!« Mandy wirkte leicht beleidigt.

Pat strich ihr übers Haar. »Ja. Wenn sie sich etwas vornimmt, schafft sie das immer«, sagte sie liebevoll lächelnd.

»Eben«, bestätigte Mandy fest. »Also wenn ich etwas Besonderes beachten muß, sag es mir. Ich werde es ja wohl noch fertigbringen, eine E-Mail an all deine Auftraggeber zu schicken!«

»Oh, jetzt hast du sie aber wirklich wütend gemacht!« lachte Pat.

»Ja, entschuldige bitte«, sagte Alex etwas konsterniert. In ihrem lädierten Zustand war sie Mandys überschäumender Energie nicht gewachsen. »Bring mir am besten meinen Laptop. Dann kann ich dir hier alles zeigen.«

»Okay. Morgen«, erwiderte Mandy zufrieden.

Dann unterhielten sie sich noch eine Weile über dies und das, nichts unbedingt Wichtiges. Nach einer Stunde gingen Pat und Mandy wieder. Der Name Esther war kein einziges Mal gefallen.

Alex konnte sich noch immer nicht genug bewegen mit ihren bandagierten Armen, um selbst telefonieren zu können. Die Schwester hatte Mandy für sie angerufen, nachdem sie sie gefragt hatte, wen sie denn von ihrem Unfall benachrichtigen sollten. Sie hatte ihr auch den Hörer ans Ohr gehalten und dann wieder aufgelegt. Alex wünschte sich, daß sie das Telefon endlich selbst bedienen könnte. Denn wenn sie Esther anrief, würde sie auf keinen Fall die Schwester dabeihaben wollen.

Es dauerte jedoch noch ein paar Tage, bis es soweit war. Nach dem zweiten Tag erschien dann auch Frau Dr. Franziska von Stetten wieder, die Krankenhauspsychologin. Sie stellte Alex ein paar Fragen, unterhielt sich mit ihr und verbreitete gute Laune. Alex wußte nicht genau, weshalb sie gekommen war. Sie schien ein Ziel mit ihren Fragen zu verfolgen, aber Alex erkannte nicht, welches.

Eine Woche später endlich wurde sie zumindest von den Armbandagen befreit. Eine Schulter wurde noch mit einer Schlinge versehen, da sie ebenfalls gebrochen war, aber die andere war nun frei beweglich. Alex zog sich das Telefon heran, als sie einmal ausnahmsweise allein im Zimmer war, weil ihre Bettnachbarin, ihre ganze Familie im Troß, zu einer Röntgenuntersuchung gebracht worden war. Sie wählte Esthers Privatnummer. Der Anrufbeantworter ging ran. Ein heißer Schauer rieselte durch ihren Körper, als sie Esthers Stimme auf dem Band hörte. Sie hinterließ keine Nachricht. Sie würde sie im Büro anrufen und ihr sagen, wo sie war. Und dann würde Esther kommen. Ganz bestimmt.

Bei ihrem Anruf in der Kanzlei jedoch teilte man ihr mit, daß Esther Urlaub habe und zu Hause zu erreichen sei oder an ihrem Urlaubsort, den sie aber nicht kannten. Esther? Urlaub? Davon hatte sie gar nichts gesagt. Und es paßte auch irgendwie gar nicht zu ihr. Sie machte doch nie Urlaub. Alex erinnerte sich noch an Esthers lachende Aussage, als sie einmal kurz über das Thema gesprochen hatten: Sie fand, Urlaub sei der größte Horror im Leben. Was sollte man denn den ganzen Tag tun, wenn man nicht arbeiten konnte? Alex hatte es ähnlich gesehen, ihr ging es ja genauso, auch wenn sie sich gerade mit Esther einiges hatte vorstellen können, was sie hätten tun können, um Esther die Qual der fehlenden Arbeit zu versüßen. Aber das hatten sie ja ohnehin schon immer getan. Und das, was sie nicht miteinander getan hatten: zärtliche Stunden miteinander zu verbringen, ohne miteinander zu schlafen, einfach nur beisammen zu sein, sich Geschichten aus der Vergangenheit zu erzählen oder Pläne für die Zukunft zu schmieden: Das hatte Esther ja ohnehin nicht gewollt.

Danach versuchte Alex es ein zweites Mal bei Esther zu Hause, und diesmal hinterließ sie ihr eine Nachricht, in der sie ihr mitteilte, daß sie einen Unfall gehabt hatte und in welchem Krankenhaus sie lag. Wenn sie zu Hause war, würde sie sicher kommen oder zurückrufen. Aber wenn nicht? Wenn sie tatsächlich in Urlaub gefahren war? Das konnte Alex sich überhaupt nicht vorstellen. Esther in Urlaub? Allein? Als sie an diesem Punkt ankam, machte sie ganz schnell dicht. Ihr war klar, daß Esther nirgendwo länger allein sein würde, weder zu Hause noch im Urlaub, und darüber wollte sie nun wahrlich nicht nachdenken.

Esther rief nicht zurück, obwohl Alex darauf wartete und ihr noch ein oder zwei weitere Nachrichten hinterließ. Sie mußte wohl tatsächlich weggefahren sein.

Die meiste Zeit des Tages hatte Alex jedoch keine Gelegenheit, darüber nachzudenken, weil sie von einer Anwendung zur nächsten gefahren wurde. Erst im Liegen und dann im Rollstuhl, als sich ihr Rücken etwas gefestigt hatte. Sie verpaßten ihr ein Gipskorsett, und so konnte sie zumindest sitzen, ohne eine Verschlechterung befürchten zu müssen. Mandy kam, so oft sie konnte, manchmal mit Pat, manchmal mit Sylvia oder auch allein, aber sie vermied es, den Namen Esther auch nur auszusprechen, geschweige denn irgend etwas zu erwähnen, was mit ihr zu tun hatte. Alex vermißte es, noch nicht einmal über Esther sprechen zu können, wenn sie denn schon nicht da war, aber sie wußte, daß es sinnlos war, Mandy damit zu belästigen. Sie würde doch nur über Esther schimpfen und über Alex' Dummheit, daß sie sich nicht von ihr lösen konnte. Nicht einmal jetzt.

Merkwürdig waren Alex' erste Besuche bei Dr. von Stetten. Als sie im Rollstuhl sitzen konnte, wurden ihr auch einige Termine bei der Psychologin zugeteilt, und sie wurde dann immer von einer Schwester oder einem Pfleger zu deren Sprechzimmer im Krankenhaus gerollt. Dr. von Stettens Fragen wurden immer drängender, und irgendwann begriff Alex.

»Sie denken, ich hätte versucht, mich umzubringen?« fragte sie ungläubig.

»Es ist zumindest eine Möglichkeit«, antwortete die Psychologin ehrlich.

»Ich?« fragte Alex noch einmal nach. Sicher, es war ihr schlecht gegangen. Sicher, sie hatte auch mal mit dem Gedanken gespielt. Aber es wirklich *tun?* Das war doch ein großer Schritt. Sie glaubte nicht, daß sie den jemals wirklich in Erwägung gezogen hatte. »Nein.« Alex schüttelte den Kopf. »Auch wenn ich mich an die Zeit vor dem Unfall nicht mehr erinnern kann, aber eines kann ich Ihnen versichern: Umbringen wollte ich mich sicher nicht.«

Die Psychologin sah sie eine Weile ernst an und musterte ihr Gesicht. »Gut«, sagte sie dann. »Das wollte ich nur wissen.« Sie schien Alex' Aussage weder zu glauben noch in Frage zu stellen. Es war erst einmal nur eine Information für sie. »Hatten Sie denn Probleme? Ich meine: kurz vor dem Unfall?«

Alex runzelte die Stirn. Das konnte sie jetzt wieder tun, ohne zusammenzuzucken. Es tat nicht mehr weh. »Beim Fahren, meinen Sie?« fragte sie zurück und versuchte sich zu erinnern, was ihr erneut nicht gelang.

»Nein.« Die Psychologin musterte sie immer noch ernst. »Persönlich meine ich.«

»Puh.« Alex tat so, als überlegte sie. Sie konnte sich schon vorstellen, was die Psychologin hören wollte. Und wenn sie ihr von Esther erzählte, würde die Frau Doktor das vielleicht als einen ausreichenden Grund betrachten – wofür auch immer. »Nein«, sagte sie deshalb. »Ich denke, nichts Besonderes. Ich war wohl etwas überarbeitet. Ich baue gerade mein eigenes Geschäft auf. Web-Design«, erklärte sie harmlos.

»Sie leben allein?« fragte die Psychologin nun weiter.

»Ja«, bestätigte Alex. Was ging das *sie* an?

»Keine Beziehung?« folgte nun unvermeidlich die nächste Frage.

»N-nein«, erwiderte Alex zögernd, und sie wußte, daß allein das schon ein Fehler gewesen war. Sie hätte einfach fest oder gar nicht antworten sollen. Aus ihrem Zögern würde die Psychologin schon das eine oder andere schließen. Aber sie hatte nicht anders gekonnt. Esther wollte keine Beziehung, und also konnte sie auch nicht behaupten, daß sie, Alex, eine mit ihr hatte. Das wäre nicht recht gewesen. Aber da sie selbst es sich anders wünschte . . .

»Haben Sie regelmäßige sexuelle Kontakte?« fragte Frau Dr. von Stetten.

»Also hören Sie mal!« lachte Alex leicht verlegen. »Das geht Sie ja nun wirklich nichts an!« Zu was wollte diese Psycho-Dame sie denn machen? Zu einer einsamen, frustrierten alten Jungfer, die aus Lebensüberdruß gegen einen Baum fuhr, weil sie keinen regelmäßigen Sex hatte?

»Sie müssen die Frage ja nicht beantworten«, sagte die Psychologin nun ruhig.

»Ja, klar!« Alex lachte verächtlich auf. »Und dann ziehen Sie Ihre Schlüsse daraus. Das kann ich mir schon vorstellen.« Sie zögerte noch einen Moment, dann antwortete sie: »Ja, ich habe regelmäßige sexuelle Kontakte, wenn Sie das beruhigt.« *In letzter Zeit mehr als genug,* fügte sie noch in Gedanken hinzu.

»Es hat keinerlei Bedeutung, ob es *mich* beruhigt oder nicht«, versetzte die Psychologin in neutralem Tonfall. »Es geht hier ausschließlich um *Sie*.«

»Wissen Sie was?« quetschte Alex angriffslustig zwischen den Zähnen hervor. »Wenn es hier ausschließlich um mich geht, dann habe ich ja wohl auch das Recht zu entscheiden, ob ich weitermachen will oder nicht. Und das *habe* ich in diesem Moment entschieden: Ich will *nicht*. Lassen Sie mich bitte in mein Zimmer zurückbringen?«

»Ja.« Die Psychologin betätigte das Sprechgerät und forderte einen Pfleger an. Sie versuchte nicht, Alex zum Weitermachen zu überreden, und stellte auch keine weiteren Fragen mehr. Der Pfleger erschien und rollte Alex hinaus.

»Auf Wiedersehen«, sagte Dr. von Stetten ruhig.

Alex antwortete nicht.

Dennoch hatten die Fragen der Psychologin sie aufgewühlt. Als sie wieder in ihrem Zimmer war, konnte sie sich nicht mehr davon lösen, darüber nachzudenken. Nicht einmal die fröhlichen Stimmen um das Bett neben ihr, die sich auch immer mal wieder ihr zuwandten, konnten sie ablenken. Zuerst einmal empörte sie die Vorstellung, daß die Psychologin offensichtlich ernsthaft angenommen hatte, sie hätte die Absicht gehabt, sich umzubringen. Damit beschäftigte sie sich eine Weile, doch es erschien ihr mehr und mehr so absurd, daß sie sich wieder beruhigte. Aber das andere? Sie lebte allein, hatte keine Beziehung und pflegte regelmäßige sexuelle Kontakte – und zwar genau mit der Frau, mit der sie gern eine Beziehung gehabt hätte. Wäre das nicht die nächste Frage gewesen oder die übernächste? Die hatte sie glücklich – oder vielleicht auch weniger glücklich – vermieden. Aber deshalb stellte sie sich trotzdem, diese Frage. Nämlich für sie selbst. Wie sollte sie dieses Dilemma lösen?

Esther würde sich nicht ändern, das war ihr schon lange klar. Und sie selbst? Nun, sie wohl auch nicht. Sie würde immer eine Beziehung wollen, wenn sie sich irgendwie mit ihrem Beruf vereinbaren ließ. Nein. So war es nicht. Sie erinnerte sich an ihr Gespräch mit Sylvia darüber vor einigen Wochen. Sylvia hatte ihr zu verstehen gegeben, daß Liebe wichtiger war als der Beruf. Daß sie es zumindest zeitweise sein mußte. Damals hatte Alex das in Frage gestellt, aber heute? Heute tat sie das wohl nicht mehr. Esthers Anziehungskraft hatte ihr, Alex, gezeigt, daß es durchaus Dinge gab, die sie von ihrer Arbeit abhalten konnten. Nicht Dinge natürlich, sondern Frauen – *eine* Frau. Esther.

Wenn sie doch nur nicht in Urlaub gewesen wäre! Wieso konnte sie sie ausgerechnet jetzt nicht erreichen? Den Spruch auf ihrem Anrufbeantworter kannte sie schon auswendig. Jede Betonung, jedes Wort, jede Silbe. Wann würde sie endlich zurückrufen?

Nachdem Alex sich langsam so weit erholt hatte, daß sie auf Krücken laufen konnte, immer noch im Gipskorsett, aber immerhin, nahm Mandy sie eines Tages auf einen kleinen Spaziergang in den Krankenhauspark mit. Sie unterhielten sich über verschiedene Auftraggeber, die Mandy kontaktiert hatte – worauf sie sehr stolz war. Sie strahlte jedesmal wie ein Honigkuchenpferd, wenn jemand es erwähnte –, und die Alex bereits neue Aufträge für die Zeit nach ihrem Krankenhausaufenthalt erteilt hatten. So war zumindest ihre berufliche Zukunft gesichert. Ein wenig hatte sie auch schon begonnen, mit ihrem Laptop an den Aufträgen zu arbeiten, aber die große und laute Besucherschar in ihrem Zimmer ließ ihr ebensowenig Ruhe dazu wie ihre eigenen Gedanken. So hatte sie ihren Laptop schon seit ein paar Tagen nicht mehr geöffnet. Sie hatte ja auch keine Zeit dazu, mußte ständig zur Krankengymnastik, zur Massage, zum Bewegungsbad . . . Damit entschuldigte sie sich selbst. Denn sie brauchte eine Entschuldigung. Sie konnte eben auch nicht ohne Arbeit leben.

Mandy schien etwas schweigsam heute, und so gingen sie eine Weile nebeneinander her auf den glattgeharkten Wegen, das heißt, Mandy ging, und Alex hüpfte und schwang sich irgendwie zwischen den Krücken hindurch, was sie mittlerweile schon recht gut konnte. Dennoch würde sie froh sein, wenn sie die Dinger wieder los war. An einer Parkbank hielt Mandy an, und sie setzten sich. Sie sah Alex an. »Du hast dich gut erholt«, bemerkte sie ohne jeden Zusammenhang.

»Ja«, bestätigte Alex verwundert. Das sah sie doch fast jeden Tag. Fiel es ihr erst heute auf?

»Erinnerst du dich an Yvonne?« fragte Mandy unvermittelt.

Alex' Gesichtszüge versteinerten. »Ja«, erwiderte sie wieder, diesmal recht knapp.

»Du bist ihr immer noch böse?« fragte Mandy nun vorsichtig.

Alex öffnete schon den Mund, um zu antworten, dann schloß sie ihn wieder. Sie hatte zum dritten Mal Ja sagen wollen, aber bei genauerer Betrachtung stimmte das nicht. Sie war Yvonne eigentlich nicht mehr böse. Damals war sie sehr aufgebracht gewesen, und sie war immer noch der Meinung, daß Yvonne sich in etwas eingemischt hatte, das sie nichts anging, aber richtig böse konnte sie ihr nicht mehr sein. Sie hatte sich nur abreagieren müssen. Das war jetzt vorbei. Yvonnes Gesicht erschien vor ihrem inneren Auge, und obwohl sie sich nicht mehr im Detail an ihre Gesichtszüge erinnern konnte, wußte sie noch, daß sie freundlich gewesen waren. Und sie erinnerte sich auch wieder an das Gefühl der Geborgenheit, das sie umfangen hatte, wenn sie im *Badischen Hof* gewesen war, bei Yvonne und Ilona. Sie schienen ihr wie die Familie, die sie nie gehabt hatte. »Nein«, erwiderte sie deshalb. »Ich bin ihr nicht mehr böse.«

Mandys Gesicht hellte sich auf. »Wirklich? Das ist ja toll! Sie will dich nämlich besuchen kommen!«

»Mich besuchen kommen?« fragte Alex verständnislos. Warum das denn?

»In Wirklichkeit bin ich schon da«, sagte da plötzlich eine schüchterne Stimme hinter ihr. Yvonne war leise von hinten an die Parkbank herangekommen, während Mandy und Alex hier gesessen hatten.

Alex wollte sich schnell umdrehen, aber das ging nicht mit dem Gipskorsett, also entlockte ihr die hastige Bewegung erst einmal ein »Au!«

Yvonne kam eilig um die Parkbank herum. »Oh, das tut mir leid«, sagte sie betrübt.

Wie süß sie ist, dachte Mandy. *Wie gut die beiden zueinander passen. Wenn Alex das doch nur auch einsehen würde!*

»Macht ja nichts«, sagte Alex selbst peinlich berührt, weil sie sich so tolpatschig verhalten hatte. Sie wußte ja, daß sie keine hastigen Bewegungen machen durfte, und schon gar keine Drehbewegungen.

»Ich wollte dich schon die ganze Zeit besuchen«, fuhr Yvonne jetzt scheu fort, während sie wie bestellt und nicht abgeholt vor der Parkbank stand. »Aber ich dachte mir, daß du mich wahrscheinlich nicht sehen willst.«

Da hatte sie durchaus recht, dachte Alex grimmig, aber gleich darauf wurde ihr klar, daß es nur ein vergangener Grimm war, an den sie sich da erinnerte. Yvonnes Gestalt, wie sie jetzt schüchtern und fast ein wenig verängstigt vor ihr stand, erzeugte keine solche Empfindung in ihr. Ihre Gefühle für sie waren irgendwie – neutral. Weder positiv noch negativ. So, als ob sie sich gerade erst kennengelernt hätten. »Nein, warum denn«, sagte sie deshalb, als ob sie sich gar nicht erklären könnte, woher Yvonnes Vermutung kam.

Yvonne lächelte erleichtert. »Das freut mich«, sagte sie.

»Wißt ihr was?« mischte Mandy sich nun ein. Mein Gott, die beiden kamen ja wirklich nicht zu Potte! »Laßt uns einen Kaffee trinken gehen oder so was, und dann muß ich auch gehen. Yvonne kann noch ein bißchen länger bei dir bleiben, Alex.« Ganz selbstverständlich erhob sie sich und ließ Alex und Yvonne allein zurück.

Da Alex mit ihrem Gipskorsett noch nicht allein aufstehen konnte – was Mandy wußte –, mußte Yvonne ihr hochhelfen. *Manche Leute muß man wirklich zu ihrem Glück zwingen,* dachte Mandy grinsend, als sie einen Blick zurückwarf und auf die beiden wartete.

Yvonne wirkte immer noch scheu, wie sie so langsam neben Alex herging und sich ihrer Geschwindigkeit, die durch die Krücken bestimmt wurde, anpaßte. *Sie sehen jetzt schon aus wie ein altes Ehepaar,* dachte Mandy noch einmal. *Das* muß *einfach klappen!* Sie verabschiedete sich dann auch schnell aus der Caféteria des Krankenhauses, nicht ohne allerdings ein Stück Schwarzwälder Kirschtorte verdrückt zu haben. Was sein mußte, mußte sein!

Als sie ging, ließ sie Yvonne und Alex recht schweigsam zurück. Mandy hatte bislang die ganze Unterhaltung bestritten, um den beiden Gelegenheit zu geben, sich aneinander zu gewöhnen. *Aber jetzt sollen sie gefälligst mal selbst machen!* dachte sie energisch, als sie noch einmal von der Tür zurückblickte. Sie hatte Yvonne mittlerweile recht gut kennengelernt, und sie wußte, daß sie nicht so schnell aufgeben würde. Aber Alex würde es ihr nicht leichtmachen. Obwohl Mandy das Thema Esther seit Wochen mit Gewalt vermieden hatte, so oft es ihr auch von der Zunge springen wollte, war ihr nicht entgangen, daß dieses Thema für Alex noch lange nicht erledigt war. Und darüber machte sie sich schon Sorgen. Sie hatte gehofft, daß ein paar Wochen Entzug Esther aus Alex' Gedanken vertreiben würden, aber so einfach war das wohl nicht.

Yvonne kam von da an jeden Tag, manchmal sogar mehrmals. Alex wunderte sich nach einiger Zeit nicht mehr, sondern freute sich sogar auf ihre Besuche. Es war doch eine Abwechslung. Und je besser sie sich bewegen konnte, desto weniger Anwendungen wurden ihr verschrieben, also hatte sie auch immer mehr Zeit. Sie hatte es auch schon wieder ein paarmal mit dem Laptop versucht, aber das ging noch nicht. Die Pixel verschwammen schnell vor ihren Augen, und außerdem konnte sie sich nicht konzentrieren. Das hing nun nicht mehr mit der lauten Familie nebenan zusammen, denn die Afrikanerin war mittlerweile entlassen worden, wohl aber mit ihrem eigenen Kopf, der ihr einfach nicht zu gehorchen schien.

Yvonne war erst zweimal dagewesen, als sie sich dem afrikanischen Brauch von Alex' Bettnachbarin anschloß und Essen mitbrachte. »Ich war noch nie im Krankenhaus, aber ich habe noch niemand über das Essen hier in Begeisterungsstürme ausbrechen hören«, meinte sie.

Alex war es bislang eigentlich relativ egal gewesen, wie das Essen schmeckte, aber als sie nun Yvonnes Menü probierte, seufzte sie unwillkürlich auf. »Was für ein Unterschied!«

»Na, das will ich hoffen!« versetzte Yvonne launig. Sie freute sich über Alex' Appetit. Davon hatte sie bislang ja noch nicht sehr viel gesehen. Sie hatte immer ... andere Dinge im Kopf gehabt. Yvonne hätte so gern mit ihr darüber gesprochen. Aber das war wohl aussichtslos. Alex hatte zwar darauf verzichtet, ihr Vorwürfe wegen des Morgens mit Esther zu machen, aber irgendwie hatte Yvonne den Eindruck, daß dieses Thema deshalb für Alex trotzdem nicht abgeschlossen war. Sie wollte nicht, daß Yvonne sich in irgend etwas einmischte, was mit Alex und Esther zu tun hatte. Sie sprach nie von Esther, aber *das* vermittelte sie Yvonne deutlich. Also erwähnte Yvonne Esther auch nicht, was ihr ohnehin mehr als recht war. Aber damit war das Problem nicht gelöst. Auch das wußte sie.

Sie sprach mit Mandy darüber, aber die wußte auch nicht weiter. »Sie akzeptiert dich, und du siehst sie jeden Tag«, sagte sie durchaus teilnehmend, aber realistisch. »Ich glaube, damit mußt du dich im Moment zufriedengeben.«

»Sie akzeptiert mich ...«, wiederholte Yvonne abschätzig. Das war nicht das, was sie von Alex wollte.

»Ja, ich weiß ...« Mandy legte ihr mitfühlend die Hand auf den Arm. »Du liebst sie, und du möchtest, daß sie dich auch liebt. Aber wenn sie das im Moment noch nicht kann ...? Du mußt einfach Geduld haben.«

Geduld! dachte Yvonne, und zwar mehr als ungeduldig. Und was hieß das: Sie kann es im Moment *noch nicht?* Das *Noch* erschien Yvonne ziemlich überflüssig. Sie würde es nie können. Alex war an Esther gefesselt wie Prometheus an den Fels – egal, wie viele Vögel ihr das Fleisch heraushackten. Sie würde Yvonne niemals so lieben wie Yvonne *sie* liebte – oder wie sie Esther liebte. Yvonne spürte ihr Herz heftig schlagen bei diesem Gedanken, und es tat weh – furchtbar weh.

Dennoch besuchte sie Alex weiter, die sie zum ersten Mal lachen sah, als sie ihr einen Blondinenwitz erzählte, was sie sich herausnahm, da sie selbst blond genug war, um nicht in Verdacht zu geraten, daß sie nichts davon verstünde.

Alex hielt sich die Seite und begann dann mit schmerzverzerrtem Gesicht zu husten, als sie nicht aufhören konnte zu lachen. Yvonne beugte sich besorgt zu ihr. »Entschuldige, das wollte ich nicht.« Sie konnte sich einfach nicht zurückhalten, als sie so nah vor Alex' Gesicht war. Sie strich besänftigend darüber. Alex schien es gar nicht zu bemerken, doch Yvonne sehnte sich schon jetzt nach dem Kribbeln in ihren Fingerspitzen zurück.

Alex lachte mit immer noch schmerzverzerrtem Gesicht weiter, bis sie sich endlich beruhigen konnte. »Nein, nein ...«, sagte sie mühsam grinsend, während sie sich die Lachtränen aus dem Gesicht wischte. »Ich habe schon lange nicht mehr so gelacht. Es war wunderbar. Ich werde das nächste Mal ein bißchen besser aufpassen. Aber es sieht schlimmer aus, als es ist. Mach dir keine Sorgen.«

Von nun an bemühte Yvonne sich, Alex noch mehr aufzuheitern, und ein paarmal kam auch ihre Tante Ilona mit, um Alex zu besuchen. *Ich habe plötzlich eine Familie,* dachte Alex höchst verwundert eines Tages, als sie feststellte, daß sie keinen Tag mehr ohne Besuch war. Auch Mandy, Pat und Sylvia kamen immer wieder, wenn auch nicht täglich. So hatte Alex sich einen eventuellen Krankenhausaufenthalt nie vorgestellt. Gewiß, sie hatte sich auch keine Gedanken darüber gemacht, bevor es passiert war – wer tat das schon? – aber dennoch erschien ihr diese Entwicklung höchst erfreulich. Mit der Zeit sah sie unruhig auf die Uhr, wenn Yvonne sich mit dem Essen verspätete. Nur, weil sie Hunger hatte, rechtfertigte sie sich vor sich selbst, aber warum leuchteten ihre Augen selbst dann auf, wenn Yvonne einmal kein Essen mitbrachte, weil sie ja mehrmals am Tag kam?

Doch, Alex fühlte sich wohl, wie sie leicht verwirrt bemerkte, weil es der Situation wenig angemessen schien, aber dennoch kehrten ihre Gedanken immer wieder zu Esther zurück. Wo blieb sie? Warum rief sie nicht an? So lange konnte doch kein Urlaub dauern. Und Alex hatte die Adresse ihres Krankenhauses sowohl auf ihrem privaten Anrufbeantworter als auch in der Kanzlei hinterlassen.

Dann jedoch sah sie in Yvonnes lachende Augen, die mit einem neuen Witz oder mit stets amüsanten Anekdoten aus dem *Badischen Hof* zu ihr kam, und für einen Augenblick vergaß sie Esther tatsächlich, was sie zuvor nie für möglich gehalten hatte. Sie war Yvonne wirklich nicht mehr böse, wußte kaum noch, warum sie es je gewesen war, und ihre Gesellschaft fehlte ihr oft mehr, wenn sie nicht da war, als Alex es je offen zugegeben hätte.

Yvonne bemerkte, daß Alex sich ihr immer mehr öffnete, und ihr Herz schlug schneller, wenn Alex sie zufällig berührte, weil sie miteinander lachten, aber sie wagte nicht, den nächsten Schritt zu gehen. Sie hatte zu viel Angst davor, zurückgewiesen zu werden. Alex' Gesicht vor ein paar Wochen, als sie sie anschrie, sich nicht in ihre und Esthers Angelegenheiten zu mischen, hatte ihr für alle Zeiten gereicht. Das wollte sie nie wieder sehen, diesen Ausdruck, diese Wut, diesen Haß, der ihr entgegengeschlagen war.

Eines Tages, als Yvonne das Tablett mit dem Mittagessen vor sich herbalancierend auf Alex' Zimmer zuging, kam Alex herausgestürmt, ohne Krücken, frei und unbeschwert, und sie strahlte übers ganze Gesicht.

»Morgen werde ich entlassen!« rief sie.

Yvonne hätte fast das Tablett fallengelassen, beherrschte sich aber im letzten Moment und setzte es auf einem Stuhl ab, der auf dem Gang stand. Sie hatte ja gewußt, daß dieser Tag kommen mußte. Sie hatte es die ganze Zeit gewußt – aber sie hatte es natürlich die ganze Zeit verdrängt. »Schön«, brachte sie mit versteinertem Gesicht hervor. »Wie schön für dich.« Sie zwang sich zu einem Lächeln. »Ich freue mich.«

»Ja, ist das nicht toll?!« Alex bemerkte Yvonnes gedämpfte Reaktion gar nicht, sondern sprang herum wie ein junges Fohlen, das sich an seiner Kraft freut. Ganz so war es nicht, denn herumspringen war Alex immer noch verboten und würde es noch für mindestens ein Jahr sein, aber Yvonne hatte sie noch nie so glücklich gesehen, so gelöst, so bar jeden Schattens auf ihrem Gesicht, der die Schwere widerspiegelte, die in ihrer Seele wohnte.

Yvonne ging mit Alex ins Zimmer hinein und sah zu, wie Alex ihre Tasche packte und weiter glücklich plapperte. Endlich nach Hause! Was sie alles tun würde, was sie alles vorhatte ... Ihre eigenen Gedanken gingen in eine andere Richtung. Sie hatte sich so daran gewöhnt, Alex jeden Tag zu sehen, daß sie es sich anders gar nicht mehr vorstellen konnte. Aber nun, da Alex nicht mehr festgebunden war an diesen Ort, an dieses Krankenhaus, würde sich das notgedrungen ändern. Yvonne wurde ganz kalt. Sie beobachtete Alex, und sie liebte sie so. Dieses schmerzhafte Gefühl, das sie schon kannte, das für eine Weile in den Hintergrund getreten war, da sie Alex so ganz uneingeschränkt für sich gehabt hatte, kehrte wieder.

»O Gott!« sagte Alex plötzlich. »Ich habe ja gar kein Auto mehr!« Sie setzte sich verblüfft aufs Bett. Bislang hatte sie kein Auto gebraucht, aber an ihrem Wohnort war sie ohne Wagen aufgeschmissen, das wurde ihr plötzlich klar.

»Du kannst –« Yvonne biß sich auf die Zunge, aber es war schon zu spät, denn Alex sah sie interessiert an. »Du kannst meins haben«, fuhr sie dann ergeben fort. Sie hatte gar nicht darüber nachgedacht, das Angebot war ihr selbstverständlich erschienen, aber mittendrin war ihr eingefallen, daß sie Alex damit die Möglichkeit gab, überallhin zu fahren, überall – und das hieß: auch zu Esther. Mit ihrem, Yvonnes, Auto. Aber nun mußte sie damit leben. Sie konnte ihr Angebot nicht mehr zurückziehen.

»Aber brauchst du das denn nicht selbst?« fragte Alex erstaunt.

»Nein, nicht unbedingt«, sagte Yvonne leicht zögernd. Warum nahm sie selbst diese letzte Chance nicht wahr? Sie konnte nicht. Es war für Alex. Und sie hätte alles für Alex getan. Aus Liebe. »Ich habe ja noch den Lieferwagen«, erklärte sie. »Mit dem fahre ich sowieso meistens.« Sie grinste schief. »Ich bin halt eine richtige Truckerlesbe«, witzelte sie.

Alex lachte. Es war so leicht, sie zum Lachen zu bringen in letzter Zeit. Ob das so bleiben würde? dachte Yvonne. »Genauso siehst du aus!« lachte Alex immer noch, und der Blick, den sie Yvonne dabei schenkte, war fast – liebevoll. Yvonne erschauerte. *Noch ein bißchen mehr – bitte, Alex!*

Aber Alex drehte sich schon wieder zu ihrer Tasche um. »Das wäre ja toll«, sagte sie dann, als sie noch einmal kurz zu Yvonne hinsah, lächelnd, aber mit ihren Gedanken schon ganz woanders. »Ich muß mir natürlich möglichst schnell ein neues kaufen«, bemerkte sie dann. »Das alte war ja versichert. Aber das muß ich erst noch regeln.«

»Du kannst es so lange behalten, wie du willst«, sagte Yvonne. Das war dann wenigstens noch *eine* Verbindung, die sie zu Alex hatte. Erinnerte Alex sich überhaupt noch daran, daß Yvonne ihr gestanden hatte, daß sie sie liebte? Es schien nicht so.

»Hattest du nicht Essen mitgebracht?« fragte Alex plötzlich, um sich blickend, nachdem sie ihre Tasche, in der nur noch Zahnbürste und Nachthemd fehlten, wieder in den Schrank gestellt hatte.

»O ja!« Yvonne schlug sich an die Stirn und ging hinaus auf den Gang, wo das Tablett immer noch auf dem Stuhl stand, auf dem sie es abgestellt hatte. Als sie es anhob, zögerte sie einen Moment. *Das letzte Mal,* dachte sie. *Das letzte Mal, daß ich sie so allein für mich habe. Das letzte Mal, daß ich etwas für sie tun kann, bei dem sie mir so nah ist.* Sie spürte, wie ihr etwas, das sie nicht benennen konnte, die Kehle abschnürte. Tränen wären es gewesen, wenn sie hätte weinen können. Doch das war ihr nicht gegeben. Sie riß sich mit einem Ruck zusammen, der das Tablett fast auf den Fußboden beförderte. Was war sie nur für ein Jammerlappen! Das war doch sonst nicht ihre Art! Das Leben würde weitergehen, so oder so, mit oder – ohne Alex. *Nein, o nein,* dachte sie kurz noch einmal entsetzt, *bitte nicht ohne sie. Nicht ohne sie ...* Dann setzte sie ein freundschaftliches Lächeln auf und brachte Alex das Essen.

Alex konnte fast die ganze Nacht nicht schlafen vor lauter Aufregung, daß sie am nächsten Tag entlassen werden würde. Ungeduldig wartete sie nach dem Aufstehen darauf, aber es zog sich bis in den späten Vormittag hin. Als im Krankenhaus bereits das Mittagessen serviert wurde, konnte sie endlich gehen. Grinsend sah sie auf die Tabletts, die in die Zimmer getragen wurden. *Nie mehr,* dachte sie. *Nie mehr.* Sie hatte zwar aufgrund von Yvonnes »Essen auf Rädern« nicht viel davon zu sich nehmen müssen, aber dennoch erschienen ihr diese Tabletts wie die Verkörperung ihres Krankenhausaufenthaltes. Davon wollte sie sich so schnell wie möglich verabschieden.

Yvonne hatte ihr gestern abend bereits den Schlüssel für ihr Auto gegeben, das auf dem Krankenhausparkplatz stand. Sie hatte behauptet, daß sie heute nicht kommen könne und daß es deshalb so am einfachsten sei. So stieg Alex nun sofort in den ihr fremden Wagen – sie erinnerte sich kaum noch daran, wie Yvonne sie damals in ihm nach Hause gebracht hatte – und fuhr los in Richtung Kaltenbach. Nach Hause! Sie konnte sich kaum noch vorstellen, wie es dort aussah. Der Staub würde sich bestimmt schon auf all den Maschinen in ihrem Büro niedergelassen haben. Und der Wald vor ihrer Tür . . . die Terrasse . . . endlich wieder richtig guter Kaffee! Sie lächelte. Mit wie wenig man doch zufrieden war, wenn man eine Weile darauf hatte verzichten müssen.

Als sie ihre Wohnung betrat, kam sie sich zuerst vor wie eine Fremde. Das Krankenzimmer, die Räume für die Anwendungen, das ganze Krankenhaus war ihr inzwischen vertrauter als ihre eigene Küche, ihr eigenes Schlafzimmer. Menschen waren offenbar anpassungsfähiger, als sie bisher angenommen hatte, und besonders sie selbst. Es waren noch nicht einmal fünf Monate gewesen, die sie im Krankenhaus verbracht hatte, und hier in diesem Haus hatte sie zuvor doch einige Jahre gewohnt. Sie stellte ihre Tasche im Schlafzimmer ab und ließ sich aufs Bett fallen. Das würde erst einmal ihr größtes Problem sein: Sie konnte kaum ein paar Stunden am Stück wach sein, ohne sich zwischendurch auszuruhen. Auch jetzt, nach der für sie äußerst anstrengenden Autofahrt hier hinaus, die so lange gedauert hatte, daß schon der halbe Nachmittag um war – sie hatte nie gewußt, wie anstrengend Autofahren war –, hatte sie das Gefühl, erst einmal ganz viel Erholung zu benötigen. Nur ein wenig, ein paar Minuten ... Sie war eingeschlafen, bevor sie es bemerkte.

Die Vögel weckten sie. Nach Monaten wieder das erste Mal: Vogelgezwitscher statt dröhnende Schwestern am frühen Morgen mit Spritzen, Tabletten, Thermometern und sonstigen störenden Utensilien. Sie wunderte sich, daß sie so lange geschlafen hatte, aber als sie hinaus in den Garten sah, in den Wald und in den Himmel, konnte sie nur noch strahlen vor lauter Freude. Sie war zu Hause, sie war gesund – was konnte es Schöneres geben?

Diesen Gedanken hätte sie sich vielleicht besser sparen sollen, denn er führte sie unweigerlich dahin, was ihr zu ihrem Glück an diesem Morgen noch fehlte: Esther. Aber sie war ja nun wieder gesund, sie konnte zu ihr gehen, sie besuchen, sie sehen, sie ... lieben. Alex rieselte es glühendheiß durch den Körper, als sie an Esthers Haut dachte, als sie sich die Empfindung der samtenen Oberfläche ins Gedächtnis zurückrief. *Das* hatte sie nicht vergessen – nein, ganz und gar nicht!

Esther war einfach nicht der Typ für Krankenhausbesuche, hatte sie sich mittlerweile als Entschuldigung für Esthers Fernbleiben zurechtgelegt. Eine Rechtfertigung dafür, warum sie nicht einmal angerufen hatte, hatte sie nicht so leicht gefunden, also sah sie einfach darüber hinweg. Arbeit. Esther hatte immer so viel Arbeit. Das hatte sie sicher abgehalten.

Sie öffnete zum ersten Mal seit langer Zeit wieder ihren Kleiderschrank – nichts von dem, was sie im Krankenhaus getragen hatte, würde sie jetzt anziehen wollen! – und nahm verschiedene Sachen heraus. In einer Jackentasche klimperte es metallisch. Sie sah stirnrunzelnd nach. Esthers Schlüssel. Sie hatte so oft bei ihr übernachtet, daß Esther ihr einen gegeben hatte, damit sie abschließen konnte, wenn sie ging. Über Alex' Gesicht breitete sich ein erwartungsvolles Grinsen aus. Sie würde sie überraschen. Wenn Esther von der Arbeit kam.

Pfeifend ging Alex in die Dusche, genoß den warmen Strahl, lachte sogar einmal laut auf, weil sie sich so wohlfühlte. Das Leben war wunderbar! Wie schlimm auch immer dieser Unfall gewesen sein mochte, er hatte ihr die Lust daran wiedergegeben. Nur wenn man einmal so kurz vor dem endgültigen Aus dem Tod von der Schippe gesprungen war, konnte man das ermessen. Wie unwichtig erschienen einer dann doch die vielen kleinen Banalitäten des Alltags! Fröhlich und gutgelaunt frühstückte Alex mit dem wenigen, was da war, und den Brötchen, die sie frisch vom Bäcker geholt hatte. Sie setzte sich auf die Terrasse und streckte die Beine in die Sonne. Herrlich!

Die Zeit ging schneller herum, als sie angenommen hatte. Staubwischen war tatsächlich angesagt gewesen – welch Wunder! –, und eine Maschine mit Wäsche mußte auch dran glauben. Und schon war es Nachmittag geworden. Alex sah auf die Uhr. Es war Zeit loszufahren.

Sie nahm sich vor, diesmal besser aufzupassen, aber da sie sich nicht an den Unfall erinnern konnte, erschreckte es sie nicht, genauso dieselbe Straße entlangzufahren wie das letzte Mal. Als sie den Baum erkannte, an den sie ihr Auto verloren hatte, schauderte es sie dennoch. Gut, daß sie das Wrack ihres Wagens nie gesehen hatte. Dann hätte sie sich vermutlich noch mehr gewundert, überlebt zu haben, als sie es ohnehin schon tat.

Sie kam heil und gesund bei Esther an und stellte ihren Wagen ab. Ein Lächeln überzog ihr Gesicht. Gleich würde sie sie wiedersehen ... Ihr Herz schlug schneller und schneller. Sie endlich wieder in den Armen halten zu dürfen, sie zu küssen, in ihre Augen zu blicken, sie zu berühren – sie zitterte fast, als sie die Treppe hinaufstieg. Sie wollte die Tür im ersten Stock in alter Gewohnheit aufstoßen und merkte, daß sie nicht offenstand wie üblich. Merkwürdig. Sie nahm den zweiten Schlüssel vom Bund und schloß auf, ebenso wie sie die Haustür unten eben aufgeschlossen hatte.

Als Alex die Tür öffnete, hörte sie bereits ihr Stöhnen. Sie kannte es. Es war unverkennbar. Alex erstarrte auf der Schwelle und überlegte. Sie war zu Hause, und sie war im Schlafzimmer, daher kamen die Laute. Die Tür stand offen. Es klang sehr heftig. Aber – nun ja – was hatte sie tun sollen ohne Alex? Auch Alex hatte oft genug Selbstbefriedigung betrieben, wenn sie allein war. Daran war nichts Verwerfliches. Sollte Alex warten, bis sie – fertig war? Sie dabei zu überraschen war nicht sehr nett. Andererseits – Alex hatte sich ja auch schon so einiges für ihr Wiedersehen überlegt. Also warum nicht? Sie grinste.

Alex ging auf die Schlafzimmertür zu und blieb davor stehen. Dann sah sie sie. Beide. Die andere stöhnte auch, und Esther saß auf ihr und warf ihren Oberkörper und die Haare zurück, wie es so gut wirkte. Es wirkte auch auf die andere, da war Alex sich sicher. Das war eindeutig zu erkennen. Alex empfand gar nichts bei dem Anblick, als ob alle Gefühle im selben Moment erstarrt wären. Es war wie ein Film, der vor ihr ablief. Ein Pornofilm.

Obwohl Alex die beiden sehen konnte, konnten sie sie nicht sehen, und Alex wartete eine Weile, daß sie sie bemerken würden. Aber es war nicht so. Das Stöhnen wurde lauter ...

»Mhmhm«, räusperte Alex sich.

Esther drehte sich wild reitend auf der anderen um. Die hatte wohl gar nichts gehört. »Oh, du«, meinte Esther überrascht und stellte ihre Bewegungen ein.

»Was ...?« Die andere erwachte aus ihrer sexuellen Trance. »Was ist denn hier los?« fragte sie dann noch einmal, als sie Alex sah. Verwundert hob sie den Kopf.

Esther stieg von ihr herunter und kam auf Alex zu, nackt, wie sie war. Trotz der eher abtörnenden Situation konnte Alex sich dem Reiz ihres nackten Anblicks nicht entziehen. Die andere zog die Decke über sich und blieb mit einem irritierten Blick liegen. Vermutlich wußte sie einfach nicht, was sie tun sollte. Alex hätte es an ihrer Stelle auch nicht gewußt. War echt dumm gelaufen für sie. Wenn Alex das richtig interpretiert hatte vorhin, war sie kurz davor gewesen.

»Was willst du?« fragte Esther jetzt. »Was hast du hier zu suchen – und wie kommst du hier herein?« Kein Wort über Alex' Unfall. Keine Frage nach ihrem Befinden. Als ob das alles gar nicht passiert wäre. Keine Wiedersehensfreude nach so langer Zeit. Es war wohl *zu* lang gewesen. Sie hatte alles vergessen und einfach weitergemacht wie immer – mit der nächsten.

Alex zog den Schlüssel hervor. »Vom Brötchenholen übriggeblieben«, erklärte sie. »Tut mir leid.« Sie ließ den Schlüssel auf den Boden fallen.

»Okay«, sagte Esther. »Danke fürs Zurückbringen. Dann gehst du wohl jetzt besser wieder.« Sie drehte sich schon um und wollte zum Bett zurückgehen.

»Ist das alles, was du dazu zu sagen hast?« fragte Alex kühl.

»Ja«, erwiderte sie gelangweilt, indem sie sich noch einmal zu ihr umdrehte. »Alles. Was gibt es sonst noch?«

»Nichts«, sagte Alex. »Vermutlich nichts. Du hast recht.« Sie drehte sich um und ging zur Tür.

»Was hast du erwartet?« fragte Esther nun doch hinter ihr.

»Das Falsche«, sagte Alex, »eindeutig das Falsche.« Dann zog sie die Tür hinter sich zu und ging.

Alex fuhr den gleichen Weg, den sie gerade erst gekommen war, sofort wieder zurück. Zu Hause angekommen, mußte sie das, was sie gerade erlebt hatte, erst einmal verdauen. Aber – und das verwunderte sie sehr – es tat gar nicht so weh, wie sie angenommen hätte. Sie hatte Esther fünf Monate nicht gesehen, und obwohl sie es nicht wahrgenommen hatte, hatte sie sich ebenso von ihr entfernt wie Esther sich von ihr. Sicher, sie liebte Esther immer noch. Das hatte sich nicht geändert. Sie konnte es spüren, tief in ihrem Innern. Aber sie konnte über das, was gerade geschehen war, dennoch nachdenken, konnte erkennen, daß Esther nie anders gewesen war als in diesem Moment, mit dieser anderen Frau in ihrem Bett, als sie sie so kalt anstarrte und hinauswarf.

Wieso hatte sie, eigentlich irgend etwas anderes erwartet? Esther hatte nicht angerufen, sich nicht einmal nach ihrem Zustand erkundigt, obwohl sie wußte, daß sie einen schweren Unfall gehabt hatte, war nicht gekommen und hatte sie nicht getröstet. *Esther und trösten!* Ja, mein Gott, wen hatte sie denn da vor sich gesehen? Mutter Teresa? Esther konnte es jedenfalls nicht gewesen sein. Und ebenso, wie sie das wußte, hatte Alex auch gewußt, daß Esther keine zwei Tage ohne Sex auskommen konnte, daß es ihr Lebenselixier war, daß Verführung zu ihrem täglichen Leben gehörte wie für andere Leute einkaufen. Gerade deshalb hatte sie sich ja nicht von ihr fortbewegt vorher, vor ihrem Unfall.

Ein paar Tränen drängten sich ihre Kehle hinauf, und sie ließ sie. Aber es waren Tränen des Abschieds, das spürte sie tief in ihrem

Innern. Es erschütterte sie nicht mehr so, wie es das vor fünf Monaten mit Sicherheit getan hätte. Eine Esther, die sie mit strahlenden Augen, lachend und mit offenen Armen empfing: Sicher, das wäre ein schöner Augenblick gewesen, eine Phantasie, ein Traum. Aber sie hatte eigentlich immer gewußt, daß es so nicht sein würde. So nicht sein *konnte*. Weil Esther nicht so war, wie es die Frau in dieser Phantasie hätte sein müssen.

Sie ging zu Bett. Im Krankenhaus hatte sie sich daran gewöhnt, früh zu schlafen, und ihr Körper verlangte das noch immer, kaum, daß es dunkel war. Ein paarmal noch schob sich Esthers Gesicht vor ihr inneres Auge, bevor sie einschlief. Es tat ein bißchen weh, und Wehmut erfüllte sie, eine Art Nostalgie nach etwas, das sie eigentlich nie gehabt hatte. Sie weinte ein wenig, dann schlief sie ein und träumte von – Lieferwagen.

Als sie am nächsten Morgen erwachte, spürte sie zwar die Spuren der getrockneten Tränen noch auf ihren Wangen, aber es war nur körperlich unangenehm. Ihre Seele war nicht wund, wie sie es aus der Zeit von vor fünf Monaten in Erinnerung hatte. Sie wusch die Tränenspuren ab und wandte sich etlichen Dingen des Alltags zu. Ihre Post lag in Stapeln unsortiert auf dem Schreibtisch. Mandy hatte den Briefkasten geleert. Alex mußte sich darum kümmern, und zuallererst um die Autoversicherung. Sie telefonierte herum und stellte fest, daß es einfacher war, als sie gedacht hatte. Das Geld lag praktisch schon zur Abholung bereit, weil Mandy den Unfall gemeldet und die Polizei das Protokoll eingereicht hatte. Manchmal waren Versicherungen und Behörden doch tatsächlich zu etwas zu gebrauchen, dachte Alex ziemlich verwundert.

Die nächsten beiden Tage fuhr sie herum, um nach einem neuen Wagen Ausschau zu halten. Das Geld reichte selbstverständlich nur für einen Gebrauchten, aber da das Angebot in diesem Bereich so groß war, fand sie schnell etwas, das ihr gefiel.

Die Abwicklung dauerte noch ein paar Tage, aber gut eine Woche später trat sie mittags gutgelaunt in den *Badischen Hof*. Sie winkte Ilona schon vom Eingang her zu und verkündete die frohe Botschaft: »Ich habe einen neuen Wagen! Yvonne kann ihren zurückhaben!«

Ilona lachte. »Na wunderbar! Und dir scheint es ja ausgesprochen gut zu gehen. Das freut mich. Keine Schmerzen mehr?«

Alex schüttelte den Kopf. »Nein, gar nichts. Ich bin immer noch ein bißchen früh müde abends, aber das ist auch alles. Sonst geht es mir gut.«

Hm, dachte Ilona skeptisch. *Woran das wohl liegen mag?* Sie hatte versucht, sich ein oder zwei Mal mit Yvonne über Alex – und auch über Esther – zu unterhalten, aber Yvonne hatte immer abgeblockt. Sie hatte offensichtlich große Angst, daß Alex zu Esther zurückkehren könnte. Und die Gefahr hatte Ilona selbst auch gesehen. War Alex' gute Laune darauf zurückzuführen? Daß sie glücklich mit Esther zusammen war?

»Darf ich in die Küche?« fragte Alex jetzt. »Ich möchte Yvonne ihren Schlüssel zurückgeben, und dann –« Alex brach leicht verlegen ab. »Wie lange muß sie noch arbeiten? Ich würde sie gern zu einer Spritztour in meinem neuen Wagen mitnehmen. Als Dank, weil sie mir ihren geliehen hat.«

Ilonas Miene hellte sich auf. Das klang gut! Das klang sogar *sehr* gut! Wieso sollte Alex Yvonne zu einer Spritztour einladen, wenn Esther immer noch aktuell gewesen wäre? Dann hätte sie doch sicherlich lieber *sie* mitgenommen. »Heute ist nicht so viel los«, meinte Ilona gutmütig, obwohl das nicht den Tatsachen entsprach. Dann würde sie eben selbst in die Küche gehen und Yvonne ersetzen. »Nimm sie ruhig gleich mit, wenn ihr Lust dazu habt.« Hoffentlich war Yvonne geistesgegenwärtig genug, zu erkennen, was Ilona gerade erkannt hatte. Yvonne war im Gegensatz zu Alex in den letzten Tagen eher mit einer Leichenbittermiene herumgelaufen. Sie hatte es vermißt, Alex jeden Tag zu sehen, und die in dieser Beziehung ungewisse Zukunft hatte sie zusätzlich belastet. Es ging ihr eigentlich nicht sehr gut. Aber das würde sich nun ändern, hoffte Ilona zuversichtlich.

Alex strahlte. »Das ist prima!« rief sie schon auf dem Weg zur Küche.

Als Alex drin war, hatte sie erst einmal das gleiche Problem wie beim letzten Mal: die Kochmützen sahen alle gleich aus. Doch Ilona hatte sich ihr angeschlossen und trat hinter sie. »Yvonne!« rief sie einfach, und die richtige Kochmütze drehte sich um. Ilona sah, wie Yvonne bei Alex' Anblick erstarrte. Sie erinnerte sich daran, daß Alex' letzter Besuch in der Küche nicht so sehr angenehm gewesen war, und diesmal kam sie sicher, um Yvonne ihr Auto wiederzugeben. Auch das war nicht sehr angenehm, denn es bedeutete das Kappen der letzten Verbindung zwischen Yvonne und Alex. »Komm schon her, Yvonne!« rief Ilona ungeduldig. »Alex will dich zu einer Spritztour mitnehmen!«

Yvonne blickte verständnislos, kam aber herüber. »Ich kann nicht«, sagte sie dennoch. »Ich habe sechs Gerichte in Arbeit, und die Mittagszeit –«

Ilona unterbrach sie einfach. »Die Mittagszeit ist um«, sagte sie. »Jedenfalls für dich. Ich übernehme das schon. Was machst du gerade?« Sie ging mit Yvonne hinüber und ließ sich alles erklären. »Und jetzt«, zischte sie sie energisch an, »gehst du mit Alex und feierst mit ihr ihren neuen Wagen! Hast du mich verstanden?«

Yvonne runzelte die Stirn. »Aber Tante Ilona –«, protestierte sie verwirrt. »Ich kann doch nicht –«

Wieder kam sie nicht bis zum Ende. »Du weißt, ich habe dich dein Lebtag nie geschlagen, aber wenn du jetzt nicht mitgehst und tust, was ich dir sage, überlege ich es mir vielleicht noch anders! Auch wenn du erwachsen bist!«

»Äh, ja«, stammelte Yvonne überfordert, »ich geh' ja schon.« So hatte sie ihre Tante noch nie erlebt.

»Und nenn mich nicht noch mal Tante!« rief Ilona ihr noch hinterher. »Du weißt, wie ich das hasse!«

»Was ist denn mit Ilona los?« lachte Alex, als Yvonne wieder zu ihr kam und mit ihr die Küche verließ.

Yvonne drehte sich noch einmal um und suchte ihre Tante im Gewühl. Hätte sie sie gefunden, hätte sie ihr breites Grinsen gesehen, aber sie ging zwischen den anderen unter. »Ich weiß auch nicht«, erwiderte sie Alex deshalb verstört.

»Hier, dein Schlüssel«, sagte Alex und drückte ihn ihr in die Hand. »Ich bin mit meinem Wagen da und setze dich nachher beim Autohaus ab, wo deiner steht.« Sie blickte spöttisch lächelnd auf Yvonne. »Ziehst du dich nicht um? Ich meine: Ich habe nichts dagegen. Ich nehme dich auch so mit.«

Yvonne sah an sich und ihrer Kochkleidung hinunter. Sie hatte vor lauter Verwirrung gar nichts bemerkt. »O ja«, sagte sie, und ihre Verwirrung wuchs eher noch, weil Alex so gut gelaunt war und dann auch noch ihre Zeit mit ihr verbringen wollte. »Ich komm' gleich . . .«, stammelte sie und war verschwunden.

Sie ist schon irgendwie süß, dachte Alex, während sie auf sie wartete. *Weshalb ist mir das noch nie so richtig aufgefallen?* In diesem Moment kam Yvonne zurück, und sie verließen gemeinsam das Lokal.

»Es ist zwar kein richtiges Cabrio«, erklärte Alex kurz darauf im Auto stolz, »aber immerhin kann man das Dach zur Hälfte abnehmen und sich den Wind ganz schön um die Nase wehen lassen, wenn man das möchte.«

»Doch. Klasse«, antwortete Yvonne verschüchtert. Sie wußte immer noch nicht, was das alles sollte.

Alex drehte sich zu ihr um. »Weißt du, es ist schon merkwürdig«, lächelte sie Yvonne an. »Ich wollte mir dieses Auto immer schon kaufen, aber ich habe es immer wieder verschoben, weil ich kein Geld hatte oder weil es eben kein ›vernünftiges‹ Auto ist. Aber jetzt – nach dem Unfall – ist einfach alles anders. Ich hätte tot sein können, und was hätte ich dann davon gehabt, daß ich immer so vernünftig war? Gar nichts.« Sie startete den Motor. »Also los!« lachte sie.

Yvonnes Erstarrung löste sich nur langsam. Das erste Mal seit dem Tag, an dem sie Alex damals nach Hause gefahren hatte, war sie mit ihr vollkommen allein. Keine Schwestern, keine Ärztinnen, keine Kochkollegen um sie herum, die sie abschirmen konnten. Keine Ilona – Sie fühlte sich tatsächlich ziemlich verlassen. Und sie wußte zudem nicht, was eigentlich los war. Alex war prächtig gelaunt – gut, das war sie meistens auch in der letzten Zeit im Krankenhaus gewesen –, und sie schien nicht einen einzigen Gedanken an Esther zu verschwenden – hoffte Yvonne zumindest. Wie paßte das zusammen? Alex war wieder frei, konnte tun und lassen, was sie wollte, und lud sie, Yvonne, zur ersten Spritztour ein? Oder war es gar nicht die erste?

»Wie lange hast du den Wagen schon?« schrie Yvonne über den Fahrtwind hinweg.

Alex drehte sich kurz zu ihr um und grinste sie an. »Gerade eine halbe Stunde. Ich habe ihn eben beim Händler abgeholt.«

Also doch die erste! Yvonne war baff. Wie kam sie zu der Ehre?

Sie fuhren auf ein Schloß hinauf, von dem aus sie das ganze Tal überblicken konnten, saßen unter Kastanienbäumen, tranken Kaffee und aßen Kuchen. »Ist es nicht herrlich?« schwärmte Alex.

»Ja.« Yvonne antwortete immer noch nur schüchtern.

Alex strahlte sie an. »Hast du keine Lust mehr?« fragte sie. »Dann bringe ich dich zurück.«

»O doch!« Yvonne wußte nicht, wie sie sich verhalten sollte. Seit sie Alex kannte, war die entweder traurig oder krank gewesen, und Yvonne hatte sich um sie gekümmert. Jetzt schien es umgekehrt zu sein. Alex war lebenslustig wie nie, und Yvonne fühlte sich überflüssig.

»Was ist denn?« Alex legte ihre Hand auf Yvonnes und sah sie fragend an. Die Berührung ließ Yvonne erzittern, und das spürte auch Alex. »Frierst du?« fragte sie, aber sie ließ Yvonnes Hand nicht los.

Ich verbrenne! schrie Yvonne innerlich. *Ich kann das nicht aushalten!* Aber nicht um alles in der Welt hätte sie ihre Hand zurückgezogen.

Alex sah ihr immer noch in die Augen, aber ihr Blick veränderte sich. Er wurde plötzlich intensiver. Sie spürte, daß die Wärme von Yvonnes Hand und ihre Gegenwart auch in ihr eine Reaktion auslösten. Eine nicht allzu verwunderliche Reaktion nach fünf Monaten Abstinenz. »Yvonne?« fragte sie leise.

Yvonne antwortete nicht. Sie fühlte sich gefangen von Alex' Blick und wollte ihn nicht verlieren, wollte nicht einmal ihre Lippen bewegen, um auf keinen Fall die Position zu verändern.

Nun senkte Alex ihren Blick jedoch auf den Tisch. Dann hob sie ihn wieder. Sie war anscheinend zu einem Entschluß gekommen. »Yvonne, ich . . . ich möchte gern mit dir schlafen. Ist das . . . wie steht's mit dir?« fuhr sie immer noch leise fort.

So sehr sie es auch eben noch hatte verhindern wollen, jetzt zog Yvonne ihre Hand doch zurück, und zwar schnell. *Deshalb* war Alex gekommen und hatte sie zu der Spritztour eingeladen! Nun wußte sie Bescheid! Kein *Ich liebe dich*, kein Kuß, keine Annäherung – einfach nur Sex. Das war alles, was sie wollte! Anscheinend stand Esther nicht zur Verfügung – oder doch? Na ja, war ja auch egal. »Nein«, sagte sie abweisend.

Alex hatte Yvonnes heftige Reaktion schon bemerkt, bevor sie sprach. Anscheinend hatte sie das letzte Gespräch vor ihrem Unfall mit Yvonne in der Küche falsch eingeschätzt. Sonst hätte sie jetzt wohl kaum abgelehnt.

»Entschuldige«, lachte sie verlegen. »Ich dachte ...« Sie suchte Yvonnes Augen, aber die sah sie nicht an. »Ich bin sonst nicht so ... direkt«, entschuldigte sie sich noch einmal, »aber seit dem Unfall ... nun ja, jede Sekunde ist kostbar, und ich dachte, du magst mich.« Sie lachte noch einmal ein wenig schelmisch, nicht böse oder verletzt. Die letzten Monate in der Klinik hatten ihr eine innere Erholung geschenkt, eine Ruhe und Ausgeglichenheit, wie sie sie nie für möglich gehalten hätte. Sie hatte Yvonne nicht zu nahe treten wollen, war nur von dem ausgegangen, was sie an Gefühlen für sich in ihr vermutete, und wenn dem nicht so war – nun ja, sie würde es überleben. Ebenso wie sie die Szene vor ein paar Tagen mit Esther überlebt hatte, und das war schlimmer gewesen.

Yvonne saß da und rührte sich nicht. *Du dachtest, ich mag dich?* wühlte es schmerzhaft in ihr. *Hast du denn nicht zugehört? Ich habe dir gesagt, daß ich dich liebe! Und warum, meinst du, bin ich die ganzen letzten Monate ins Krankenhaus gekommen?* Im Gegensatz zu Alex war sie tatsächlich verletzt. Sie hatte sich nie vorstellen können, daß es Alex sein würde, die so etwas tat, die sie verletzte und auch noch darüber lachte. »Was ist mit Esther?« quetschte sie zwischen den Zähnen hervor.

Alex sah sie ruhig an. »Esther ist ... Vergangenheit«, sagte sie dann vorsichtig.

Aha! Yvonnes innerer Grimm wuchs fast ins Unermeßliche. Wie froh wäre sie noch vor einiger Zeit gewesen, das von Alex zu hören! Aber nun? Was hieß das? Es hieß doch nur, daß Alex ... Bedürfnisse hatte, einen Stau, der herauswollte, und Esther hatte sie nicht gelassen. Also sollte nun Yvonne dafür herhalten. *O nein, nicht mit mir!* knirschte Yvonne unsichtbar mit den Zähnen. *Ich bin doch kein willkommener Ersatz für Madame Ich-kann-und-will-immer!*

»Bring mich zu meinem Wagen«, sagte Yvonne mit mühsam beherrschter Stimme.

Alex nickte. Sie hatte Yvonne verstimmt, wenn sie auch nicht direkt wußte, wodurch, aber sie akzeptierte es.

Die Rückfahrt verlief dementsprechend schweigsam. Alex überlegte sich, daß Yvonne sie vielleicht mißverstanden hatte. Sie hatte sie doch zu nichts drängen wollen. Es war doch nur eine Frage gewesen. In dem Moment, als sie sie gestellt hatte, hatte sie den elektrischen Funken zwischen sich und Yvonne gespürt. Sie hätte schwören können, daß es nicht nur *ihr* Wunsch gewesen war, auch wenn sie ihn als einzige ausgesprochen hatte.

Deshalb drehte sie sich noch einmal zu Yvonne um, als sie auf dem Parkplatz des Autohauses hielt. »Yvonne«, sagte sie. »Es tut mir leid, wenn ich irgend etwas gesagt habe, was dich ... ich meine: Das wollte ich nicht. Ich ...« Sie hatte ihren Arm um die Beifahrerlehne gelegt, um Yvonne besser ansehen zu können, und so waren sich ihre Gesichter sehr nahe. Sie konnte ihr direkt in die Augen blicken. Yvonnes Gesicht zeigte keine Regung, aber ihre Augen zogen Alex zu sich heran, und sie konnte nicht anders, es schien fast unausweichlich: Sie beugte sich vor und begann Yvonne zu küssen.

Yvonne erwiderte den Kuß nicht. Sie kniff ihre Lippen zusammen und war wie versteinert. Alex' so lange unterdrückte Gefühle überschwemmten sie für einen Moment, und sie griff nach ihr, suchte ihre Brust, streichelte sie. Ihr Kuß wurde drängender, ohne daß sie es wollte, und plötzlich öffneten Yvonnes Lippen sich leicht, und sie ließ Alex eindringen. Mehr tat sie nicht, und Alex zog sich nach kurzer Zeit leicht irritiert zurück. Wollte sie nun oder wollte sie nicht? Sie sah Yvonne fragend und unsicher an. »Muß ich mich jetzt gleich noch mal entschuldigen?« Sie lachte leicht verlegen. »Ich bin nicht besonders erfolgreich heute, nicht?«

O doch! dachte Yvonne, *das bist du*. Sie fühlte sich immer noch ganz benommen von Alex' Kuß, er war so süß gewesen, auch wenn sie nicht geantwortet hatte. Sie hatte nicht so recht gewußt, wie, aber eines wußte sie nun mit Bestimmtheit: Sie hätte in diesem Augenblick auf die Frage, die Alex ihr vor einiger Zeit auf dem Schloß gestellt hatte, nicht mehr dieselbe Antwort gegeben. Ihre Brust kribbelte überall, wo Alex sie gestreichelt hatte, und ihr Unterleib zog sich sehnend zusammen. Sie wollte mit Alex schlafen, und ein wenig schämte sie sich dafür, weil es ihr dabei auch egal zu sein schien, ob Alex sie liebte. Sie spürte das Verlangen in sich, das Bedürfnis, Alex zu berühren, sie zu küssen ...

»Ich muß ins Lokal«, sagte sie betont kühl, weil sie versuchte, sich vor ihren eigenen Gefühlen zu schützen. »Es ist noch viel vorzubereiten bis heute abend. Ich kann Ilona nicht damit alleinlassen.« Sie durfte einfach nicht so schnell nachgeben, mußte erst darüber nachdenken, was eigentlich gerade geschehen war. Sie brauchte Zeit. Die Situation hatte sich verändert. Seit langer Zeit hatte sie sich nichts sehnlicher gewünscht als mit Alex zusammenzusein. Aber unter diesen Voraussetzungen? So quasi als Betthäschen? Ohne Liebe? Einfach nur mit einem ›Ich dachte, du magst mich‹ als Begründung? Reichte das aus? Yvonne hätte beinahe die Hand ausgestreckt, um Alex zu berühren, aber sie hielt sich im letzten Moment zurück. Nein – nein, es reichte nicht aus. Yvonne wünschte sich etwas anderes, als Alex ihr im Moment bereit und in der Lage war zu geben. Und wenn sie das nicht bekommen konnte – Alex' Liebe –, dann verzichtete sie lieber auch auf den Rest. Wenn es denn ein Verzicht war. Das konnte sie ja noch nicht einmal beurteilen.

Yvonne hatte sich selbst noch nie als einen solch vernünftigen Menschen betrachtet, wie sie im Augenblick erschien. Äußerlich wirkte sie vielleicht oft so, aber das war nur ihrer Schüchternheit zuzuschreiben. Innerlich fühlte sie sich meistens anders. Doch das zeigte sie nicht. Das war nicht ihre Art. Und so würde auch Alex nicht ergründen, was eigentlich in Yvonne vorging. Zu einem Teil hätte Yvonne sich gewünscht, daß es anders wäre; daß sie Alex hätte sagen können, was sie fühlte. Aber hatte sie das nicht schon zur Genüge getan? Und was war der Dank gewesen? Spott, Häme, Beschimpfungen – Alex' Beleidigungen in der Küche. Nein, das wollte sie nicht noch einmal erleben. Erst mußte sie sich darüber klarwerden, was Alex wirklich wollte und was sie, Yvonne, wirklich wollte. War sie bereit, Alex auch ohne Liebe von deren Seite aus zu nehmen? Das zu nehmen, was Alex ihr gab, ohne zu fragen – ohne mehr zu fordern? Wenn sie allein gewesen wäre, hätte sie den Kopf geschüttelt. So tat sie es nur innerlich. Nein, es ging nicht. Die Zeit war noch nicht reif. Es war noch zu früh – und vielleicht würde es das immer sein.

Alex nickte. »Ich verstehe«, sagte sie und zog sich zurück. Yvonne wirkte auf einmal so kühl, fast abweisend, wie Alex sie noch nie erlebt hatte. »Ich wollte dir wirklich nicht zu nahe treten«, versicherte sie ihr deshalb noch einmal. Sie hatte das Gefühl, das war nötig. Kurz fuhr sie mit einem flüchtigen Blick über

Yvonnes Gesicht, bevor sie sich endgültig auf ihr Lenkrad konzentrierte. Was war nur geschehen? Yvonnes Gesicht war wie versteinert, ausdruckslos. Eine namenlose Kühle ging von ihr aus, die geradezu an einen Eisberg erinnerte. Ein blonder, grünäugiger Eisberg. *Da habe ich mich wohl ganz schön verschätzt*, dachte Alex bedauernd. *Sie will gar nichts von mir. Und was ich von ihr will, ist ihr einfach nur lästig.* Sie seufzte innerlich. *Zu schade*, dachte sie. *Ich hätte es mir sehr schön vorstellen können.*

Yvonne sah Alex sich abwenden und fühlte sich plötzlich an ihre Szene mit Esther erinnert. War das nicht dasselbe gewesen? Esther hatte genauso mit ihr schlafen wollen wie Alex jetzt. Ohne Liebe, ohne Verantwortung, ohne Verpflichtung. Vielleicht hatten Alex und Esther doch mehr gemeinsam gehabt als Yvonne vermutet hatte. Sie konnte es nicht mehr ertragen, neben Alex zu sitzen, ihre Nähe zu spüren, sich nach ihr zu sehnen. Sie öffnete die Wagentür. »Es ist schon . . . okay«, sagte sie mühsam, ohne Alex anzusehen.

»Bitte, sei mir nicht böse«, sagte Alex lächelnd, was Yvonne in ihrem Rücken spürte.

Yvonne versuchte sich einen Ruck zu geben und stieg aus. Sie drehte sich noch einmal zu Alex um und beugte sich zum Wagen hinunter. »Wie gesagt, es ist okay«, wiederholte sie so cool wie möglich. Es klang wahrscheinlich völlig uninteressiert, obwohl sie sich ganz anders fühlte.

Alex nickte noch einmal und betrachtete Yvonnes gleichgültiges Gesicht. Es war ihr zunehmend ein Rätsel, wie sie hatte annehmen können, daß Yvonne Interesse an ihr haben könnte. Vielleicht war ihre Liebeserklärung damals in der Küche nur eine momentane Aufwallung schnell verpuffender Gefühle gewesen. Etwas, das sie nun zutiefst bedauerte, je gesagt zu haben. Wahrscheinlich war es so. Zumindest sah sie so aus. Alex seufzte wieder unhörbar. So konnte man sich irren. Im Krankenhaus hatte sie gemeint, eine Annäherung zu spüren, ein Interesse von Yvonnes Seite aus, das über die gemeinsamen Mittagessen, die Yvonne zubereitet hatte, hinausging. Aber da hatte sie sich wohl getäuscht. Yvonne hatte vermutlich lediglich eine ausgeprägte soziale Ader, die sie dazu verdammte, sich um Kranke oder Geschwächte zu kümmern. Sobald die Beeinträchtigung der Gesundheit behoben war, erlosch ihr Interesse. Mit einer gesunden Frau konnte sie nichts anfangen.

Dennoch war da etwas, auf das Alex nicht verzichten wollte und das vielleicht einen Anknüpfungspunkt bot. »Ich habe mich so an dein Essen gewöhnt«, sagte sie lächelnd. »Hast du etwas dagegen, wenn ich ab und zu einmal im *Badischen Hof* vorbeikomme?«

Yvonne erstarrte noch mehr. Ihr Gesicht wurde noch ausdrucksloser als zuvor, wenn das überhaupt möglich war. *Essen!* Alex schien im Zusammenhang mit Yvonne nur ihre Primärbedürfnisse befriedigen zu wollen, Essen und Sex. »Natürlich nicht«, sagte Yvonne mit eiskalter Stimme, die sie nur mühsam beherrscht aufrechterhalten konnte. »Es ist ein öffentliches Lokal.« Sie schlug die Beifahrertür zu und ging zu ihrem Wagen.

Alex sah ihr sinnierend hinterher. Vordergründig hatte sie Yvonne um die Erlaubnis gebeten, bei ihr essen zu dürfen, aber eigentlich hatte sie damit noch eine andere Frage verbunden, von der sie gehofft hatte, daß Yvonne sie aus ihren Worten heraushören würde. Entweder hatte sie das nicht, oder ihre Ablehnung war tatsächlich so allumfassend, wie sie erschien. Sie wies Alex nicht nur als Liebhaberin zurück, sondern auch als Freundin, als Bekannte.

Yvonne kam wutschnaubend in den *Badischen Hof* zurück. Sie knallte die Eingangstür so gewaltig hinter sich zu, daß die Töpfe schepperten. Die Mittagszeit war vorbei, und nur noch die Spülhilfen kamen in den Genuß einer tobenden Yvonne. Es war jedoch selbst für die Hilfskräfte so ungewohnt, daß sie ihre Arbeit sofort einstellten. Noch nie hatte jemand Yvonne so erlebt. Sie war der ruhigste, beherrschteste Mensch, den man sich denken konnte – unter *normalen* Umständen.

Ilona, die noch an der Theke Gläser spülte, hörte die Küchentür, die zum Parkplatz führte, ins Schloß knallen. Wer macht denn da so einen Krach? dachte sie irritiert, trocknete sich die Hände an einem Spültuch ab und ging durch die Schwingtür nach hinten. Sie sah lediglich Yvonnes Rücken, als sie die Küche betrat.

»Na, wie war euer Aus-«, begann sie lächelnd, stockte aber, als Yvonne mit funkelnden Augen herumschoß, »-flug«, endete Ilona dennoch verdattert, denn sie konnte ihre Zunge nicht mehr bremsen, obwohl sie schon erkannt hatte, daß das offensichtlich die falsche Frage gewesen war. Wenn auch naheliegend. Schließlich waren Alex und Yvonne zu einer Spritztour aufgebrochen, die fröhlich hätte beginnen und genauso fröhlich hätte enden sollen. Aber das war ganz unzweifelhaft nicht der Fall.

»Was ist passiert, mein Schatz?« fragte Ilona, nachdem sie den Ernst der Lage erfaßt hatte. Sie wußte nicht, ob Yvonne im nächsten Augenblick sämtliches Geschirr zerschlagen oder anfangen würde zu heulen. Beides war möglich. Mit gleicher Wahrscheinlichkeit. Sie sah erschreckend aus. Ihre Augen blitzten wie zornige Saphire, aber gleichzeitig schimmerten sie feucht; Ilona wußte nicht, ob nur vor Wut oder auch wegen etwas anderem. Aber was immer es auch sein mochte: Was hatte sie so aufgebracht?

»Passiert?« Yvonne griff nach einer Schürze und wollte sie sich um die Hüften binden, aber sie verhedderte sich in den Schnüren vor Hast und fauchte: »Was soll schon passiert sein? Gar nichts ist passiert.« Sie hatte nun endlich einen Teil der Schnüre entwirrt und band einen Knoten vor ihrem Bauch. Heftig drehte sie sich von Ilona weg und ging zum Herd. Plötzlich blieb sie stehen und starrte auf die Pfannen vor sich. Dann lachte sie bitter auf. »In der Tat – gar nichts ist passiert. Das entspricht sogar der Wahrheit. Es hätte etwas passieren können; es hätte etwas passieren *sollen* – aber wirklich passiert ist nichts. Nichts.« Sie stellte sich unter ein paar Kupferkasserollen, die über dem Herd hingen, und griff danach. Der Stieltopf rutschte ihr fast aus der Hand, als sie ihn buchstäblich vom Haken riß. »Und das ist auch gut so!« fuhr sie ihn an, wobei nicht ganz klar war, ob sie die brutale Behandlung des Topfes damit meinte oder ihr Thema von eben fortsetzte.

Ilona konnte sich kaum vorstellen, daß sich Yvonnes Bemerkung auf den Topf bezog, und ebensowenig konnte sie sich vorstellen, was passiert – oder nach Yvonnes Aussage eher *nicht* passiert – war.

Yvonne knallte den Topf auf den Herd, und Ilona zuckte zusammen. »Yvonne, komm mit. Und geh nicht so mit den teuren Töpfen um. Du weißt, daß Hellmut das nicht mag.«

»Hellmut, Hellmut –«, wütete Yvonne entschieden untypisch weiter. »Wen interessiert schon, was Hellmut denkt?«

»Mich«, meinte Ilona trocken. »Und das ist immer noch meine

Küche, rein rechtlich gesehen, auch wenn du hier schalten und walten kannst, wie du willst. Aber das beinhaltet nicht, daß du das edle *Chef-de-cuisine*-Set zerstörst. Also komm jetzt mit und laß die Töpfe in Ruhe.«

»Ich muß für heute abend –«, protestierte Yvonne.

»Du mußt gar nichts«, unterbrach Ilona sie eisern. »Es ist noch viel zu früh. Es wäre alles zerkocht, bis die Gäste kommen. Und wenn du nicht so aufgeregt wärest, würdest du das auch wissen.«

»Ich bin nicht aufgeregt«, widersprach Yvonne trotzig.

»Nein, gar nicht«, zog Ilona sie auf. »Du bist die Ruhe selbst. Das sehe ich.« Sie drehte sich um. »Yvonne!« rief sie noch einmal scharf von der Tür her, als sie merkte, daß Yvonne ihr nicht folgte.

Yvonne erkannte den Ton wieder. Sie hatte ihn schon lange nicht mehr gehört, und davor auch nicht oft. Es war ein erzieherischer Tonfall, der keinen Widerspruch duldete. Nur selten hatte Ilona ihn Yvonne gegenüber angewandt, hauptsächlich als Kind, wenn sie absolut nicht gehorchen wollte. Und immer, wenn sie diesen schneidend scharfen Ton in Ilonas Stimme hörte, wußte Yvonne, daß Ilona es ernst meinte, und daß sie, Yvonne, jetzt besser tat, was Ilona verlangte. So auch diesmal. Yvonne zog die Schürze wieder aus und folgte Ilona in den vorderen Teil des Lokals.

»Ich möchte gern rechtzeitig mit den Vorbereitungen für den Abend anfangen«, bemerkte sie steif. »Falls etwas dazwischenkommt. Man kann ja nie wissen.« Sie wollte nicht mit Ilona reden. Wenn sie die Küche vorschob, ließ Ilona sie vielleicht in Ruhe.

»Offenbar kann man das nicht«, erwiderte Ilona nachdenklich und musterte Yvonne aufmerksam. »Was ist los?« fragte sie ruhig. »Was ist mit Alex gewesen?«

»Gar nichts. Das sagte ich doch schon.« Yvonne beharrte störrisch auf ihrer Aussage.

»Yvonne, lüg mich nicht an. Das war noch nie üblich zwischen uns. Und ich habe keine Lust, es jetzt einzuführen. Also sag mir die Wahrheit. Ihr seid zu einer Spritztour mit Alex' neuem Wagen losgezogen, und ich hätte eigentlich erwartet, daß du glücklich und zufrieden zurückkommst.« Ilona betrachtete Yvonne nun leicht verschmitzt, versuchte es aber zu verbergen, um Yvonne nicht zu verletzen. »Oder eher noch hätte ich erwartet, daß du nicht *so schnell* zurückkommst. Vielleicht sogar erst morgen. Also warum bist du jetzt schon wieder da und dann auch noch in diesem Zustand?«

»Weil nichts passiert ist«, entgegnete Yvonne etwas gefaßter. »Glaub mir doch endlich.«

»Ich glaube dir.« Ilona neigte leicht den Kopf zur Seite. »Aber du weichst mir aus. Das, worauf du dich beziehst, ist nicht passiert; sonst wärst du noch nicht wieder da. Aber dafür ist etwas anderes passiert. Etwas, das mein süßes, kleines Mädchen in eine rasende Furie verwandelt hat, die ich nicht kenne. Und ich würde gern wissen, wer oder was dafür verantwortlich ist.«

Yvonne lachte bitter auf. »Das weißt du!« sagte sie abfällig.

»Also Alex. Wie ich es mir schon gedacht hatte. Was hat sie getan? Hat sie irgend etwas versucht ... etwas, das du nicht wolltest?« Ilona gab sich Mühe, ihre Frage vorsichtig zu formulieren, aber es klang trotzdem nicht besonders gut.

Wieder erklang das nun fast schon gewohnte Lachen von Yvonne. »Nein. Nicht das, was du denkst.« Dann schwieg sie ein paar Sekunden, bevor sie fortfuhr: »Ja, sie hat etwas versucht. Auf eine Art stimmt es. Sie hat mich gefragt –«

Ilona wartete. Sie wußte, daß es Yvonne – schüchtern, wie sie war – nicht leichtfiel, über solche Themen zu reden. Schon gar nicht, da sie sich immer noch in einem höchst erregten Zustand befand.

Yvonne verschränkte die Arme vor der Brust. »Sie hat mich gefragt, ob ich mit ihr schlafen will«, versetzte sie hart und mit ausdruckslosem Gesicht. »Das ist schließlich nichts Besonderes«, fügte sie dann nach einer kleinen Pause hinzu, scheinbar immer noch bar jeder Emotion.

»Nein, ist es nicht«, stimmte Ilona nach einer geraumen Zeit des Schweigens zu, die sie mit dem Betrachten von Yvonnes Gesicht verbracht hatte, in dem sich immer noch kein Muskel rührte. »Und offenbar hast du *nein* gesagt, da du bereits zurück bist.«

»Auch nichts Besonderes.« Yvonne zuckte gespielt harmlos mit den Schultern. »Sie hatte Lust, ich nicht. Das ist alles. Mehr war nicht.« Sie tat so, als wollte sie wieder in die Küche gehen.

»Yvonne?« Ilona hielt sie auf.

»Mhm?« Yvonne drehte sich nur halb um, als ob Ilonas fragende Stimme sie gar nicht interessierte. Ilona sollte endlich begreifen, daß das Thema für sie abgeschlossen war.

»War das alles, was sie dich gefragt hat? Sie hat dich nur gefragt, ob du mit ihr schlafen willst, sonst hat sie nichts gefragt – oder gesagt?« Ilonas Stimme klang harmlos neugierig, so als ob sie Yvonnes Spiel mitspielte und gar nichts über die Tatsachen hinaus wissen wollte.

Yvonne versuchte wieder einen Schritt in Richtung Küchentür. »Hat sie nicht«, erwiderte sie so beiläufig wie möglich.

Ilona war schneller bei ihr, als Yvonne erwartet hatte. Ihre Hand legte sich auf Yvonnes Schulter, mit festem, wenn auch zärtlichem Griff. »Setz dich«, sagte sie.

Yvonne protestierte nicht mehr. Sie folgte Ilonas sanftem Druck an ihrer Schulter und ließ sich zum Stammtisch vorn neben der Theke führen. Dort sank sie auf einen Stuhl, als ob sie nur auf eine Gelegenheit dazu gewartet hätte.

Ilona setzte sich neben sie. »Sonst hat sie gar nichts gesagt? Absolut nichts? Ihr beide seid losgefahren, und sie hat dich einfach nur gefragt, ob du mit ihr schlafen willst? Sofort?«

»Nein.« Yvonne wand sich unbehaglich auf dem Stuhl. »Nicht sofort. So war es nicht. Wir waren erst noch auf dem Schloß.«

»Wie romantisch«, bemerkte Ilona.

»Findest du?« Yvonne konnte sich gar nicht mehr vorstellen, daß es das gewesen war. Sie antwortete nur zerstreut.

»Früher war es das jedenfalls. Ich hatte schon lange keine Einladung mehr dorthin«, entgegnete Ilona lächelnd; sie versuchte Yvonne aus ihrer Geistesabwesenheit herauszulocken.

»Du solltest dir mal wieder einen Freund zulegen«, erwiderte Yvonne automatisch.

»Und du?« Ilona hakte nach, wo sie konnte, und hoffte, Yvonne würde irgendwann darauf eingehen und ihr mehr erzählen.

»Ich stehe nicht auf Männer«, kam Yvonnes Antwort vollkommen mechanisch. Ihre Stimme klang gleichgültig und uninteressiert. Sie war mit ihren Gedanken ganz woanders.

»Aber auf Alex«, setzte Ilona ihren behutsamen Angriff fort.

»Nein!« Yvonnes Kopf fuhr nun doch hoch und zu Ilona herum. »Nein«, wiederholte sie gefaßter. »Das war nur –«

Ilona wartete eine Weile, ob Yvonne ihren Satz fortsetzen würde, dann fragte sie vorsichtig nach: »Das war nur . . . was?«

»Das war nur . . . ein Versehen«, sagte Yvonne nüchtern.

Ilona verschob ihre Augenbrauen nach oben. »Ein Versehen? Monatelang? Du warst jeden Tag im Krankenhaus, oft sogar mehrmals. Ich mußte fast schon eine Ersatzkraft für dich einstellen.«

»Das stimmt nicht!« widersprach Yvonne heftig. »Ich habe meine Arbeit immer gemacht, genauso wie vorher.« Ihre Berufsehre war ihr heilig. Daran sollte niemand kratzen. Und sie war sich auch keiner Schuld bewußt.

»Ja.« Ilona konnte ein Schmunzeln nicht unterdrücken. »Du hast drei Stunden an dem Essen für Alex gekocht, und die übrigen Gäste durften sich dann mit den restlichen fünf Minuten begnügen.«

»Ilona!« Yvonne war empört. »Das stimmt nicht. Das kannst du wirklich nicht behaupten.«

Ilona schmunzelte noch mehr. Endlich war Yvonne aufgewacht. »Nein, kann ich nicht«, gab sie nach. »Du hast deine Pflichten immer ernst genommen und erfüllt. Aber jetzt . . .«

»Jetzt tue ich das auch«, bemerkte Yvonne kühl und stand auf. Sie blickte auf Ilona, die immer noch saß, hinunter. »Wenn du mich läßt. Ich möchte gern in die Küche.«

Ilona nickte. »Das kann ich mir vorstellen«, sagte sie mehr zu sich selbst. Sie sah hoch. »Du wirst erwachsen, mein Mädchen; ich merke es deutlich. Dennoch laß dir von einer alten Frau wie mir gesagt sein, daß dazu mehr gehört als sich stur zu stellen und sich zu weigern, Fragen zu beantworten.«

Yvonne verzog unangenehm berührt das Gesicht. »Ich weigere mich ja gar nicht. Ich weiß nur nicht . . .« Sie setzte sich wieder auf den Stuhl, von dem sie eben aufgestanden war. »Ich weiß nur nicht, was ich sagen soll.« Sie lächelte schief. »Und wenn du noch einmal behauptest, daß du eine alte Frau bist, verklage ich dich wegen Betruges.«

Ilona lachte. Die Situation hatte sich entspannt. Yvonne konnte sogar wieder scherzen, wenn auch nur angedeutet. »*Was* weißt du nicht?« fragte Ilona liebevoll. »Was ist so schwierig, daß du es mir nicht sagen kannst?« Sie konnte es sich schon denken, aber sie wollte, daß Yvonne damit herausrückte. »Ihr wart auf dem Schloß . . .« Ilona versuchte Yvonne eine goldene Brücke zu bauen. »Ihr habt . . . geflirtet . . .?« fuhr sie leise lächelnd fort.

»Pff!« Yvonne ruckte hoch. »Geflirtet!« Wieder sprang sie auf und verschränkte die Arme vor der Brust, wandte sich von Ilona ab und blickte durch das leere Lokal. Aber sie sah nichts. Ihre Augen verschleierten sich, und als sie sich wieder umdrehte, sah Ilona den Schmerz darin. »Wir hatten kaum genug Zeit zum Flirten«, sagte Yvonne schluckend. »Sie hat mich berührt, meine Hand, und dann . . . dann hat sie mich gefragt –«

»M-hm.« Ilona kannte den Rest ja schon. »War Esther ein Thema?« fragte sie ruhig.

»Thema?« Yvonne sah Ilona verständnislos an. »Nicht direkt«, fuhr sie dann fort. »Alex sagte nur, Esther wäre Vergangenheit.«

»Sagte sie das. So, so . . .« Ilona wurde immer klarer, was geschehen war. So etwas Ähnliches hatte sie auch schon vermutet. »Das heißt, sie wollte mit dir . . . weil Esther . . .«

». . . nicht mehr zur Verfügung steht, genau«, beendete Yvonne bitter.

»Das ist hart«, sagte Ilona. »Und sie hat sonst wirklich nichts gesagt? Gar nichts?«

Yvonne gab erneut ein abschätziges Geräusch von sich. »Sie hat sich über meine Ablehnung gewundert. Sie meinte, sie hätte gedacht, ich mag sie.«

»Was natürlich überhaupt nicht stimmt«, schmunzelte Ilona und verbarg ihr Gesicht ein wenig in der Hand.

»Das hat sich ja wohl erledigt«, erwiderte Yvonne steif, »selbst wenn es so gewesen wäre.« Sie bemerkte Ilonas Erheiterung sehr wohl und fand sie ziemlich unangebracht. »Ich dachte, wenigstens du würdest das verstehen«, meinte sie beleidigt, »aber da habe ich mich anscheinend geirrt. Ich gehe jetzt endgültig in die Küche.« Sie drehte sich entschlossen um.

»Nein, Yvonne, ich verstehe dich«, sagte Ilona schnell und riß sich zusammen. »Ich verstehe dich sogar sehr gut. Wenn mir so etwas passiert wäre, würde ich wahrscheinlich ähnlich reagieren. Sei mir nicht böse und komm zurück. Setz dich wieder und laß uns miteinander reden. Du bist verletzt, und das völlig zu Recht. Alex hat . . . na ja, sie ist ziemlich gefühllos mit dir umgegangen. Aber gerade das ist es, was mich wundert. Alex ist keine gefühllose Person. Im Gegenteil. Gerade das war ja ihr Problem; deshalb war sie traurig und hat gelitten. Ich kann mir nicht vorstellen, daß sie dir nun das gleiche antut. Jedenfalls nicht mit Absicht.«

»Absicht oder nicht, es tut weh«, sagte Yvonne mühsam. Sie setzte sich wie in Zeitlupe wieder hin.

»Ja, das glaube ich dir.« Ilona strich zärtlich über Yvonnes Hand. »Bist du sicher, daß sie wirklich weiter nichts gesagt hat? Sie hat nicht gesagt, daß sie dich –« Ilona brach ab und biß sich auf die Zunge.

»Daß sie mich liebt?« Yvonne lachte auf. »Nein, das hat sie nicht gesagt. Davon war sie weit entfernt.« Sie fuhr sich über die Lippen. »Und weißt du, was das schlimmste war?« Sie drehte sich weg. »Ich wollte es auch. Ich wollte es so sehr, daß ich fast darüber hinweggesehen hätte – daß ich einfach mitgegangen wäre. Ich weiß nicht, warum ich es dann letztendlich doch nicht getan habe. Es war mir egal – es war mir ganz und gar egal, ob sie mich liebt – daß sie mich nicht liebt. Ich wollte sie einfach nur. Ich wollte es. Egal wie. Auch wenn es nur Sex gewesen wäre. Ich habe mich so sehr nach ihr gesehnt –«

Ilona stand auf und legte ihr tröstend die Arme um die Schultern. »Das ist doch ganz normal, Yvonne. Du bist nicht die erste, der das passiert. Du mußt dich nicht dafür schämen.«

»Tu ich aber. Es war nicht Alex' Schuld, sondern meine. Alex kann nichts dafür. Und dabei wäre es für mich –«

»Was?« Ilona runzelte die Stirn, weil Yvonne so plötzlich stockte. Wie abgeschnitten.

Yvonne winkte ab. »Nichts. Es war meine Schuld, nicht die von Alex. Das war alles, was ich sagen wollte.«

»Liebe ist etwas Scheußliches, nicht wahr?« fragte Ilona mitfühlend.

»Sollte sie nicht eigentlich etwas Schönes sein? Das Schönste überhaupt?« fragte Yvonne verzweifelt.

»Das ist sie auch«, sagte Ilona.

»Warum tut sie dann so weh?«

»Liebe tut vor allen Dingen dann weh, wenn sie nicht erwidert wird.«

Yvonne schwieg. »Ja«, sagte sie dann leise. »Das ist wahrscheinlich das Problem. Wenn sie nicht erwidert wird . . .«

»Du brauchst sie ja nicht wiederzusehen. Sie hat dich sehr verletzt. Vielleicht solltest du versuchen, nicht mehr an sie zu denken.

Irgendwann wird die Erinnerung verblassen.«

Yvonne lachte bitter auf. »Wird sie nicht. Alex wird zum Essen kommen. Das hat sie schon angekündigt.«

»Ach du meine Güte!« sagte Ilona leicht bestürzt. »Soll ich sie ... ich meine, wenn sie kommt, soll ich sie dann wegschicken?«

Yvonne gab sich einen Ruck. Sie schüttelte nach einem kurzen Moment des Zögerns langsam den Kopf. »Nein«, sagte sie dann entschlossen. »Schick sie nicht weg. Sie hat das Recht dazu, hier zu essen. Genau wie jeder andere Gast. Wir sind ein öffentliches Lokal.« Sie lachte noch einmal. »Das habe ich ihr auch gesagt.« Mit einer endgültigen Bewegung stand sie auf.

Ilona sah Yvonne in Richtung Küche entschwinden und betrachtete noch eine Weile die Schwingtür, die immer langsamer werdend hinter Yvonne ausschwang, nachdem sie in der Küche verschwunden war. Hatte Alex sich so sehr verändert? Das, was Yvonne beschrieb, erinnerte eher an Esther. Wollte Alex sich für das, was ihr selbst passiert war, nun bei anderen schadlos halten? Oder hatte der Unfall sie so verändert? War sie eine andere geworden, weil sie fast gestorben wäre? Wollte sie das Leben nun nur noch genießen, ohne Rücksicht, ohne Nachdenken, ohne Verantwortung? Die Alex, die das erste Mal, als sie in den *Badischen Hof* kam, so traurig, ja verzweifelt in der Ecke gesessen hatte, war eine andere gewesen. Eine Frau mit tiefen Gefühlen – Gefühlen, die nicht erwidert wurden, die ausgenutzt wurden –; eine Frau, die darunter litt, daß sie benutzt wurde, ohne das zu bekommen, wonach sie sich sehnte. Sie hatte die Seiten gewechselt – oder tat jedenfalls so. Jetzt war Yvonne auf der anderen Seite, auf der, auf der Alex zuvor gewesen war. Ihre Liebe wurde nicht erwidert. Ilona überlegte, wie sie Yvonne vor weiteren Enttäuschungen bewahren konnte. Konnte sie das überhaupt? Yvonne war erwachsen. Aber Ilona würde es versuchen. Entschlossen kehrte sie zu ihren Gläsern hinter der Theke zurück.

Yvonne stand in der Küche und sah sich um. Es war eigentlich immer noch zu früh, um mit den Vorbereitungen fürs Abendessen zu beginnen. Der Mittag war ja kaum vorbei. Aber das Gespräch mit Ilona hatte Yvonne beruhigt. Vielleicht hatte es sie noch trauriger gemacht, als sie zuvor schon gewesen war, aber immerhin: es hatte sie wieder auf den Boden der Tatsachen zurückgebracht, die ihr so vertraut waren. Alex liebte sie nicht. Alex liebte entweder immer noch Esther oder vielleicht eine andere Frau oder vielleicht niemanden im Moment, aber auf jeden Fall liebte sie nicht Yvonne.

Als sie selbst, Yvonne, erkannt hatte, daß sie Alex liebte und daß da Esther war, die zwischen ihr und ihrem Glück stand, hatte es wehgetan; und nun tat es weh zu erkennen, daß Alex sie nicht liebte, obwohl Esther nicht mehr da war. Daß sie, Yvonne, sich alles nur eingebildet hatte. Sie hatte geglaubt, daß Esther das Problem wäre. Daß, wenn Esther einmal von der Bildfläche verschwunden war, alles in Ordnung kommen würde. Aber das tat es nicht. Alex nahm Esthers Platz ein und wollte keine Liebe mehr, sondern nur Sex.

Yvonne konnte sich nicht vorstellen, was geschehen war. Sie sah nur das Ergebnis. Sie hatte sich deshalb in Alex verliebt, weil sie in ihr eine Frau gesehen hatte, die viel Gefühl ausstrahlte, die so sehr lieben konnte wie sie leiden konnte. Sie hatte sich in Alex' Arme gewünscht, weil sie diese Liebe erleben wollte. Weil sie sich erträumte, daß es wundervoll sein mußte, von dieser Liebe umgeben zu sein, eingehüllt zu werden. Sie hörte wieder Alex' Stimme: *Ich bin sonst nicht so direkt, aber seit dem Unfall ist jede Sekunde kostbar.*

Dieser verdammte Unfall! Yvonnes Gesichtsausdruck verwandelte sich erneut in eine grimmige Maske. Zuerst war ihr dieser Unfall wie ein Geschenk des Himmels erschienen, besonders als sie mitbekam, daß Esther Alex nicht besuchte, daß sie, Yvonne, auf diese Art mit Alex alleinsein konnte, sich um sie kümmern und ihr näherkommen. Ohne Gefahr, ohne Beeinträchtigung. Der Unfall hatte ihr und Alex ungestörte Zeit geschenkt. Aber er hatte anscheinend auch noch eine andere Komponente. Eine, die Yvonne nicht eingerechnet hatte. Er hatte Alex verändert. Sie war ruhiger geworden, abgeklärter – aber offensichtlich auch gefühlsärmer. Sie hatte sich an Esther ein Beispiel genommen.

Yvonne atmete tief durch. Sie konnte nicht ewig ihrer Liebe zu Alex nachtrauern. Einer Liebe, die zu nichts führte. Wenn Alex kam – wenn sie zum Essen kam – würde Yvonne sich einfach neutral verhalten. Sie würde sie wie jeden anderen Gast behandeln, nicht besser und nicht schlechter. Punktum!

Alex war mit ihrem neuen Auto nach Hause gefahren und hatte noch einmal den Fahrtwind genossen. Auch über Yvonne hatte sie nachgedacht. Sie hatte sich vorgestellt, was sie empfunden hätte, wenn sie an Yvonnes Stelle gewesen wäre. Dabei war ihr aufgefallen, daß sie nicht sehr geschickt vorgegangen war.

So etwas wäre ihr früher wohl nie passiert, vor ihrem Unfall. Sie hatte sich immer tausend Gedanken darüber gemacht, was die andere Frau wohl empfinden mochte, was sie denken mochte, was sie wollte. Und danach hatte sie sich gerichtet. So viele Gedanken über die andere waren in ihrem Kopf herumgeschwirrt, daß sie ihre eigenen kaum noch hören konnte.

Das hatte sich geändert. Sie mußte zugeben, daß sie sich kaum Gedanken darüber gemacht hatte, was Yvonne wohl denken mochte, als sie oben auf dem Schloß saßen. Sie hatte gespürt, daß da etwas war, eine Spannung, eine Gefühlsbewegung – aber sie hatte das lediglich mit sexuellem Interesse verbunden. Und immerhin hatte Yvonne ihr vor einiger Zeit gesagt, daß sie mehr für sie, Alex, empfand. Daraus hatte Alex geschlossen, daß sie auch mit ihr schlafen wollte.

Sie lachte auf. Vielleicht lag das an Esther. Mit Esther war Spannung gleich Sex gewesen. Jedes Zusammensein war darauf hinausgelaufen, hatte in endloser, wilder Leidenschaft gegipfelt. Nichts anderes hatte je eine Bedeutung gehabt. Aber war sie, Alex, darüber nicht langsam hinaus? Doch was wollte sie dann von Yvonne? Sie liebte Yvonne nicht. Sie empfand nicht das für sie, was sie für Esther empfunden hatte.

An diesem Punkt stutzte Alex. War das, was sie für Esther empfunden hatte, wirklich Liebe gewesen? Und selbst wenn: konnte und wollte sie von nun an all ihre weiteren Gefühle an diesem Erlebnis messen? An Esther? Es tat immer noch weh, wenn sie daran dachte, was gewesen war. Vielleicht würde sie nie wirklich darüber hinwegkommen. Aber wollte sie Frauen wie Yvonne dafür büßen lassen? Frauen, die so . . . süß waren wie Yvonne?

Alex bog von der Straße ab und fuhr in einen Waldweg hinein. Sie stieg aus und ging ein paar Schritte. Es war nicht das erste Mal, daß ihr im Zusammenhang mit Yvonne dieses Wort in den Sinn kam: süß. Esther war nie süß gewesen oder lieb. Das paßte nicht zu ihr. Aber Yvonne – Yvonne war es. Einfach so. Sie war sogar sehr süß. Und dabei doch in vielem so anders, als man es aufgrund dieser Einschätzung erwartete. Yvonne hatte Kraft und Mut – genau wie Esther –, aber sie setzte diese Eigenschaften für andere Dinge ein. Sie kümmerte sich um andere Menschen. Sie hatte sich um Alex gekümmert.

Vorhin, als Yvonne aus Alex' Wagen gestiegen war, hatte Alex noch gedacht, daß es vermutlich nur das Helferinnensyndrom war, das Yvonne dazu getrieben hatte, sie im Krankenhaus zu besuchen, sie mit Essen zu versorgen, mit guten, fröhlichen Gesprächen, um sie aufzuheitern. Alex kannte das von sich selbst. Sie hatte auch des öfteren unter diesem Drang, anderen helfen zu wollen, ja zu müssen, gelitten. Aber außerdem hatte Yvonne Alex ihre Zuneigung gestanden. Mehr als das.

Alex stieg heiß die Schamesröte ins Gesicht. Yvonne hatte ihr nicht nur ihre Zuneigung gestanden, sondern ihre Liebe. Das war der Punkt. Und sie, Alex, war so besessen von Esther gewesen zum damaligen Zeitpunkt, daß sie nichts damit anfangen konnte, daß sie Yvonne einfach zurückgewiesen hatte, daß sie sie sogar beschimpft und bedroht hatte.

Wie schrecklich. Vor ihrem Unfall hätte sie das vielleicht nicht gefunden, aber nun kam ihr zu Bewußtsein, wie sehr sie Yvonne damit verletzt haben mußte. Und trotzdem war sie zu ihr ins Krankenhaus gekommen, hatte nie wieder ein Wort darüber verloren. Was für eine Frau.

Alex kam sich auf einmal schäbig vor. Sie hätte sich gern bei Yvonne entschuldigt. Aber jetzt zurückfahren? Nein, das war wohl zu früh. Und außerdem: Was sollte sie Yvonne sagen? Daß sie sie liebte? Das entsprach nicht der Wahrheit. Doch wenn sie sich selbst in Yvonnes Lage versetzte, konnte sie sich vorstellen, daß Yvonne genau das erwartete. Das hätte sie, Alex, auch getan. Sie mußte warten. Ein wenig Zeit vergehen lassen. Darüber nachdenken. Auch darüber nachdenken, was sie von Yvonne wollte. Warum war es ihr so wichtig, daß Yvonne nicht böse auf sie war? Sie hätte sie einfach vergessen können. Sex konnte sie auch woanders bekommen.

Und Liebe? War das überhaupt noch möglich nach den Erfahrungen mit Esther? War Liebe nicht einfach nur eine Illusion? Wenn sie sich wieder darauf einließ, würde sie wieder enttäuscht werden. So war es bisher immer gewesen. Esther hatte den vernichtenden Schlußpunkt in dieser Hinsicht gesetzt, aber zuvor hatte sie, Alex, es auch nie anders erlebt. Sie hatte immer geglaubt, verliebt zu sein; sie hatte immer geglaubt und gehofft, mit einer Frau den Rest ihres Lebens verbringen zu können, wenn sie sie kennenlernte und sich mehr als üblich zu ihr hingezogen fühlte. Und sie war immer eines Besseren – oder eher: Schlechteren – belehrt worden. Nie hatte es gehalten; immer waren Narben zurückgeblieben – und die von Esther waren noch ganz frisch.

Yvonne erschien ihr anders. Aber auch das hatte sie immer geglaubt – am Anfang. Jede Frau war etwas Besonderes gewesen. Von jeder Frau hatte sie erwartet, daß sie sie nicht enttäuschen würde. Und jede Frau hatte es getan. Früher oder später. Es war sinnlos, etwas anderes zu erhoffen.

Alex fühlte sich auf einmal ganz matt, als sie an diesem Punkt ihrer Überlegungen angekommen war. Sie mußte ihre Erwartungen verändern, ihre Ansprüche herunterschrauben, wenn sie das nicht mehr erleben wollte.

Aber was war das für ein Leben? Wenn sie von einer anderen Frau gar nichts mehr erwartete, wenn sie sie einfach so nahm, wie sie kam; wenn es genug sein mußte, daß sie eine Frau war? Würde sie dann nicht genauso enden wie Esther: in der Wahllosigkeit?

Alex wanderte noch eine Weile durch den Wald und ließ den Sauerstoff ihren Kopf auslüften. Aber sie kam zu keiner Lösung. Es würde wohl noch eine geraume Zeit dauern, bis sie ihre Gedanken geklärt hatte; bis sie wirklich wußte, was sie wollte. Im Moment sollte sie sich auf ihre Arbeit konzentrieren. Das war wichtiger. Was nützte ihr die süßeste Frau, wenn sie kein Geld hatte, um sie zu verwöhnen, um das Leben mit ihr zu genießen? Sie ging zu ihrem Wagen zurück und machte sich auf den Weg nach Hause.

Die Tage verstrichen, und Yvonne gewöhnte sich langsam daran, daß Alex aus ihrem Leben verschwunden war. Trotzdem vermißte sie Alex schrecklich, aber wenn es allzu schlimm wurde, dachte sie an die Szene auf dem Schloß, und ihre Gefühle beruhigten sich wieder – wenigstens eine Zeitlang. Bis sie das nächste Mal daran dachte, wie Alex gelächelt hatte, als sie, Yvonne, ihr eine Geschichte erzählte, im Krankenhaus, um sie aufzuheitern. Sie sah Alex' warme Augen vor sich; die Zärtlichkeit, die darin ruhte. Oder bis sie sich daran erinnerte, wie sehr Alex' Berührung, das Streicheln ihrer Hand, ihr Kuß sie, Yvonne, aufgewühlt hatte. Aufgewühlt bis zu einem Grade, der sie vergessen ließ, was sie eigentlich wollte. Der all ihre Gedanken und Gefühle durcheinanderbrachte. Bis Alex sie auf den Boden der Tatsachen zurückholte.

Während der ersten Woche sah Yvonne jedesmal aufgeschreckt zur Tür, wenn jemand hereinkam. Sie hoffte – und sie fürchtete – Alex zu sehen. Wenn sie in der Küche war, erwartete sie stündlich, minütlich, daß Ilona die Schwingtür aufstoßen und ihr mitteilen würde, daß Alex da war.

Aber nichts geschah. Alex ließ sich nicht blicken. Und Yvonne war froh, daß sie es nicht tat. Es gab zuviel, was sie ihr hätte sagen wollen und was sie zurückhalten mußte, wenn sie sich an ihren Vorsatz halten wollte, Alex wie jeden anderen normalen Gast zu behandeln.

Ilona beobachtete Yvonne manchmal etwas besorgt, und Yvonne fuhr dann auf, weil sie diese Fürsorge nicht ertragen konnte. Weil sie nicht daran erinnert werden wollte, daß sie sie vielleicht benötigte. Doch mit der Zeit beruhigte sie sich. Abends lag sie in ihrem Bett und konnte nicht einschlafen, weil sie sich wünschte, nicht allein zu sein; weil sie sich wünschte, daß Alex neben ihr läge – und mehr. Wenn sie kam – falls sie kam – würde sie ihr das natürlich nicht gestehen. Wenn Yvonne dann eingeschlafen war, träumte sie von Alex' Kuß, von Alex' Berührungen. Und sie erwachte in einem Zustand, der ihr immer peinlicher wurde. Konnte sie denn an nichts anderes mehr denken?

Alex hatte schon länger darüber nachgedacht, ob sie den *Badischen Hof* überhaupt noch einmal betreten sollte. Sie merkte, daß etwas sie dort hinzog, aber war es nicht eigentlich unfair, Yvonne dadurch falsche Hoffnungen zu machen – und sich selbst vielleicht auch? Sie konnten nie mehr sein als gute Freundinnen, so wie es im Krankenhaus gewesen war. Und ob sie diesen entspannten Zustand je noch einmal erreichen würden, war sowieso fraglich.

Alex wußte, daß das Yvonne nicht genügen konnte. Sie selbst – ja sie selbst war sich auch nicht ganz darüber im klaren, ob es ihr genügte. Aber Yvonne fehlte ihr. Die Gespräche mit ihr, das Lachen, die gemeinsam verbrachten harmonischen Stunden. Alex hatte zu spät bemerkt, wie sehr sie sich daran gewöhnt hatte. Ihre Arbeit würde sie ablenken, ausfüllen, hatte sie gedacht, und das tat sie auch bis zu einem gewissen Maße, aber eben nur das: bis zu einem gewissen Maße. Der persönliche Aspekt fehlte.

Mandy kam ab und zu vorbei; sie und Pat kümmerten sich weiter um Alex. Und Sylvia rief an und wollte sich mit Alex zum Kaffee verabreden. Es schien alles normal. Vorher war es auch nicht anders gewesen. Und trotzdem: Alex fühlte den Unterschied.

Auch wenn sie, bevor sie – sie stockte selbst in Gedanken – bevor sie Esther kennengelernt hatte, überwand sie sich weiterzumachen, auch wenn sie damals nicht gerade glücklich gewesen war, hatte sie doch nicht an eine bestimmte Person gedacht. Sylvia hatte völlig zu Recht festgestellt, daß Alex eine Romanze fehlte, eine liebevolle Frau, die ihr Leben bereichern und sie glücklich machen konnte. Das Desaster, das daraufhin eingetreten war, als Esther in Alex' Leben trat, hatte sie ja nicht voraussehen können.

Jedenfalls war Alex niemals in Gedanken bei einer bestimmten

Frau gewesen, wenn sie sich einsam fühlte; nur so allgemein dachte sie an weiche Frauenhände, die sie streichelten, oder einen Mund, der sie küßte – einen Mund ohne Namen und ohne konkreten Bezug zu einer tatsächlichen Person.

Alex hatte erwartet, daß es wieder so sein würde; nun, nachdem Esther Geschichte und eine andere Liebe nicht in Sicht war. Aber da hatte sie sich getäuscht. Zunehmend drängte sich Yvonnes Gesicht vor ihr inneres Auge, wenn Alex nach einer Heimat in ihrem Inneren suchte, wenn sie sich nach Zärtlichkeit sehnte, nach Freundschaft.

Warum eigentlich hielt sie sich von Yvonne fern? Es gab keinen Grund dazu. Sie hatte Yvonne verletzt, das wußte sie, und sie würde sich dafür bei ihr entschuldigen müssen. Aber vielleicht waren Yvonnes Wunden auch schon wieder verheilt. Sie konnten nicht besonders tief sein. Sie kannten sich ja kaum. Die Zeit im Krankenhaus erschien Alex nur noch wie ein Traum. Fast hatte sie sie schon vergessen. Sie schrumpfte auf einen einzigen Tag zusammen; auf den, an dem sie entlassen worden war. Da hatte ihr Leben erneut begonnen. Davor war Dunkelheit. Es hatte keine Bedeutung.

Alex betrat den *Badischen Hof* in der hektischsten Mittagszeit. *Hier werde ich wohl kaum einen Tisch finden*, dachte sie, und hilfesuchend glitt ihr Blick zur Theke, wo sie Ilona vermutete. Ilona sah sie merkwürdig an. *Natürlich*, dachte Alex, *sie weiß Bescheid.* Alex straffte ihren Rücken und ging auf Ilona zu.

»Ich wollte eigentlich bei euch essen, aber anscheinend sieht es nicht gut aus«, sagte sie etwas verkrampft lachend.

Ilona musterte sie. »Nein, es sieht nicht gut aus«, bestätigte sie zweideutig.

Alex senkte ihren Blick. »Ich . . . ich möchte mich bei Yvonne entschuldigen. Meinst du, das geht?«

»Ich werde sie fragen«, sagte Ilona. Als Alex weiterhin bewegungslos an ihrem Platz verharrte, tat sie Ilona plötzlich leid. »Alex?« sprach sie sie sanft an.

Alex versuchte Ilonas Blick nicht auszuweichen, als sie hochsah. »Ja?«

»Warum hast du Yvonne das angetan, nach allem, was du mit Esther durchgemacht hast?«

Alex senkte wieder beschämt ihre Augen zur Erde, auf ihre Schuhspitzen. »Ich habe nicht darüber nachgedacht«, sagte sie leise. Dann blickte sie hoch und sah Ilona um Verzeihung bittend an. »Ich weiß, ich hätte es tun sollen, aber ich war noch nicht soweit. Der Unfall hat mein Leben verändert. Ich sehe viele Dinge jetzt anders.«

»Auch Yvonne?« fragte Ilona. »Wie stehst du zu ihr? Was empfindest du für sie?«

Sie wurden durch den Ruf eines Kellners unterbrochen, der an der Theke vorbei in die Küche eilte und Ilona eine Getränkebestellung zurief. Ilona nahm automatisch ein Bierglas in die Hand und begann das Getränk zu zapfen. Als sie fertig war, stellte sie es auf die Theke und wandte sich wieder Alex zu. Ohne ihre Frage noch einmal zu wiederholen, wartete sie mit aufforderndem Blick auf die Antwort.

»Ich . . . ich mag sie«, sagte Alex unbehaglich. »Sehr. Sie ist . . . sie ist einfach süß.« Und Alex merkte, wie sehr diese Süße sie anzog. Sie spürte, daß sie Yvonne sehen wollte. Schon den ganzen Morgen über war dieses Verlangen immer stärker geworden. Deshalb war sie hergekommen.

»Es erstaunt mich, daß du das bemerkt hast«, meinte Ilona sanft ironisch. »Aus deinem Verhalten hätte man das kaum schließen können.«

»Ich weiß.« Alex trat von einem Fuß auf den anderen. »Es tut mir ja auch leid. Und das möchte ich ihr gern sagen. Vielleicht vergibt sie mir. Was denkst du?«

»Ich kann dazu nichts sagen.« Ilona musterte Alex noch einmal. »Das muß Yvonne entscheiden. Aber ich würde gern wissen, was du wirklich für sie empfindest. Du magst sie, sagst du. Wie sehr? Was kann daraus werden? Mehr?«

Alex wußte nicht mehr, wo sie ihre Hände hintun sollte. Sie erschienen ihr zu lang für ihren Körper und zu ungelenk. Überhaupt kam sie sich sehr linkisch vor. »Ich weiß, was du meinst«, sagte sie leise, »aber ich . . . ich –«

»Du denkst immer noch an Esther«, sagte Ilona.

»Ich ... nein ... ja, manchmal. Aber das ist es nicht. Ich habe –« Alex verstummte.

Du hast Angst, ergänzte Ilona in Gedanken, aber sie sagte es nicht. Sie verstand Alex nur zu gut. Aber ihr erstes Interesse galt Yvonne. *Sie* wollte Ilona beschützen; *ihr* wollte sie eine glückliche Zukunft bescheren. Mit oder ohne Alex.

»Du solltest dir erst einmal darüber klarwerden, was du für Yvonne empfindest«, sagte Ilona.

»Du schickst mich fort?« Alex wußte nicht, ob sie darüber froh oder unglücklich sein sollte.

»Nein.« Ilona schüttelte den Kopf. »Ich schicke dich nicht fort. Ich überlasse es dir zu entscheiden, wann der Zeitpunkt gekommen ist, an dem du dir klar darüber bist, was du von Yvonne willst. Wenn dieser Zeitpunkt jetzt ist, geh in die Küche. Sie ist da.« Ilona wollte nicht gegen Yvonnes Wunsch verstoßen, Alex nicht fortzuschicken, aber sie hoffte auch, daß Alex vernünftig genug sein würde einzusehen, was nun zu tun war. Ilona war sich nicht sicher, ob sie es zulassen konnte, die Gefahr einzugehen, daß Alex Yvonne noch einmal verletzte.

Alex stand unentschlossen da. »Gibst du mir einen Kaffee?« bat sie Ilona nach einer Weile und setzte sich an die Theke.

Ilona nickte. Sie holte den Kaffee und stellte ihn vor Alex hin. »Ich mag dich, Alex, wirklich«, sagte sie ernst, »aber wenn du Yvonne wehtust –«

Sie führte die Konsequenzen nicht weiter aus. Alex konnte sich den Rest denken.

Die nächsten Getränkebestellungen hielten Ilona von weiteren Diskussionen mit Alex ab. Sie war zu beschäftigt, um Alex auch nur im Auge zu behalten. Als sie endlich wieder ein wenig Ruhe hatte und zu Alex hinsah, lag ein Geldschein neben der leeren Tasse. Alex war gegangen.

Alex brauchte ein paar Tage, um das Scheitern ihres ersten Versuches, Yvonne wiederzusehen, zu verdauen. War es ihr wirklich so wichtig gewesen? fragte sie sich immer wieder. Yvonne gehörte weniger zu ihrem Leben als Mandy, Pat oder Sylvia, die sie fast täglich sah. Und trotzdem vermißte sie sie. Yvonne stand für vieles, das Alex sich wünschte. Sie mußte nicht perfekt sein, um dem nahezukommen, was Alex als ihren Traum bezeichnete.

Sie wußte, daß Yvonne für eine Beziehung in Frage kam, daß sie, Alex, sich das nicht nur einbildete, wie sie es wohl für eine Weile bei Esther getan hatte. Und Alex wußte, daß sie selbst, Alex, sich eine Beziehung mit einer liebevollen Frau wünschte – schon lange; länger als sie denken konnte.

Warum also taten sie sich nicht beide zusammen? Sie verstanden sich gut; sie konnten miteinander lachen und reden; sie teilten ein paar Erinnerungen – wenn auch nicht nur gute. Das ließ sich nicht mehr ändern, aber das Verhältnis zwischen guten und schlechten Erinnerungen konnte man verändern. Wenn noch ein paar gute hinzukamen.

Dafür allerdings mußte Alex sorgen. Und deshalb mußte sie sich darüber klarwerden, was sie für Yvonne empfand. Wie Ilona gesagt hatte.

Alex fühlte sich von Tag zu Tag mehr in der Zwickmühle. Yvonne war besser, als gar keine Freundin zu haben; manchmal erschien es Alex so, als wäre jede Frau besser, als allein zu sein. Dann wieder dachte sie darüber nach, daß Esther dann auch unter den Begriff ›jede Frau‹ gefallen wäre. Und war durch sie Alex' Situation verbessert worden? Wohl kaum.

Aber Yvonne war nicht Esther, absolut nicht. Sie stellte in der Tat sogar den gegenteiligen Typ dar. Einen sehr anziehenden Typ Frau, den Alex aber bis anhin gar nicht so wahrgenommen hatte. Die Frauen, mit denen sie zusammengewesen war, hatten immer eher in Esthers Richtung tendiert. Wenn auch Esther selbst der absolute Höhepunkt auf diesem Gebiet gewesen war. Der Höhepunkt an Lieblosigkeit, an Gefühllosigkeit, an Rücksichtslosigkeit. Alex war überzeugt davon, daß Yvonne ihr so etwas nie antun würde.

Niemals hätte Alex sich vorstellen können, daß Yvonne skrupellos handeln würde. Sie war so voller ... Liebe.

Alex erstarrte, als ihr das Wort in den Sinn kam. Sie hatte es lange vermieden, daran zu denken. Hieß das, daß auch sie, Alex, Yvonne in gewisser Weise liebte? Sie dachte darüber nach. Als Yvonne Alex ihre Liebe gestand, hatte sie, Alex, nur mit Wut darauf reagiert. Das war der Stand der Dinge gewesen – damals. Aber was war heute?

Nach allem, was geschehen war, war Wut sicher nicht mehr die richtige Reaktion. Nun ja, sie war es auch damals nicht gewesen, das mußte Alex vor sich selber zugeben. Aber was sollte diese Reaktion ersetzen? Zuneigung?

Sicher. Alex mochte Yvonne sehr gern. Das war ihr schon lange klar. Aber reichte das aus? Und stimmte es wirklich, daß da nicht mehr war? Nichts darüber hinaus, das einen anderen Namen verdiente? Alex schreckte vor der Erkenntnis zurück. Sie hatte immer noch Angst, daß Liebe und Enttäuschung zu nah beieinander lagen. Daß das eine ohne das andere nicht zu haben war. Und das letztere wollte sie sich ersparen. Aber das erstere auch? Da schwankten ihre Sinne.

Sie hatte Angst, fürchterliche Angst. Angst, daß sie sich verlieben könnte, so rasend, wie sie in Esther verliebt gewesen war. Und daß sie genauso abhängig von der Sehnsucht nach der Erwiderung dieser Liebe werden könnte, wie sie es mit Esther erfahren hatte. Daß sie sich so völlig sinnlos in hoffnungslose Erwartungen verstieg, sich selbst verlor.

Sie schüttelte sich. Für einen Moment hatte ihr die grausige Erinnerung einen kalten Schauder durch die Glieder gejagt. Seit ihrem Unfall, seit ihrer Entlassung aus dem Krankenhaus nach den Monaten der Qual, war sie beherrschter geworden, hatte selbst bei Gedanken an Esther Ruhe bewahren können, aber dieses Gefühl der Hilflosigkeit, der unentrinnbaren Abhängigkeit, des Ausgeliefertseins bis zu ihrem eigenen Untergang ließ sich nicht ganz unterdrücken. Es war das erste Mal, daß es wieder so massiv in den Vordergrund rückte, und schon allein deshalb wollte sie sich nicht mehr mit dem Gedanken an Liebe beschäftigen. Wenn es denn solche Auswirkungen hatte, sobald sie darüber nachdachte.

Aber Yvonne? War sie nicht damit verbunden? Sie war es, die

Alex an die schrecklichste Zeit ihres Lebens erinnerte. Yvonne hatte mit ihrem Wunsch nach Liebe dieses Gefühl wieder hervorgerufen. Sie, Alex, sollte den Umgang mit Yvonne vermeiden. Dann konnte sie auch dieses Gefühl, dieses furchtbare Gefühl, aus ihrem Leben verbannen. Aber vielleicht war es auch gar nicht mehr nötig, daß sie sich über Yvonne Gedanken machte. Wie kühl und abweisend hatte sie sich das letzte Mal verhalten, als sie sich gesehen hatten. Das deutete doch eher darauf hin, daß Yvonne an einer Liebesbeziehung zu Alex gar kein Interesse mehr verspürte. Sonst hätte sie doch auch mit Alex schlafen wollen. Warum hatte sie abgelehnt? Vielleicht war es doch anders, als Alex vermutete.

Alex war verwirrt. Ihre Gedanken drehten sich im Kreis. So gesehen war es das beste, den Kontakt ganz abzubrechen. Das würde das Problem lösen, wie immer es sich darstellte, für sie beide, Alex und Yvonne. Alex würde eine andere Frau finden, eine bessere vielleicht. Eine, die weder Esther noch Yvonne ähnelte und sie deshalb auch nicht an dieses schreckliche Erlebnis erinnerte.

Mit Feuereifer stürzte Alex sich wieder in die Arbeit und vergaß darüber für ein paar Tage, wie sehr sie Yvonne vermißte. Allerdings ging das nicht ewig gut. Der Auftrag war nach einiger Zeit abgeschlossen, und bevor sie mit etwas Neuem begann, wollte Alex eine kleine Pause einlegen, sich erholen, die Augen vom Bildschirm fernhalten.

Meistens nutzte sie diese kurzen Abstände zwischen zwei Projekten zu einem Ausflug in die Natur, einem Spaziergang, dem Lauschen des Murmelns eines Baches, das jegliche Gereiztheit oder Übermüdung von ihr abfallen ließ und sie fit für neue Taten machte.

Auch heute wieder. Sie hatte die Präsentation des Projektes auf dem Internet abgeschlossen; der Kunde hatte zugestimmt; Alex war frei, zu tun und zu lassen, was sie wollte. Sie strich sich über die Augen und schaltete den Monitor ihres Computers ab. Dankbar seufzte sie auf, streckte und reckte sich, zuerst in ihrem Bürostuhl, dann stand sie auf und zog ihre festen Schuhe an. Es hatte geregnet, aber nun schien wieder die Sonne. Dennoch würden die Wege wohl noch glitschig sein. Da empfahl sich die richtige Ausrüstung.

Schnell schritt sie aus, als sie die Straße überquert hatte und den ihr vertrauten Waldweg hinter ihrem Haus betrat. Es war wundervoll. Keine Menschen, keine Technik, keine Autos, keine Computer; keine Kunden, die sie zwangen, die halbe Nacht lang durchzuarbeiten, weil sie kurz vor Schluß noch tausend Änderungen eingearbeitet haben wollten.

Durch den Regen war ›ihr‹ Bach angeschwollen – Alex nannte ihn immer ›ihren‹ Bach, obwohl er ihr natürlich nicht gehörte – und das sonst sanfte Murmeln hatte sich in ein leises Rauschen verwandelt. Ab und zu plätscherte es angenehm, wenn sich die kleinen Wellen an den ebenso kleinen Steinen im Bachbett brachen; ein Gefühl der Ruhe und Zufriedenheit überkam Alex.

Sie ließ sich nach einer halben Stunde Wegs auf einer der wenigen Bänke nieder, die die Forstverwaltung für Waldbesucher aufgestellt hatte. Eigentlich war es keine Bank, sondern ein liegender Baum, der an der Oberfläche begradigt worden war, damit man besser darauf sitzen konnte. Ein zweiter, kleinerer Baumstamm bildete die Rückenlehne. So fügte sich die Bank in das Gesamtbild des Waldes ein, ohne es zu stören.

Alex lehnte sich zurück, atmete tief durch und beobachtete dann die plätschernden Wellen, die immer wieder versuchten, kleine Stromschnellen zu bilden, wenn sich ihnen ein Stein oder in den Bach gefallener Ast in den Weg legte. Sie lächelte. Das Wasser war so uneinsichtig. Seine Bemühungen um einen geraden Verlauf waren völlig sinnlos. Nie würde es ihm gelingen, eine Strecke des Weges im Bachbett ohne Behinderung zurückzulegen. Und doch gab es nie auf. War das Leben nicht genauso? Versuchte man nicht immer wieder, Dinge zu verändern, zu verbessern, darüber hinwegzukommen, und wurde man nicht genauso oft wieder zurückgeworfen – auf den Anfang, auf sich selbst?

Alex dachte darüber nach, und schneller, als der Bach murmeln konnte, kam ihr Esther in den Sinn. An Esther hatte sie sich beinahe den Kopf eingerannt; sie wäre beinahe gestorben an dieser Liebe, an dieser Besessenheit. Denn nur, weil sie an Esther gedacht hatte, weil sie abgelenkt gewesen war und sich nicht auf die Straße konzentriert hatte, weil sie müde gewesen war und erschöpft von den inneren Auseinandersetzungen und dem körperlichen Tribut, den Esther stets forderte, nur deshalb war sie gegen den Baum gefahren. Davon war sie mittlerweile überzeugt.

Sie lachte. Selbst die Therapeutin in der Klinik hatte sie davon überzeugen können, daß Selbstmord ihr nie im Traum eingefallen wäre. Zum Schluß hatte sie Alex geglaubt – und zu Recht, denn so war es tatsächlich nicht gewesen.

Wenn man Esther gefragt hätte, hätte sie sicher einen juristischen Begriff gekannt, der die Umstände dieses Unfalls korrekt beschrieb. Darin war sie hervorragend.

Alex dachte mit Wehmut an sie, nicht mehr mit Erbitterung. Was auch immer Esther Alex angetan hatte, sie war die große Liebe in Alex' Leben gewesen. Die einzige Liebe, wenn man es recht betrachtete. Die einzige große auf jeden Fall, denn was sie mit Esther erlebt hatte, hatte sie zuvor nicht gekannt. Die absolute Hingabe an eine Person, selbst um den Preis des eigenen Lebens. Mütter waren so, hatte Alex sich sagen lassen, wenn es um ihre Kinder ging. Aber sie selbst, Alex, hätte nicht angenommen, daß es so etwas auch zwischen zwei erwachsenen Frauen geben könnte.

Alex blickte hinauf in die grünen Kronen der Bäume, die Fetzen blauen Himmels, die dazwischen hervorblitzten. Hätte Esther so etwas überhaupt genießen können? Diese Ruhe, diese Einsamkeit? Sie brauchte Trubel um sich herum, Arbeit, Frauen, Sex. Ein geruhsamer Spaziergang, eine ziellose Unternehmung, die auf einer Bank im Wald endete: niemals hätte Alex Esther so etwas angeboten oder es mit ihr durchführen, erfahren können. Der Waldboden wäre bald zum Bett geworden, und Esthers Schreie hätten die erschreckten Vögel vertrieben.

Alex schüttelte auf einmal verwundert den Kopf. Wie hatte sie das so lange ausgehalten? Warum hatte sie nicht erkannt, daß Esther das, was ihr, Alex, so lieb und teuer war, nicht schätzen konnte, niemals schätzen würde? Daß sie viel zu verschieden waren, um Freundinnen sein zu können, Partnerinnen? Sexpartnerinnen, das ja, natürlich. Aber darauf kam es Alex ja nicht an.

Es war wirklich nicht leicht, eine Frau zu finden, die die eigenen Vorlieben teilte. Alex seufzte. Da würde sie wohl noch lange suchen müssen. Vielleicht war es auch einfach sinnlos. Vielleicht mußte man sich damit begnügen, daß man von einer Frau dies bekam und von einer anderen jenes und eine dritte suchen mußte, um wieder andere Bedürfnisse zu befriedigen – bis in alle Ewigkeit. Die *eine* Frau, die alles erfüllte, die gab es wohl nicht.

Alex bemerkte, daß sie Appetit bekam. Kein Wunder nach einem so erfrischenden Waldspaziergang. Wieder einmal hatte sie kaum etwas im Haus; sie hatte nicht eingekauft, weil sie so intensiv an ihrem letzten Auftrag gearbeitet hatte. Sie überlegte, ob sie Mandy besuchen sollte, deren Kühlschrank immer reichlich gefüllt und die zudem eine gute Köchin war. Alex hatte sich schon öfter bei ihr eingeladen. Mandy hatte sicherlich nichts dagegen.

Doch der Gedanke an Kochen und Essen hatte noch eine andere Erinnerung in Alex ausgelöst. Die beste Köchin, die sie kannte, war nicht Mandy. Es war schon eine Weile her seit Alex' letztem Besuch im *Badischen Hof*. Solange sie an Esther gedacht hatte, war Yvonne wie aus Alex' Gedächtnis gestrichen gewesen, aber jetzt, als sie sich vorstellte, wie Yvonne lächelnd in ihrer strahlend weißen Köchinnenuniform auf sie zukommen würde, erschien sie ihr wie ein Traum, der Wirklichkeit geworden war.

»Woran denkst du?« fragte Ilona, während sie die Anzahl der Teller in den Küchenschränken überprüfte und Yvonne ihr dabei helfen sollte, was sie aber nicht tat. Sie sah zum Fenster hinaus.

»Oh, gar nichts.« Yvonne drehte sich um und begann Ilonas Listen noch einmal durchzusehen, die sie bereits als erledigt zur Seite gelegt hatte.

Ilona kam zu ihr und nahm ihr die Blätter ab. »Das habe ich schon gemacht«, sagte sie milde tadelnd. Sie beobachtete Yvonnes abwesendes Gesicht. »Du denkst an Alex, nicht wahr?«

»Nein.« Yvonne wandte sich ab und tat, als gäbe es etwas außerordentlich Wichtiges in den unteren Schubladen zu erkunden.

Ilona hockte sich neben sie. »Es ist ziemlich lange her, seit ihr euch gesehen habt«, sagte sie.

»Sie hat keinerlei Interesse«, bemerkte Yvonne verletzt. »Warum also sollte ich welches haben? Sie ist nicht ein einziges Mal vorbeigekommen. Obwohl sie es angekündigt hatte.«

»Sie *ist* vorbeigekommen«, meinte Ilona sanft.

»Wann?« Yvonne fuhr herum.

»Vor einiger Zeit«, sagte Ilona.

»Du hast sie weggeschickt?« Auf Yvonnes Gesicht spielten sich ganze Dramen ab. Zuerst wirkte es bestürzt, dann verschloß es sich, dann wieder spiegelte sich eindeutige Ablehnung darauf, und zum Schluß – Ilona erkannte den Ausdruck genau – verwandelte es sich in Sehnsucht.

»Nein.« Ilona schüttelte den Kopf und erhob sich. »Ich habe sie nicht weggeschickt. Das hatte ich dir ja auch versprochen. Sie ist von selbst gegangen.«

Und hat mich gar nicht sprechen wollen? dachte Yvonne. *Das sagt ja wohl alles.* »Dann ist ja alles in Ordnung«, warf sie betont lässig in den Raum und ging zu ihren Töpfen hinüber.

»Sicherlich nicht«, meinte Ilona so neutral wie möglich. »Du sehnst dich nach ihr, und sie offensichtlich auch nach dir, sonst wäre sie nicht dagewesen.«

»Und wieder gegangen, ohne auch nur den Versuch zu machen mich zu sehen«, setzte Yvonne eisern beherrscht fort. »Dann kann die Sehnsucht ja nicht so groß gewesen sein.«

Ilona schüttelte zweifelnd den Kopf. »Vielleicht war sie nur noch nicht soweit«, sagte sie nachdenklich.

»Soweit? Wie weit? Du meinst, sie hatte noch niemand für ihr Bett gefunden, und deshalb kam sie her? Aber dann fiel ihr ein, daß es andere Frauen gibt, die nicht so zickig sind wie ich, und sie hat sich schnell wieder verabschiedet?« fragte sie bitter.

»Ganz so war es nicht«, sagte Ilona vorsichtig. »Was ich meinte, war, daß sie noch nicht so weit war, die Bedingung zu erfüllen.«

»Die Bedingung?« Yvonne verstand gar nichts mehr. »Welche Bedingung? Wer hat ihr denn Bedingungen gestellt?«

»Ich«, sagte Ilona.

»Was –?« Yvonne brach verwirrt ab.

Ilona kam zu ihr und legte ihr die Hand auf den Arm. »Ich habe ihr gesagt, sie sollte sich erst einmal darüber klarwerden, was sie für dich empfindet.«

»Und da ist sie gegangen? Na klasse!« Yvonne schnaubte durch die Nase wie ein unzufriedenes Pferd. »Ich kann mir schon vorstellen, was sie für mich empfindet. Darüber brauche ich mir nicht erst klarzuwerden. Sie anscheinend auch nicht.«

»Ich glaube nicht, daß es so einfach ist«, erwiderte Ilona. »Ich denke, wenn sie wirklich nur das Eine von dir wollte, wäre sie hiergeblieben. Wenn sie so ein Typ wäre. Aber das ist sie nicht.«

»Ist sie nicht? Na wunderbar! Wie schön für die Frau, mit der sie jetzt schläft!« Yvonne wurde immer wütender. Ihre Verletzungen hatten sich wieder an die Oberfläche vorgearbeitet und schmerzten furchtbar. Ohne direkten Zusammenhang fiel ihr der Ausdruck *wunde Seele* ein. Das mußte es sein, was sie fühlte.

»*Wenn* sie das tut«, bemerkte Ilona zurückhaltend, »was ich nicht glaube.«

»Ich schon«, sagte Yvonne so bitter, daß es Ilona fast körperlich wehtat.

Ilona drückte zärtlich Yvonnes Arm. »Laß uns nicht darüber diskutieren, was wir glauben. Was wir wissen, ist, daß sie hier war, und ich denke, das hat sie schon einiges an Überwindung gekostet. Ebenso als sie wieder gegangen ist. Das spricht eher für sie.«

»Meinst du«, stieß Yvonne hervor.

»Ja, meine ich«, antwortete Ilona lässig. »Und ich denke, daß sie wiederkommen wird.«

»Das will ich gar nicht!« Yvonne verschränkte die Arme vor der Brust und blickte böse in die Gegend.

»Doch, das willst du schon«, sagte Ilona lächelnd. »Du weißt es nur noch nicht.«

Yvonne drehte sich langsam zu ihr um, und ihre Augen begannen feucht zu schimmern. Im nächsten Augenblick lag sie an Ilonas Brust und weinte. »Ich . . . ich sehne mich so nach ihr!« schluchzte sie.

»Ich weiß«, sagte Ilona tröstend und streichelte beruhigend über ihren Rücken. »Ich weiß, mein Mädchen.«

Yvonne hob ihr tränenüberströmtes Gesicht und blickte Ilona an. »Ich träume von ihr. Jede Nacht. Und wenn ich aufwache, spüre ich fast noch –« Es schien ihr peinlich zu sein weiterzusprechen.

Ilona lachte leise. »Das kenne ich auch«, sagte sie. »Dafür brauchst du dich nicht zu schämen.«

»Aber – aber das kann doch nicht normal sein. Es ist doch schon so lange her. Und wir haben nie –«

»Was hat das damit zu tun?« sagte Ilona lächelnd. »Du bist jung. Du sehnst dich nach ihr, und dein Körper reagiert. Das ist mehr als normal. Ich denke, wenn sie das nächste Mal kommt, solltet ihr erst einmal miteinander reden. Habt ihr überhaupt schon einmal über eure Gefühle gesprochen? So richtig?«

So richtig? Yvonne dachte nach. Nein, so richtig wohl nicht. Als sie Alex gestand, daß sie sie liebte, hatte Alex gar keinen Sinn dafür gehabt und entsprechend reagiert. Danach hatten sie das Thema nie mehr berührt. Und Alex' Angebot, mit ihr zu schlafen, war wohl kaum als ein Gespräch über Gefühle zu bezeichnen. Sie schüttelte langsam den Kopf.

»Na, siehst du«, sagte Ilona. »Das fehlt euch. Ihr müßt euch darüber austauschen. Dann wird alles gut.«

»Glaubst du wirklich?«

»Ja.« Ilona nickte heftig. »Ja, das glaube ich. Eines der großen Übel in der Welt ist es, daß die Leute zu wenig miteinander reden. Sie interpretieren nur immer, was der andere denken *könnte*, und das führt zu nichts Gutem. Macht nicht denselben Fehler.«

Ein gequältes Lächeln stahl sich in Yvonnes Gesicht. »Meinst du tatsächlich, daß wir eine Chance haben?«

»O ja.« Ilona lächelte zärtlich. »Ihr habt die besten Voraussetzungen dafür. Wart's nur ab. Sie wird kommen, und dann müßt ihr die Vergangenheit hinter euch lassen. Fangt ganz neu an.«

»Ich weiß nicht, ob das geht«, sagte Yvonne zweifelnd. So viel war geschehen. Vielleicht zu viel.

»Es geht«, meinte Ilona zuversichtlich. »Ihr seid jung. Ihr habt euer ganzes Leben noch vor euch. Ihr habt noch so viel Zeit.«

Yvonnes Mundwinkel zuckten. »Wenn ich dich nicht hätte . . .«, sagte sie dankbar.

». . . müßtest du weniger arbeiten«, beendete Ilona launig den Satz. Sie gab Yvonne einen zärtlichen Klaps auf den Po. »An die Töpfe, junge Frau! Bald kommen die Gäste!«

Yvonne brauchte ein paar Tage Zeit, um alles zu verarbeiten, aber dann begann sie, sich auf Alex zu freuen. Sie war immer noch im Zweifel, ob Alex wiederkommen würde – Ilonas Zuversicht in dieser Hinsicht konnte sie nicht ganz teilen –, aber ihr wurde heiß, wenn sie daran dachte.

Was würde Alex sagen? Was würde sie tun? Würde sie sie in ihre Arme reißen und küssen? Yvonne schüttelte verlegen lachend den Kopf. Das Leben war doch kein Trivialroman! *Aber wäre es nicht schön, wenn es manchmal so wäre?* fragte da etwas an einer unbestimmten Stelle in ihrem Kopf.

Yvonne lächelte errötend. *Ja. Ja, das stimmt,* dachte sie, *es wäre schön.*

Yvonnes Phantasien trugen sie fort an einen anderen Ort des Geschehens. Ein einsames Haus im Wald, zwitschernde Vögel, ein murmelnder Bach, Sonnenstrahlen zwischen grünen Bäumen. Sie wußte nicht, wie sehr ihre Phantasie Alex' Wirklichkeit glich. Hätte sie es gewußt, hätte sie sich wahrscheinlich gewundert.

Sie sah Alex auf sich zukommen, lächelnd, zärtlich, eine Blume in der Hand, die sie gepflückt hatte. Yvonnes Herz schlug schneller. Alex, Alex, Alex . . .

Alex strich mit der Blüte ganz sanft über Yvonnes Gesicht. Yvonne mußte die Augen schließen, um es ertragen zu können. Das Kribbeln durchzog ihren ganzen Körper, machte sie schwach. Wenn Alex jetzt da wäre . . .

»Yvonne! Träumst du?« Eine ungeduldige Stimme riß sie aus ihrer Phantasie. Hellmut. »Deine Soße brennt an!« sagte er tadelnd.

»Oje!« Yvonne zerrte die Pfanne vom Herd. »Entschuldige, Hellmut, ich –«

»Schon gut.« Hellmut lächelte. Irgendwie hatte sein Lächeln einige Ähnlichkeit mit dem von Ilona in letzter Zeit, was Yvonne irritiert bemerkte. »Ist ja nichts passiert. Mach sie einfach neu.«

»Ja.« Yvonne war dankbar für die Hitze in der Küche, die die Rötung ihres Gesichtes auf unverfängliche Weise erklärte. Sie begann mit neuen Zutaten die Soße anzurühren.

Ilona betrat die Küche und kam auf Yvonne zu. »Sie ist da«, sagte sie lächelnd. Niemand mußte Yvonne darüber aufklären, wen sie meinte.

Yvonne stellte die Pfanne zur Seite und wischte sich die Hände an dem Handtuch ab, das sie an der Hüfte trug. Dann zog sie es bedächtig heraus und legte es beiseite. »Will sie . . . will sie etwas essen? Hat sie schon bestellt?« fragte sie mit erzwungener Ruhe.

»Ich glaube, sie möchte etwas anderes«, meinte Ilona lächelnd.

Yvonne durchströmten sehnsuchtsvolle Gefühle. Alex war gekommen, um sie zu sehen. Ilona hatte recht gehabt. Noch stärker spürte sie, wie sehr sie Alex vermißt hatte. Für einen Augenblick stand sie nur da und genoß das Gefühl unerfüllter Sehnsucht, das gleich vorbei sein würde.

»Ich gehe raus«, sagte sie mit unbeteiligter Miene, aber ihre Augen leuchteten so sehr, daß die ganze Küche davon erstrahlte. Sie ging auf die Schwingtür zu, und je näher sie ihr kam, um so langsamer wurde sie, als ob sie Angst hätte, was sie dahinter erwartete.

Ilona und Hellmut sahen sich an. »Na endlich!« sagten sie wie aus einem Mund.

Yvonne betrat das Lokal und erblickte Alex sofort. Sie wußte nicht, was sie erwartet hatte, aber irgendwie wirkte Alex nicht so sehnsuchtsvoll, wie Yvonne es sich vorgestellt hatte. Es kam ihr wieder zu Bewußtsein, daß das, was sie in ihrer Phantasie vielleicht schon für Realität gehalten hatte, mit Alex nichts zu tun hatte. Sie wußte nichts davon.

Das Lächeln auf Yvonnes Gesicht erstarb. Sie hatte sich so gefreut, aber Alex sah anders aus. Anders, müde, ausgelaugt. Aber nicht von einem inneren Kampf, sondern rein körperlich. Als ob sie zu wenig geschlafen hätte in der letzten Zeit, zu wenig Gelegenheit zur Erholung gehabt. Yvonne suchte nach Zeichen dafür, daß dieser Schlafmangel mit ihr zu tun haben könnte; daß Alex sich vielleicht nach ihr verzehrt hatte und deshalb –

Aber nein, so sah sie nicht aus. Sie wirkte sogar glücklich, als ob sie gerade . . . als ob sie gerade aus dem Bett einer Frau käme, dachte Yvonne. Und wahrscheinlich war es auch so. Ilona hatte sich getäuscht. Alex hatte ja angekündigt, daß sie vor allem Yvonnes Kochkünste weiterhin zu genießen gedachte. Und allein deshalb war sie gekommen. Erschöpft von Nächten voller Leidenschaft mit einer anderen Frau wollte sie sich bei Yvonne stärken, um dann mit der anderen weitermachen zu können.

Yvonne straffte ihre Schultern und näherte sich Alex mit unbewegtem Gesicht.

Alex lächelte erfreut, als Yvonne auf sie zukam.

»Du siehst etwas blaß aus«, bemerkte Yvonne kühl. »War die Nacht zu kurz?«

Alex entging die Anspielung nicht. »Ich habe gearbeitet«, antwortete sie steif. »Ein Projekt, das heute fertigwerden mußte.«

Ach, so nennt man das jetzt: Projekt, dachte Yvonne. Sie konnte sich nicht vorstellen, daß Alex seit ihrer letzten Begegnung auf Sex verzichtet hatte. Sie war so scharf darauf gewesen.

»Wer ist die Glückliche?« fragte Yvonne bissig. »Kenn' ich sie?«

Das war unwahrscheinlich, aber Yvonne sah bereits stöhnende Frauen vor sich in Alex' Armen, Frauen wie Esther, die Alex das geben würden, was sie von Yvonne gewollt und nicht bekommen hatte. Sie hatte sich bestimmt schnell getröstet. Liebe war ja schließlich nicht im Spiel. Jedenfalls nicht von Alex' Seite aus.

Alex zog sich innerlich zurück. Die Gefühle, die sie eben noch für Yvonne empfunden hatte, verflüchtigten sich in die hinterste Ecke. Sie hatte sich gefreut. Die ganze Fahrt hierher hatte sie vor sich hingesummt und gesungen, die fröhlichsten Sender im Radio gesucht, um ihre Stimmung widerzuspiegeln. Es war ihr immer klarer geworden, daß sie mehr von Yvonne wollte als einfach nur Essen. Das war ja auch eigentlich absurd. Yvonne war ... Yvonne war eine Frau, eine sehr begehrenswerte Frau, eine süße Frau. Eine Frau, wie Alex sie sich gewünscht hätte, wenn nicht immer die Esthers dieser Welt davorgestanden und ihre Gestalt verdeckt hätten.

Aber nun war Alex klargeworden, daß da kein Schatten mehr war, der ihr den klaren Blick verstellte. Sie fühlte etwas in sich, das sie noch nicht gewagt hatte zu benennen. Sie hatte sich nach dem Wiedersehen mit Yvonne gesehnt; sie sah Bilder vor sich aus ihren Träumen – Yvonnes Gesicht, immer wieder Yvonnes Gesicht. Und es löste Gefühle in ihr aus, die sie sehr wohl kannte. Vor denen sie sich gefürchtet hatte. Aber nun tat sie das nicht mehr. Denn diese Gefühle waren mit Yvonne verbunden. Vielleicht würde sie noch eine Weile brauchen, um diesen Gefühlen einen Namen zu geben, aber daß sie existierten, das bezweifelte sie nicht mehr. Sie wollte mit Yvonne zusammensein. Jeden Tag. Für den Rest ihres Lebens.

Doch als sie Yvonnes Gestalt sah, als Yvonne auf sie zukam mit diesem kalten Ausdruck im Gesicht, merkte Alex, daß sie zu sehr von sich selbst ausgegangen war. Sie hatte einfach vorausgesetzt, daß Yvonne sich ebenso freuen würde wie sie. Aber das tat sie offensichtlich nicht. Sie lehnte Alex' Anwesenheit ab, hätte sie am liebsten gar nicht hiergehabt. Die Ursache konnte sie sich denken.

Vielleicht war sie letztes Mal etwas zu forsch gewesen, dachte Alex, aber war das ein Grund für Yvonne, ihr gleich zu unterstellen, daß sie sich überhaupt nicht beherrschen konnte, daß es ihr nur um Sex ging? Daß sie wahllos irgendwo eine Frau aufgegabelt hatte, nachdem sie von Yvonne abgewiesen worden war, um mit ihr zu schlafen – ohne Rücksicht auf Verluste?

»Vermutlich nicht«, sagte sie als erfundene Antwort auf Yvonnes Frage. Sollte Yvonne doch denken, was sie wollte. Wenn sie lieber eine Lüge glauben wollte als die Wahrheit ...

»Stell sie mir doch mal vor«, erwiderte Yvonne ungerührt, während die Qual in ihr wühlte. Also stimmte es! Alex hatte nicht widersprochen. »Ihr könnt ja zum Essen kommen. Wenn du mir sagst, was sie mag, könnte ich etwas vorbereiten.« Yvonne fühlte den Schmerz in sich; der Abend, an dem Alex Esther mitgebracht hatte, lief wieder vor ihrem inneren Auge ab. Wie würde die Neue aussehen? Genauso attraktiv?

Yvonne war nur der Fußabtreter für Alex. Solange sie krank war, solange es ihr schlecht ging. Sobald sie sich wieder stark fühlte, war das alles vergessen. Dann interessierte sie jede andere Frau mehr als Yvonne. Daß Yvonne sie liebte, daran dachte sie nicht, obwohl sie es wußte, obwohl Yvonne es ihr gesagt hatte. Die Verletzung bohrte sich immer tiefer in Yvonnes Eingeweide.

Alex konnte es nicht glauben. Kühl und unnahbar stand Yvonne vor ihr, genauso wie sie das letzte Mal gewesen war, als sie sich verabschiedet hatten. Sie empfand nichts für Alex. Wieder einmal hatte Alex sich das alles nur eingebildet. *Genau wie bei Esther, genau wie bei Esther ...*, hämmerte es wieder und wieder in ihrem Kopf.

Sie blickte zu Yvonne hoch, und ihre Augen glänzten kalt. »Vielleicht tue ich das«, sagte sie. Sie musterte Yvonne kurz. »Du scheinst aber auch nicht gut geschlafen zu haben. Du siehst mitgenommen aus. Kann ich irgendwie helfen?« Der Klang ihrer Stimme allein strafte den Inhalt ihrer Worte Lügen.

Yvonne hörte daraus nur Genugtuung darüber, daß es ihr nicht gut ging. »Wohl kaum«, sagte sie kalt und dachte dabei: *Du weißt vermutlich ganz genau, daß du der Grund für meinen Zustand bist, aber du willst es nicht zugeben, nicht die Verantwortung übernehmen, dich drücken. Wie habe ich nur etwas anderes erwarten können?* Die Wut stieg wie ein brodelnder Vulkan in ihr hoch und überraschte sie selbst mit einem Ausbruch. »Außerdem würde ich von jemandem wie dir auch keine Hilfe annehmen«, bemerkte sie kalt.

Alex Mundwinkel verzogen sich verächtlich. Nein, das würde sie nicht noch einmal mitmachen. Sie würde sich von Yvonne nicht genauso behandeln lassen wie von Esther und all den anderen. Sie stand auf. »Dann ist es ja gut«, sagte sie beherrscht. »Ich habe auch nicht die geringste Lust dazu. Somit wären wir uns einig. Es hat wohl keinen Sinn, wenn wir uns wiedersehen.«

Yvonnes Herz brannte vor Schmerz und Erniedrigung. Alex war so kalt, so kalt. Warum hatte sie das nicht gleich gesehen? Dann hätte sie sich einiges ersparen können. »Ja, so ist es«, sagte sie.

Alex hatte auf ein letztes Zeichen gehofft, auf ein Schmelzen des eisigen Panzers, der Yvonne umgab, aber das war wohl aussichtslos gewesen. Von vornherein hatte sie sich in Yvonne getäuscht, hatte einmal wieder ihre rosarote Brille aufgesetzt und nicht wahrhaben wollen, daß Yvonne sich in nichts von Esther oder den anderen Frauen unterschied, mit denen Alex bisher zu tun gehabt hatte.

Yvonne stand da wie ein Eisberg, ohne Gefühl, ohne das geringste Zeichen von Anteilnahme, ohne Entgegenkommen, überfiel Alex mit Unterstellungen und ließ ihr keine Wahl. Vielleicht war es besser so. Besser jetzt als später, wenn sie sich wieder in Gefühle verstrickt haben würde, die sie nicht beherrschen konnte. Sie drehte sich um und steuerte den Ausgang an.

Hinter sich hörte sie ein Poltern. Verwundert wandte sie den Kopf. Yvonne lag am Boden. Sie war umgefallen. Alex krampfte sich das Herz zusammen. Sie rannte mit großen Schritten auf Yvonne zu, kniete neben ihr nieder und nahm ihren Kopf in die Hände, bettete ihn in ihren Schoß. »Yvonne«, flüsterte sie, »Yvonne . . .« Alle Kälte war aus ihrer Stimme gewichen. Zärtlichkeit und Liebe mischten sich darin, und Besorgnis. Panik ergriff sie. Was war geschehen? Yvonne war blaß; kalkweiß stach ihr Gesicht von Alex' Händen ab. Ihre geschlossenen Augenlider zitterten, wie wenn sich darunter hektische Dramen abspielten.

Yvonne sah Alex sich umdrehen, und ein Schwindel erfaßte sie. *Vorbei, für immer vorbei.* Die Endgültigkeit des Augenblicks war zuviel für sie. All die Anspannung, die das Gespräch mit Alex ihr aufgezwungen hatte, fiel von ihr ab, und plötzlich gab es nichts mehr, was sie hielt. Ihre Beine knickten weg, und ihr wurde schwarz vor Augen. Als sie wieder erwachte, hörte sie Alex' Stimme ihren Namen flüstern. Nur langsam nahm sie wahr, daß sie auf dem Boden lag. Er war hart, aber ihr Kopf schien weich gebettet, erhöht. Sie schlug die Augen auf und erkannte Alex' besorgtes Gesicht über sich. Ihr Schoß war es, in dem Yvonnes Kopf weich ruhte.

»Gott sei Dank!« stieß Alex erleichtert hervor. Sie streichelte Yvonnes Wangen. »Was war denn nur los?«

Yvonne wunderte sich über die Wärme in Alex' Stimme. War sie nicht eben noch kalt und abweisend gewesen? »Mir ... mir wurde plötzlich schwindelig«, stammelte sie. Mehr wußte sie ja wirklich nicht. »Ich bin wohl in Ohnmacht gefallen. Oder?« fragte sie zweifelnd. So etwas war ihr ja noch nie passiert.

Alex lächelte unglaublich zärtlich. »Anscheinend«, sagte sie. »Hast du dir etwas getan? Den Kopf angeschlagen? Tut dir etwas weh?« Ihre Fragen wirkten leicht hektisch. Am liebsten hätte sie wohl gleich eine Ambulanz gerufen.

Yvonne verzog das Gesicht nun ebenfalls zu einem Lächeln. »Ich weiß nicht«, sagte sie. »Im Moment –« Sie versuchte aufzustehen, obwohl sie gern noch den Rest ihres Lebens in Alex' Schoß verbracht hätte. Alex half ihr, und Yvonne stöhnte auf. »Ja«, sagte sie, »ich habe mir den Kopf gestoßen«, und hielt sich die Stirn. Gleichzeitig bemerkte sie den Schmerz in ihrem Arm. Ihr wurde wieder schwarz vor Augen.

Diesmal fing Alex sie auf. Sie hob sie auf ihre Arme und trug sie durch die Schwingtür in die Küche. Ilona kam ihr gerade entgegen.

»Du lieber Himmel!« schrie sie auf und machte einen schnellen Schritt auf Alex zu.

»Ich fürchte, ich bin nicht Rhett Butler«, sagte Alex etwas angestrengt. »Habt ihr hier irgendwo eine Liege oder so was? Allzulange kann ich sie so nicht halten.«

»Ich nehme sie«, bot Hellmut an.

»Nein.« Alex schüttelte den Kopf. »Nein«, wiederholte sie dann leise lächelnd und blickte zärtlich auf Yvonnes Gesicht an ihrer Schulter, die geschlossenen Augen. »Das möchte ich schon selbst machen.«

Hellmut trat wieder zurück, und Ilona ging vor. »Hier entlang«, sagte sie.

Sie führte Alex erneut in das kleine Büro, in dem die so unerfreuliche Auseinandersetzung zwischen ihr und Yvonne stattgefunden hatte. Dort stand auch eine Chaiselongue. Darauf ließ Alex Yvonne nieder und kniete sich neben sie.

Ilona tränkte ein Handtuch in kaltem Wasser und legte es Yvonne auf die Stirn. »Was ist denn passiert?« fragte sie.

Alex schüttelte verwirrt den Kopf. »Ich weiß auch nicht. Sie wollte ... sie wollte mich nicht hierhaben, und da bin ich wieder gegangen, aber als ich mich umdrehte, da ... da lag sie plötzlich am Boden.«

»Sie wollte dich nicht hierhaben? Hat sie das gesagt?« Ilona war völlig überrascht. Sie sah noch Yvonnes Gesicht vor sich. Vor wenigen Minuten. Das hatte anders ausgesehen. »Habt ihr euch gestritten?« fragte sie zweifelnd. Wie konnte das geschehen sein in so kurzer Zeit?

»Nein. Nein, nicht direkt«, erwiderte Alex immer noch verwirrt. »Sie war nur ... so ... so kalt. Sie wollte mich nicht hierhaben, wie ich schon sagte. Und da habe ich ihrem Wunsch entsprochen –«

»Das ist doch absoluter Blödsinn!« Ilona explodierte. »Hast du denn keine Augen im Kopf?« Sie beruhigte sich wieder. »Warum bist du hergekommen, Alex?«

Alex blickte auf Yvonnes immer noch entspanntes Gesicht hinunter. »Das hat jetzt keine Bedeutung mehr«, sagte sie. »Sie will es nicht.« Sie stand auf. »Bitte sag ihr ... sag ihr einen schönen Gruß von mir, wenn sie aufwacht. Ich werde sie nicht mehr belästigen.« Sie wollte an Ilona vorbei zur Tür gehen.

Ilona hielt sie mit festem Griff am Arm auf. »Du bleibst hier«, befahl sie.

Alex schluckte. »Ich möchte nicht ... ich möchte nicht, daß sie mich sieht, wenn sie aufwacht. Sie würde sich nur wieder aufregen. Sie denkt ... sie denkt, daß ich –« Sie schluckte erneut. Yvonnes Unterstellungen stachen wie Nadeln in ihr Herz. Aber daran würde sie wohl nichts ändern können.

»Worüber habt ihr denn nur gesprochen?« fragte Ilona verwundert.

Alex schüttelte den Kopf. »Ist nicht wichtig.«

»O doch, das glaube ich schon«, widersprach Ilona. »Ich habe noch nie erlebt, daß Yvonne in Ohnmacht gefallen ist. Wenn euer Gespräch das in ihr ausgelöst hat, muß es sehr wichtig gewesen sein.« Sie sah Alex mißtrauisch an. »Bist du dir über deine Gefühle klargeworden? Weißt du jetzt, was du für Yvonne empfindest? Hast du es ihr gesagt?«

»Dazu hatte ich gar keine Gelegenheit«, sagte Alex unglücklich. »Ich dachte, ich wäre mir über meine Gefühle klar; deshalb bin ich hergekommen. Aber Yvonne hat mich ... hat mich mit Unterstellungen bombardiert, kaum daß ich sie sah. Sie will meine Gefühle nicht.«

»Meine Güte!« Ilona ließ einen Aufschrei los. »Ihr seid vielleicht ein Pärchen!« Sie blickte zu Yvonne hin, die immer noch mit geschlossenen Augen dalag. »Du sagtest, du seist dir jetzt über deine Gefühle klar«, flüsterte sie, um Yvonne nicht zu wecken. »Welcher Art sind diese Gefühle?«

Alex mußte erneut schlucken. »Sie waren ... sie sind ... ich will mit Yvonne zusammensein.« Der Schluß war nur noch ein Wispern. »Aber sie –«

»Sie will das auch!« sagte Ilona leise und heftig. »Hast du das denn nicht bemerkt? Sie wollte es schon die ganze Zeit. Sie liebt dich, Alex.« Ilona sah Alex scharf an. »Tust du das auch?«

Alex blickte zu Yvonnes schlafender Gestalt hin. »Ich möchte ... ich kann nicht –«

»Schon gut.« Ilona zeigte Erbarmen und lächelte. Alex hatte ihr genug gezeigt. Sagen, was sie fühlte, sollte sie dann Yvonne.

Yvonne bewegte sich ein bißchen. Alex und Ilona blickten aufgeschreckt zu ihr hin.

»Alex ...«, murmelte Yvonne undeutlich, »Alex ...«

Ilona lächelte zufrieden. »Ich gehe dann mal«, sagte sie. »Im Lokal warten die Gäste.«

Alex überliefen kalte Schauer, als Ilona sie mit Yvonne alleinließ. Wie würde Yvonne reagieren, wenn sie ganz wach war? Sie ging zu der Liege und hockte sich wieder neben Yvonnes Gesicht. Fürsorglich hob sie das Tuch von Yvonnes Stirn und legte es mit der kalten Seite wieder darauf.

Yvonne erzitterte und schlug die Augen auf. »Was ist passiert?« fragte sie und sah sich verwirrt um. »Waren wir nicht eben noch im Lokal?«

»Ja.« Alex lächelte. »Du hast ein bißchen die Fallsucht heute. Aber Ilona sagte, daß das keine Gewohnheit ist bei dir. Das beruhigt mich. Ich habe dich hergetragen.«

Yvonne betrachtete erstaunt Alex' Gesicht. »Wie schade«, sagte sie, »das hätte ich gern in wachem Zustand erlebt.«

Alex schmunzelte. Auf jeden Fall war Yvonne nicht gleich wieder über sie hergefallen. »Wir können es ja noch mal wiederholen«, sagte sie. Sie schob ihre Arme unter Yvonnes Körper und stand mit ihr zusammen auf.

Yvonne fühlte sich hochgehoben und schwebte auf Alex' Armen durch den Raum. Sie sah sie an. »Das wird deine Freundin aber nicht sehr freuen«, bemerkte sie ausdruckslos.

»Hör auf damit«, sagte Alex leise. Wie gut, daß Ilona ihr gesagt hatte, daß Yvonne sie liebte. Sonst wäre der nächste Streit vorprogrammiert gewesen. »Ich habe keine Freundin. Ich bin deinetwegen gekommen. In der Hoffnung, daß du vielleicht . . . daß du vielleicht meine Freundin wirst.«

Yvonne blickte hoch in Alex' Gesicht, in ihre warmen, zärtlichen Augen, die sie immer in den Bann gezogen hatten. Und das taten sie in diesem Augenblick wieder. Yvonne fühlte sanfte Ströme durch ihren Körper ziehen. »Ich kann ja mal darüber nachdenken«, sagte sie leicht schelmisch. »Ilona meinte, wir sollten erst einmal miteinander reden.«

»Muß das gleich sein?« fragte Alex. Sie beugte sich zu Yvonnes Gesicht hinunter und begann sie zärtlich zu küssen. Ihre Zunge spielte nur an ihren Lippen, und Yvonne schloß die Augen.

Alex liebkoste sie noch ein wenig und merkte, daß sie mehr wollte. Yvonnes Körper auf ihren Armen, ihr Mund, die warme Süße ihres Kusses – das alles ließ Alex nicht ungerührt. Aber sie wollte nicht schon wieder ins Fettnäpfchen treten wie das letzte Mal. Zumal sie mittlerweile zu der Erkenntnis gelangt war, daß das nicht das einzige war, was sie von Yvonne erwartete. Es gab wichtigere Dinge.

Sie löste sich von Yvonnes Mund und lächelte sie an. »Es wundert mich, daß du überhaupt noch mit mir redest. Ich hab' mich idiotisch benommen.«

»Ich auch.« Yvonne flüsterte und strich mit einer Hand zärtlich über Alex' Gesicht.

Alex ließ sie vorsichtig herunter und suchte wieder ihren Mund. Ihr Verlangen stieg so schnell an, daß sie sich geradezu von Yvonne losreißen mußte. Sie durfte sie nicht bedrängen. Sie mußte Yvonne zeigen, daß sie nicht wegen Sex gekommen war.

»Ich . . . ich muß gehen.« Alex rang um Atem. »Ich will nicht . . . ich will nicht, daß du denkst –«

»Das denke ich nicht«, wisperte Yvonne weich. »Diesmal nicht.«

»Ich denke, ich sollte trotzdem gehen«, erwiderte Alex lächelnd und erhob sich. »Damit du dich erholen kannst. Bis morgen vielleicht?« Sie zögerte einen Moment. »Erlaubst du, daß ich dich abhole?«

Yvonne lachte. »Ich erlaube«, sagte sie.

Alex sah immer noch ziemlich bedrückt aus. Yvonne richtete sich langsam auf und setzte sich auf den Rand der Chaiselongue. Sie sah Alex fragend an.

»Ich möchte nicht, daß irgend etwas schiefgeht, nicht noch einmal«, bemerkte Alex zurückhaltend. »Ich werde mich ganz nach dir richten. Das verspreche ich.«

Yvonne reichte Alex die Hand, und Alex half ihr dabei aufzustehen. »Das ist nett von dir«, sagte Yvonne. »Und ich verspreche, mich nie mehr in deine Angelegenheiten zu mischen.«

Alex senkte den Kopf. »Das hast du ja nicht«, sagte sie leise, »nur ich war zu dumm –«

»Pscht . . .« Yvonne legte einen Finger auf Alex' Lippen. »Laß uns ein andermal darüber reden. Nicht heute. Heute bin ich . . .«, sie lächelte Alex zärtlich an, »zu glücklich.«

»Oh Yvonne«, stieß Alex hervor, »es war alles meine Schuld, nur meine!«

»Nein.« Yvonne lehnte sich an Alex, und Alex umarmte sie. »Das ist es niemals. Es gehören immer zwei dazu.« Sie lachte. »Frag Ilona!«

Alex streichelte Yvonne noch einmal und löste sich dann von ihr. Sie sah sie an. »Also hole ich dich morgen ab. Wann?«

»Ich werde mit Ilona sprechen«, sagte Yvonne. »Ich glaube kaum, daß ich morgen arbeiten muß. Komm einfach so früh du kannst, dann haben wir den ganzen Tag für uns.«

Alex blinzelte. »Bist du denn um Mitternacht schon wach?« fragte sie.

Yvonne mußte schmunzeln. »Laß mich ausschlafen, sonst bin ich nur ein halber Mensch.« Sie senkte ihre Stimme zu einem Flüstern. »Aber am liebsten wäre es mir auch, wenn du schon um Mitternacht kämst.«

Alex gab ihr einen Kuß auf die Lippen, der Yvonne noch einmal dazu verleitete, sie näher zu sich heranzuziehen. *Am liebsten würde ich gleich hierbleiben*, dachte Alex. »Dann komme ich morgen früh um neun«, flüsterte sie in Yvonnes Ohr. »Ich kann es kaum erwarten.«

»Ich auch nicht«, erwiderte Yvonne leise. Ihr wurde erneut schwindelig. »Uff!« sagte sie überrascht, »ich glaube, ich muß mich noch einmal hinlegen.«

Alex blickte sie zärtlich an und führte sie zur Chaiselongue. »Dann bis morgen«, flüsterte sie. »Ich freue mich schon sehr darauf.«

Yvonne nickte. Ihr Mund schien nicht mehr dazu in der Lage, sinnvolle Laute zu formen. Sie legte sich hin, und Alex ging zur Tür und sah noch einmal zurück. Sie verabschiedeten sich mit einem letzten Blick. Es war schwer, ein Ende zu finden.

Als Alex hinaustrat, wurde sie von neugierigen Blicken erwartet. »Sie ruht sich noch ein bißchen aus«, sagte Alex sich räuspernd, denn es war klar, daß Ilona und Hellmut eine Stellungnahme von ihr erwarteten. »Ich komme morgen wieder. Wir wollen –« Sie wandte sich an Ilona. »Yvonne meinte, sie könnte den Tag vielleicht freihaben, damit wir etwas unternehmen können.«

Ilona schmunzelte. »So, meinte sie das?« fragte sie.

Alex hob die Hände. »Wenn es nicht geht . . .«

Ilona lachte. »Natürlich geht es!« Sie nickte. »Komm nur vorbei.« Ein mütterlich gutmütiger Blick streifte Alex. »Macht euch einen schönen Tag«, sagte sie.

»Ja . . . ja, bestimmt.« Alex schlich etwas unbehaglich zum Ausgang. Sie hatte das Gefühl, daß tausend Augen auf ihr ruhten, auch wenn sie nicht mehr zurücksah, um ihre Annahme zu überprüfen. Erst als sie auf der Straße stand, überzog ein freudiges Lächeln ihr Gesicht, und ihr Gang wurde beschwingter.

Endlich, endlich, endlich! dachte sie.

Sie fühlte sich wie von einer schweren Last befreit.

Yvonne verbrachte eine unruhige, aber glückliche Nacht. Ständig lächelnd lag sie im Bett und wurde einfach nicht müde. Obwohl sie immer wieder einzuschlafen versuchte, ließ die Erinnerung an diesen Tag sie nicht los und hinderte sie daran.

O Gott, beinahe wäre es schiefgegangen! fuhr es ihr einmal durch den Sinn. Alex und sie hatten wirklich eine Begabung dafür, sich gegenseitig das Leben schwerzumachen. *Wird das immer so bleiben?* dachte Yvonne. *Werden wir immer wieder Mißverständnisse ausräumen müssen, so wie jetzt?*

Sie seufzte. *Hoffentlich nicht. Wenn wir uns erst einmal näher kennen –*

Der Gedanke in ihrem Kopf brach ab, als wäre er an einen Abhang geraten. Würde Alex es zulassen, daß sie sich näher kennenlernten? Oder käme dann wieder eine andere Frau dazwischen, die ihr wichtiger war? Eine Frau wie – Esther.

Da sie ohnehin nicht schlafen konnte, stand sie auf und lief im Zimmer herum. Wenn Frauen wie Esther Alex' Ideal waren, hatte sie, Yvonne, keine Chance. Sie bekam Angst. Doch dann sah sie wieder Alex' Gesicht vor sich, wie besorgt sie auf Yvonne hinuntergeblickt hatte, wie . . . zärtlich. Diese Zärtlichkeit, das war alles, was Yvonne sich wünschte . . . was sie sich immer von Alex gewünscht hatte. Mehr brauchte sie gar nicht.

Sie wird Esther vergessen, dachte sie. *Sie ist nicht mehr in sie verliebt.*

Ist das so? Eine innere Stimme säte Mißtrauen. Zuviel hatte Yvonne mit Alex erlebt, zu sehr war sie verletzt worden. Es war nicht so einfach, das zu vergessen. *Und wenn es mir so schwerfällt, wie kann dann Alex –?*

Es war wie ein Teufelskreis, der sich immer wieder drehte. Plötzlich fiel ihr ein, was Ilona gesagt hatte. Alex und Yvonne mußten miteinander reden, das hatten sie bisher viel zu wenig getan. Es half nichts, sich etwas vorzustellen, Phantasie an Phantasie zu reihen, allein über Dinge nachzudenken, die doch beide betrafen. Dann würden sie wieder in denselben Strudel geraten, dem sie gerade mühsam entronnen waren. Ilona hatte gesagt, sie hätten eine Chance, und Ilona hatte gesagt, sie mußten die Vergangenheit hinter sich lassen. Nur die Zukunft zählte . . . und die Gegenwart.

Yvonne legte sich wieder ins Bett. Schlafen konnte sie zwar immer noch nicht, aber mit Alex' Gesicht vor Augen lag sie lächelnd da und flüsterte ihren Namen. »Alex, oh Alex, ich liebe dich so.«

Irgendwann einmal verwandelte sich Alex' Gesicht in einen Traum, in dem Yvonne mit Alex auf einer Wiese lag und sie sich einfach nur ansahen.

Während Yvonne weiterträumte, wurde es ihr gar nicht bewußt, daß sie eingeschlafen war.

ᴒᴕ

Alex hatte es nicht ausgehalten, sie stand am nächsten Morgen schon um acht Uhr vor der Tür, nicht erst um neun.

Ilona lachte, als sie ihr öffnete. »Du mußt ja in aller Herrgottsfrühe aufgestanden sein«, sagte sie. »Die Fahrt von da draußen bis hier . . .«

»Ich war gar nicht im Bett«, sagte Alex, und ihre rotgeränderten Augen bestätigten diese Aussage. »Jedenfalls kommt es mir so vor. Ich konnte einfach nicht schlafen.«

»Na, dann komm mal rein«, sagte Ilona. »Hier ist jemand, der hatte dasselbe Problem.«

Alex erblickte schon beim ersten Schritt, den sie in die Gaststube tat, Yvonne, die an einem Tisch saß und Kaffee schlürfte.

»Ich bringe dir ein Frühstück«, sagte Ilona, »oder lieber nur Kaffee?« Sie schaute Alex fragend an.

Alex antwortete nicht, sie hatte nur Augen für Yvonne, die ihr in diesem Moment wie ein Engel erschien, mit goldenen Locken und wunderschön strahlenden Augen.

»Kaffee«, sagte Ilona schmunzelnd, »tut es wahrscheinlich.« Sie ging in die Küche.

Yvonne und Alex starrten sich an. Nach einer Weile löste Yvonne sich aus der Erstarrung und wies auf einen Stuhl an ihrem Tisch. »Willst du dich nicht setzen?« Ihre Stimme klang rauh vom fehlenden Schlaf und vor Aufregung, daß Alex tatsächlich gekommen war.

»Oh . . . ja . . . ja, natürlich.« Alex gab sich einen Ruck und trat auf den Tisch zu. »Ich . . . tut mir leid . . .« Sie hob hilflos die Hände. »Ich weiß ehrlich gesagt gar nicht, was ich tun soll.«

Yvonne, die vielleicht doch etwas länger geschlafen hatte als Alex, weil ihr Weg zum *Badischen Hof* nicht so weit war, lächelte leicht. »Ein Kuß mit einem Guten Morgen zur Begrüßung würde mir schon genügen«, sagte sie.

»O mein Gott!« Alex rollte die Augen gegen die Decke. »Nicht einmal Guten Morgen habe ich gesagt? Was wird Ilona von mir denken?«

»Was ich von dir denke, ist dir egal?« fragte Yvonne spitzbübisch.

»Nein, ganz und gar nicht.« Alex ließ sich erschöpft auf den Stuhl fallen, den Yvonne ihr angeboten hatte. »Ich bin so durcheinander. Ich weiß gar nicht, was ich tue.« Sie schaute Yvonne in die Augen. »Was du von mir denkst, ist das allerwichtigste überhaupt, das hätte ich als erstes sagen sollen.« Sie beugte sich vor und hauchte einen Kuß auf Yvonnes Lippen. »Guten Morgen«, sagte sie leise, und ihre Augen sprachen Bände.

Yvonne hielt Alex' Blick fest, bist Ilona zu ihnen trat und eine Tasse vor Alex hinstellte. »Ich würde ja empfehlen«, sagte Ilona, »daß die beiden Damen ein kräftiges Frühstück zu sich nehmen, bevor sie abdüsen. Aber wenn ihr nicht wollt, kann ich euch nicht zwingen.«

Yvonne blickte lächelnd zu Ilona auf. »Ich glaube, wir fahren jetzt«, sagte sie. »Oder willst du frühstücken, Alex?« Es schien mehr eine rhetorische Frage zu sein, und Alex verstand sie auch genauso.

»Nein«, sagte sie. »Ich bekomme jetzt keinen Bissen herunter. Vielleicht später.«

»Vielen Dank, Ilona«, sagte Yvonne. »Wir werden später essen.«

Ilona konnte sich das Grinsen kaum verbeißen, aber sie versuchte es. Es war ihr vollkommen klar, daß Essen im Moment bei keiner der beiden ganz oben auf der Liste stand. Sie hatten anderes im Kopf. »Ist gut«, sagte sie. »Dann macht euch mal vom Acker, sonst kommen hier bald schon die ersten Gäste und halten euch auf.«

»Mich kann heute niemand aufhalten«, sagte Yvonne, und ihr Blick versank erneut tief in Alex' Augen.

»Sieht gerade nicht so aus«, bemerkte Ilona schmunzelnd. »Also husch, husch, seht zu, daß ihr loskommt!« Sie schob Yvonne fast vom Stuhl.

»Ist ja schon gut«, protestierte Yvonne, die sich einfach nicht von Alex' Augen losreißen konnte. »Wir gehen ja schon. Sonst bist du doch nicht so wild darauf, mich loszuwerden.«

»Wenn du jetzt nicht gleich gehst, plane ich dich für die Küche ein«, sagte Ilona mit ernstem Gesichtsausdruck, aber ihre Augen lachten. »Du gehst ein großes Risiko ein, mein Mädchen.«

Alex mußte lachen. »Der Motor ist noch warm«, sagte sie. »Wir können gleich losfahren.«

Yvonne griff nach ihrer Jacke, die sie über den Stuhl gehängt hatte. »Dann bis später«, sagte sie zu Ilona. »Wann muß ich wieder dasein? Soll ich beim Mittagessen helfen?«

»Nein.« Ilona schüttelte den Kopf. »Dann hättet ihr ja gar keine Zeit. Macht euch einen schönen Tag. Heute will ich euch beide nicht mehr hier sehen.«

Yvonne stutzte einen Moment, weil sie eigentlich davon ausgegangen war, zum Abendessen zurückzusein, dann warf sie sich schnell ihre Jacke über und versteckte ihr Gesicht im Ärmel. Sie war rot geworden, als ihr klarwurde, was Ilona meinte. Sie ging schnell zum Ausgang, und Alex folgte ihr.

»Wo sollen wir hinfahren?« fragte Alex. »Hast du irgendeinen besonderen Wunsch?«

Yvonne stieg ein, und Alex ließ den Wagen an. »Nein«, sagte Yvonne. »Ehrlich gesagt habe ich noch nicht darüber nachgedacht.«

Alex schaute sie an. »Ich richte mich ganz nach dir. Allerdings«, sie lachte, »mehr aus Faulheit. Ich habe nämlich nicht die leiseste Idee.«

Eine Idee hätte ich schon, dachte Yvonne. *Meine Wohnung ist gleich hier um die Ecke, und da brauchen wir noch nicht einmal zu fahren.* Die Idee war ihr gerade erst gekommen, aber je länger sie darüber nachdachte, desto sympathischer wurde sie ihr. »Ich ... ich wohne fünf Minuten von hier«, sagte sie mit gesenktem Blick.

Alex drehte sich zu ihr um. »Yvonne ...« Ihre Stimme zitterte. »Bitte ... sei mir nicht böse, aber genau das wollte ich vermeiden. Es wäre ... es wäre ...« *Zu früh*, dachte sie. *So sehr ich es mir auch wünsche.*

Obwohl sie das nicht gedacht hätte, fiel Yvonne ein Stein vom Herzen. Sie hatte den Vorschlag ohne Hintergedanken gemacht, aber nun erschien er ihr wie ein letzter Test. Und Alex hatte ihn bestanden. Sie war nicht auf schnellen Sex aus, sonst hätte sie das Angebot angenommen.

»Du hast recht«, sagte sie. »Ilona sagte, wir sollen ganz von vorn anfangen, die Vergangenheit vergessen.«

Alex nickte. »Neu anfangen«, sagte sie nachdenklich. »Das heißt, keine Orte, an denen wir schon einmal waren, keine Gespräche über Dinge, die der Vergangenheit angehören, kein Nachdenken über alte Zeiten. Klingt gut.« Sie schien erleichtert.

Bin ich ebenso erleichtert? dachte Yvonne. Sie hätte eigentlich gern noch das eine oder andere über Alex' Vergangenheit erfahren, für sie war noch nicht alles abgeschlossen. Aber das mußte sie dann wohl aufschieben – oder vergessen.

»Also dann ...« Alex ließ den Motor aufheulen. »Ich heiße Alex. Und wie ist Ihr Name, junge Frau?« Sie legte den Gang ein und fuhr los.

Yvonne war für einen Moment perplex, dann mußte sie lachen. »So weit müssen wir vielleicht nicht zurückgehen«, sagte sie.

»Weißt du was?« sagte Alex und bog auf die Ausfallstraße ein. »Wir fahren einfach so durch die Gegend. Und wenn es uns irgendwo gefällt, bleiben wir da, solange wir wollen.«

»Ja.« Yvonne lächelte. »Keine Pläne.« *Die gehen ja sowieso immer schief*, dachte sie.

»Genau.« Alex lächelte auch und warf während des Fahrens einen kurzen Blick auf sie. »Keine Pläne.«

Sie fuhren durch die Landschaft und ließen mit jedem Kilometer Straße alles hinter sich, was sie bedrückt hatte.

»Hast du denn jemand, der dich vertritt?« fragte Yvonne nach einer Weile. »Ich meine, im *Badischen Hof* steht jetzt Ilona für mich am Herd. Hast du da auch jemand?«

»Ich bin nicht so gut im Kochen.« Alex schmunzelte. »Nein.« Sie schüttelte den Kopf. »Ich habe keine Vertretung, aber das geht schon. Ich bin halt ein Ein-Frau-Betrieb. Mehr könnte ich mir gar nicht leisten. Wenn ich jemand einstellen müßte, könnte ich den Laden gleich zumachen, die Lohnnebenkosten fressen alles auf, das lohnt sich nicht. Wir wurschteln alle so ein bißchen herum im Webdesigner-Bereich. Manchmal arbeite ich mit Kollegen zusammen, jeder auf eigene Rechnung, aber mehr ist nicht drin.«

»Das bedeutet, wenn du nicht arbeitest, verdienst du auch kein Geld«, sagte Yvonne. »Das ist hart.«

»So ein bißchen wirst du das ja kennen.« Alex wandte sich ihr kurz zu und blickte dann wieder auf die Straße. »Ihr seid ja auch selbständig.«

»Ich nicht«, sagte Yvonne. »Ilona hat darauf bestanden, mich zu versichern, mit allem Drum und Dran. Ich bin bei ihr angestellt.«

»Ich dachte, du sollst das Restaurant erben?« Alex runzelte die Stirn.

»Ja, später einmal.« Yvonne nickte. »Aber Ilona meinte, jetzt wäre es besser so.«

»Da hat sie wahrscheinlich recht«, sagte Alex. »Wenn sie es sich leisten kann . . .«

»Wahrscheinlich würde sie es auch tun, wenn sie es sich nicht leisten könnte«, sagte Yvonne. »Sie hat immer für mich gesorgt.«

»Nicht deine Mutter?« fragte Alex. »Beziehungsweise deine Eltern?«

»Pah, meine Eltern . . .«, sagte Yvonne. »Und besonders meine Mutter . . . Sie ist jetzt zum vierten Mal verheiratet, selbstverständlich nicht mehr mit meinem Vater, der war ihr erster Mann.«

»Ist dein Vater –?«

»Gestorben? Nein, er lebt noch. Wenn ich richtig mitgezählt habe, ist er jetzt zum dritten Mal verheiratet. Aber ich kann mich auch irren, ich habe nicht viel Kontakt mit ihm. Die Frauen in seinem Haus kommen und gehen.« Sie lachte spöttisch auf. »Wie die Männer im Haus meiner Mutter. Darin sind sie sich sehr ähnlich.«

»Das tut mir leid«, sagte Alex betroffen. So schlimm hatte sie es sich nicht vorgestellt.

»Ich habe echt Glück gehabt, daß Ilona da war«, sagte Yvonne. »Bei all diesen ständig wechselnden Stiefvätern und den ständig wechselnden Wohnorten meiner Mutter war Ilona der einzige ruhende Pol in meinem Leben.«

»Da hast du wirklich Glück gehabt«, sagte Alex, »auch wenn ich dich um den Rest nicht beneide. Aber Ilona ist . . . sie ist eine tolle Frau. So warmherzig und weise.«

»Das werde ich ihr weitererzählen!« Yvonne lachte. »Mir glaubt sie es ja nicht, aber wenn ich sage, daß es von dir kommt, kann sie es nicht so einfach abstreiten.« Sie schaute zu Alex hinüber. »Und du?« fragte sie. »Deine Eltern waren doch sicherlich nicht solche Unruhegeister wie meine. Das ist ja eher die Ausnahme.«

»Ich habe meine Eltern nie gekannt«, sagte Alex. »Ich weiß nicht, wie sie waren. Ich bin in verschiedenen Pflegefamilien aufgewachsen.«

»Deine Eltern sind . . . tot?« fragte Yvonne erschüttert.

»Am Anfang waren sie es nicht«, sagte Alex, »aber mittlerweile: ja. Von meinem Vater weiß ich ohnehin nicht viel, meine Mutter war nicht mit ihm verheiratet. Und wahrscheinlich war das auch der Grund, warum sie mich nicht behalten konnte. Laut meiner Akte beim Jugendamt war ich bis zu meinem dritten Lebensjahr bei ihr, aber ich habe keine Erinnerung daran, dann kam ich in ein Heim, und da sie mich nie zur Adoption freigegeben hat, wurde ich von einer Pflegefamilie in die nächste geschoben. Bis ich achtzehn war.« Sie schaute Yvonne an. »Meine Lebensgeschichte in aller Kürze.«

Yvonne saß sprachlos da. »Und ich dachte . . .«, stammelte sie nach einiger Zeit, nachdem sie sich wieder gefangen hatte. »Und ich dachte, mir wäre es nicht gut gegangen, weil meine Mutter nie für mich da war.« Sie war fassungslos.

»Du hattest Ilona«, sagte Alex. »Ich hatte niemand.«

»Sollte eine Pflegefamilie nicht so eine Art Ersatzfamilie sein?« fragte Yvonne. »So wie Ilona es für mich war?«

»Das sollte so sein, aber es ist meistens nicht so«, sagte Alex. »Es gibt gute und schlechte Pflegefamilien. Ich hatte wohl ein bißchen Pech.«

Pech. Yvonne fühlte sich hilflos Alex' kühler Beschreibung gegenüber. Was hatte sie wohl in den Pflegefamilien erlebt, das sie *Pech* nannte? Auf jeden Fall erklärte es einiges. Ihre Zurückhaltung gegenüber allem, was mit Liebe zusammenhing zum Beispiel. Esther hatte wahrscheinlich ihren wunden Punkt berührt, ohne es zu ahnen. Alex hatte in ihrem Leben als Pflegekind vermutlich so viel Zurückweisung erfahren, daß sie es gewöhnt war, trotzdem durchzuhalten. Sonst hätte sie nicht überlebt.

»Das tut mir so leid, Alex«, sagte Yvonne mit zitternder Stimme.

»Es muß dir nicht leid tun, du kannst ja nichts dafür. Du hattest nichts damit zu tun.« Alex wandte sich lächelnd zu Yvonne um. »Wollten wir die Vergangenheit nicht ruhen lassen?«

»Ja. Ja, wenn du willst.« Yvonne hielt es in diesem Moment auch für besser, aber das, was sie gerade erfahren hatte, würde noch lange in ihr nachwirken.

»Schau, da vorn.« Alex hob die Hand und zeigte auf einen Waldweg. »Sieht das nicht gut aus? Da fahre ich mal rein, okay?« Sie bog ab, und statt des lautlosen Dahinrollens auf glatter Straße begann ein knirschendes und knarrendes Geholpere. »Ich fürchte, der Wagen ist nicht dafür gebaut«, lachte Alex. Anscheinend störte es sie nicht, wenn das Auto unter Kratzspuren litt. »Da wäre ein Jeep wohl geeigneter gewesen!«

Sie hielt an einem Holzplatz an und stieg aus. »Weiter will ich nicht fahren. Wir können bestimmt ein Stück laufen.«

»Ja.« Yvonne betrat den weichen Waldboden und fühlte sich sofort zuhause. Wie seltsam das war. Sie hatte nie anders als in der Stadt gewohnt, und doch träumte sie von grünen Wiesen und dunklen Wäldern, als wären sie ihre Heimat.

»Entschuldige ...« Alex kam besorgt auf sie zu. »Ich habe gar nicht daran gedacht. Bist du denn schon stark genug, um zu laufen? Hast du dich erholt seit gestern?«

Yvonne schmunzelte. »Hast du Angst, ich falle in Ohnmacht, und du mußt mich wieder tragen?«

»Nichts täte ich lieber.« Alex schaute ihr tief in die Augen. »Aber ich will nicht, daß du dich überanstrengst.« Sie lachte. »Dann trage ich dich lieber gleich!«

»Nein, nein, wirklich nicht!« Yvonne lachte und ging los. »Irgendwie habe ich mich in den letzten zwanzig Jahren doch ziemlich ans Laufen gewöhnt.« Sie sah Alex' Augen vor sich, die eben so tief in ihre versunken waren, und hatte das Gefühl, sie müßte ihnen entkommen. Sie wollte es nicht, sie wäre am liebsten noch tiefer in sie hineingesunken, endlos und weit, aber sie spürte, daß sie selbst nicht wußte, wohin das führen würde und ob sie das wollte.

»Ah, die frische Luft tut gut!« Alex tauchte neben ihr auf und fiel in demselben Schritt. »Besonders nachdem ich die ganze Nacht nicht geschlafen habe.«

»Wir hätten wirklich ...« Yvonne räusperte sich. »vernünftiger sein sollen.«

»Ich war so glücklich, Yvonne«, sagte Alex und blieb stehen. »So wahnsinnig glücklich. Als ich gestern von dir fortging, dachte ich,

ich schwebe auf Wolken.«

Ein Lächeln ließ Yvonnes Gesicht erstrahlen. »Mir ging es genauso«, sagte sie leise.

Alex beugte sich vor und berührte Yvonnes Lippen mit ihren, nur ganz leicht. »Danke«, sagte sie. »Danke, daß du da warst.«

Yvonne spürte das Kribbeln, spürte die Sehnsucht, das Verlangen. Die Zurückhaltung, die Alex sich auferlegte, um ihr zu zeigen, daß sie mehr von ihr wollte als nur Sex, war wunderbar und rührend, aber Yvonne fragte sich, ob sie selbst noch so zurückhaltend sein wollte. »Alex . . .«, flüsterte sie.

Alex legte ganz sanft einen Arm um sie und zog sie zu sich heran. »Yvonne . . .«, hauchten ihre Lippen. »Süße . . .«, flüsterte sie an ihrem Ohr. Sie hielt Yvonne ganz fest und küßte ihren Hals, liebkoste ihre Wange, streifte ihren Mund, ohne an ihm zu verweilen, berührte sanft Yvonnes Augenlider mit ihren Lippen und ließ sie dann wieder los.

O bitte, nein! flehte Yvonne innerlich. *Nicht so schnell. Geh nicht fort.*

»Ich werde warten«, sagte Alex. »Solange du willst. Und wenn es eine Ewigkeit dauert. Du sollst nie wieder vor mir weglaufen müssen. Ich will –«

»Ich . . . ich will es auch.« Yvonne griff nach Alex' Nacken und zog sie zu sich herunter.

Alex taumelte, und bevor sie sich versahen, lagen sie auf der Erde. »Ich will dich nie wieder enttäuschen«, flüsterte Alex. Ihre Zunge suchte sich einen Weg in Yvonnes Mund, und die begann heftiger unter ihr zu atmen.

Alex schob sich noch mehr auf sie. Sie spürte Yvonnes Bein zwischen ihren Schenkeln. Ihr Unterleib reagierte automatisch. Er drängte sich dagegen, und Alex fühlte das Feuer in sich auflodern. Sie begehrte Yvonne so schrecklich, daß es kaum mehr auszuhalten war. Ihre Hand fuhr an Yvonnes Körper hinab.

Yvonne fühlte die Berührung an ihrer Seite, an ihrem Bein. Alex' Körper auf ihrem eigenen machte sie schwach. Diesmal hatte sie keine Einwände. Sie hoffte einfach nur, daß Alex tatsächlich sie, Yvonne, meinte, wenn sie sie streichelte, und nicht Esther.

Alex streichelte jetzt ihr Gesicht. Nur ihr Gesicht, nichts weiter. Sie hätte immer nur ihr Gesicht streicheln mögen, mehr wollte sie gar nicht. Yvonnes weiche, warme Haut streichelte ihre Fingerspitzen, nicht umgekehrt. So ein Gefühl hatte sie. *Wie merkwürdig!* dachte Alex. *Vorhin war ich doch noch ganz wild auf sie.* War das schon wieder vorbei? Hatte sie sich das eingebildet? Wollte sie sie überhaupt gar nicht? Sie lächelte Yvonne an und küßte sie noch einmal ganz leicht auf den Mund.

Yvonne küßte sie sehr sanft und sehr zurückhaltend zurück.

Ich bin das einfach nicht mehr gewöhnt, dachte Alex. *Esther war immer so . . . fordernd. Ich erwarte jetzt anscheinend von jeder Frau, daß sie so ist wie sie.*

In Yvonnes Kopf drehten sich ähnliche Gedanken. Plötzlich hörte sie wieder Esthers hämische Stimme: *Du solltest vielleicht schon mal ein bißchen üben. Alex erwartet jetzt einiges im Bett.* Aber *was* erwartete Alex? Was hatte Esther mit ihr gemacht? Yvonne wurde immer unsicherer.

Alex ließ ihre Hände tiefer wandern und strich zart über Yvonnes Brust, außen, ohne die Brustwarze zu berühren. Yvonne zog scharf die Luft ein. Alex strich mit ihren Lippen an ihrem Hals entlang, während sie weiter ihren Körper streichelte.

Als sie wieder zu ihrem Mund zurückkehrte, wisperte Yvonne: »Du glaubst gar nicht, wie sehr ich mir das gewünscht habe. Die ganze Zeit . . . Ich habe mich so nach dir gesehnt.«

Alex zupfte an Yvonnes Lippen, begann sie zärtlich zu küssen, und schnell verwandelte sich Zärtlichkeit in Leidenschaft. Yvonne gab ein dumpfes Stöhnen von sich, das Alex innerlich auflodern ließ. Sie legte ihre Hand auf Yvonnes Brust. Yvonne atmete heftiger, und Alex spürte das kleine Steinchen in der Mitte hart werden. Dennoch wirkte sie merkwürdig zurückhaltend.

Da ist irgend etwas, dachte Alex. »Yvonne«, sagte sie zweifelnd, »wenn du nicht willst, sag es. Ich verstehe das.«

»Doch«, wisperte Yvonne, »ich will.« Sie zog Alex' Gesicht zu sich heran und küßte sie.

»Yvonne . . .« Alex streichelte ihr Gesicht und betrachtete sie zärtlich. »Du hast doch was.«

»Nein.« Yvonne versuchte wieder, Alex zu küssen. »Gar nichts.«

Alex richtete sich auf. »Ich glaube, wir sollten jetzt weitergehen. Es sind noch zu viele Dinge ungeklärt zwischen uns. Ilona hat recht.« Sie stand auf und streckte Yvonne die Hand hin. »Komm.«

Yvonne war verwirrt. Sie fühlte sich hin- und hergerissen. Sie hatte das Gefühl gehabt, Alex wollte . . . nun ja, was sie schon immer von ihr gewollt hatte, und nun auf einmal wollte sie nicht mehr? Und sie selbst, Yvonne, hatte auch gewollt, ganz deutlich hatte sie es gespürt, das Verlangen, die Sehnsucht, es hatte sie überschwemmt und beinahe alle Bedenken hinweggewaschen. Beinahe . . . Dieses *Beinahe* hatte Alex wohl gespürt, und plötzlich war Yvonne ihr furchtbar dankbar dafür. Sie fühlte sich erleichtert, auch wenn sie . . . auch wenn sie sich nicht verhehlen konnte, daß ein bißchen Enttäuschung in dieser Erleichterung mitschwang. Sie war dem schon so nahe gewesen, was sie sich gewünscht hatte, und nun erschien alles, was damit verbunden war, so fern.

Sie griff nach Alex' Hand und ließ sich von ihr hochziehen. »Es . . . es tut mir leid, wenn ich deinen Erwartungen nicht entspreche«, sagte sie leise.

»Aber Yvonne . . .!« Alex wirkte bestürzt. »War es das, was dich bedrückt hat? Du hast gedacht, du könntest meine Erwartungen nicht erfüllen? Was für Erwartungen denn?«

Yvonne blickte zu Boden.

»Esther«, sagte Alex grimmig. »Du hast an Esther gedacht. An das, was sie dir gesagt hat.«

Yvonne schaute auf. »Du nicht?« fragte sie leise, und ihr Herz zitterte vor Angst, wie die Antwort lauten könnte.

»Doch.« Alex nickte. »Ich gebe es zu. Aber es war . . .« Sie blickte Yvonne ernst an. »Es war so schön, daß du anders bist als sie.«

»Das will ich hoffen!« sagte Yvonne, und ihre Lebensgeister kehrten zurück. Sie blickte Alex offen in die Augen.

»Das kannst du nicht nur hoffen, davon kannst du ausgehen«, sagte Alex. Ein Schatten flog über ihr Gesicht.

»Du denkst immer noch an sie«, sagte Yvonne.

Alex lächelte entschuldigend. »Ich weiß, ich sollte in deiner Gegenwart nicht von ihr sprechen, nicht einmal an sie denken. Das ist nicht nett. Entschuldige bitte. Es kommt nicht wieder vor.«

»Nein, sie ist ein Teil deines Lebens. Du kannst ruhig an sie denken.« Yvonne lachte. »Aber nicht zu oft!« Sie hob spielerisch drohend den Finger. »Sonst wird es selbst mir zuviel, und du weißt, daß meine Grenzen weit gesteckt sind.«

Alex ging nicht auf ihren scherzenden Ton ein, sondern beugte sich über sie und suchte ihre Augen. »Es tut mir so leid«, wisperte sie ganz nah an ihrem Gesicht, »wahnsinnig leid. Bitte verzeih mir.« Sie küßte Yvonne, und der Kuß war so süß, daß Yvonne alles vergaß, was sie hatte sagen wollen. »Jetzt habe ich nur an dich gedacht«, flüsterte Alex, als sie sich von ihrem Mund löste. »Ganz allein an dich.«

Yvonne lächelte, Alex nahm sie in den Arm, und sie gingen nebeneinander den Waldweg hinunter. »Es ist wirklich alles vorbei«, sagte Alex. »Du brauchst keine Angst zu haben.«

»So etwas ist nie ganz vorbei«, bemerkte Yvonne. »Habe ich mir von Ilona sagen lassen.« Sie schaute zu Alex hoch. »Erzähl mir von ihr.« Es kostete sie einige Überwindung, das zu sagen.

Alex blieb entgeistert stehen. »Wie bitte?« Sie schüttelte den Kopf. »Lieber nicht.«

»Vielleicht hast du recht.« Yvonne schwieg. Aber in ihrem Kopf drehten sich die Gedanken. Sie wollte nicht, daß Esther zwischen ihnen stand, aber sie wußte nicht, ob es dazu genügte, einfach nicht über sie zu sprechen.

»Ich möchte dich nie wieder verletzen«, sagte Alex leise. »Ich schäme mich dafür, was ich dir angetan habe. Ich habe nichts gesehen außer mir und meinen Problemen. Es war alles so verworren, ich wußte kaum, was ich tat. Und du mußtest darunter leiden, obwohl – oder gerade weil – du immer bei mir warst und mich unterstützt hast. Ich habe das überhaupt nicht richtig wahrgenommen.« Sie lächelte unsicher. »Ich habe viel gutzumachen an dir.«

»Damit kannst du jetzt gleich anfangen.« Yvonne schmunzelte. »Küß mich einfach noch mal so wie eben. Ich bin süchtig nach deinen Küssen.« Ihre Stimme wurde rauh, und Alex sah, wie ihre Augen sich verschleierten.

»Du bist die süßeste Frau, die ich kenne«, wisperte Alex, während sich ihre Lippen schon auf Yvonnes senkten.

Sie standen da, im schimmernden Licht des Waldes, und küßten sich, während ihre Schatten mit den Bäumen verschmolzen.

Die nächste Woche verlief immer ähnlich: Alex holte Yvonne ab, sie fuhren herum, gingen spazieren, redeten miteinander, lernten sich kennen. Wo immer sie konnten, umarmten und küßten sie sich, aber mehr geschah nicht. Es schien, als hätten sie beide eine lautlose Vereinbarung getroffen, daß Sex kein Thema mehr zwischen ihnen war.

Es machte den Umgang zwischen ihnen entspannter, aber Yvonnes Leben wurde dadurch nicht leichter, denn jedesmal, wenn sie von den Ausflügen mit Alex zurückkam, erwartete Ilona sie mit neugierigen Blicken.

»Es ist doch mühsam, daß du jeden Abend nach Hause kommst. Willst du nicht einmal bei Alex übernachten?« fragte sie nach ein paar Tagen.

»Denkst du denn, das ist nötig?« fragte Yvonne. Sie schmunzelte.

»Na ja, ich dachte ...« Ilona wirkte etwas verlegen. »Aber man kann ja auch tagsüber –«

»Oder gar nicht«, sagte Yvonne und trug ein paar Teller in die Küche.

Ilona kam ihr nach. »Habe ich dich richtig verstanden?«

»Ich denke, schon«, sagte Yvonne.

»Was – Stimmt etwas nicht zwischen euch? Habt ihr euch verkracht?«

»Schon wieder?« Yvonne lachte. »Nein. Wir verstehen uns prächtig. Wir schlafen nur nicht miteinander.«

Ilona schaute sie verständnislos an. »Hat Alex ... ich meine, ist da noch jemand anderes?«

»Wir haben über Esther gesprochen«, sagte Yvonne, »aber sonst ist da niemand. Und Ester ist ... ich glaube, sie ist wirklich Vergangenheit.« Sie öffnete den Kühlschrank und blickte hinein. »Haben wir keinen Rosenkohl mehr?«

»Yvonne!« Ilonas Stimme hob sich.

»Ja, Tante Ilona?« Yvonne drehte sich um, und ihre Mundwinkel zuckten verdächtig.

»Wirst du es wohl unterlassen, mich Tante zu nennen?« sagte Ilona ungehalten.

»Ich dachte, ich sollte dich einmal daran erinnern, daß vor etlichen Jahren jede Tante froh gewesen wäre zu hören, daß ihre Nichte Enthaltsamkeit übt.« Yvonne grinste.

»Vor ein paar Jahren? Vor ein paar Jahrhunderten meinst du wohl«, sagte Ilona verstimmt.

»Sagen wir Jahrzehnte«, lenkte Yvonne ein. »Aber was stört dich so daran?«

»Es stört mich nicht«, sagte Ilona, langsam ihre Fassung wiedergewinnend, »es ist einfach ungewöhnlich. Zumal da Alex ja damals schon mal –«

»Damals war damals, und heute ist heute«, sagte Yvonne. »Es hat sich eben einiges geändert.«

»Aber ... aber was macht ihr dann die ganze Zeit, wenn ihr nicht –?« Ilona wirkte verwirrt.

Yvonne lachte. »Wir reden. Das hattest du uns doch empfohlen.«

»Na ja ...« Ilona hob die Schultern. »Ich hatte das eigentlich nicht als Ersatz gemeint.«

»Manchmal küssen wir uns auch.« Yvonnes Gesicht verklärte sich. »Oft. Sehr oft.«

»Und mehr ist nicht?« Ilona konnte es immer noch nicht glauben.

»Nein, mehr ist nicht. Und es ist wunderschön.« Yvonnes verklärtes Gesicht schaute Ilona an.

»Na, das ist ja mal eine richtig romantische Geschichte«, sagte Ilona erstaunt. »Ich dachte, so etwas gibt es gar nicht mehr.«

»Das dachte ich auch«, sagte Yvonne.

»Das freut mich.« Ilona lächelte. »Wenn alles in Ordnung ist, bin ich beruhigt. Und wenn ihr beide es so wollt ...«

»Das wollen wir«, sagte Yvonne. »Ist Romantik nicht das wichtigste in einer Beziehung?«

»Tja, da gehen die Meinungen auseinander«, sagte Ilona. »Romantik ist sehr schön, doch Sex ist auch nicht zu verachten.« Sie schmunzelte. »Aber wahrscheinlich denke ich das nur, weil ich eine alte Heterotusse bin, die immer nur mit Männern zusammen war. Ein Mann, der aus romantischen Gründen eine ganze Woche lang auf Sex verzichtet – das wäre ja fast ein Grund zu heiraten!«

»Denkst du?« fragte Yvonne ernsthaft.

»Bei einem Mann ist das ein großes Opfer«, sagte Ilona. »Wir

Frauen sind da ja nicht so schlimm.«

»Bis auf ein paar Ausnahmen«, sagte Yvonne trocken. *Eine Ausnahme namens Esther zum Beispiel*, dachte sie.

»Nun ja, die gibt es immer«, sagte Ilona. »Man kann nicht alle Leute über einen Kamm scheren. Und es ist ja auch nichts dabei, wenn man Sex liebt. Soll sehr gesund sein.«

Yvonne verschränkte die Arme vor der Brust und schaute Ilona streng an. »Ilona, willst du mich verkuppeln? Soll ich über Alex herfallen, nur damit wir endlich gesund leben und der Norm entsprechen?«

»Nein, nein!« Ilona hob die Hände und lachte. »Macht ihr nur, was ihr wollt. Ich beneide euch um euren Sinn für Romantik. Das könnte ruhig mal öfter vorkommen.«

»Ja.« Yvonnes Gesicht verzog sich zu einem zärtlichen Lächeln.

»Wenn du nur glücklich bist«, sagte Ilona mit einem liebevollen Blick, der das Lächeln in Yvonnes Gesicht widerspiegelte. »Das ist die Hauptsache. Das ist alles, was ich mir für dich wünsche.«

»Dann ist dein Wunsch in Erfüllung gegangen«, sagte Yvonne.

»Mandy, kannst du mir helfen?« Alex' Stimme klang etwas verzweifelt am Telefon.

»Wobei?« fragte Mandy undeutlich, denn sie vertilgte gerade einen Berliner.

»Beim Kochen«, sagte Alex.

»*Wobei?*« Mandy fiel vor Überraschung der Berliner aus der Hand.

»Ich möchte Yvonne zu mir einladen«, sagte Alex.

»Zu dir einladen? Ja, war sie denn noch nie bei dir?« Mandy war überrascht.

»Nein, bis jetzt nicht«, sagte Alex. »Und da dachte ich, wenn sie das erste Mal kommt –«

»Willst du sie bekochen? Ausgerechnet Yvonne? Kochen ist ihr Beruf«, erinnerte Mandy sie.

»Ich weiß«, sagte Alex unglücklich. »Deshalb dachte ich ja, du könntest mir vielleicht helfen.«

»Eine Köchin zu bekochen? Ich als blutige Amateurin? Die lacht mich doch aus.« Mandy leckte die letzte Marmelade aus dem Berliner von ihren Fingern.

»Das tut sie nicht«, sagte Alex. »Bestimmt nicht. Sie ist ...«, sie stockte und räusperte sich, »viel zu nett dazu.«

»Das weiß ich«, sagte Mandy, »daß sie nett ist. Aber das heißt noch lange nicht, daß sie es genießt. Auch wenn sie nichts dazu sagt.« Sie grinste. »Wie geht es euch eigentlich so, euch zwei beiden?« Sie versuchte ihrer Stimme einen harmlosen Klang zu geben, aber Alex' Zögern hatte sie extrem neugierig gemacht.

»Wenn du mir hilfst, erzähle ich es dir«, sagte Alex hinterhältig.

»Du bist gemein«, seufzte Mandy. »Aber warum nicht? Kochen versetzt mich immer in gute Stimmung, ganz zu schweigen vom Essen hinterher. Obwohl ich davon ja diesmal dann nichts haben werde.«

»Ich lade dich dafür in den *Badischen Hof* ein«, sagte Alex schnell. »Dann kannst du Yvonnes Kochkünste genießen.«

»Wie soll ich einer solchen Aussicht widerstehen?« grinste Mandy. »Na gut. Ich nehme an, du hast dir noch keine Gedanken über das Menü gemacht?«

»Äh ... nein«, sagte Alex. »Ich dachte, du –«

»Ja, klar, Mama Mandy macht alles«, seufzte Mandy. »Aber eins kann ich dir sagen: Du wirst dich mit den Tüten vom Einkauf abschleppen, nicht ich.«

»Okay, einverstanden«, grinste Alex.

»Also, nun sag schon: Wie geht's euch beiden?« fragte Mandy, während sie Kartoffeln schälte. »Versprochen ist versprochen.«

»Gut«, sagte Alex. Sie mühte sich ebenfalls mit dem Schälen einer Kartoffel ab, aber in der Zeit, in der sie eine Kartoffel schälte, schälte Mandy zehn.

»Ist das alles?« fragte Mandy und legte die geschälte Kartoffel ins Wasser. »Also ein bißchen mehr erwarte ich schon, sonst bekommt Yvonne heute abend rohe Kartoffeln zu essen.«

»Es geht uns gut«, sagte Alex, »wir sehen uns jeden Tag, reden miteinander und lernen uns immer besser kennen.«

»Hat ja auch lange genug gedauert«, sagte Mandy. »Wenigstens war meine Einmischung diesmal kein Fehlschlag.« Sie wischte sich gespielt erleichtert über die Stirn.

»Nein, diesmal nicht«, sagte Alex etwas gedämpft.

»Denkst du noch an Esther?« fragte Mandy. »Ich weiß, ich sollte das nicht fragen, aber es ist wichtig.«

»Ja.« Alex hob den Blick. »Ja, ich denke noch an sie. Aber immer weniger.«

»Das ist gut«, sagte Mandy. »Wie geht Yvonne damit um?«

»Sie . . . sie hat mich sogar gebeten, ihr von Esther zu erzählen«, sagte Alex leise.

»Wow! Das nenne ich eine starke Frau!« sagte Mandy. »Wußte ich's doch. Sie hat das Herz einer Löwin.«

»Ja.« Alex lächelte. »Ja, das hat sie.«

»Sonst hätte sie die ganze Geschichte mit dir wohl auch kaum überstanden«, sagte Mandy tadelnd.

»Ich weiß, es war meine Schuld«, sagte Alex betreten.

»Nicht allein.« Mandys Stimme wurde weicher. »Frauen wie Esther sind ein Unglück, das man oft nicht abwenden kann. Wie ein Blitz, der neben einem einschlägt. Pat hat mir genug darüber erzählt.«

»Ich möchte eigentlich nicht darüber reden«, sagte Alex und versuchte der Kartoffel ein weiteres Stück Schale zu entreißen.

»Ich auch nicht«, sagte Mandy. »Ich bin neugierig auf Yvonne. Yvonne und dich. Ich freue mich, daß ihr euch endlich gefunden habt. Das war nicht einfach.« Sie grinste. »Sie ist eine wirklich süße Frau. Wenn ich Pat nicht hätte, könnte ich dich geradezu beneiden.«

»Ja, sie ist süß.« Alex' Stimme bekam einen warmen Klang. Sie ließ die Kartoffel sinken und starrte träumerisch die Wand an.

»So wird das doch nie was!« Mandy nahm ihr die Kartoffel ab und brachte das Schälen in zwei Sekunden zu Ende. »Jedenfalls bin ich froh, daß du so von ihr schwärmst. Obwohl mir ein paar mehr Einzelheiten natürlich lieber wären«, fügte sie auffordernd hinzu.

»Einzelheiten?« Alex erwachte aus ihrem Traum. »Was für Einzelheiten?«

»Na ja . . . was ihr so macht . . . und so . . .«, sagte Mandy unbestimmt.

Alex lächelte. »Wir gehen miteinander spazieren«, sagte sie.

»Du hast mir versprochen, daß ich mehr für das Essen bekomme«, sagte Mandy.

»Mehr ist da nicht«, sagte Alex.

Mandy starrte sie an. »Das ist nicht dein Ernst.«

»Doch«, sagte Alex. »Mehr kann ich dir nicht erzählen, weil da einfach nichts ist.«

»Du willst mich verkohlen«, sagte Mandy beleidigt.

»Nein.« Alex holte eine Schüssel aus dem Schrank. »Ich verkohle dich nicht. Ich sage nur die Wahrheit.«

»Ähm . . .« Mandy war sprachlos.

»Ich habe das Gefühl, es ist noch zu früh«, sagte Alex. »Da ist noch so vieles, was wir besprechen müssen.«

»Im Bett kann man auch einiges besprechen«, sagte Mandy. »Hinterher.«

»Oder vorher.« Alex schmunzelte. Dann wurde sie ernst. »Das war bisher immer mein Fehler. Daß es nie ein *Vorher* gab. Und du weißt, wohin mich das gebracht hat. Ich wäre beinahe in der Psychiatrie gelandet oder im Leichenschauhaus. Ich glaube, das ist Grund genug, einmal über sein Verhalten nachzudenken.«

»Ja. Ja, da hast du schon recht.« Mandy war immer noch fassungslos. »Aber so ganz ohne –« Sie schüttelte lächelnd den Kopf. »Das ist wirklich ungewöhnlich«, sagte sie, »aber es hat was.«

»Ja«, bestätigte Alex. »Es hat was.«

»Mein Auto springt nicht an«, sagte Alex. »Könntest du mich heute abend zum Kino abholen?«

»Ja, klar.« Yvonne hielt den Telefonhörer in der einen und den Suppenlöffel in der anderen Hand. »Kein Problem.«

Alex rieb sich bildlich gesprochen die Hände, denn sie hatte Yvonne nichts von ihrer Absicht erzählt, für sie zu kochen. Es sollte eine Überraschung sein. »Dann bis später«, sagte Alex, mühsam beherrscht, damit sie nicht herausplatzte.

Yvonne legte auf. Sie hatte in der Küche genug zu tun und mußte noch darüber nachdenken, wie sie die Zeit, die sie für die Fahrt zu Alex brauchen würde, wieder hereinholen konnte. So mußte sie den *Badischen Hof* weit früher verlassen, als es geplant gewesen war.

Als sie später dann nach Kaltenbach hinausfuhr, erinnerte sie sich daran, wie sie diese Strecke das letzte Mal gefahren war. Es erschien ihr so lange her, daß sie kaum mehr wußte, wo sie abbiegen mußte. Seither war so viel passiert, ihr ganzes Leben hatte sich verändert. Besonders in den letzten Tagen ...

Sie lächelte. Die letzten Tage waren ein Traum gewesen. Kaum dachte sie daran, spürte sie, wie all die Berührungen, all die Küsse, all die Gespräche, die von Berührungen und Küssen unterbrochen worden waren, ein warmes Gefühl in ihr entstehen ließen, das sie so wohl noch nie gekannt hatte. Alex war endlich für sie da, nur für sie. Es gab keine Einschränkungen mehr, keine Mißverständnisse, nur Harmonie und Liebe.

Liebe. Yvonne lächelte. Ja, das mußte Liebe sein. Sie konnte es nicht beschreiben, und doch wußte sie, daß sie so etwas noch nie empfunden hatte. Diese Liebe war anders als die Liebe, die sie für Ilona empfand, anders als alles, was sie bisher vielleicht auch unter Liebe verstanden hatte.

Immer noch fragte sie sich manchmal, ob Alex genauso empfand. Bei all der Zurückhaltung, die Alex sich auferlegte, war es schwer zu erkennen, welche Gefühle sie mit Yvonne verbanden. Sie sagte nie *Ich liebe dich*, und Yvonne versuchte eingedenk der Reaktion, die Alex schon einmal auf diese drei kleinen Worte gezeigt hatte, auch, sie zu vermeiden. Es fiel ihr schwer, aber sie wollte Alex die Chance geben, es zuerst zu sagen. Zuerst in diesem *neuen Leben*, das sie beide gemeinsam miteinander angefangen hatten.

Yvonne stellte den Wagen vor Alex' Haus ab. Da war sie also nun wieder. Sie stieg aus und drückte auf die Klingel.

Es summte, und die Tür sprang auf.

»Kommst du kurz rauf?« hörte sie Alex' Stimme von oben. »Ich bin noch nicht ganz fertig.«

Yvonne stieg langsam die Treppe hinauf. Eigentlich merkwürdig, daß sie noch nie in Alex' Wohnung gewesen war. Und ein komisches Gefühl, nun einfach so, ohne alle Umschweife, hinaufzugehen und sie zu betreten.

Die Tür stand auf, und Yvonne spähte wie ein Eindringling um die Ecke. Alex war nicht zu sehen. »Alex?« rief sie fragend.

»Komm rein«, hörte sie aus einer undefinierbaren Entfernung. »Ich bin im Wohnzimmer.«

Yvonne betrat vorsichtig den Flur und versuchte der Stimme zu folgen. Sie hatte geklungen, als wäre sie vom Ende des Ganges gekommen.

Plötzlich trat Alex aus einer Tür heraus. Ein breites Lächeln überzog ihr Gesicht, als sie Yvonne sah. »Schön, daß du da bist«, sagte sie. »Komm her, ich muß dir etwas zeigen.«

Yvonne legte neugierig den Kopf schief. »Etwas zeigen?«

»Nur schnell«, sagte Alex, »dann können wir los.« Sie trat zur Seite und wies in den Raum, aus dem sie gerade gekommen war.

Yvonne ging hin und schaute hinein.

»Ich hoffe, du hast Hunger«, sagte Alex.

Yvonne starrte überwältigt auf die weiß gedeckte Tafel. Zwei Kerzen brannten in der Mitte und tauchten den Raum in ein flakkerndes Licht.

»Ich wußte nicht genau, ob ein Abendessen bei Kerzenschein dein Ding ist, aber ich dachte, ich probier's mal«, flüsterte Alex an ihrem Ohr.

»Du hast gekocht?« fragte Yvonne, nachdem sie sich von der ersten Überraschung erholt hatte.

»Um der Wahrheit die Ehre zu geben: nein«, sagte Alex. »Das meiste hat Mandy gemacht, eigentlich alles. Ich habe nur ein bißchen geholfen und den Tisch gedeckt. Meine Kochkünste wollte ich dir denn doch nicht antun.«

»Die Absicht zählt«, sagte Yvonne entgeistert.

»Das hoffe ich.« Alex grinste. Sie legte von hinten ihre Arme um Yvonne und pustete warme Luft in ihr Ohr. »Aber Mandy ist wirklich eine gute Köchin. Nicht so gut wie du natürlich, aber –«, sie drehte Yvonne zu sich um, »es ist ja auch nicht ihr Beruf.« Sie lachte leicht. »Sie hatte große Sorge, daß du das Essen nach professionellen Kriterien beurteilen könntest!«

»Das tue ich nicht«, sagte Yvonne. »Niemals, wenn ich irgendwo privat bin.«

»Ich werde sie anrufen, um ihr das zu sagen«, schmunzelte Alex.

»Das wird sie beruhigen.« Sie hauchte einen Kuß auf Yvonnes Lippen. »Wollen wir anfangen? Sonst wird es kalt.«

»Ich habe meinen Wagen nicht abgeschlossen«, sagte Yvonne und wollte sich zur Haustür umdrehen, um hinunterzugehen und das Abschließen nachzuholen.

Alex hielt sie auf. »Das ist nicht nötig«, sagte sie. »Hier klaut niemand etwas. In diesem Dorf kennt jeder jeden.«

»Wenn du es sagst ...« Yvonne schaute skeptisch, ließ sich aber von Alex zu ihrem Platz führen.

»Die Suppe ist schon serviert, gnädige Frau«, sagte Alex, indem sie sich ihre Serviette über den Arm warf und so tat, als wäre sie die Kellnerin. Sie hob die Haube, die sie über den Suppenteller gestülpt hat, vor Yvonnes Augen ab. »Ich hoffe, sie mundet.« Ein wenig unsicher, wobei sie hoffte, daß Yvonne nichts von dieser Unsicherheit bemerkte, setzte sie sich auf ihren Platz. Langsam erschien ihr ihre eigene Idee nicht mehr so gut. Eine Köchin zu bekochen! Mandy hatte schon ganz recht gehabt: Das war ziemlicher Schwachsinn. Zumal wenn man noch nicht einmal kochen konnte. Aber jetzt mußte sie da durch. Und Mandys Essen war zumindest einen Versuch wert.

Yvonne war immer noch perplex. Sie hatte sich auf einen Abend im Kino eingestellt, und daß jemand für sie kochte, war eigentlich, außer bei Ilona, noch nie vorgekommen. »Das ist ...« Sie nahm den Suppenlöffel und probierte. »Das ist gut«, sagte sie.

»Puh!« Alex fiel so laut ein Stein vom Herzen, daß sie sich wunderte, daß er nicht den Fußboden durchschlug. »Ich habe Mandy versprochen, daß ich sie dann zur Belohnung für das hier bei dir zum Essen einlade, im *Badischen Hof*. Ich hoffe, das ist dir recht.« Sie lachte. »Würde ich sie bekochen, wäre es wohl keine Belohnung!«

»Nicht?« fragte Yvonne. »Ich habe ja noch nie etwas gegessen, das du gekocht hast.«

»Und das wirst du auch nie!« Alex lachte noch mehr. »Es wäre wirklich eine Strafe, glaub mir. Ich habe mittlerweile eine beachtliche Perfektion darin entwickelt, Pizza aus der Tiefkühlpackung zu nehmen und in den Ofen zu schieben, das ist aber auch alles.«

»So lebst du? Von Tiefkühlpizza?« Yvonne schauderte.

»Nun ja, nicht jede kann so eine wunderbare Köchin sein wie

du«, sagte Alex liebevoll. Sie musterte Yvonnes Gesicht und fragte sich wohl zum tausendsten Mal, womit sie dieses Gesicht, nein: diese Frau, verdient hatte. Es war ihr immer noch ein Rätsel.

»So gut bin ich gar nicht«, behauptete Yvonne mit der ihr eigenen Bescheidenheit, und wenn das Licht nicht so schwach gewesen wäre, hätte man sehen können, wie sie errötete. Mit Komplimenten von anderer Seite konnte sie vielleicht umgehen, aber von Alex war es immer noch etwas Besonderes.

»Doch, bist du«, widersprach Alex. »Und da das nicht nur ich sage, sondern alle anderen auch, ist es wohl die Wahrheit.«

»Es ist mein Beruf«, sagte Yvonne. »Ich habe drei Jahre gelernt und dann noch ein paar Zusatzausbildungen gemacht – also wenn ich jetzt nicht wenigstens ein bißchen kochen könnte, hätte ich meine Bestimmung definitiv verfehlt.«

»Das hast du definitiv nicht«, sagte Alex, stand auf und nahm die beiden nun leeren Suppenteller mit. »Ich bringe den nächsten Gang. Eine Sekunde.«

Es dauerte wirklich nicht viel mehr als eine Sekunde, denn das Essen war schon vorbereitet und mußte nur noch hereingebracht werden. Mandy hatte alles zum Warmhalten in den Ofen gestellt.

Alex betrachtete Yvonne immer wieder verstohlen, während sie aßen. Das flackernde Licht der Kerzen warf warme Schatten auf Yvonnes Gesicht, und Alex bewunderte die Gleichmäßigkeit ihrer Züge. Yvonne war wirklich eine schöne Frau, auch wenn sie das immer wieder bestritt. Alex lächelte in sich hinein. Auch wenn Yvonne in den Augen anderer häßlich wie die Nacht gewesen wäre, hätte sie, Alex, sie schön gefunden. Auf äußerliche Schönheit zu bauen war kaum die beste Methode, das hatte sie nun wahrlich gelernt.

»Wenn du willst, können wir nachher noch in die Spätvorstellung fahren«, schlug sie vor, als sie beim Dessert angekommen waren.

»Ins Kino?« Yvonne schaute sie an. »Jetzt noch?«

»Na ja, eigentlich waren wir zum Kino verabredet«, sagte Alex lächelnd.

Yvonne lehnte sich zurück. »Mit leerem Bauch«, sagte sie und strich sich über den Magen. »Jetzt habe ich das Gefühl, mein Kopf ist zu träge, um vom Film noch etwas mitzubekommen.«

»Ganz und gar nicht?« fragte Alex. »Weil ... als Alternative könnte ich anbieten, hier eine DVD zu schauen.«

Yvonne fühlte sich müde und satt, sie konnte keine Entscheidungen mehr treffen. »Wie du willst«, sagte sie. »Ich schließe mich dir an.« Sie lächelte. »Das war grandios, Alex. Ein Candlelight-Dinner zu zweit war wirklich das letzte, was ich erwartet hätte.«

Yvonnes Lächeln fuhr Alex ganz tief in den Bauch. »Bis jetzt hatte ich das Gefühl, du hast immer nur etwas für mich getan, da wollte ich auch einmal etwas für dich tun, mich bedanken.« Sie wirkte verlegen.

»Ich habe nichts für dich getan«, sagte Yvonne, »das bildest du dir nur ein.« Ihre Verlegenheit hielt sich mit der von Alex die Waage.

»Doch, das hast du. Sehr viel. So viel, daß ich es dir nie wieder zurückgeben kann.« Alex ging zu Yvonne hinüber und beugte sich über sie. »Du siehst wundervoll aus in diesem Licht«, flüsterte sie leise. »Wie eine Märchenfee, deren Locken aus reinem Gold bestehen und deren Haut aus allen Sternen am Himmel gemacht ist.« Sie fuhr mit ihren Lippen über diese Sternenhaut an Yvonnes Wange. »Und schmecken tust du wie reinster Nektar.« Ihre Stimme klang rauh. Sie richtete sich auf. »Ich ... ich bringe die Teller noch schnell in die Küche, dann können wir den Film ansehen«, sagte sie hastig und verschwand.

In der Küche stellte sie die Teller hin und stützte sich auf dem Schrank ab. *O mein Gott!* dachte sie. *Hier allein mit ihr. Kerzen, Romantik, Kribbeln im Bauch ... das halte ich nicht lange aus. Und ich habe ihr versprochen* – Sie richtete sich auf und straffte ihre Schultern. *Das werde ich auch halten, dieses Versprechen. Dazu sind Versprechen schließlich da!*

Wenn sie ein Mann gewesen wäre, hätte sie ihre Krawatte zurechtgerückt, so ordnete sie nur ihren Kragen. Dann ging sie ins Wohnzimmer zurück.

»Wir können uns hier drüben auf die Couch setzen«, schlug Alex vor. Sie ging zum DVD-Regal hinüber. »Auf dem neuesten Stand bin ich mit meinen DVDs allerdings nicht. Ich kaufe selten welche.« Sie nahm ein paar Kassetten heraus. »Und zum Leihen ist mir der Weg in die Stadt immer zu weit. Ich muß sie ja dann auch wieder zurückbringen.«

Yvonne lächelte. »Über so was denkt man nie nach, wenn man quasi in der Stadt wohnt.«

»Tja.« Alex zuckte die Schultern. »Mittlerweile geht's ja auch übers Internet, aber ehrlich gesagt bin ich keine große Fernseherin, dann gehe ich lieber ins Kino.«

»Ich bin weder noch«, sagte Yvonne. »Ich muß ja abends fast immer arbeiten, nachmittags bereite ich das vor, also habe ich nie Zeit, ins Kino zu gehen. Da müßte es schon eine Vormittagsvorstellung geben. Und ein Fernseher lohnt sich fast auch nicht für mich. Wenn ich nach Hause komme, bin ich so müde, daß ich gleich ins Bett falle. Außerdem ist das Nachtprogramm auch nicht besonders aufregend.«

»Nicht?« Alex grinste. »Ich dachte immer, da geht es besonders heiß her.«

»Hast du schon mal nachts um zwei den Fernseher eingeschaltet?« fragte Yvonne. »Das ist doch nur was für Männer, ein Werbespot am anderen mit irgendwelchen . . . na ja, die entscheidenden Teile decken sie ja wenigstens ab, aber das ändert auch nichts daran, daß diese Spots einfach widerlich sind.«

»Ehrlich gesagt liege ich um die Zeit meistens schon im Bett«, sagte Alex, »deshalb kriege ich das nicht mit.«

»Sei froh«, sagte Yvonne. »Dafür aufzubleiben würde sich wirklich nicht lohnen.« Sie verzog das Gesicht.

»Welche Art von Filmen magst du?« fragte Alex. »Damit ich nicht das falsche aussuche.«

»Ach, ich mag eigentlich vieles«, erwiderte Yvonne. »Schlag etwas vor.«

»Ich hoffe, du hältst mich nicht für vollkommen verblödet, aber ich mag Actionfilme ganz gern«, sagte Alex verlegen. »Besonders die mit Arnie und Van Damme.«

»Wirklich?« Yvonne schaute sie interessiert an. »So etwas habe ich noch nie gesehen. Ich dachte immer, das wäre nur so ein Gekloppe. Das wollte ich mir nicht antun.«

»Viele dieser Filme sind natürlich auch so«, gab Alex zu, »aber es gibt einige, die sich davon abheben. Zum Beispiel *Total Recall* mit Arnold Schwarzenegger. Da wird zwar auch gekloppt, aber immer nur, wenn's sein muß – und immer nur gegen die Bösen.« Sie grinste.

»Oh, du bist ein Law-and-Order-Fan?« fragte Yvonne.

»Manchmal schon.« Alex legte den Film ein und ging zu Yvonne, um sich neben ihr auf das Sofa zu setzen. »Ich finde es sehr befriedigend, wenn am Ende die Bösen bestraft werden. Im täglichen Leben hat man das ja kaum einmal.« Sie lächelte entschuldigend. »Findest du das sehr schlimm?«

»Nein, überhaupt nicht.« Yvonne lächelte süß. »Ich bin ganz deiner Meinung.« Sie lehnte sich zurück. »Nun schalt schon an, damit ich mir ein eigenes Urteil bilden kann, ob ich *Arnie* –«, sie betonte den Namen sehr sorgfältig, »mag oder nicht.«

»Es ist eine Science-Fiction-Geschichte«, erklärte Alex und griff nach der Fernbedienung. »Sie spielt auf dem Mars.«

»Oh.« Yvonne schmunzelte. »Da war ich noch nie.«

»Ich auch nicht.« Alex lächelte Yvonne an. »Wenn wir den Film angeschaut haben, können wir ja mal überlegen, ob wir da zusammen hinfahren.«

»Mal sehen«, sagte Yvonne. Sie schmunzelte noch stärker. »Aber ist da nicht die Luft ein bißchen dünn?«

»Das ist genau das Problem, das im Film behandelt wird«, sagte Alex und startete die DVD. »Nur leider ist die Lösung von Außerirdischen abhängig, was uns momentan vermutlich wenig nützen wird.« Sie lehnte sich zurück, und beide, Yvonne und sie, blickten nach vorn auf den Bildschirm.

Alex hätte gern Yvonne angeschaut, aber sie traute sich nicht. Sie saßen zwar nebeneinander auf dem Sofa, aber es war ein kleiner Abstand zwischen ihnen, sie saßen nicht direkt nebeneinander. Es wäre Alex lieber gewesen, wenn es diesen Abstand nicht gegeben hätte, aber sie wollte Yvonne nicht bedrängen. Immer noch war ihr unklar, ob sie nun bereits das Stadium erreicht hatten, das Ilona ihnen empfohlen hatte. Yvonne hatte sich nicht mehr dazu geäußert.

Da Alex den Film schon kannte, konnte sie es nicht verhindern, aus dem Augenwinkel doch einmal Yvonne zu beobachten, die der Geschichte anscheinend interessiert zu folgen schien. Nach einer Weile rückte Yvonne näher an Alex heran und legte ihren Kopf auf Alex' Schulter. »Ich bin so müde«, flüsterte sie.

Alex erstarrte für einen winzigen Moment. »Möchtest du lieber schlafen?« fragte sie dann leise. »So spannend ist der Film ja nun auch wieder nicht.«

»O doch, er ist spannend«, widersprach Yvonne. »Es ist nur so ungewohnt, daß ich nach dem Essen nicht noch alles aufräumen und warten muß, bis die Gäste gegangen sind. Da denkt mein Körper gleich, es ginge jetzt ins Bett.«

»Ruh dich nur aus«, sagte Alex. »Du arbeitest zu viel.«

»In letzter Zeit eigentlich nicht so«, sagte Yvonne. »Wie oft ich da frei hatte . . .«

»Hat Ilona etwas gesagt?« fragte Alex betreten. »Daß ich dich zu oft von der Arbeit abhalte?«

»So etwas sagt Ilona doch nicht«, bemerkte Yvonne. »Im Gegenteil, sie freut sich, daß wir – daß wir uns so gut verstehen.«

Alex war das Zögern in Yvonnes Stimme nicht entgangen. »Denkst du das nicht?« fragte sie. »Daß wir uns gut verstehen?«

»Doch, doch.« Yvonne schien das Thema unangenehm zu sein. »Schon.«

»Ist etwas?« fragte Alex. »Gefällt dir der Film nicht? Wir könnten auch Rommé spielen . . . oder so.« Sie war sich unsicher, was Yvonne wollte. Auf keinen Fall aber wollte sie Yvonne irgend etwas aufzwingen.

»Ja, wir könnten auch Rommé spielen.« Yvonne schien einen Seufzer zu unterdrücken.

»Sag doch, was ist«, bat Alex. »Habe ich irgend etwas getan –?«

»Eher weniger«, sagte Yvonne. Sie richtete sich auf und sah Alex an. »Heute abend hast du mir lediglich ein wunderbares Essen serviert, das Ganze bei Kerzenschein, und eine DVD eingelegt. Wir könnten auch Rommé spielen, ja, aber du könntest mich auch küssen. Ist dir der Gedanke schon mal gekommen?«

Alex fühlte gleichzeitig eine gewisse Starre und eine durchaus angenehme Wärme in sich aufsteigen. »Yvonne . . .«, flüsterte sie.

»Wenn du es nicht tust, tue ich es«, sagte Yvonne, beugte sich zu Alex und begann leicht an ihren Lippen zu zupfen.

Langsam erwachte Alex aus ihrer Halbtrance. Yvonnes Lippen waren süß und verlockend. Alex nahm Yvonne in die Arme und drehte sie vorsichtig zurück. Sie durchforschte Yvonnes Mund, zuerst zärtlich, dann immer leidenschaftlicher, bis Yvonne sie lachend zurückschob.

»Ich bekomme keine Luft mehr!«

»Entschuldige, ich –« Alex wußte nicht, ob es richtig war, was sie getan hatte, aber sie wußte, daß ihr Verlangen, Yvonne zu besitzen, nun kaum mehr zu beherrschen war. Sie fühlte den warmen Strom durch ihren Bauch fließen und heißer und heißer werden.

»Du mußt dich nicht entschuldigen, du mußt mir nur ein bißchen Luft lassen«, sagte Yvonne leise. »So alle fünf Minuten.« Sie strich sanft über Alex' Wange. »Ich will, daß du mich küßt«, wisperte sie. »Ich will es nur auch überleben.« Ihre Augen suchten die von Alex und versanken zärtlich darin. »Alex . . .«, flüsterte sie.

Alex fühlte den warmen Strom auf ihren ganzen Körper übergreifen. Ihre Schenkel zitterten von dem Kribbeln, das sie erfaßt hatte. »Yvonne . . .«, flüsterte sie mit gebrochener Stimme. »Sag mir, was ich tun soll. Ich möchte dich küssen, aber ich . . . ich möchte –«

»Ja«, wisperte Yvonne. »Das möchte ich auch.« Ihre geöffneten Lippen hauchten zarte Küsse auf Alex' Mund und Wangen, immer wieder, wie schwerelose Schmetterlinge, die von einer Blüte zur nächsten flogen.

Alex' Hand wanderte an Yvonnes Seite entlang, ihre Lippen suchten Yvonnes Mund, sie fühlte das leichte Zittern, das ihr antwortete. »Yvonne . . .«, flüsterte sie – und noch einmal: »Yvonne . . .«

Ihre Hand wurde nun mutiger, zog Yvonnes Bluse aus dem Hosenbund, glitt auf nackte Haut. Yvonne zog scharf die Luft ein. Alex streichelte Yvonnes Rücken, suchte den Verschluß des BHs, öffnete ihn. Yvonne nahm Alex' Gesicht in die Hände, streichelte ihr Haar, vergrub ihre Finger darin. Alex' Hand glitt nach vorn, berührte die sanfte Rundung von Yvonnes Brust. Yvonne seufzte auf.

»Yvonne . . .«, flüsterte Alex noch einmal. Ihre Finger wanderten vorsichtig weiter, trafen auf eine kleine, harte Erhöhung. Sie strich mit ihrem Daumen darüber.

Yvonne fühlte einen heißen Strahl von ihrer Brust zwischen ihre Beine schießen. Sie stöhnte leise »Alex . . .«

Alex schob Yvonnes Bluse mit dem BH nach oben. »Du hast wunderschöne Brüste«, sagte Alex und lächelte bewundernd. »Wunderschön . . .« Sie beugte sich hinunter und nahm die Knospe in den Mund.

Yvonne schrie ganz leicht und spitz auf, als sie den Feuerstrahl spürte, der erneut durch ihre Brust und zwischen ihre Beine schoß.

Dann zwang sie ihren Atem dazu, ruhiger zu werden, als Alex die Brust wieder entließ. »Du, Alex, ich muß dir was sagen.«

»Hm?« Alex küßte ihre Schulter.

»Ich habe noch nie . . . ich bin noch . . .«

Alex küßte weiter ihre Schulter und wanderte wieder hinunter zu ihrer Brust. »Was?« fragte sie abwesend.

»Ich habe das noch nie gemacht«, flüsterte Yvonne leise.

Alex stellte ihre Zärtlichkeiten ein und hob den Kopf. »Du hast noch nie mit einer Frau geschlafen?« fragte sie verblüfft.

Yvonne schüttelte verlegen den Kopf. »Nein, du bist die erste.«

»Du warst bis jetzt nur mit Jungs zusammen?« fragte Alex. Das hätte sie nun wirklich nicht vermutet.

Yvonne schüttelte wieder den Kopf. »Auch nicht.«

Alex stemmte sich hoch und blickte ihr ins Gesicht. »Gar nichts? Du bist noch ganz und gar . . .?«

»Unberührt«, vollendete Yvonne ärgerlich, »ja. Jungfrau. Ist das denn eine Schande?«

Alex streichelte ihr Gesicht. »Nein. Nein, natürlich nicht. Du wirktest die ganze Zeit nur so – wie soll ich sagen? – erwachsen. Damit hätte ich nie gerechnet.«

»Und jetzt?« fragte Yvonne ängstlich. »Willst du nicht mehr?«

»Aber nein.« Alex schaute sie zärtlich an. »Wenn *du* willst, werde ich mich ganz nach deinen Wünschen richten. Das habe ich dir ja versprochen.« Langsam hob sie eine Hand und strich sanft mit den Fingern über Yvonnes Gesicht. »Ich werde das tun, was du möchtest«, versicherte sie ihr flüsternd. »Nur das, was du möchtest.«

Yvonne suchte Alex' Augen, die über ihr schwebten, aber sie sagte nichts.

»Nur das, was du möchtest«, wiederholte Alex und beugte sich zu ihr hinunter. Sie küßte sie leicht auf die Lippen und zog sich wieder zurück. So recht wußte sie nicht, was sie tun sollte. Was tat man beim ersten Mal? Alles? Es war lange her. Sie versuchte sich zu erinnern. Ihre *erste Frau* hatte sie nicht gefragt – Sie hatte Alex einfach genommen. Wahrscheinlich war ihr noch nicht einmal klar gewesen, daß es für Alex das erste Mal war. Aber das wollte Alex Yvonne nicht antun. Sie wollte, daß es schön für Yvonne war, daß sie sich gern daran zurückerinnern würde. »Hast du Wünsche?« fragte sie sie. »Träume? Was möchtest du gern?«

Yvonne lachte unsicher auf. »Das fragst du *mich?* Du bist die ältere Frau. Du hast die Erfahrung.«

»Aber ich kenne deine Träume nicht«, sagte Alex leise. »Wie hast du es dir vorgestellt: dein erstes Mal?« Sie zögerte kurz. »Das hast du doch, oder?« fragte sie dann.

Yvonne nickte. »Sicher, das habe ich.« Ihre Haut wurde dunkler im flackernden Licht der Kerzen, die auf dem Tisch immer noch brannten. »Oft. Ich habe es mir vorgestellt wie eine sanfte Achterbahnfahrt, ein Schweben, ein Gefühl der Leichtigkeit, der Zärtlichkeit, der Geborgenheit. Mit einer Frau, die –« Sie brach ab, dann fuhr sie kaum mehr verständlich fort: »Mit einer Frau, die so ist wie du.«

Alex lachte leise auf. »Aber du kanntest mich doch gar nicht!«

»Doch«, behauptete Yvonne, »ich kannte dich. In meinen Träumen kannte ich dich schon immer.« Sie hob ihre Hand und strich mit einem Finger über Alex' Augenbrauen. »Ich habe dich immer schon vor mir gesehen, über mir . . . so wie jetzt. Und dann –« Sie brach wieder ab und drehte ihren Kopf weg.

»Und dann?« fragte Alex nach. Sie lächelte, während sie Yvonne von der Seite betrachtete, der das alles offenbar furchtbar peinlich war. Sie war so süß, so zart, so liebenswert. »Was dann?« fragte Alex noch einmal ganz leise. »Sag's mir.« Während sie die letzten Worte flüsterte, beugte sie sich zu Yvonne hinunter und streichelte mit den Lippen ihre Wange.

»Dann . . . dann war alles nur noch verschwommen. Schön eben«, brachte Yvonne, mittlerweile wahrscheinlich hochrot, was im Kerzenlicht aber nur undeutlich zu erkennen war, mühsam und fast unhörbar hervor.

Alex fuhr weiter mit ihren Lippen über Yvonnes Wange und drehte dann sanft Yvonnes Kopf zu sich, um vorsichtig ihren Mund zu suchen. »War es schön . . . mit dir selbst?« fragte sie, während sie ganz leichte, hauchzarte Küsse auf Yvonnes Lippen verteilte.

Yvonnes Augen öffneten sich weit, so daß das Licht nun darin schimmerte, als ob sich kleine Seen in ihren Augen gesammelt hätten. Sie antwortete nicht.

»Entschuldige«, murmelte Alex. »Du mußt das nicht beantworten. Ich frage lauter dummes Zeug.«

Was war das in Yvonnes Blick: Entsetzen? Angst? Das hatte sie nicht gewollt. Sie wollte nur so viel wie möglich über sie wissen, damit sie es besonders schön für sie machen konnte. Sie lehnte sich über sie und begann wieder, sie zu küssen. Alex spürte, wie ihr Atem schneller wurde und sich auf Yvonnes Körper eine Gänsehaut bildete, als Alex mit ihrer Hand darüberfuhr.

Ihre Finger wanderten tiefer und suchten den Bund von Yvonnes Hose. Sie öffnete den Knopf und den Reißverschluß und fuhr mit sanften Fingern hinein.

Yvonne zuckte zusammen. Alex' Berührungen so nah und so ... unausweichlich.

»Ich möchte dich ausziehen, Yvonne«, flüsterte Alex erregt. Sie schob Yvonnes Hose über ihre Hüften, Yvonne hob sie ohne nachzudenken an, dann streifte Alex ihr Bluse und BH von den Schultern.

Yvonnes nun nackter Körper schimmerte im durchbrochenen Licht der Kerzen, das vom Mondlicht begleitet wurde, verführerisch. Alex betrachtete sie einen Moment bewundernd. Dieses Schimmern, diese Unschuld – alles, was Yvonne ausmachte, war einfach unwiderstehlich. *Sie* jedenfalls konnte dem keine Sekunde länger widerstehen. Sie begann Yvonnes Brüste zu küssen und mit ihren Lippen die Brustwarzen zu suchen, die sie mit ihrer Zunge reizte, bis sie hart angeschwollen waren.

Yvonne seufzte leicht bei jeder Berührung und begann langsam, sich zu bewegen. Alex streichelte sie zärtlich, fuhr über ihre Brüste, ihren ganzen Körper bis hinunter zu ihren Schenkeln und ihrem Po. Yvonne drängte sich ihr leicht entgegen, so daß sie alle Stellen auf Yvonnes Körper erreichen konnte. Fast alle. Alex vermied es bewußt, zwischen Yvonnes Schenkel zu gleiten. Erst wollte sie, daß sie richtig erregt war.

Alex schob sich neben sie und betrachtete sie noch einmal. Sie begehrte sie jetzt wirklich sehr, überall in ihr zog es sehnsuchtsvoll, und es fiel ihr außerordentlich schwer, noch immer zu warten. Sie wünschte sich, daß auch Yvonne sie berühren würde. Sie lächelte liebevoll. »Du bist so zart, so wahnsinnig zart. Ich habe fast Angst, dich zu berühren, ich habe Angst, dich zu zerbrechen, wenn ich mich auf dich lege«, flüsterte sie.

Yvonne lachte leise. »So zart, wie ich aussehe, bin ich gar nicht. Probier es nur aus.«

Alex schob sich auf sie und streichelte sie dabei weiter. Yvonne bewegte sich leicht unter ihr, nur ganz leicht. Dann lag sie wieder still und zog Alex zu sich heran. Sie begann ihr Hemd aufzuknöpfen, bis Alex es auszog und die Hose gleich mit. Sie stöhnte auf, als sie sich nun nackt auf Yvonne legte und sie küßte. Haut an Haut, ein Gefühl wie Samt und Seide, ein unbeschreibliches Gefühl.

Yvonne wand sich unter ihr. Alles ging langsam und vorsichtig. Fast, als ob sie Angst hätten, sich gegenseitig zu sehr zu berühren. Mit der Zeit wurde Yvonnes Atem schneller und abgerissener. Irgendwann stöhnte sie ein bißchen, sehr leise. Während Alex ihren ganzen Körper mit Küssen bedeckte, wisperte Yvonne fast unhörbar: »Oh Alex ... Alex ...« Sie warf ihren Kopf auf die andere Seite, als Alex mit einem Finger hauchzart über ihre Leiste strich.

Alex' Hand glitt tiefer und streichelte Yvonnes Oberschenkel an der Innenseite, erst den einen, dann den anderen. »Mach sie ein bißchen auf, komm«, bat sie leise.

Yvonne fühlte die Hitze in sich, die sie nun schon fast verbrannte. So heftig hatte sie das noch nie gespürt. Alex' flüsternde Stimme ließ sie fast ohnmächtig werden. Sie wußte nicht genau, was sie erwartete. Sie versuchte ihre Beine zu öffnen, aber sie erstarrte dabei. Es war so ungewohnt, nicht allein zu sein. Dennoch wollte sie es, sehnte sich danach, von Alex berührt zu werden, diesmal nicht im Traum, nicht nur in ihrer Phantasie. Sie spreizte ihre Beine ein wenig, und Alex zog erregt die Luft ein, als sie es sah. Yvonnes Herz klopfte in einem unaufhörlichen Trommelwirbel, der immer wilder zu werden schien.

Alex betrachtete sie immer noch und begann dann langsam, von ihren Schenkeln hinauf zwischen ihre Beine zu streichen. Yvonne seufzte, beinah stöhnte sie. Es fühlte sich so gut an, so gut ... Die Hitze in ihr, auf ihrer Haut, an ihren Brüsten, zwischen ihren Beinen hätte jedes Thermometer zum Zerspringen gebracht, meinte sie zu fühlen. All diese Empfindungen, die sie überfielen, von allen Seiten überschwemmten und einsogen. Das hatte sie noch nie gespürt, nicht so, nicht unter Alex' Händen, die sie vergehen ließen, wie sie es sich in ihren kühnsten Träumen nicht hatte vorstellen können. Sie konnte kaum noch atmen vor Spannung und Erwartung.

Alex suchte vorsichtig ihre Schamlippen und strich leicht darüber. Sie atmete erleichtert aus, als sie merkte, daß Yvonne naß war. Irgendwie hatte sie Angst gehabt, sie könnte es nicht sein, und dann hätte sie kaum gewußt, was sie hätte tun sollen. Yvonne erzitterte bei der Berührung, ihr ganzer Körper bebte, als Alex sie immer wieder zwischen den Beinen berührte. Langsam verteilte sie ihre Nässe und strich immer weiter nach vorn, suchte ihren kleinen Knopf, der bereits hart war.

Als sie ihn berührte, stöhnte Yvonne unterdrückt auf und hob ihren Unterleib an. Alex' Kopf schien zu explodieren, als sie das sah. Sie beugte sich hinunter und umschloß Yvonnes Mitte mit ihren Lippen, strich leicht mit ihrer Zunge über die kleine, steife Knospe, die etwas anschwoll. »Ja . . .«, hörte sie Yvonne ganz leise über sich, als ob sie gar nicht wollte, daß Alex sie verstand.

Alex ließ noch einmal ganz sanft ihre Zunge über Yvonnes Mitte streichen, ohne sie speziell zu reizen, aber das war offensichtlich auch gar nicht nötig. Yvonne begann sich immer mehr zu bewegen, drängte sich Alex entgegen, und irgendwann spürte Alex Yvonnes Finger in ihrem Haar, die unkontrolliert zuckten. *Sie muß soweit sein,* dachte Alex. Sie fühlte sich sehr unsicher. Würde Yvonne ihr zeigen, was sie wollte, was sie empfand?

Alex ließ ihre Zunge schneller werden und versuchte zu erspüren, was Yvonne nicht sagte. Ihr Körper teilte Alex mehr mit, und nach kurzer Zeit zuckte sie und erstarrte, hielt die Luft an und wurde plötzlich ganz weich. *Sie gehört nicht gerade zu den Lauten,* dachte Alex zärtlich und fühlte sich gleichzeitig noch einmal an Esther erinnert, die die ganze Straße unterhalten hatte, wenn sie kam.

Sie schob sich an Yvonne hoch und nahm sie in die Arme. Sie streichelte sie, einfach nur so, ohne weitere Absicht, zur Beruhigung und Entspannung. Yvonne lag eine Weile da und rührte sich nicht. Mit immer noch geschlossenen Augen murmelte sie dann: »Alex, das war so schön . . .«

Alex wußte nicht, was sie sagen sollte, und lächelte deshalb nur auf sie hinunter. Sie war so süß, wie sie da lag, ihre Lider – erschöpft geschlossen – flatterten über ihren Augen, aber sie schlug sie nicht auf. Sie wollte den Nachhall des Gefühls offensichtlich noch genießen. Sie lächelte auch.

Nach einer geraumen Weile, als Alex schon dachte, daß sie eingeschlafen war, schlug sie die Augen dennoch auf und sah Alex ernst an. Sie sagte nichts, aber Alex fühlte in ihren Augen eine Frage, die sie nicht beantworten konnte – jetzt noch nicht. Sie beugte sich hinunter und hauchte einen Kuß auf ihre Lippen. »Es freut mich, daß es schön für dich war«, sagte sie zärtlich lächelnd. Das war nicht das, was Yvonne hören wollte, das wußte sie, aber mehr konnte sie ihr im Moment nicht geben.

Yvonne verzichtete auf eine Antwort und zog Alex' Kopf erneut auf sich herunter. Sie drang mit ihrer Zunge in Alex' Mund ein, was die im ersten Moment überraschte, aber sie spürte schnell, daß der Kuß sie erregte, daß Yvonnes Leidenschaft, die sie auf einmal zeigte, auf sie übersprang wie ein Waldbrand. Sie stöhnte auf und schob sich erneut auf Yvonne, deren Lippen mit ihren verschweißt zu sein schienen. Sie nahm Yvonnes Schenkel zwischen ihre und preßte sich gegen sie. Yvonnes Hand griff an ihre Brust und nahm die Brustwarze zwischen Daumen und Zeigefinger, so daß Alex erneut in ihrem Mund aufstöhnte. Dann beendete sie endlich den Kuß und zog Alex' Brust zu sich heran, so daß sie die Brustwarze in den Mund nehmen konnte.

Alex schloß die Augen. Sie versuchte an etwas Unerotisches zu denken, sonst würde es viel zu schnell vorbei sein. Ihre Brust stach und kitzelte, sandte ein fürchterliches Kribbeln zwischen ihre Beine, ließ dort noch mehr anschwellen, was schon angeschwollen war, und wo die ganze Nässe hinfließen würde, wollte sie gar nicht erst wissen.

»Oh Yvonne«, stöhnte sie auf. »Yvonne . . . ja . . .« Sie stieß heftiger gegen Yvonnes Schenkel, als die von einer Brustwarze zur anderen wechselte und sie auch in den Mund nahm. Ihre Zunge reizte die Oberfläche so sehr, daß Alex dachte, sie könne es nicht mehr aushalten. Sie griff nach Yvonnes Hand und führte sie zwischen ihre Beine. »Bitte«, stieß sie abgerissen hervor, »berühr mich . . .«

Yvonnes Finger drückte gegen die harte Perle, rieb darüber und ließ Alex erneut aufstöhnen. Alex wollte, daß sie eindrang, daß sie ganz tief in sie hineinging, aber sie wußte nicht, ob sie ihr das zumuten konnte beim ersten Mal. »Deine Finger«, stöhnte sie, als das Verlangen sie überschwemmte, »bitte . . .«

Yvonne wußte nicht gleich, was sie meinte, und so griff sie schnell selbst nach unten und zeigte es ihr. Als sie Yvonnes Finger in sich spürte, stöhnte sie noch einmal auf und begann dann, heftig auf ihr zu reiten. Es dauerte keine zehn Sekunden, bis sie kam. Sie versuchte ihren Schrei zu unterdrücken, um Yvonne nicht zu erschrecken, aber sie schaffte es nicht ganz. Es war wirklich unglaublich schön. Das erste Mal nach so langer Zeit. *Und das erste Mal mit Yvonne,* dachte sie noch, bevor sie zusammenbrach und nichts mehr denken konnte.

Yvonne legte ihre Arme um Alex, als sie auf ihr lag, und streichelte ihren Rücken. Sie lächelte. *Das war ja noch schöner als bei mir selbst,* dachte sie. *Wenn sie auf mir kommt, spüre ich die Liebe zu ihr in mir so tief, so stark, so heftig. Es ist unglaublich.* Würde Alex das wohl auch einmal spüren? Hatte sie es jetzt gespürt? Yvonne wußte es nicht.

Alex erwachte aus ihrer vorübergehenden Starre und lächelte Yvonne an. »Du bist aber sehr begabt«, grinste sie spitzbübisch.

Yvonne errötete, und als Alex es bemerkte, fühlte sie ein ganz neues Gefühl für Yvonne in sich aufsteigen. »Du bist so süß«, flüsterte sie und biß ihr zärtlich ins Ohr, »so unglaublich süß.« Sie begann sich erneut auf Yvonne zu bewegen. »Ich will dich«, wisperte sie dann, während sie mit verschleierten Augen auf Yvonne hinuntersah, die zu ihr aufblickte und langsam begann, sich mit ihr zu bewegen.

Yvonne schloß die Augen, einerseits vor wieder aufkommender Erregung, andererseits, weil *Ich will dich* nicht dasselbe war wie *Ich liebe dich*, aber da mußte sie wohl noch ein wenig warten. *Irgendwann wird sie es sagen,* versuchte sie sich innerlich selbst zu überzeugen, *irgendwann* . . . Aber es tat dennoch ein bißchen weh.

Ein paar Wochen später trafen sich Mandy, Sylvia und Pat mit Alex und Yvonne zu einem gemeinsamen Essen im *Badischen Hof*. »Ich bin so froh, daß es diesmal wenigstens geklappt hat!« sagte Mandy erleichtert, als sie darüber sprachen, daß Mandy und die anderen nicht ganz unschuldig an Yvonnes plötzlichem Auftauchen im Krankenhaus waren. Sie hatten sie ziemlich davon überzeugen müssen. Von allein wäre sie nie gekommen, weil sie dachte, Alex wolle sie nie mehr sehen.

»Wer solche Freundinnen hat, wer braucht da schon Feindinnen?« knurrte Alex gespielt mißgelaunt.

Mandy blickte zwischen ihr und Yvonne hin und her. Sie sollte bloß nicht behaupten, daß sie nicht glücklich wäre! Die beiden tauschten ständig verliebte Blicke miteinander, wenn auch Yvonne Mandy nach langem Bohren ihr Leid darüber geklagt hatte, daß Alex sie noch nie ihrer Liebe versichert hatte. Sie sprach dieses Wort in Yvonnes Gegenwart niemals aus.

Yvonne litt darunter, denn für sie war Alex ihre große Liebe, immer mehr, je besser sie sie kennenlernte, und sie wünschte sich sehr, daß es umgekehrt ebenso wäre.

Und Alex liebt sie doch auch, dachte Mandy. *Warum sagt sie es ihr bloß nicht?* Aber eigentlich wußte sie, warum Alex das nicht tat. Die Verletzung durch Esther, so verheilt sie auch schien und wenn auch Alex nie mehr darüber sprach, saß immer noch tief. *Ihr* hatte Alex gesagt, daß sie sie liebte, und sie hatte Hohn und Spott dafür zurückbekommen, jedenfalls keine Liebe. Mandy verstand, daß sie deshalb jetzt vorsichtig war, aber wie konnte sie zusehen, wie sehr Yvonne unter ihrem Schweigen litt? Wie sehr sie Alex liebte?

Mandy seufzte. »Du beklag dich auch noch!« schimpfte sie Alex liebevoll aus. »So gut wie dir sollte es mir mal gehen!«

»He!« Pat protestierte heftig.

Mandy lächelte sie zärtlich an. »Ich meinte doch nicht dich, Schatz«, versicherte sie besänftigend. »Ich meinte nur so allgemein. Alex' Geschäft läuft besser als je zuvor, sie fährt ein schnittiges Auto und freut sich jeden Tag ihres Lebens.«

»Ja«, sagte Alex ernst. »Es könnte der letzte sein.«

»Ach, jetzt unk mal nicht so!« widersprach nun Sylvia. »Seit dem Unfall hängt doch nicht jeden Tag ein Damoklesschwert über deinem Kopf! Das ist ja nun wirklich übertrieben!«

»Nein«, lächelte Alex. »Das habe ich ja auch nicht gesagt. Ich habe nur begriffen, daß man erst das Schokoladeneis essen sollte, wenn man das lieber mag, statt zu warten.«

»Bitte wie?« Sylvia sah sie perplex an.

Jetzt lachte Yvonne und umfaßte zärtlich Alex' Arm. »Sie meint, manche Leute heben sich das Beste beim Essen immer für den

Schluß auf, um es dann richtig zu genießen. Ich auch«, gab sie zu. »Wenn man aber stirbt, bevor man zum Schluß kommt, was hat man dann davon gehabt? Nichts. Also wenn man zwei Kugeln Eis hat, eine Vanille und eine Schokolade, und man mag Schokolade lieber, sollte man die zuerst essen. Man weiß ja nie, was kommt.«

Sylvia schüttelte verwirrt den Kopf. »Merkwürdige Philosophie. Was ist denn an Schokoladeneis so wichtig?«

Die anderen lachten. »Du hast nichts verstanden! Es geht doch nicht um Schokoladeneis!«

»Worum dann?« Sylvia begriff immer noch nicht.

»Um alles«, sagte Yvonne selig lächelnd und umfaßte Alex' Arm noch fester, die sie zärtlich ansah und ihr tief in die Augen blickte.

Die beiden sehen aus, als würden sie jetzt lieber ins Bett verschwinden, dachte Mandy grinsend. »Also wie war das mit unserem Fahrradausflug am Sonntag?« meinte sie fröhlich. »Wann fahren wir los?«

Die Sonne blinzelte zum Fenster herein und kitzelte Yvonne an der Nase. Sie lächelte. *Immer wenn ich mir den Himmel vorgestellt habe, habe ich ihn mir ganz anders vorgestellt,* dachte sie. *Aber das hier ist es: mit der geliebten Frau sonntagsmorgens im Bett liegen, sie betrachten, während sie schläft, und sich darauf freuen, daß sie aufwacht.*

Alex räkelte sich, und Yvonne sah eine Brust, die sich nackt unter der Decke hervorschob. Sie merkte, wie sie errötete, denn einerseits erinnerte sie dieser Anblick an die vergangene Nacht, die sie und Alex durch viele ... nun ja ... Aktivitäten erheblich verkürzt hatten, und andererseits ... andererseits hatte sie trotz alledem schon wieder Lust darauf, diese Brust zu streicheln, zu küssen, zu –

Sie atmete tief durch. Niemals hätte sie sich vorstellen können, wie es nun mit Alex war. Kein Tag verging, an dem sie nicht zusammen im Bett landeten – logischerweise, da sie entweder in Alex' oder in Yvonnes Wohnung übernachteten –, und jedes Mal war die Nacht viel zu kurz. Oft wünschte sie sich, daß die Sonne nie aufgehen möge, und obwohl sie beide so wenig Schlaf bekamen, fühlte sie sich energiegeladen wie nie. Bei der Arbeit ging ihr alles flott von der Hand, und auch Alex bestätigte, daß ihre Webdesign-Kunden mehr als zufrieden waren. Privat und beruflich lief alles wie geschmiert. Konnte es so etwas geben?

Manchmal fürchtete Yvonne, daß irgendwann ein Blitz einschlagen würde oder ein Erdbeben sie beide verschlang, weil sie einfach nicht glauben konnte, daß dies die Realität war, eine Realität, die zu schön war, um wahr zu sein.

»Worüber denkst du nach?« Alex' Stimme klang noch etwas ungeübt nach der Tiefe des Schlafes.

»Oh.« Yvonne zuckte zusammen. »Oh, gar nichts. Nur so.«

»Nur so?« Alex streckte die Arme und stützte sich auf dem Ellbogen ab, um Yvonne besser anschauen zu können. »Was nur so?«

»Nichts Besonderes«, behauptete Yvonne verlegen. »Die Sonne hat mich geweckt, und da dachte ich, es ist schön . . . es ist schön, hier zu sein.«

»Du bist gern bei mir?« Alex lächelte.

»Das weißt du doch.« Yvonnes Blick wollte sich abwenden, aber er verirrte sich auf Alex' Brust, die nun vollkommen entblößt vor ihren Augen lag, und verweilte dort länger, als Yvonne es bemerkte. Als sie sich dessen bewußt wurde, schaute sie hastig in eine unverdächtige Ecke des Zimmers, konnte jedoch nicht mehr verhindern, daß sie rot anlief wie eine Tomate.

Alex schmunzelte. »Yvonne«, fragte sie in möglichst harmlosem Tonfall. »Schämst du dich?«

»Nein, ich –« Yvonnes Haut schien zu brennen. »Ich wollte nicht – Wir haben doch die ganze Nacht . . .«

»Und deshalb dürfen wir morgens nicht, oder was?« fragte Alex. *Sie ist wirklich das absolute Gegenteil von Esther*, dachte sie, und sie freute sich mehr darüber, als sie sagen konnte. »Darfst du dann morgens keine Gefühle mehr haben?« Sie glitt ein wenig zu Yvonne hinüber und schaute sie intensiv an.

Yvonne wich ihrem Blick aus. »Ich . . . ich kenne mich so nicht«, sagte sie leise und verschämt. »Es ist so ungewohnt. Ich weiß nicht, ob ich . . . ob ich das tun sollte.«

»Ob du das tun solltest? Was?« Alex kannte die Antwort und schmunzelte deshalb noch mehr. *Sie ist so süß*, dachte sie. *Gibt es etwas Schöneres, als neben so einer süßen Frau aufzuwachen?*

»Du . . . du weißt schon«, erwiderte Yvonne mit glühenden

Wangen.

»Meine Brust anschauen?« fragte Alex neckend. »Magst du sie denn nicht, oder findest du sie häßlich?« Sie konnte ein heftiges Grinsen nur schwer unterdrücken.

»Alex! Bitte!« Yvonne machte Anstalten aus dem Bett zu springen.

Alex hielt sie fest. »Bitte was?« fragte sie rauh. Die Schäkerei hatte auch bei ihr einige Reaktionen ausgelöst. »Wenn du dich nicht eindeutig äußerst, werde ich alles ausprobieren müssen, was du meinen könntest. Jetzt sofort.«

»Alles?« Yvonne starrte sie an.

»Ja, alles. Alles, was wir heute nacht gemacht haben« – Alex strich sanft über Yvonnes Gesicht – »und alles, was wir in der Nacht davor gemacht haben« – sie wanderte langsam zu Yvonnes Hals hinunter – »und alles von in der Nacht vor der Nacht davor« – ihre Hand erreichte Yvonnes Brust.

»Alex!« Yvonne hielt Alex' Hand mit ihrer eigenen auf. »Dann werden wir heute den ganzen Tag nicht mehr aus dem Bett kommen!«

»Und? Schlimm?« Alex schaute unschuldig.

Yvonne lächelte. Langsam gewann sie ihre Fassung wieder. »Nein, nicht schlimm, aber unpraktisch. Wir wollten doch einen Bummel machen. Noch eine Fahrradtour wie letztes Wochenende verkrafte ich nicht. Du hättest mir sagen sollen, daß du Freundinnen hast, die für die Weltmeisterschaft trainieren.«

»Ach, Pat und Sylvia übertreiben es immer«, seufzte Alex. »Das hatte ich ganz vergessen. Mandy schimpft auch jedes Mal.«

»Ja, Mandy war die einzige, mit der ich mithalten konnte«, sagte Yvonne. »Und ich betrachte mich nun wirklich nicht als unsportlich.«

»Aber auch wenn es anstrengend war, es war doch lustig«, sagte Alex, legte sich auf den Rücken und verschränkte die Arme unter dem Kopf.

»Ja, lustig war es.« Yvonne betrachtete Alex und versuchte ihre Nacktheit zu ignorieren. »Die drei sind eine nette Truppe.«

Alex grinste zu ihr hoch. »Du willst bummeln gehen?«

»Nur ein bißchen Schaufenster gucken«, sagte Yvonne. »Das habe ich lange nicht mehr gemacht.« Ihre Augen konnten sich nicht von Alex' im Bett hingegossenen Anblick lösen.

»Dann solltest du vielleicht aufstehen«, sagte Alex neckend, weil sie merkte, daß Yvonne wie festgewurzelt dasaß. »Oder ...«, Alex richtete sich auf, »wir verschieben das Bummeln noch ein bißchen und machen erst etwas anderes.« Sie umfaßte Yvonnes Nacken, zog sie zu sich heran, küßte sie und drehte sie auf den Rücken. »Etwas, das wir beide sowieso schon die ganze Zeit wollen«, ergänzte sie heiser. Ihre Lippen wanderten zu Yvonnes Brüsten hinunter.

»Na, bereust du es, daß wir erst später zum Bummeln gekommen sind?« fragte Alex, als sie dann in der Stadt waren.

»Hörst du denn nie damit auf?« Yvonne boxte sie leicht in die Seite. »Nein, ich bereue es nicht, wenn du es genau wissen willst.« Wieder überzog eine leichte Röte ihr Gesicht. »Aber ich spreche nicht dauernd darüber.«

»Ich doch auch nicht«, sagte Alex lächelnd. »Aber ich liebe es, dich erröten zu sehen. Das ist so süß.«

»Du bist gemein.« Yvonne tat, als ob sie schmollte. »Du nutzt meine Schwäche aus.«

»Ja, tue ich.« Alex schaute sie liebevoll an. »Ich bin froh, daß du wenigstens diese eine Schwäche hast. Sonst bist du ja in allem perfekt.«

»Perfekt? Ich?« Yvonne schüttelte den Kopf. »Du spinnst!«

»Wenn ich sehe, wie du die Küche leitest, wie du die ganzen geschäftlichen Dinge regelst, wie souverän du das Restaurant führst, glaube ich nicht, daß ich spinne«, sagte Alex. »Ich habe mir das alles mühsam erarbeiten müssen, aber dir scheint es zuzufliegen.«

»Ilona hat mich ausgebildet«, sagte Yvonne. »Da war es einfach. Sie hat mir alles gezeigt, was man wissen muß. Und sie ist immer noch da, um mir zu helfen. Ich leite das Geschäft nicht, sondern sie.«

»Sie überläßt dir eine ganze Menge«, sagte Alex.

»In letzter Zeit muß sie wieder mehr tun«, sagte Yvonne und grinste. »Seit eine gewisse Person aufgetaucht ist.«

»Ich hoffe, ich bin dann nicht schuld, wenn sie sich überarbeitet«, sagte Alex, tatsächlich ein wenig erschrocken.

»Hellmut ist ja auch noch da«, beruhigte Yvonne. »Die zwei sind ein gutes Team.« *Wie wir*, dachte sie. *Wir sind auch ein gutes Team, auch wenn wir nicht zusammen arbeiten.* Sie setzte dazu an, etwas zu Alex zu sagen, als sie bemerkte, daß Alex erstarrt neben ihr stehengeblieben war. Sie blickte auf zu Alex' Gesicht, folgte der Richtung ihrer Augen und sah – Esther. *O Gott!* dachte sie. Ebenso erstarrt wie Alex wartete sie auf das, was geschehen würde.

Esther hatte sie bereits entdeckt. Sie hätte vorbeigehen können, sie hätte sie ignorieren können, aber nein, nicht Esther. Stutzte sie ein wenig? Auf jeden Fall kam sie lächelnd auf Alex und Yvonne zu und blieb vor ihnen – mehr vor Alex als vor Yvonne – stehen.

Das ist genau das Lächeln, in das ich mich damals verliebt habe, dachte Alex. Es ging ihr durch und durch. Sie konnte sich der Macht dieses Lächelns nicht entziehen.

»Hallo.« Ein aufmerksamer Blick streifte Yvonne, dann ein lächelnder Alex. »Wie geht's?«

Yvonne hatte das Gefühl, sie würde gleich anfangen zu zittern, vor Wut oder vor Angst. Esthers intensive Ausstrahlung machte ihr bewußt, daß Alex in Esthers Gegenwart viel weniger stark wirkte als üblich. Sie schien sich zurückzuziehen, an Terrain zu verlieren, obwohl sie sich nicht rührte.

»Gut«, sagte Alex in diesem Moment. »Und dir?« Sie schluckte.

O Gott! dachte Yvonne erneut. *Sie hat gesagt, es ist vorbei, aber es ist nicht vorbei. Es ist nicht vorbei!* Sie spürte das Zittern, das in ihr hochkroch, kurz vor dem Ausbruch.

Esther lächelte zufrieden. Sie hatte Alex' Reaktion ebenfalls bemerkt.

Sie spielt mit ihr wie eine Schlange mit dem Kaninchen, dachte Yvonne. *Alex hat keine Chance. Sie wird sie fressen.*

»Hervorragend«, sagte Esther. Das Lächeln auf ihrem Gesicht schien wie eingemeißelt. »Ich arbeite an meiner Doktorarbeit.«

»Ich dachte, die hättest du längst abgeschlossen«, sagte Alex. »So schnell wie du bist.«

Oha! Yvonne blickte erstaunt zu Alex hoch. *Das hätte ich jetzt nicht erwartet.* Alex schien ein paar Zentimeter größer geworden zu sein und Esther ein paar Zentimeter kleiner.

»Daran erinnerst du dich?« erwiderte Esther. Sie schien zu schmunzeln und doch wieder nicht. Als ob sie sich nicht entscheiden könnte, was Alex' Bemerkung zu bedeuten hatte und ob sie die Bedeutung überhaupt verstehen wollte.

»Schwach«, sagte Alex. »Sehr schwach.«

Diese Antwort schien Esther nun gar nicht zu befriedigen. Der zufriedene Gesichtsausdruck, ein Teil der Überlegenheit, die sie ausstrahlte, verflüchtigte sich. »Das ist schade«, sagte sie, mit offenbar ehrlichem Bedauern, worauf auch immer sich das bezog. »Nun ja, man sieht sich«, fuhr sie fort. »Vielleicht bei der Disco.« Sie warf noch einen schnellen Blick auf Yvonne und ging dann an Alex vorbei.

Yvonne schaute ihr nach. Wirkte ihr Rücken nicht ein wenig zu gerade und ihr Gang ein wenig zu steif? Oder bildete Yvonne sich das nur ein? Esther ging langsam. Yvonne blickte ihr nach, bis sie in der Menge verschwunden war. Ihr Herz klopfte immer noch laut wie nach einem überstandenen Überfall. So etwas Ähnliches war es ja wohl auch gewesen.

Sie wagte es nicht, Alex anzublicken. Was würde ihr Gesichtsausdruck besagen? Daß sie sich nach Esther sehnte? Daß sie jede Nacht davon träumte, sie in den Armen zu halten und dann mit Yvonne vorlieb nehmen mußte? Yvonne befürchtete das Schlimmste.

»Gehen wir weiter?« fragte Alex und machte ein paar Schritte.

Yvonne folgte ihr.

Sie gingen eine Weile schweigend nebeneinander her.

»Sag's ruhig«, bemerkte Alex dann. »Sag ruhig, was du denkst.« Sie schaute Yvonne nicht an.

»Ich denke gar nichts«, sagte Yvonne automatisch.

»Das ist deine Spezialität, oder? Gar nichts zu denken«, erwiderte Alex. Ihre Stimme klang sarkastisch. Sie blieb stehen. »Entschuldige«, sagte sie leise. »Das wollte ich nicht.«

»Schon gut.« Yvonne schaute sie an. »Ich verstehe das. Mich hat die Begegnung mit ihr auch sehr erschüttert. Ich kann dir sagen, was ich gedacht habe: Ich hatte Angst, große Angst.«

»Angst? Wovor? Vor Esther?« Alex runzelte die Stirn.

»Vor ihr vielleicht auch, aber am meisten vor dir«, sagte Yvonne ehrlich.

»Vor mir?« Alex starrte sie entgeistert an.

»Es hat dich wie ein Schock getroffen, als sie auftauchte«, sagte Yvonne. »Ich muß zugeben, ich habe es auch so empfunden, aber für mich ist es etwas anderes. Für dich hingegen –« Sie brach ab.

»Für mich hingegen?« fragte Alex. »Was denkst du, wie es für mich war?«

Yvonne sagte nichts. Sie wollte es nicht auch noch aussprechen.

»Im ersten Moment –« Alex schluckte. »Im ersten Moment war es furchtbar und schön zugleich, das gebe ich zu. Ich dachte, ich würde sie kaum noch wiedererkennen, wenn ich sie das nächste Mal sehe. Ich dachte, es würde mich völlig kaltlassen. Aber so war es nicht. Leider.«

»Ich weiß«, sagte Yvonne leise. »Das habe ich mitbekommen.« Es war eine gräßliche Qual, darüber zu reden.

»Es tut mir leid, daß du das mitbekommen hast«, sagte Alex ehrlich betrübt. »Ich konnte es nicht verhindern, es war eine unwillkürliche Reaktion.«

»Du wirst sie immer lieben!« Yvonne schluchzte auf, ihr Blick verschleierte sich von den aufkommenden Tränen. Dennoch lief sie los. Sie wollte weg von hier. *Sie, nicht mich! Sie, nicht mich!* dröhnte es in ihrem Kopf.

Sie stolperte, und gleichzeitig fühlte sie einen starken Arm, der sie festhielt. »Yvonne, warte ...«

Yvonne konnte nicht weiter. Sie wollte sich losreißen, aber sie sah nichts, und sie fühlte nur Schmerz, Schmerz, Schmerz, der sie schwächte. »Laß mich«, flüsterte sie schluchzend. »Laß mich doch einfach. Dann bist du mich los. Wenn du dich beeilst, kannst du sie noch einholen. Sie kann noch nicht weit sein.«

»Aber Yvonne ...« Alex versuchte sie in den Arm zu nehmen, aber Yvonne wehrte sich. »Beruhige dich«, sagte Alex. »Laß uns irgendwo hingehen und miteinander reden.«

»Wir haben schon so viel geredet«, schluchzte Yvonne. »Es nützt doch nichts.«

»Anscheinend haben wir immer noch nicht über das richtige geredet«, sagte Alex. »Über das wichtigste.« Sie blickte zu Boden. »Es liegt sicher auch an mir. Über gewisse Dinge rede ich nicht gern, das mache ich lieber mit mir selbst ab.« Sie schaute Yvonne an. »Sylvia wirft mir immer vor, daß ich damit mein *Einsame-Reiterinnen*-Image pflege. Wahrscheinlich hat sie recht. Allein zu sein bin ich gewöhnt.« Sie legte ihren Arm um Yvonne, die das nun nicht mehr abwehrte. »Komm, da drüben ist ein Café. Wir setzen uns und reden.«

Yvonne konnte ihr Schluchzen langsam beherrschen, nur ab und zu entrang sich ein unterdrückter Laut ihrer Brust. Alex und sie setzten sich an einen Tisch, bestellten Kaffee und warteten darauf, daß die Spannung zwischen ihnen, die immer noch spürbar war, nachließ.

»Du hast dich allein gefühlt – mit mir?« fragte Yvonne endlich erschüttert.

Alex griff nach ihrer Hand. »Wenn es jemand gab, mit dem ich mich manchmal nicht allein gefühlt habe, dann warst du es«, sagte sie ernst.

»Manchmal?« Yvonne wußte nicht, ob sie das positiv finden sollte. Eigentlich erschütterte es sie fast noch mehr als Alex' erste Aussage.

»Es ist –« Alex rang die Hände. »Es ist schwer zu erklären. Du bist in einer Familie aufgewachsen, du konntest dich immer darauf verlassen, daß Ilona da war. Ich konnte mich auf niemand verlassen, ich war für alles allein verantwortlich.« Sie stützte die Ellbogen auf den Tisch und blickte hinunter auf die Kaffeetasse, die vor ihr stand. »Ich war immer allein«, fuhr sie fort. »In den Pflegefamilien hatte ich oft das Gefühl, da ging es nicht um Gefühle, nicht darum, daß sie uns eine normale Kindheit geben wollten, sondern nur ums Geld. Das Geld für die Pflegekinder.«

»Wie schrecklich«, sagte Yvonne.

»Ja, schrecklich.« Alex nickte. »Aber einmal muß man darüber hinwegkommen.« Sie blickte Yvonne an. »Es ist vielen Pflegekindern gegangen wie mir, und manchen Kindern, die keine Pflegekinder sind, geht es wohl genauso. Unfähige Eltern gibt es überall. Man kann sich seine Familie halt nicht aussuchen.«

»Deshalb fühlst du dich immer allein?« fragte Yvonne betroffen. »Deshalb kannst du niemandem vertrauen?«

»Das habe ich ja!« Alex griff sich verzweifelt an die Stirn. Dann beugte sie sich wieder nach vorn. »Wie oft habe ich das?« fügte sie leiser hinzu. »Und immer ist es schiefgegangen.«

»Zuletzt mit Esther«, sagte Yvonne. *Oder mit mir?* fragte sie sich.

»Zuletzt mit Esther«, bestätigte Alex nickend. »Sie war die letzte in einer Reihe von Frauen –« Sie schaute Yvonne mit verwundeten Augen an. »Aber das willst du nicht hören. Das will ich dir nicht zumuten.«

»Doch. Alex ...« Jetzt war es Yvonne, die ihre Hand auf die von Alex legte. »Ich will es hören. Du kannst mir alles zumuten.« Sie grinste schief. »Fast alles.«

Alex schaute sie zweifelnd an, doch das Bedürfnis, einmal mit jemand darüber zu sprechen, was sie bedrückte, war zu stark. Nicht einmal Mandy hatte sie all diese Dinge erzählt, obwohl sie sich schon so lange kannten. Sie atmete tief durch. »Als ich erwachsen wurde, hat sich eigentlich nicht viel geändert, außer daß ich die Pflegefamilie verlassen mußte, was mir sehr recht war. Als ich dort fortging, fühlte ich mich nicht mehr oder weniger allein als vorher. Ich dachte, das wäre der normale Zustand eines jeden Menschen.«

»Vielleicht ist er das auch«, sagte Yvonne. »Ich habe mich auch oft allein gefühlt.«

»Aber nicht immer«, sagte Alex. »Das ist der Unterschied. Natürlich fühlt sich jeder Mensch manchmal allein – für eine gewisse Zeit. Aber immer, ständig, jeden Tag, jede Minute ... ich glaube, das ist nicht so üblich.« Sie seufzte. »Dann kamen die Frauen«, sagte sie. »Ich dachte, ich würde mich weniger allein fühlen, wenn –« Sie atmete tief durch. »Aber so war es nicht.« Sie lachte hohl auf. »Ich hätte es wissen müssen! Schon die erste im Heim –« Sie lehnte sich zurück. »Zwischen zwei Pflegefamilien wurde ich immer wieder ins Heim gesteckt, manchmal für ein paar Tage, manchmal für ein paar Wochen. Und da hat ein älteres Mädchen, die mit mir im Schlafsaal lag ... nun ja. Vermutlich wußte sie schon nicht mehr, wie ich heiße, als sie von mir herunterrutschte.«

»O Gott, Alex.« Yvonne griff nach Alex' Hand und hielt sie ganz fest. *Das war ihr erstes Mal gewesen? Und für sie, Yvonne, hatte sie es so schön gemacht?*

»Es war nicht schlecht.« Alex lachte ironisch. »Immerhin hat sie mir gezeigt, daß es Gefühle gibt, von denen ich bis dahin nichts geahnt hatte. Ich dachte, ich müsse nur noch die Frau finden, die zu diesen Gefühlen paßt, dann wäre alles in Ordnung. Dann wäre ich nicht mehr allein.« Sie schüttelte den Kopf. »Wie dumm und naiv ich doch war.«

»Sie haben dich alle enttäuscht?« fragte Yvonne leise. *Gehöre ich auch dazu?* fragte sie sich.

»Enttäuscht, ja vielleicht. Verlassen auf jeden Fall. Am Anfang war es schön, jedesmal dachte ich – aber dann ... irgendwann ...

war ich wieder allein. Oft schon vorher. Eigentlich immer. Mit jemand zusammen zu sein, bedeutet nicht, *nicht* allein zu sein.«

»Ich dachte, so wäre es«, sagte Yvonne bedrückt. Sie hob den Blick und schaute Alex in die Augen. »Das tut mir so furchtbar leid, Alex. Was du alles durchmachen mußtest –«

Alex winkte ab. »So sehr unterscheidet sich das auch nicht von anderen. Ich glaube, viele können solche Geschichten erzählen, da bin ich nicht die einzige. Du hast noch nicht viel Erfahrung –«

»Bitte, Alex, sag das nicht. Bitte nicht . . .«, flüsterte Yvonne.

Alex schaute sie an. »Ich bin deine erste Frau, Yvonne«, sagte sie ernst, »aber ich werde nicht deine letzte sein.«

Yvonne starrte sie stumm und entsetzt an. *Das kannst du nicht ernst meinen!* dachte sie. *Das kannst du doch nicht ernst meinen!*

»Bitte, schau mich nicht so an«, sagte Alex. »Es ist die Wahrheit, das mußt du doch einsehen. Niemand ist sein Leben lang mit dem Menschen zusammen, mit dem er das erste Mal – du weißt schon.« Sie brach verlegen ab. »Damit will ich nicht sagen, daß es jetzt schon vorbei ist, aber irgendwann . . . irgendwann wird es das sein. Es kommt nur darauf an, es bis dahin zu genießen.«

Yvonne fühlte die Kälte, die sie schon kannte, in sich hochkriechen. »Also ist es doch wahr, was ich damals dachte«, sagte sie. »Du bist nur darauf aus. Dann hast du wohl doch einiges gemeinsam mit Esther. Vielleicht solltest du doch noch versuchen, sie zu finden. Denn wenn es so ist, können wir auch gleich Schluß machen, jetzt und hier. Es noch länger zu *genießen*, das ertrage ich nicht. Und ich will es auch nicht ertragen!« Sie sprang auf. »Auf Wiedersehen, Alex, mach's gut.«

Alex blieb sitzen und starrte in die Luft. *Ja, bin ich denn –?* Sie sprang ebenfalls auf und lief Yvonne hinterher. Da das Café recht groß war, konnte sie sie gerade noch an der Tür abfangen. »Ich bin ein Trottel, Yvonne, verzeih mir«, keuchte sie, als sie sie erreicht hatte.

»Wie oft noch?« fragte Yvonne, aber sie blieb stehen.

»Ich will . . . ich wollte nur . . . realistisch sein«, keuchte Alex. »Ich will nicht, daß du ebenso enttäuscht wirst wie ich.«

»Und was bin ich jetzt?« fragte Yvonne. »Was glaubst du, wie ich mich fühle?« Sie schnaubte durch die Nase. »Immer das zweite Rad am Wagen hinter Esther, immer nur der Lückenbüßer, immer die

Ersatzfrau, die einspringt, wenn die andere nicht da ist. Die Köchin!« Sie lachte hohl auf. »Weißt du, wie man so etwas früher nannte? Ein Bratkartoffelverhältnis.«

»Ein was?« Alex starrte sie verblüfft an.

»Ein Bratkartoffelverhältnis«, wiederholte Yvonne. »Früher machten das nur Männer, aber mittlerweile haben wir Frauen sie wohl eingeholt in dieser Beziehung. Ein Mann, der sich eine Frau hält, die ihn bekocht. Damit er versorgt ist.« Sie fixierte Alex' Blick. »Du hast mein Essen ja auch immer sehr geschätzt.«

»Ja. Ja, das habe ich«, stammelte Alex verwirrt. »Aber ich habe doch nicht deshalb –«

»Geh zu Esther«, sagte Yvonne kalt. »Da kriegst du alles, was du brauchst, kannst es *genießen* –«, sie betonte das Wort geringschätzig, »und kannst dich toll dabei fühlen, vor was für einer großen Enttäuschung du mich bewahrt hast. Denn das hast du. Jetzt weiß ich endlich, woran ich bin.« Sie griff nach der Türklinke.

»Nein, das weißt du nicht.« Alex hielt sie so sehr am Arm fest, daß Yvonne aufschrie.

»Laß mich los, Alex«, sagte sie mit blitzenden Augen. Ihre Stimme klang immer noch kalt. »Du tust mir weh.«

Alex' Hand fiel sofort herunter. »Es tut mir leid. Es tut mir so leid, Yvonne. Ich will das nicht. Und ich will auch nicht zu Esther. Nie wieder. Nicht zu ihr und zu keiner anderen Frau.« Sie schluckte. »Ich will nur dich. Bitte ... ich habe solche Angst, dich zu verlieren. Ich könnte das nicht ertragen. Du bist –«

Yvonne schaute sie an und wartete auf die Fortsetzung. »Ja?«

»Du bist ... du bist alles, was ich mir wünsche. Du bist die Frau, die ich mir wünsche. Ich will keine andere.« Alex' Atem ging heftig.

»Deshalb hast du mir empfohlen, mir in absehbarer Zeit eine andere zu suchen – weil die erste ja nicht die einzige sein kann?« fragte Yvonne.

Alex schaute sie verzweifelt an. Tränen schimmerten in ihren Augen. »Ich weiß, ich war dumm. Ich wollte ... es hat ... es hat so oft nicht geklappt, und da wollte ich –« Sie räusperte sich. »Ich wollte mir einfach nicht zu viele Hoffnungen machen – und auch dir nicht. Gerade weil ich es mir so sehr wünsche.«

»Was wünschst du dir?« fragte Yvonne leise.

»Daß ...« Alex schluckte. »Daß wir zusammenbleiben.« Sie brachte es mühsam hervor. Es fiel ihr offensichtlich schwer. »Jedesmal ...«, wieder schluckte sie, »jedesmal, wenn ich mir das gewünscht habe, war es dann ganz schnell vorbei. Die anderen Frauen wollten ... wollten das nicht.« Sie senkte den Blick.

»Und du denkst, ich bin wie die anderen Frauen?« fragte Yvonne leicht enttäuscht.

»Nein.« Alex schaute ihr klar in die Augen. »Nein, das denke ich nicht. Deshalb sage ich ja, es war dumm von mir, aber ... aber ... wenn man sich etwas ganz doll wünscht, bekommt man es nie, da dachte ich, ich wünsche es mir lieber nicht, dann wäre es vielleicht –« Sie trat verlegen von einem Fuß auf den anderen.

»Dann bekommst du es vielleicht?« Yvonne schmunzelte.

»Ja.« Alex blickte sie ernst an.

»Und du bist nie auf den Gedanken gekommen, daß du das, was du dir wünschst, vielleicht schon längst hast?« fragte Yvonne.

»Ich ... ich ...« Alex wußte nicht, was sie sagen sollte. »Ich hätte nie gewagt zu glauben –« Sie räusperte sich. »Deshalb habe ich auch nicht –« Sie räusperte sich ein zweites Mal, ihr Hals schien sehr trocken zu sein. »Ich weiß, daß du auf etwas wartest«, bemerkte sie dann fest. »Ich wollte es dir schon lange sagen, aber ich konnte einfach nicht.«

Yvonne hielt für einen Augenblick die Luft an.

»Ich liebe dich«, flüsterte Alex zärtlich, zog sie in ihre Arme und küßte sie.

Endlich! Endlich hatte sie es gesagt! Yvonne wäre am liebsten jubelnd in die Höhe gesprungen. »Ich liebe dich auch«, flüsterte sie und sah Alex ernst ins Gesicht. »Bitte, bleib bei mir.«

Alex blickte sie lange an und legte dann ihre Wange an Yvonnes.

»Für immer«, flüsterte sie. »Für immer und ewig.«

ENDE

Weitere Bücher der Édition el!es

Tala Storm
Der lange Weg I

Liebesfantasy

Cay-La erwacht eines Morgens ohne Erinnerung. Sie schließt sich zunächst der schönen Kallisto an, doch als die eine Kriegerin töten will, wechselt Cay-La die Seiten. Zusammen mit der Kriegerin und ihrer Gefährtin versucht sie ihre Vergangenheit zu erfahren, die Erinnerung an sich selbst wiederzufinden. Eine nicht ungefährliche Reise ins Reich der Amazonen beginnt, denn der Zorn Kallistos begleitet sie ...

Ruth Gogoll
Ostereier

Erotischer Liebesroman

Eine Geschichte um Ostereier? Nein, eine Liebesgeschichte. Die Begegnung in einem Supermarkt kurz vor Ostern – ist sie Zufall oder Schicksal? Befördert der Einkauf von Obst und Gemüse die Liebe – oder hindert er sie an ihrer Erfüllung? Und was ist mit der geheimnisvollen Bemerkung, mit der alles begann? Das alles sind Fragen, denen sich die beiden Protagonistinnen stellen müssen. Werden sie eine Lösung finden?

Jessica Mountain
Der Mond scheint nur für dich

Liebesroman

Die Malerin Kara malt bevorzugt morgens oder abends: Wenn es nicht mehr hell ist und der Mond scheint. Sie liebt den Mond, ihren stummen Begleiter durch die Jahre. Doch als sie Ginny kennenlernt, ändert sich alles – und der strahlende Mond wird Zeuge einer wachsenden Liebe ...

Victoria Pearl
Sag's mit Rosen

Erotischer Liebesroman

Blümchen heißt das alte Wohnmobil, mit dem Jessie herumfährt und geradeheraus Frauen anbaggert. Leonie ist von dieser Masche nicht begeistert, doch sie kann sich Jessies Charme nicht entziehen. Eine gemeinsame Reise in dem engen Gefährt bleibt nicht ohne Folgen, aber Leonie befürchtet die baldige Trennung; wie wird Jessie sich entscheiden?

Julia Arden
Unter Verdacht

Liebesroman

Als Professorin eher distanziert, geraten Sylvias Gefühle immer mehr außer Kontrolle, während die Zusammenarbeit mit der Architektin Karen enger wird. Das Tüpfelchen auf dem i: Karen ist lesbisch. Sollte Sylvia tatsächlich etwas für Karen empfinden? Doch die Idylle wird jäh zerstört, als Karen wegen Kreditbetrugs verhaftet wird. Mit Sylvias Hilfe aus dem Gefängnis entlassen, machen sich beide auf die Suche nach dem wahren Täter und kommen sich dabei immer näher.

Ruth Gogoll
Eine Insel für zwei

Erotischer Liebesroman

Neunzehn Jahre alt und auf der Suche nach der großen Liebe: Das ist Andy, als sie Danielle kennenlernt, Besitzerin einer Werbeagentur. Danielle hält Liebe für eine Illusion. Sie lädt Andy zu einer Reise durch die Ägäis ein, doch fordert dafür einen hohen Preis.
Andy läßt sich darauf ein, weil sie Danielle liebt und hofft, daß Danielle auch lernen wird zu lieben. Fast scheint es, als hätte Andys Liebe eine Chance, doch da geschieht etwas Unvorhergesehenes . . .

Ruth Gogoll
Tizianrot

Erotischer Liebesroman

Tanita schwärmt unsterblich für ihre Mathematiklehrerin Diana. Nach Tanitas Abitur verlieren sie sich aus den Augen. Zufällig treffen sie sich Monate später wieder, und die Überraschung ist perfekt, als sich herausstellt, daß auch Diana Interesse an Tanita hat. Schnell kommen sie sich näher, die Erfüllung aller Träume scheint nah, doch da tauchen unerwartete Schwierigkeiten auf.

Alexandra Liebert
Der Schlüssel zum Glück

Liebesgeschichten

Geschichten rund um das Verlieben: Ob gewollt oder ungewollt, überraschend oder nicht – Alexandra Liebert versteht es, ihre Heldinnen in kleinen, unbeschwerten Geschichten auf spannende Art zusammenzubringen. Da sucht Cathy nur nach einem Job und findet die Liebe, Lisa sucht erholsame Ferien in San Francisco – und findet die Liebe, Carmen und Maria haben sich mit dem Auto verfahren, suchen den richtigen Weg und finden: die Liebe.
Sie wollen jetzt wissen, wer noch alles die Liebe findet? Und welche Hürden dabei zu überwinden sind? Wir haben da einen kleinen Tip für Sie: Kaufen Sie doch einfach dieses Buch ...

Alexandra Liebert
Träume aus der Ferne

Liebesgeschichten

Geschichten rund um das Verlieben: »Viele Wege führen nach Rom, aber keiner führt an den Geschichten von Alexandra Liebert vorbei – wenn frau romantische Liebesgeschichten schätzt. In ihrer ganz eigenen, feinfühligen Art beschreibt die Autorin das Suchen und schließlich auch das Finden der Liebe, die verschiedene Gesichter haben kann und darum auch auf unterschiedlichen Wegen erkämpft, erwartet oder erkannt werden will.« (Victoria Pearl)

Julia Arden
Das Lächeln in deinen Augen

Roman

Beate sieht in Cornelia Mertens, ihrer neuen Chefin, zunächst nur das, was alle sehen: die kühle, distanzierte Geschäftsfrau. Liebe ist etwas für Träumer – aus dieser ihrer Meinung macht Cornelia kein Geheimnis.
Nach und nach lernt Beate aber eine ganz andere Seite an Cornelia kennen. Cornelia überrascht sie mit unerwarteter Fürsorge, Verständnis und einer seltsamen Mischung aus Heiterkeit und Ernst. Also doch harte Schale, weicher Kern? fragt sich Beate. Ist das äußere Erscheinungsbild nur Fassade für all die, die sich nicht die Mühe machen dahinterzuschauen? Oder sind Sanftmut und Charme nur Trick, Teil eines Planes? Nämlich dem, sie zu verführen? Letzteres wäre fatal für Beate, denn so oder so – sie hat sich in Cornelia verliebt.

Julia Arden
Laß mich in dein Herz

Liebesroman

Vor vier Jahren verlor Andrea ihre Lebensgefährtin Maren durch einen Autounfall. Seitdem lebt sie ausschließlich für ihren Beruf als Richterin, bis Gina in ihr Leben tritt und ihre Gefühle durcheinanderbringt. Aber sie will keine Beziehung eingehen, ihr Herz hängt nach wie vor an Maren. Also versucht sie Gina zu vergessen, doch dann kommt es zu einem unverhofften Wiedersehen – und Andrea braucht Ginas Hilfe, weil der Beruf sie in Gefahr bringt . . .

Victoria Pearl
Sonnenaufgang in deinen Armen

Erotischer Liebesroman

Luisa lernt in der Firma, in der sie arbeitet, Ingeborg kennen und fühlt sich sofort zu ihr hingezogen. Sie verläßt den Mann, mit dem sie seit sechs Jahren zusammenlebt, und versucht sich Ingeborg vorsichtig zu nähern. Ingeborg jedoch lehnt dies stets schroff ab. Als das Chorsingen sie beide ins Schweizerische Bergell verschlägt – gemeinsames Hotelzimmer mit Doppelbett – schlägt Luisas Stunde: Kann sie Ingeborgs Zuneigung gewinnen?

Behrens – Spors – Doll:
Mia
Liebe mit Umwegen
In heißem Wüstensand

Liebesgeschichten

MIA
Wie sag' ich's meiner Lehrerin? Mia ist verliebt, aber sie traut sich nicht. Ist die Angebetete nun lesbisch oder nicht? Könnte sie die Gefühle erwidern? Janina Behrens gelingt es, diese Schülerin/Lehrerin-Geschichte auf humorvolle Weise darzustellen.

LIEBE MIT UMWEGEN
Was passiert, wenn die vermeintlich Richtige doch die Falsche ist? Wenn die Falsche am Ende die Richtige ist? Irrungen und Wirrungen der Liebe werden von Julia Spors schließlich entwirrt.

IN HEIßEM WÜSTENSAND
Eine Agypten-Reise von den Eltern geschenkt – kann das gutgehen? Widerwillig tritt Connie die Reise an, die mit einigen Schwierigkeiten und Hindernissen beginnt. Doch unter afrikanischer Sonne sieht vieles dann ganz anders aus, und aus geliebten Menschen können plötzlich geliebte Menschen werden . . .

Kingsley Stevens
Liebe mich

Erotischer Liebesroman

Amy Flanagan und Morgan Holdsworth treffen sich, als Amy versucht einen Großauftrag von Morgan, Eigentümerin eines Kosmetikkonzerns, für die Werbeagentur zu erhalten, für die Amy arbeitet. Obwohl Amy Geschäft und Privates auseinanderhalten will, verliebt sie sich in Morgan. Sie beginnen eine Affäre, doch Morgan scheint wenig Interesse an einer Vertiefung ihrer Beziehung zu haben, während Amy sich wünscht, Morgan näherkommen zu können.

Trix Niederhauser
Halt mich fest

Liebesroman

Wie sag ich's meinen Eltern? Früher oder später kommt jede Lesbe an diesen Punkt, auch Chris, die rockende Gitarristin mit Hang zu Unfällen. Tina tritt in ihr Leben, und alles ist anders: Das Coming-out, die verschollen geglaubte Großmutter, die Ex mit dem dritten Auge und vieles mehr machen der Heldin das Leben schwer. Tapfer erträgt sie die putzende Mutter, den pubertierenden Neffen und den schweigenden Vater. Nur daß Tina rothaarige Frauen küßt, macht ihr zu schaffen ...

Augenblicke der Liebe

Erotische Geschichten

Bereits seit dem Jahre 2001 besteht auf der Internetseite der édition el!es die Möglichkeit, jeden Monat eine neue »Erotische Geschichte des Monats« zu lesen. Diese Geschichten werden in der Reihe »Augenblicke der Liebe« in loser Folge veröffentlicht.

Kay Rivers
Küsse voller Zärtlichkeit

Roman

Michelle Carver hat als Managerin von Disney World in Florida einen anstrengenden Job. Für ein Privatleben hat sie kaum Zeit, deshalb beschränkt sie sich auf gelegentliche Affären. Liebe kommt in ihrem Wortschatz nicht vor.
Cindy Claybourne ist Studentin und hat einen Ferienjob in Disney World. Sie merkt, daß sie sich zu Michelle hingezogen fühlt, daß sie hinter ihre harte Schale schauen möchte. Aber Michelle läßt das nicht so einfach zu. Doch Cindy gibt nicht auf und kämpft für ihre Liebe zu Michelle. Wird Michelle endlich einsehen, daß Cindy die richtige für sie ist?

Melissa Good
Sturm im Paradies

Liebesroman

Melissa Good, Drehbuchautorin verschiedener Episoden der beliebten TV-Serie »Xena – Die Kriegerprinzessin«, bei el!es!
Firmen aufkaufen und ohne Rücksicht auf Verluste sanieren – Dar Roberts, Vizepräsidentin einer großen Gesellschaft, liebt ihren Job und erledigt ihn gründlich. Bei einem kleinen Unternehmen trifft sie jedoch auf unerwarteten Widerstand: Kerry Stuart, die junge Leiterin der Supportabteilung, kämpft engagiert für die Erhaltung der Arbeitsplätze. Gleichzeitig fühlt Kerry sich angezogen von dieser großen, starken, dunkelhaarigen Frau, in der mehr zu schlummern scheint als kalter Geschäftssinn. Zaghaft kommen sich die beiden näher ...

Sarah Dreher
Solitaire und Brahms

Liebesroman

»Wenn eine Frau, die Frauen liebt, keine Frau ist, wer dann?«
Beruflich erfolgreich, allgemein beliebt und frisch verlobt, wehrt sich Shelby dennoch gegen das traditionelle Rollenverhalten einer gehorsamen Ehefrau, in das ihre Umwelt sie drängen will. Als sie merkt, wieviel ihre neue Nachbarin Fran ihr bedeutet, beginnt sie die Puzzleteile in ihrem Leben endlich neu zu ordnen.
Sarah Dreher zeichnet in ihrem persönlichsten Roman ein einfühlsames, humorvolles und zugleich schmerzhaft realistisches Bild der sechziger Jahre, aus der Zeit vor Stonewall und Gay Pride, als eine »richtige Frau« sich nicht gegen gesellschaftliche Erwartungen auflehnen, geschweige denn in eine andere Frau verlieben durfte.

Diana Lee
Die Geliebte der Wölfin

Die lesbische Robin Hood

Die schöne Lady Gwendolyn wird auf dem nächtlichen Heimweg überfallen. Rettung naht in Gestalt der attraktiven Ritterin Sir Blaidd, die in geheimer Mission eine Verschwörung gegen die Königin aufdecken soll. Gwendolyn verliert ihr Herz an die tapfere Heldin, gemeinsam versuchen sie nun mit ihren Freunden den Verschwörern zuvorzukommen. Doch die Feinde sind mächtig, mittels dunkler Rituale versuchen sie, ihre Kräfte zum entscheidenden Schlag zu bündeln. Auch Gwendolyn gerät in Gefahr. Kann Sir Blaidd sie mit ihrem Mut und ihrem geschickten Schwert aus der tödlichen Falle befreien?

Shari J. Berman
Hawaiianische Träume

Liebesroman

Die attraktive Freddie hofft, bei einem Urlaub auf Hawaii ihren Ex-Mann endlich zu vergessen. Unter dem Sternenhimmel der Südsee läßt sie ihr altes Leben hinter sich. Hals über Kopf stürzt sie sich in eine heftige Liebesbeziehung mit der Fotografin Stephanie. Doch nach dem ersten Liebestaumel drohen Zweifel und Konflikte: Freddie hat Probleme mit ihrem Coming-out und weiß nicht, ob sie ihre lesbische Liebe leben kann und will. Und trotz allem Verständnis für die Geliebte stößt auch Stephanie irgendwann an die Grenzen ihrer Geduld ...

Ruth Gogoll
Ich liebe dich

Erotischer Liebesroman

Ira ist eigentlich viel zu schön, um Bankmanagerin zu sein, und Elisabeth will nur eine Hypothek von ihr: Da schlägt die Liebe zu wie ein Blitz. Zuerst einmal erscheint Elisabeths Liebe aussichtslos, doch dann ergibt sich eine unverhoffte Begegnung, und bald sind die beiden ein Paar. Doch das Schicksal hält noch etliche Schläge für sie bereit. Piet, Iras ehemalige Lebensgefährtin, taucht plötzlich wieder auf. Und Ira erhält unerwartet eine berufliche Chance, die sie nicht ablehnen will. Die räumliche Entfernung schürt die ohnehin vorhandene Eifersucht noch.

Ruth Gogoll
Die Schauspielerin

Erotischer Liebesroman

Als ihre Jugendliebe Simone, mittlerweile eine berühmte Schauspielerin, neuerlich in Pias Leben tritt, flammt längst erloschen geglaubte Leidenschaft wieder auf. Doch die Angebetete ist in ihrer Scheinwelt aus Glanz und Glamour gefangen, im Teufelskreis zwischen Ruhm und Untergang. Auf der Leinwand zeigt sie große Gefühle, im wahren Leben hingegen scheinen ihr diese Empfindungen fremd zu sein.
Überwältigt von Simones Charme und Schönheit verwirft Pia ihre Bedenken, daß Simone ihr ein zweites Mal das Herz brechen könnte. Während Simone ihre Probleme im Alkohol zu ertränken versucht, beginnt Pia um ihre Liebe zu kämpfen ...

Ruth Gogoll
Simone

Erotischer Liebesroman

Der zweite Teil der »Schauspielerin«.
Simone bemüht sich um einen Neuanfang mit Pia, doch ihre Vergangenheit holt sie wieder ein. Der Alkohol, den sie schon überwunden glaubte, gefährdet ihre Beziehung ebenso wie ihre neue Karriere in Amerika. Zum letzten Mal verbringen Simone und Pia eine schöne Zeit gemeinsam in Wien auf dem Opernball, doch am Tag danach kommt es zum Eklat – Pia ist tief enttäuscht und glaubt nicht daran, daß sie Simone je wiedersehen wird. Und im weit entfernten Amerika sitzt Simone einsam und trinkt ... da führt sie ein erneutes Filmangebot wieder nach Europa ...

Victoria Pearl
Zärtliche Hände

Erotischer Liebesroman

Eine große, schweigsame Frau mit graublauen Augen – eine Taxifahrerin, die sie in einer fremden Stadt zum Hotel fährt – beeindruckt Olivia tief. In heißen Träumen wünscht sie sich in ihre Arme, aber es scheint aussichtslos, sie wiederzusehen, denn Olivia kennt nicht einmal ihren Namen. Dafür tauchen andere Frauen in Olivias Leben auf, die sie nicht trösten können. Wird die geheimnisvolle Fremde einmal aus ihren Träumen auferstehen und in Fleisch und Blut zu ihr kommen? Das Rätsel scheint unlösbar, doch eine Frau gibt nicht auf – auch, wenn sich immer neue Schwierigkeiten ergeben ...

Victoria Pearl
Ungeahnte Nebenwirkungen

Erotischer Liebesroman

Was geschieht, wenn sich die attraktive Zahnärztin auf einmal nicht nur für deine Zähne interessiert? Sie steht eines nachts vor deiner Tür und will hemmungslosen Sex. Doch der Morgen danach fühlt sich an wie ein Zahnarztbesuch, denn die Traumfrau ist nicht mehr da. Es beginnt eine Odyssee der Liebe, Verzweiflung, Eifersucht ... denn immer neue Überraschungen aus der Vergangenheit der Ärztin kommen ans Licht ...

Victoria Pearl
4 Herzen 12 Beine

Erotischer Liebesroman

Im Darkroom für Lesben kommt es zu heißem Sex zwischen Doris und Lucy – dann verlieren sie sich wieder aus den Augen. Zufällig entdecken jedoch die beiden Hundeliebhaberinnen die Chatrooms, wo sie sich begegnen, ohne sich zu erkennen. Nach einigen Abstechern und One-night-stands mit anderen Frauen finden Doris und Lucy doch noch zueinander, nein, die beiden Hunde sind es, die ihre Frauchen zusammenführen. Allerdings müssen die Zweibeinerinnen noch einige Abenteuer durchstehen, ehe sie das Happy End erreicht ...

Victoria Pearl
Die Liebe hat dein Gesicht

Erotischer Liebesroman

Renate hat noch nie mit einer Frau geschlafen, und sie hatte es eigentlich auch gar nicht vor, bis ihr Marlene über den Weg läuft. Die Doktorsgattin verführt Renate nach allen Regeln der Kunst und stiftet so ein ziemliches Chaos der Gefühle in der Fahrradmechanikerin. Lange währt diese Affäre allerdings nicht, denn Frau Doktor bleibt ihrem Gatten trotz allem treu. Kein Grund jedoch für Renates erneutes Singledasein – die neue Nachbarin ist sehr attraktiv und deren Mutter erst ... die wahre Liebe wartet derweil in Renates Träumen darauf, endlich verwirklicht zu werden ...

Antje Küchler
Der Abgrund

Lesbisches Abenteuer

Nach dem Verlust ihrer Lebensgefährtin Andrea, einer Schriftstellerin, gibt sich Laura dem Alkohol und Depressionen hin. Nach Monaten der Trauer taucht überraschend die Germanistikstudentin Anja auf, die eigentlich nach Andrea suchte – und sich in Laura verliebt. Es könnte eine harmonische Beziehung werden, doch Laura überredet Anja zu einer Reise nach Rußland, wo das Abenteuer beginnt: Laura wird entführt, und Anja macht sich im kalten und weiten Sibirien auf die Suche nach der geliebten Freundin. Kann sie es schaffen, die Entführte zu retten?

Kingsley Stevens
Sündige Episoden (Band 1)

Erotische Geschichten

Der *Reigen* von Arthur Schnitzler wurde schon oft adaptiert, und nun liefert die Autorin Kingsley Stevens eine lesbische Variante: Ineinander verwobene Geschichten, leidenschaftlich und lustvoll, in denen es nur um »das Eine« geht. Die **Sündigen Episoden** sind das wohl frivolste el!es-Buch, das es je gab.

Ruth Gogoll
Taxi nach Paris

Der lesbische Erotikbestseller

Sie begegnet ihrer Traumfrau, aber viel zu schnell landen beide im Bett – während sie sich verliebt hat, geht die andere nur ihrem Gewerbe nach. Jedoch sie ist sich sicher, das Herz der Angebeteten erobern zu können. Wird die Liebe stärker sein als die Zerreißproben und die beiden Frauen in der Stadt des Lichts zusammenführen?

Shari J. Berman
Tanzende Steine

Liebesroman

Sally lernt Ricki als Kind im Sommer 1978 auf einem Campingplatz kennen, während sie Steine über das Wasser tanzen läßt. Die beiden Mädchen mögen sich auf Anhieb. 18 Jahre später sehen sie sich wieder, mittlerweile sind beide mit anderen Frauen liiert. Doch die Liebe, die sie als Kinder noch nicht benennen konnten, erfaßt sie erneut. Ob es nun aber wirklich Liebe ist oder nur Sex, das müssen sie erst einmal herausfinden ...

Ruth Gogoll
Eine romantische Geschichte

Erotischer Liebesroman

Esther ist Anwältin und eine Traumfrau – für alle Frauen, die nur an Sex interessiert sind. Wenn frau sich in sie verliebt, ist es jedoch die Hölle ... wie es Alex leidvoll erfahren muß. Sie verfällt Esther mit Haut und Haar und kann sich nicht mehr von der schönen Juristin lösen. Wird Yvonne mit ihrer Liebe Alex von dieser Besessenheit heilen können?

Brenda Miller
Bitte verzeih mir

Liebesroman

Veronica, Chefin des familieneigenen Konzerns, überfährt mit ihrem Porsche die Aushilfskassiererin Rose, die sich mit Gelegenheitsjobs über Wasser hält. Veronica läßt Rose mit bester medizinischer Versorgung gesundpflegen, und aus anfänglicher Freundschaft entsteht sehr bald Liebe ... doch Veronica hat Rose bisher noch nicht gestanden, daß sie damals den Porsche fuhr ...

Brenda Miller
Court of Love

Liebesroman

Die Basketballspielerin Chris hat sich bei einem Spiel schwer verletzt und kommt ins Krankenhaus. Dort wird sie während der Rekonvaleszenz von der Physiotherapeutin Beth betreut. Die beiden verlieben sich ineinander. Beth hat sich vor kurzem von ihrer Freundin getrennt, für Chris gab es bis jetzt nur Basketball und das College. Sie weiß noch nicht, ob sie sich für Männer oder Frauen interessiert, und sie hat noch nie mit jemandem geschlafen ...

Ruth Gogoll
Die Liebe meiner Träume

Erotischer Liebesroman

»Ich stehe nicht auf Frauen« verkündet Vanessa, doch die nachfolgende Liebesnacht mit Anouk spricht eine andere Sprache. Allerdings soll es zunächst auch bei dieser Nacht bleiben: Beide kehren in ihr Leben zurück, Anouk in die Einsamkeit, Vanessa zu ihrer Familie mit Mann und Sohn. Die Spuren, die die Liebesnacht hinterläßt, graben sich tief in die Herzen beider Frauen ein – bis sie sich unvermittelt wiedersehen ...

Anna Regine Jeck
Toni Ella Nick

Liebesroman

Durch Zufall fährt die 17jährige Toni mit ihrem Fahrrad in das Auto der um einiges älteren Nicole, genannt Nick, hinein, ohne sie jedoch näher kennenzulernen. Jahre später kreuzen sich ihre Wege erneut aufgrund ihrer gemeinsamen Leidenschaft für Pferde. Toni verliebt sich in Nick, aber das scheint nicht auf Gegenseitigkeit zu beruhen. Und vielleicht ist Nick ja auch mit der Lehrerin Ella zusammen ...

Ruth Gogoll
Computerspiele

Lesbenkrimi

Der erste Fall für Kommissarin Renni:
Ihre Schulfreundin und Jugendliebe Nora wird in einen Mordfall verwickelt. Nora verliebt sich Hals über Kopf in die schöne und leidenschaftliche Ellen. Sie verbringen eine berauschende Woche, dann fährt Ellen nach Köln, und wenige Tage später wird ihre ehemalige Lebensgefährtin Loretta tot aufgefunden. Ellen steht unter Mordverdacht. In ihrer Not wendet Nora sich an Kommissarin Renni, die die Ermittlungen aufnimmt. Ellen wird vom Mordverdacht befreit. Doch damit beginnt das Rätsel: Wer war Loretta wirklich? Wer hatte ein Interesse, sie zu ermorden? Sie surfte viel im Internet, hat sie dort vielleicht ihren Mörder kennengelernt? Und was hat Ellen mit der Sache zu tun?

Ruth Gogoll
Tödliche Liebesspiele

Lesbenkrimi

Die Fortsetzung des Krimis Computerspiele.
Kommissarin Renni hat wieder einen neuen Fall zu lösen: Wer ist die tote Frau auf dem Parkplatz? Die Ermit-tlungen erweisen sich als schwie-riger als zunächst angenommen, und darüber hinaus geht es auch in ihrem Privatleben drunter und drüber: Obwohl immer noch ver-liebt in Nora, beginnt sie eine Affäre mit der Pathologin, mit der zusammen sie an der Aufklärung des Mordes arbeitet. Probleme über Pro-bleme für Renni – schafft sie es diesmal, alle zu meistern?

Ruth Gogoll
Mord im Frauenhaus

Lesbenkrimi

Diesmal darf sich Kommissarin Renni ein wenig wie Hercule Poirot fühlen: In einem Frauenhaus wird eine Leiche gefunden, und die Zahl der Verdächtigen beschränkt sich auf einen kleinen Kreis. Doch damit nicht genug – Renni hat außerdem alle Hände voll zu tun, eine Prostituierte vorm rachsüchtigen Zuhälter zu beschützen, und dann ist da noch Monika, die sich nie sicher sein kann, ob Renni tatsächlich nur ihre Arbeit macht . . .

aleks. Jähnich
Sullys Tod

Kriminalroman

Terry Stein, Fotografin bei einer Freiburger Zeitung, wird vom Selbstmord ihrer Ex-Geliebten Sully benachrichtigt. Im sommerheißen Stuttgart forscht sie nach den Hintergründen dieser Tragödie und findet heraus, daß es lebensgefährlich ist, sich mit Wirtschaftskriminellen anzulegen. Als es eine weitere Tote gibt, fällt der Verdacht auf Terry. Zum Glück sind da noch Nickel, Terrys Geliebte, Carola, Chris – und eine attraktive Kommissarin ...

Nele Tabler
Die tote Krankenschwester

Kriminalroman

Hier ist sie endlich: die deutsche, die lesbische Agatha Christie!
Inmitten eines bunten Haufens von »Landlesben«, die alle auf dem Dorf leben, findet sich plötzlich eine Leiche. In bester Miss-Marple-Tradition versuchen die Frauen nun herauszufinden, wer den Mord begangen hat – und dabei entblößen sich allerlei Kuriositäten, die man unter braven Dorfbewohnern gar nicht vermutet.
Die Detektei »Lesbisches Leben« wird ins Leben gerufen und hat von nun an alle Hände voll zu tun, denn ein Mord kommt selten allein ...

Nele Tabler
Oma Mathildes Pistole

Kriminalroman

Der zweite Fall für die »Detektei Lesbisches Leben«: Die Heilpraktikerin Regine liegt erschossen in ihrem Häuschen. Doch die Fragen nach dem Wer? und Warum? sind nicht die einzigen Rätsel, die Jana und Bille bei ihrem Streifzug durch die lesbische Landgemeinde lösen wollen.
Denn: Wo ist Oma Mathildes Pistole?